ମଡ଼ାଚଣ୍ଡିଆ

ଓ ଅନ୍ୟମାନେ

Black Eagle Books First Book Award 2024

ମଡ଼ାଚଣ୍ଡିଆ

ଓ ଅନ୍ୟମାନେ

ରୋଜାଲିନି ମିଶ୍ର

ବ୍ଲାକ୍ ଇଗଲ୍ ବୁକ୍ସ
ଭୁବନେଶ୍ୱର, ଓଡ଼ିଶା

BLACK EAGLE BOOKS
Dublin, USA

ମଡ଼ାଚଣ୍ଡିଆ ଓ ଅନ୍ୟମାନେ / ରୋଜାଲିନି ମିଶ୍ର

ବ୍ଲାକ୍ ଇଗଲ୍ ବୁକ୍ସ : ଭୁବନେଶ୍ୱର, ଓଡ଼ିଶା • ଡବ୍‌ଲିନ୍, ଯୁକ୍ତରାଷ୍ଟ୍ର ଆମେରିକା

BLACK EAGLE BOOKS

USA address:
7464 Wisdom Lane
Dublin, OH 43016

India address:
E/312, Trident Galaxy, Kalinga Nagar,
Bhubaneswar-751003, Odisha, India

E-mail: info@blackeaglebooks.org
Website: www.blackeaglebooks.org

First International Edition Published by
BLACK EAGLE BOOKS, 2024

MADACHANDIA O ANYAMANE
by **Rozalini Mishra**

Copyright © **Rozalini Mishra**

Cover & Interior Design: Ezy's Publication

ISBN- 978-1-64560-590-4 (Paperback)

Printed in the United States of America

କଥା କିଛି

ଓଡ଼ିଆ ସାହିତ୍ୟର ନୂଆ ମୁହଁସବୁ ଭିତରେ ରୋଜାଲିନି ମିଶ୍ର ବେଶ୍ ପରିଚିତ। ଗତ କିଛିବର୍ଷ ଧରି କ୍ରମାଗତଭାବେ ସାହିତ୍ୟ ସାଧନାରେ ବ୍ରତୀ ରୋଜାଲିନି ଏ ଭିତରେ ଯଥେଷ୍ଟ ପାଠକୀୟ ଆଦୃତି ଲାଭ କରିସାରିଛନ୍ତି। ଯଦିଓ ଏହା ତାଙ୍କର ପ୍ରଥମ ଗଳ୍ପ ସଂକଳନ, ଏହା ପୂର୍ବରୁ ସେ ତାଙ୍କର ସୃଷ୍ଟି ପାଇଁ ପାଇଛନ୍ତି ଅନେକ ପୁରସ୍କାର ଓ ସମ୍ମାନ।

ଏ ସଂକଳନର ଗପ ସବୁରେ ଲେଖକୀୟ ସମ୍ବେଦନଶୀଳତା ଖୁବ୍ ସ୍ପଷ୍ଟ। ରୋଜାଲିନିଙ୍କର ଏ ଗପସବୁର ଚରିତ୍ରମାନଙ୍କ ସହ ଆଜିର ନୂଆ ପିଢ଼ିରେ ପାଠକମାନଙ୍କର ହୁଏତ ଭେଟ ନ ହେଇଥାଇପାରେ। କିନ୍ତୁ ମୁଁ ନିଶ୍ଚିତ ଯେ ଗପର ପୋଖତ୍ ପାଠକମାନେ ତାଙ୍କର ଏ ଚରିତ୍ରମାନଙ୍କୁ ଚିହ୍ନିପାରିବେ। ଚାରିପଟର ଘଟଣାବହୁଳ ଜୀବନର ପ୍ରବାହ ତାଙ୍କର ଏସବୁ ଗପର ଭିତ୍ତିଭୂମି। ସେ ପଛକୁ ଫେରି ଚାହିଁବାର ଦୃଶ୍ୟପଟ୍ଟ ହେଉ ବା ଆଗାମୀ ସମୟର ସ୍ୱପ୍ନର ଚିତ୍ର, ରୋଜାଲିନିଙ୍କର ଗପ କହିବାର ଢଙ୍ଗଟି ଭାରି ସହଜ ଓ ସ୍ୱତଃସ୍ଫୁର୍ତ୍ତ।

ଏ ବହିର ପ୍ରଥମ ଗପ 'ମଡ଼ାଚଣ୍ଡିଆ' ଲେଖିକାଙ୍କର ଭଲ ଗପଟିଏ। ଆମ ନୂଆ ପିଢ଼ିର କଥାକାରମାନଙ୍କ ଗପରେ କ୍ୱଚିତ୍ ଦିଶୁଥିବା ଚରିତ୍ରମାନେ ଏ ସଂକଳନର ଅନେକ ଗପର ମୁଖ୍ୟ ଚରିତ୍ର। ଯେମିତିକି ଗାଁ ମଶାଣିରେ ଶବଦାହ କରୁଥିବା ମଡ଼ାଚଣ୍ଡିଆ, ଖରାଦିନର ଉଦୁଉଦିଆ ଦି' ପହରେ ଗାଁରେ ଦେଖାଦେଉଥିବା ଜାନୁଘଣ୍ଟିଆ, ସାହାଡ଼ାସୁନ୍ଦରୀ ବା ପାହାଡ଼ର ଶିଖରରେ କୌପୀନ ପିନ୍ଧି ଧୂନି ଜାଳୁଥିବା କାପାଳିକ। ଆଧୁନିକତାର ଭିଡ଼ ଭିତରେ ଓଡ଼ିଶାର ଜନଜୀବନ ଭିତରୁ ଏସବୁ ଚରିତ୍ର ହଜି ହଜି ଯାଉଥିବା ସମୟରେ ରୋଜାଲିନିଙ୍କର ଏ ଗପସବୁ ପାଠକମାନଙ୍କୁ ପୁଣିଥରେ ଭେଟେଇବ ସେଇ ଚରିତ୍ରମାନଙ୍କ ସହ।

ମୁଁ ଏ ସଂକଳନର ଗପସବୁ ପଢ଼ି ଯେତିକି ବିସ୍ମିତ, ସେତିକି ଆନନ୍ଦିତ। ବିସ୍ମିତ ଲେଖିକା ତାଙ୍କର ଗପରେ ଆଣିଥିବା ଏଇସବୁ ଚରିତ୍ରମାନଙ୍କୁ ପଢ଼ି ଓ ଆନନ୍ଦିତ ଯେ ପ୍ରଥମ ଗଳ୍ପ ସଂକଳନ ହେଲେ ବି କୌଣସି ଗୋଟିଏ ଗପ ବି ପାଠକମାନଙ୍କୁ ନିରାଶ କରିବ ନାହିଁ।

ସଂକଳନର ମଡ଼ାଚଣ୍ଡିଆ, ଅଜରା, ଜାନୁଘଣ୍ଟ, ବଦଳି ଯାଉଥିବା ଦୃଶ୍ୟପଟ୍ଟ, ବୁଢାଚାନ୍ଦ, ବାଳିକାବଧୂ ଇତ୍ୟାଦି ଗପ ପାଠକମାନଙ୍କର ମନକୁ ଛୁଇଁବ ନିଶ୍ଚୟ। କିଛି ଗପର ଚିତ୍ର ଓ ଚରିତ୍ର ଘର କରି ରହିବ ମନତଳେ। ଆଉକିଛି ଗପର ସାବଲୀଳତା ମୁଗ୍ଧ କରିବ ସ୍ୱାଭାବିକଭାବେ।

ମଡ଼ାଚଣ୍ଡିଆର ଜୀବନର ହତାଶା, ସମ୍ବାରୀର ଶୁକ୍ଲୁ ପାଇଁ ମାତୃତ୍ୱର ଅନୁଭବ, ପୁଅ ନନ୍ଦୁ ଓ ପତ୍ନୀ ଲକ୍ଷ୍ମୀକୁ ବନ୍ୟାରେ ହରାଇ ସର୍ବହରା ହେଇଯାଇଥିବା ଅପର୍ତିର ଜୀବନର ଅସୁମାରୀ ଦୁଃଖ, ଏସବୁ ବର୍ଣ୍ଣନାରେ ରୋଜାଲିନିଙ୍କର ପରିପକ୍ୱତା ବାରି ହୋଇପଡ଼େ। ସଂକଳନର ବାଇଶଟି ଗପର ଅସଂଖ୍ୟ ଚରିତ୍ର ପାଠକମାନଙ୍କୁ ବିଚଳିତ କରିବା ପାଇଁ ସମର୍ଥ। ବଳିଷ୍ଠ କାହାଣୀର ଆବେଗ, କିଛି କିଛି ଜାଗାରେ ଯାଦୁକରୀ ବାସ୍ତବତାର ଚିତ୍ର ଓ ଚରିତ୍ର ଚୟନର ବିବିଧତା ପାଇଁ ରୋଜାଲିନିଙ୍କର ଏ ଗପସବୁ ପାଠକମାନଙ୍କର ହାତ ଧରି ନେଇଯିବେ ଶେଷ ପର୍ଯ୍ୟନ୍ତ।

ରୋଜାଲିନି ମୋର ପ୍ରିୟ ଛାତ୍ରୀ। ଅନେକ ବର୍ଷ ପରେ ତାଙ୍କୁ ସାହିତ୍ୟର ପଥରେ ସହଯାତ୍ରୀଭାବେ ପାଇ ମୁଁ ଖୁବ୍ ଗୌରବ ଅନୁଭବ କରେ। ମୁଁ ଖୁବ୍ ଖୁସି ଯେ ତାଙ୍କର ଏହି ପ୍ରଥମ ସଂକଳନଟି ଆନ୍ତର୍ଜାତୀୟ ପ୍ରକାଶନ ସଂସ୍ଥା 'ବ୍ଲାକ୍ ଇଗଲ୍ ବୁକ୍ସ' ତରଫରୁ ପ୍ରଥମ ପାଣ୍ଡୁଲିପିଭାବେ ପୁରସ୍କୃତ ଓ ପ୍ରକାଶିତ ହେବାକୁ ଯାଉଛି। ଆଉକିଛି ବର୍ଷ ପରେ ପଛକୁ ଫେରି ଏହିସବୁ ଗପକୁ ପଢ଼ିଲେ ଲେଖିକା ନିଜେ ନିଜକୁ ପଢ଼ିପାରିବେ। ମୋର ବିଶ୍ୱାସ, ଗପ ଲେଖାର ନିରନ୍ତରତା ବଜାୟ ରଖିପାରିଲେ ରୋଜାଲିନି ଓଡ଼ିଆ ସାହିତ୍ୟକୁ ଓ ଗପପ୍ରିୟ ପାଠକମାନଙ୍କୁ ଆହୁରି ଅନେକ ଭଲ ଗପ ଉପହାର ଦେବେ।

ରୋଜାଲିନିଙ୍କର ପ୍ରଥମ ଗଳ୍ପ ସଂକଳନ ପ୍ରକାଶିତ ହେବାର ଏହି ଶୁଭ ସମୟରେ ତାଙ୍କ ପାଇଁ ମୋର ଅସୁମାରୀ ଶୁଭେଚ୍ଛା ଓ ଆଶୀର୍ବାଦ। ଏ ବହିଟି ଅଧିକରୁ ଅଧିକ ପାଠକମାନଙ୍କ ପାଖରେ ପହଞ୍ଚୁ।

ହିରଣ୍ମୟୀ ମିଶ୍ର

ସାହିତ୍ୟିକା ତଥା ଅଧ୍ୟାପିକା

ନିଜ କଥା

ମୋର ନିଜର ଗଳ୍ପ ସଙ୍କଳନଟିଏ ମୁଦ୍ରିତ ହେଉଛି ଭାବିଲେ ସ୍ୱପ୍ନ ଦେଖିଲା ଭଳି ଲାଗୁଛି। ବିଶ୍ୱାସ ହେଉନି ଯେ ମୁଁ ମୋ ବହି ପାଇଁ 'ନିଜ କଥା' ଲେଖୁଛି ବୋଲି। ଏଇଟା କେବଳ ଗୋଟିଏ ପୁସ୍ତକ ନୁହେଁ... ଏଇଟା ମୋର ବହୁ ଆକାଂକ୍ଷିତ ସ୍ୱପ୍ନ ଯାହା ଖୁବ୍‌ଶୀଘ୍ର ପୂରଣ ହେବାକୁ ଯାଉଛି।

ସାହିତ୍ୟ ଆଉ ସଙ୍ଗୀତ ପ୍ରତି ମୋର ଖୁବ ଦୁର୍ବଳତା ପିଲାଦିନରୁ। ମୋତେ କେହି ମୋର ପରିଚୟ ମାଗିଲେ ମୁଁ ବଡ଼ ଗର୍ବରେ କହେ ମୁଁ ଜୟଦେବଙ୍କ ମାଟିର କନ୍ୟା। ମୋ ଗାଁ ପ୍ରତାପରୁଦ୍ରପୁର ଶାସନକୁ ଲାଗିଛି କେନ୍ଦୁବିଲ୍ୱ ଗ୍ରାମ। ଯେଉଁଠି ଜନ୍ମ ଗ୍ରହଣ କରିଥିଲେ କବି ଜୟଦେବ ଆଉ ରଚନା କରିଥିଲେ ବିଶ୍ୱପ୍ରସିଦ୍ଧ କାବ୍ୟ 'ଗୀତଗୋବିନ୍ଦ'। ସେଇ ମାଟିର ସନ୍ତାନ ମୁଁ। ମୋତେ ଲାଗେ ସେଥିପାଇଁ ମୁଁ ବୋଧେ ଏତେ କଳାମନସ୍କ।

ଜୀବନ ଆରମ୍ଭ ହୋଇଥିଲା ଜଣେ ଓଡ଼ିଶୀ କଣ୍ଠଶିଳ୍ପୀ ଭାବରେ। ଏକଦମ ଛୋଟବେଳୁ ନନାଙ୍କଠାରୁ ଗୀତ ଶିଖୁଥିଲି। ତା' ପରେ ବିଧିବଦ୍ଧ ଭାବରେ ନାଁ ଲେଖେଇଲି 'ପ୍ରାଚୀନ କଳାକେନ୍ଦ୍ର, ଚଣ୍ଡୀଗଡ଼ ୟୁନିଭରସିଟି'ର ଓଡ଼ିଶୀ ସଙ୍ଗୀତ ବିଭାଗରେ। ଅନେକ ବର୍ଷଧରି ଚାଲିଥିଲା ସଙ୍ଗୀତ ସାଧନା ଆଉ ତା' ସହ ଅଳ୍ପକିଛି ଲେଖାଲେଖି ବି। ମଝିରେ ଗୁଡ଼ାଏ ବର୍ଷ ଲେଖାଲେଖିଠାରୁ ଦୂରରେ ଥିଲି। କିନ୍ତୁ ଜୀବନଟା କେତେବେଳେ କେଜାଣି ପୁଣି ଏତେମାତ୍ରାରେ ସାହିତ୍ୟମନସ୍କ ହୋଇଉଠିଲା! ଲାଗୁଥିଲା ଯେମିତି ମୋ ଲେଖନୀ ପୁନର୍ବାର ଜୀବନ୍ୟାସ ପାଇଛି। ସେବେଠାରୁ କେବଳ ଲେଖି ଚାଲିଲି ମୁଁ।

ସମୟ ବଡ଼ ବଳବାନ୍। ସମୟ ପୂର୍ବରୁ କୌଣସି ଜିନିଷ ଘଟେନି କିମ୍ବା ଘଟିବାକୁ ଥିବା ଘଟଣାକୁ ଆମ ସମୟ ସୁବିଧା ଅନୁସାରେ ଅଟକେଇ ହୁଏନି। ଏହି ବହିଟି ଛପା

ହେବା ମୋ ପାଇଁ କୌଣସି ମିରାକଲ୍‌ଠାରୁ କମ୍ ନୁହେଁ। ଯୋଜନା ଥିଲା ବହିଟିଏ ନିଶ୍ଚୟ ଛାପିବି ୨୦୨୫ରେ। ପୁଅର ପରୀକ୍ଷା ପରେ। କିନ୍ତୁ ବହିକୁ ତ ଆସିବାକୁ ଥିଲା ୨୦୨୪ରେ। ତାକୁ ଅଟକେଇବ କିଏ!!

ଆଦ୍ୟ ଲେଖକୀୟ ଜୀବନରେ କେବେବି ଭାବି ନ ଥିଲି ଯେ ବହିଖଣ୍ଡେ ଛାପିବି ବୋଲି। କେବଳ ଏତିକି ଭାବିଥିଲି ଯେ ମୁଁ ଖାଲି ଲେଖିବି, ମନର ଭାବକୁ ପରିପ୍ରକାଶ କରିବି ଆଉ ମୋ ଅନ୍ତରକୁ ଛୁଇଁଥିବା ଚରିତ୍ରମାନଙ୍କୁ ମୁଁ କାଗଜରେ ଉତାରି ଦେବି। ଲେଖିବା ଆରମ୍ଭ କଲି। ଧୀରେ ଧୀରେ ପତ୍ରପତ୍ରିକା ସବୁରେ ଲେଖା ବାହାରିଲା। ପାଠକମାନେ ଖୁବ୍ ଭଲ ପାଇବା ଦେଲେ। ମୁଁ ଆହୁରି ଗମ୍ଭୀରମନସ୍କ ହେଲି। କିନ୍ତୁ ବହିଟିଏ କଥା ଚିନ୍ତା କରିପାରୁନଥିଲି।

ଏ ଭିତରେ ମୋତେ ମୋର ଅନେକ ଶୁଭେଚ୍ଛୁ ପ୍ରସ୍ତାବ ଦେଇଛନ୍ତି ବହିଟିଏ କରିବା ପାଇଁ। କେହି କେହି ଅତି ନିଜର ଭାବି ନିର୍ଦ୍ଦେଶ ମଧ୍ୟ ଦେଇଛନ୍ତି। ବୋଉ ମୋର ମୋତେ ବୁଝେଇଲା ଭଳି ପଚାରିଛି, "ଏତେ ଲେଖିଲୁଣି, ବହିଟିଏ ଛାପୁନୁ କାହିଁକି? ଟଙ୍କା ଚିନ୍ତା କରୁଛୁ କି? କିଛି ଚିନ୍ତା କରନା। ସବୁ ମୁଁ ଦେବି।" ମୋ ଗୁରୁମା' ଡ. ହିରଣ୍ମୟୀ ମିଶ୍ର ମାଡାମ କୁହନ୍ତି, "ତୁ ବହିକଥା କ'ଣ ଭାବିଲୁ? କ'ଣ ଏତେ ଭାବୁଛୁ? ତୁରନ୍ତ ବହି ଛାପିବା ପାଇଁ ମନସ୍ଥିର କର। ତୋ ପାଇଁ ସବୁ ବୁଝାବୁଝି ମୁଁ କରିଦେବି। ଆଦୌ ବ୍ୟସ୍ତ ହେବୁନି।" ଫନି ଭାଇ ଏବଂ ପୁଷ୍ପା ଅପା କୁହନ୍ତି, "ତୋର ଆଉ ବହିପତ୍ର ଛପାରେ ମନ ନାହିଁ ବୋଧେ। ହଜାର ହଜାର ଟଙ୍କା ଶାଢ଼ୀ କିଣାରେ ଖର୍ଚ୍ଚ କର କିନ୍ତୁ ବହି ଖଣ୍ଡେ କରନା। ବସି ଥା' ସେମିତି।" ନିର୍ଦ୍ଧୁମ ଗାଳି କରନ୍ତି ପୁଷ୍ପା ଅପା। ତାଙ୍କୁ ଫୋନ୍ କରିବାକୁ ମୋତେ ଡର ଲାଗେ।

ଏତେସବୁ ପ୍ରେସର ଭିତରେ ବି ମୁଁ ବହି ଛପାକୁ ଟାଳି ଟାଳି ଆସୁଥିଲି। କାହିଁକି କେଜାଣି ଆଦୌ ମନ ବଳେନି ସେ ଦିଗକୁ। ହଠାତ ଦିନେ ଫୋନ୍ ଆସିଲା ହିରଣ୍ମୟୀ ମାଡାମଙ୍କର। ସେ ମୋତେ ଏହି ବ୍ଲାକ୍ ଇଗଲ୍ ବୁକ୍ସର "First Book Award" ବିଷୟରେ ସୂଚନା ଦେଲେ ଏବଂ ଏକରକମ ନିର୍ଦ୍ଦେଶ ଦେଲେ ଏଥିରେ ମୋ ପାଣ୍ଡୁଲିପିକୁ ଦେବା ପାଇଁ। ମୁଁ ମୋ ପାଣ୍ଡୁଲିପିଟିକୁ ତୁରନ୍ତ ପଠେଇବା ଏବଂ ଏହା ପୁରସ୍କୃତ ହୋଇ ପ୍ରକାଶିତ ହେବା ଘଟଣାବଳୀ ସବୁ ମୋ ପାଇଁ କୌଣସି ସ୍ୱପ୍ନଠାରୁ କିଛି କମ୍ ନୁହେଁ। ଆଉ ବହିଟି ଏମିତି ଗୋଟିଏ ଅନ୍ତର୍ଜାତୀୟ ସଂସ୍ଥାଦ୍ୱାରା ପୁରସ୍କୃତ ହୋଇ ପ୍ରକାଶିତ ହେବା ମୋର ସୌଭାଗ୍ୟ ଏବଂ ମୋ ଜୀବନର ଗୋଟିଏ ଗୌରବମୟ ଫର୍ଦ୍ଦ ନିଶ୍ଚିତ ଭାବରେ।

ପ୍ରକାଶିତ ହେବାକୁ ଯାଉଥିବା ପୁସ୍ତକ 'ମଡ଼ାଚଣ୍ଡିଆ ଓ ଅନ୍ୟମାନେ'ରେ

ସ୍ଥାନିତ ହୋଇଛି ବାଇଶିଟି ଗଳ୍ପ। ଏଥିରେ ଅଧିକାଂଶ ଗଳ୍ପର ଚରିତ୍ରଗୁଡ଼ିକ ବିଲୁପ୍ତ ପ୍ରାୟ। ଗାଁ ଗହଳି ମାନଙ୍କରେ ଏବେ କ୍ୱଚିତ୍ ଆସୁଛନ୍ତି ଆଖି ସାମ୍ନାକୁ। ଏବେ ଦେଖିବାକୁ ମିଳୁନାହାନ୍ତି ହୁଏତ ଆଉ କିଛିବର୍ଷ ପରେ ଶୁଣିବାକୁ ବି ମିଳିବେନି। 'ମଡ଼ାଚଣ୍ଡିଆ', 'ସାହାଡ଼ାସୁନ୍ଦରୀ', 'ଜାନୁଘଣ୍ଟ', 'ବାଳିକାବଧୂ' ପରି ଏମିତି ଆହୁରି କିଛି ଚରିତ୍ର ବି ଏଥିରେ ସ୍ଥାନିତ, ଯେଉଁମାନେ କି ଆଜିର ପିଢ଼ି ପାଖରେ ସମ୍ପୂର୍ଣ୍ଣ ଅପରିଚିତ କହିଲେ ଚଳେ। ଯେଉଁସବୁ ଶବ୍ଦ ବା ଚରିତ୍ରମାନଙ୍କୁ ପିଲାଦିନରୁ ଶୁଣି ଶୁଣି ମୁଁ ମୋ ଅବଚେତନ ମନ ଭିତରେ ସାଇତି ରଖିଥିଲି ଆଜିଯାଏ, ସେ ସବୁ ଶବ୍ଦ ଆଉ ଚରିତ୍ରମାନେ ଆଜିକାଲିର ପିଲାମାନଙ୍କ ପାଇଁ ଅଭିଧାନ ବହିର୍ଭୁତ। ମୁଁ ଖୁବ୍ ଛୋଟବେଳୁ ମୋ ଜେଜେମା' ପାଖରୁ ଅନେକବାର ଶୁଣିଛି ସାହାଡ଼ାସୁନ୍ଦରୀ କଥା, କଲୁରୀବେଣ୍ଟ କଥା, କଲରେଇ ଫୁଲ କଥା ପରି ଅନେକ ଗପ। ଆଜିକାଲିର ଛୁଆ ଏମାନଙ୍କୁ କେତେ ଚିହ୍ନନ୍ତି!

ମୋ ପିଲା ମନରେ ସେତେବେଳେ ଖୁବ୍ ପ୍ରଭାବ ପକେଇଥିବା ଆଉ ଛାପିହୋଇ ରହି ଯାଇଥିବା ଚରିତ୍ରମାନଙ୍କୁ ମୁଁ କେବଳ ସାଇତି ରଖିବାକୁ ଚାହିଁଛି ମୋ ଲେଖା ମାଧ୍ୟମରେ ଏହି ସଙ୍କଳନରେ ସ୍ଥାନିତ କରି। ମୋ ଜୀବନର ଅପରାହ୍ନରେ, କାଳର କରାଳ ଗତି ଭିତରେ ହୁଏତ ଏମାନେ ଆଉ ଆଦୌ ନ ଥାଇ ପାରନ୍ତି। କିନ୍ତୁ ସେତେବେଳେ ଯେବେବି ମୁଁ ମୋର ଏହି ବହିକୁ ପଢ଼ିବି, ନିଶ୍ଚୟ ମନେପଡ଼ିବ ମୋର ମୋ ପିଲାଦିନ। ଯଦି କେବେ ମୋର ଉତ୍ତରପିଢ଼ି ଏହି ବହିକୁ ପଢନ୍ତି ତେବେ ନିଶ୍ଚୟ ତାଙ୍କ ମନ ଆନ୍ଦୋଳିତ ହେବ ଯେ, "ଏମିତି ଚରିତ୍ରମାନେ ବି ଏ ସମାଜରେ ଥିଲେ ସତରେ!"

ଏଥିରେ ସ୍ଥାନିତ ଥିବା ଗଳ୍ପ ମଧ୍ୟରୁ କିଛିଗଳ୍ପ ମୋର ବିଭିନ୍ନ ପତ୍ରପତ୍ରିକାରେ ପ୍ରକାଶିତ। ଗଳ୍ପଗୁଡ଼ିକ ପ୍ରକାଶିତ ହେବାର ପରମୁହୂର୍ତ୍ତରେ ଆସୁଥିବା ପାଠକୀୟ ପ୍ରତିକ୍ରିୟା ସବୁ ମୋତେ ବିହ୍ୱଳିତ କରେ। ସେଥିରୁ ଅଳ୍ପ କେତୋଟି ଉଦାହରଣ ଦେବାକୁ ଚାହିଁବି ମୁଁ। 'ମଡ଼ାଚଣ୍ଡିଆ' ପ୍ରକାଶିତ ହେବା ପରେ ପରେ ଫୋନ୍ କଲରେ ମୋ ପାଠକମାନଙ୍କ ପ୍ରଶ୍ନ ମୋ ପାଇଁ କିଛି ଏମିତି ଥିଲା। "ଏ ଚରିତ୍ରକୁ ଆପଣ ଭେଟିଛନ୍ତି କେବେ ସାମ୍ନାରୁ?" "ଯେଉଁଠି ନାରୀଟିଏକୁ ମଶାଣି ଯିବାକୁ ବାରଣ, ସେଠି ଏ ମଶାଣି ଉପରେ ଏତେ ନିଖୁଣ ବର୍ଣ୍ଣନା କେମିତି କରିଛନ୍ତି ଆପଣ! ନିଜ ଆଖିରେ କେବେ ଦାହସଂସ୍କାର ଦେଖିଛନ୍ତି?" ଏଥିରେ ଆଉ ଗୋଟିଏ ଗଳ୍ପ ସ୍ଥାନିତ ହୋଇଛି ବନ୍ୟାର ବିଭୀଷିକାକୁ ନେଇ।

ଗଳ୍ପଟି ଯେତେବେଳେ 'ଶୋଭନା' ପତ୍ରିକାରେ ପ୍ରକାଶିତ ହେଲା ସେତେବେଳେ ବୟସ୍କ ବ୍ୟକ୍ତି ଜଣେ ମୋତେ ଫୋନ୍ କଲେ ଆଉ ସିଧା ସଳଖ

ପଚାରିଲେ, "ମା' ତୁମ ବୟସ କେତେ ?" ଏ ପ୍ରଶ୍ନରେ ମୁଁ ହଡ଼ବଡ଼େଇ ଗଲି। ପୁଣି ପ୍ରଶ୍ନ "ବନ୍ୟାକୁ କେବେ ସାମ୍ନା କରିଛ ? ବନ୍ୟାଞ୍ଚଳ କେବେ ବୁଲିଯାଇଥିବ ନିଶ୍ଚୟ ନ ହେଲେ ଏମିତି ବର୍ଣ୍ଣନା ଅସମ୍ଭବ।" ଏ ସବୁ ପ୍ରଶ୍ନର ଉତ୍ତର କେବଳ ନା'। ନା' ମୁଁ ମଡ଼ାଚଣ୍ଡିଆକୁ ସାମ୍ନାରୁ ଭେଟିଛି, ନା' ମୁଁ ବନ୍ୟାର କଷ୍ଟ ଭୋଗିଛି। ଏମାନଙ୍କ ଜୀବନକୁ ମୁଁ କେବଳ କଳ୍ପନାରେ ଭୋଗିଛିମାତ୍ର ଆଉ ତାଙ୍କୁ ଉତାରିବାକୁ ଚେଷ୍ଟାକରିଛି ମୋ କାଗଜରେ। ହଁ, ମୁଁ ଭେଟିଛି ସାହାଡ଼ାସୁନ୍ଦରୀକୁ ମୋ ଜେଜେମା'ର ଗଳ୍ପରେ, ମୁଁ ଭେଟିଛି ଅଜରାକୁ ରେଳଷ୍ଟେସନର କଡ଼ରେ, ମୁଁ ଭେଟିଛି ଜାନୁଘଣ୍ଟକୁ ଗୋଟେ ଉଦୁଉଦିଆ ଦ୍ୱିପ୍ରହରରେ ମୋ ଗାଁ ଦାଣ୍ଡରେ। ଏମିତି ଅନେକ ଚରିତ୍ରଙ୍କୁ ମୁଁ ଭେଟିଛି ମୋ ଆଖପାଖରେ ଆଉ ମୋ ଦୈନନ୍ଦିନ ଜୀବନରେ।

ଗୋଟେ ଅପରିପକ୍ୱ ହାତର ସ୍ୱାକ୍ଷର ଏ ବହି ଖଣ୍ଡିକ। ତେଣୁ ଏ ଭିତରେ ଯଦି କିଛି ଅନିଚ୍ଛାକୃତ ଭୁଲତ୍ରୁଟି ଥାଏ, ସେଥିପାଇଁ ମୁଁ ମୋର ପାଠକ ଏବଂ ଦିଗ୍ଗଜ ଲେଖକମାନଙ୍କ ପାଖରେ ଯୋଡ଼ହସ୍ତରେ କ୍ଷମାପ୍ରାର୍ଥୀ। ଫେସ୍‌ବୁକରେ ମୋ ଲେଖା ସହ ବର୍ଷ ବର୍ଷ ଧରି ଯୋଡ଼ିହୋଇ ରହି ମୋତେ ଗଳ୍ପମନସ୍କ କରେଇଥିବା ମୋ ପାଠକମାନଙ୍କ ପାଖରେ ମୁଁ କୃତଜ୍ଞ। ବହି ଛାପିବା ଦିଗରେ ମୋତେ ସବୁବେଳେ ପ୍ରେରଣା ଦେଇ ଆସୁଥିବା ମୋ ବୋଉ, ନନା, ମୋ ଗୁରୁମା' ହୀରଣ୍ମୟୀ ମାଡାମ, ଫନିଭାଇ, ପୁଷ୍ପାଅପା ଓ ମୋ ସାନ ଭାଇଭଉଣୀମାନଙ୍କ ପାଖରେ ମୁଁ ଚିରଦିନ ଋଣୀ। ମୋ ଶାଶୁଘର ଲୋକଙ୍କ ସହଯୋଗ ପାଖରେ ମୁଁ କୃତଜ୍ଞ। ବିଶେଷକରି ମୋ ଜୀବନସାଥୀ ପ୍ରକାଶ ମିଶ୍ରଙ୍କ ପାଖରେ ମୁଁ ଆଜୀବନ କୃତଜ୍ଞ। ମୋ ମନର ପ୍ରବାହକୁ ସେ କେବେ ବନ୍ଧ ଦେଇ ବାନ୍ଧିବାର ଚେଷ୍ଟା କରିନାହାନ୍ତି। ମୋ ଉପରେ ପୂର୍ଣ୍ଣ ଭରସା ଆଉ ବିଶ୍ୱାସ ରଖି ସ୍ୱଚ୍ଛନ୍ଦ ଭାବରେ ବହି ଯିବାକୁ ଦେଇଛନ୍ତି ମୋତେ। ବ୍ଲାକ୍ ଇଗଲ୍ ବୁକ୍ସ ଏବଂ ସତ୍ୟ ପଟ୍ଟନାୟକ ସାର୍‌ଙ୍କୁ ମୋର ହୃଦୟରୁ ଧନ୍ୟବାଦ ସହ କୃତଜ୍ଞତା। ପ୍ରକାଶକ ମହୋଦୟଙ୍କ ସହଯୋଗ ଓ ସଦିଚ୍ଛା ମୋର ସବୁଦିନେ ମନେରହିବ।

ଆପଣମାନଙ୍କ ସ୍ନେହ, ଶ୍ରଦ୍ଧା, ଆଶୀର୍ବାଦ ମୋ ଉପରେ ସବୁବେଳେ ଏମିତି ଥାଉ, ଏତିକି କାମନା।

ରୋଜାଲିନି ମିଶ୍ର

ଭି.ଏସ୍.ଏସ୍. ନଗର, ଭୁବନେଶ୍ୱର

ସୂଚିପତ୍ର

ମଡ଼ାଚଣ୍ଡିଆ

ମୁର୍ଦ୍ଦାରଟାକୁ କେଞ୍ଚିକେଞ୍ଚି ହାଲିଆ ହୋଇଗଲାଣି ଚଣ୍ଡିଆ। ଜମା ନିଆଁ ଧରୁନି ଭଲରେ। ମୁର୍ଦ୍ଦାର ଦେହରୁ ପାଣି ବାହାରି ନିଆଁ ଲିଭି ଯାଉଛି ବାରମ୍ବାର। ଚଣ୍ଡିଆ ବିରକ୍ତ ହୋଇଗଲାଣି ପୁରା। "କି ବେଳାରେ ବୁଢ଼ୀଟା ମରିଥିଲା କେଜାଣି। ଜଳଉଦରୀ ରୋଗରେ ମରିଛି ବୋଧେ। ସେଥିପାଇଁ ଦେହରୁ ପାଣି ବାହାରି କାଠଗୁଡ଼ାକ ଓଦା ହୋଇଯାଉଛି। ସେଥିରେ ପୁଣି ଦାଉ ସାଧୁଛି ଏ ଝିପିଝିପି ବର୍ଷା।"

ମୁର୍ଦ୍ଦାର ସହ ଯେଉଁମାନେ ଆସିଥିଲେ ମୁଖାଗ୍ନି ଧରେଇ ଦେଇ କାଠ ଖଣ୍ଡେ ଖଣ୍ଡେ ପକେଇ ଦେଇ ଯାଇ ଗଛ ମୂଳରେ ବସିଲେଣି। ଚଣ୍ଡିଆ ବିଚରା ମଡ଼ାକୁ କେଞ୍ଚାକେଞ୍ଚି କରି ପୋଡ଼ିବାରେ ବ୍ୟସ୍ତ। ରାତି ଦୁଇଟା ପାଖାପାଖି ପୋଡ଼ାପୋଡ଼ି କାମ ସରିଲା। ହାଲିଆ ମାରି ଟିକେ ବସି ପଡ଼ିଲା ଚଣ୍ଡିଆ। ମୁର୍ଦ୍ଦାର ସହ ଆସିଥିବା ଲୋକମାନେ ଅସ୍ଥି ଖଣ୍ଡେ ସଂଗ୍ରହ କରି ଚଣ୍ଡିଆକୁ କିଛି ଟଙ୍କା ଧରେଇ ଦେଇ ଚାଲି ଗଲେଣି ମଶାଣିରୁ।

ସେମାନେ ଗଲା ପରେ ଚଣ୍ଡିଆ ଦରପୋଡ଼ା କାଠସବୁ ଗୋଟେଇ ନେଇ ଗୋଟେ କଡ଼କୁ ଗଦେଇ ଦେଲା। ଧୁଆଧୋଇ ଟିକେ ହୋଇ ଶୋଇପଡ଼ିଲା ତା' ଘରେ। ଘର ତ ନୁହେଁ ଝାଟିମାଟି ଆଉ ବାଉଁଶକଣିରେ ତିଆରି କୁଡ଼ିଆଟିଏ। କୁଡ଼ିଆର କବାଟ କହିଲେ ଅଧାଛିଣ୍ଡା ଜରିପାଲ ଖଣ୍ଡେ ଯାହା ବର୍ଷକ ବାରମାସ ନଈକୁଳିଆ ହାଲକା ପବନରେ ଉଡୁଥାଏ।

ମଶାଣିଠାରୁ ଅଳ୍ପ ଦୂରରେ ନଈଟିଏ। ଗାଁରୁ ଯେଉଁମାନେ ମୁର୍ଦ୍ଦାର ନେଇକି ଆସନ୍ତି, ସେମାନେ ସେଇ ନଈରେ ଗାଧୁଆ ପାଧୁଆ କାମ ସାରି ଘରକୁ ଫେରନ୍ତି। ମଡ଼ାଚଣ୍ଡିଆର ମୁହଁ ସକାଳୁ ଦେଖିଲେ କାଳେ ଅଶୁଭ ସେଥିପାଇଁ ପାହାନ୍ତିଆରୁ ଉଠିପଡ଼େ ଚଣ୍ଡିଆ। ଗାଁ ଝିଅ ବୋହୂ ନଈକୁ ଆସିବା ଆଗରୁ ଅତୁଠରେ ବୁଡ଼ଟିଏ ମାରିଦେଇ

ଫେରିଆସେ ତା' କୁଡ଼ିଆକୁ। ତା' ପରେ ଖୁଦ ଚାଉଳ ଯାହା ଥାଏ କ'ଣ ଟିକେ ରାନ୍ଧିଦେଇ ଖାଇଦିଏ ଆଉ ବଳିଲେ ରାତିପାଇଁ ରଖିଦିଏ।

ଏଇ କିଛିଦିନ ହେବ ଚଣ୍ଡିଆର ରୋଜଗାର ଟିକେ କମି ଯାଇଛି। ଗାଁ ମଶାଣି ଅପେକ୍ଷା ପୁରୀ ସ୍ୱର୍ଗଦ୍ୱାରରେ ଦାହ ସଂସ୍କାରକୁ ଲୋକେ ବେଶୀ ପସନ୍ଦ କରୁଛନ୍ତି। ପନ୍ଦର ଦିନ ହେଲାଣି ଗୋଟାଏ ବି ମୁର୍ଦ୍ଦାରର ଦେଖା ନାହିଁ। ଚାଉଳ ଆଉ ପଇସା ବି ସରିସରି ଆସିଲାଣି ଚଣ୍ଡିଆ ପାଖରୁ। ସେତକ ସରିଗଲେ କ'ଣ କରିବ ସିଏ ? କେମିତି ଚଳିବ ? କୁଡ଼ିଆ ବାହାରେ ବସି ବସି ଚିନ୍ତା କରୁଛି ଚଣ୍ଡିଆ। ନାଃ....ଏ ବୃତ୍ତିକୁ ଧରି ବସିଲେ ଆଉ ଚଳି ହେବନି। କିଛି ଅଲଗା ବ୍ୟବସ୍ଥା କରିବାକୁ ପଡ଼ିବ। "ଢୋକେ ପିଇ ଦଣ୍ଡେ ଜିଇଁ" ନୀତିରେ ଆଉ କେତେଦିନ ବଞ୍ଚିବ ସେ !

ପେଟ ଭିତରର କଁ କଁ ଶବ୍ଦରେ ଭାବନା ଭାଙ୍ଗିଗଲା ଚଣ୍ଡିଆର। ଜୋର୍‌ରେ ଭୋକ ଲାଗିଲାଣି ତାକୁ କେତେବେଳୁ। ଧୀରେ ଧୀରେ ଉଠି କୁଡ଼ିଆ ଭିତରକୁ ଗଲା ସେ। ଉଠାଚୁଲିଟାକୁ ଆଣି ବାହାରେ ଥୋଇ ପାଣି ଡେକଚି ବସେଇଲା ଭାତ ରାନ୍ଧିବ ବୋଲି। ମୁର୍ଦ୍ଦାର ପୋଡ଼ାବେଳର ଅଧାଜଳା କାଠସବୁ ଆଣି ନିଆଁ ଧରେଇଲା ଚୁଲିରେ। ପଲିଥିନ ମୁଣାରୁ ଚାଉଳ କାଢ଼ି ଦେଖିଲା ଫିମ୍ପି ମାରି ଆସିଲାଣି ଟିକେ। ହଉ ଚଳେଇ ଦେବା ଆଜି କହି ଚାଉଳ ଧୁଆଧୋଇ କରି ହାଣ୍ଡିରେ ପକେଇ ଦେଇ ଚୁଲି ପାଖରେ ବସି ପଡ଼ିଲା ସେ।

ଚୁଲିରେ କାଠ ଦେଉଦେଉ ପୁଣି ଭାବନା ରାଜ୍ୟକୁ ଫେରିଗଲା ଚଣ୍ଡିଆ। "ଅଲଗା ଜାଗାରେ କୋଉଠି କାମ ଖୋଜିବାକୁ ପଡ଼ିବ ମୋତେ। ମୁଁ ତ ଏଠି ପାଖାପାଖି ତିନିଖଣ୍ଡ ଗାଁର ମଡ଼ାଚଣ୍ଡିଆ। ମୋତେ ଏଠି କିଏ କାମ ଦବ ? ଏଠାରୁ ବହୁତ ଦୂରକୁ ଚାଲିଯିବାକୁ ପଡ଼ିବ ମୋତେ। ସେଠି ଅଲଗା କିଛି କାମଧନ୍ଦା କରି ପେଟ ପୋଷିବାକୁ ପଡ଼ିବ। ଯଦି ଦି' ପଇସା ଭଲ ରୋଜଗାର କରିପାରିଲି ତା'ହେଲେ ବାହାସାହା ହୋଇ ଘରସଂସାର କରି ସୁଖରେ ରହିବି ମୁଁ। ଏ ନଈକୂଳିଆ ମଶାଣିପଦାରେ ଆଉ କେତେଦିନ ପଡ଼ିରହିବି ଏକାଏକା ବିଲୁଆ କୁକୁରଙ୍କ ମେଳରେ !"

ସାଙ୍ଗେ ସାଙ୍ଗେ ଚଣ୍ଡିଆର ମାନସପଟରେ ଭାସିଉଠିଲା ଗୋଟିଏ ସୁନ୍ଦର ସୁଖୀ ପରିବାର। ସୁନ୍ଦର ଛୋଟିଆ ଘରଟିଏ। ଗୋରା ତକତକ ସ୍ତ୍ରୀଟିଏ ଆଉ ଗୁଲୁଗୁଲିଆ ଛୁଆ ଦୁଇଟା....

ଚୁଲିର କାଠ ଜଳି ଆସିଲା ଉପରକୁ। ଆଉଥରେ ଭାବନା ଭାଙ୍ଗିଗଲା ଚଣ୍ଡିଆର। ଗବ୍ ଗବ୍ ହୋଇ ଫୁଟୁଥିବା ଭାତହାଣ୍ଡିରୁ ଉଠୁଥିବା ଧୂଆଁ ସହ ଚଣ୍ଡିଆର ସ୍ୱପ୍ନସବୁ ମିଶିଯାଇ ଉପରକୁ ଉଠିଗଲା ଆଉ ମିଳେଇଗଲା ଶୂନ୍ୟରେ।

ଚଣ୍ଡିଆ ପାଖରେ ଏବେ ଚାଉଳ ପଇସା ସବୁ ଶେଷ। ଦୁଇଦିନ ହେଲାଣି ଭୋକରେ ସେ। ମୁର୍ଦ୍ଦାରର ବି ଦେଖା ନାହିଁ। ଆଜି ସକାଳେ ଗାଁ ପାଖକୁ ଯାଇଥିଲା ଯେ କାମ ଆଶାରେ, ଗାଁ ଜମିଦାର ଦୂର୍ ଦୂର୍ କହି ଘଉଡ଼େଇ ଦେଲା ତାକୁ।

ସେଦିନ ସଂଧ୍ୟାବେଳକୁ ଗାଁରୁ କାନ୍ଦ ବୋବାଳି ଶୁଣାଗଲା। ଗାଁ ପାଖକୁ ଯାଇ କାନ ଡେରିଲା ଚଣ୍ଡିଆ। କିଏ ମରିଗଲା ବୋଧେ! ଯା'ହଉ ଆଜି କିଛି ପଇସା ମିଳିଯିବ। ଖବର ପାଇଲା ଯେ ପ୍ରଧାନ ଘର ବୁଢ଼ୀ ମରିଗଲା। ବୁଢ଼ୀର ଦୁଇପୁଅ। ଶଙ୍କରା ଆଉ ମକରା। ବଡ଼ପୁଅ ଶଙ୍କରା ସହରରେ ରହେ। ତା' ପାଖକୁ ଖବର ଯାଇଛି। ସିଏ ଆସି ପହଞ୍ଚିଲେ ମୁଖାଗ୍ନି ଦେଇ ଶବ ସଂସ୍କାର କରିବ। ଜଗିକି ବସିଛି ଚଣ୍ଡିଆ କେତେବେଳେ ମୁର୍ଦ୍ଦାର ଆସିବ। ଆକାଶରେ ଜହ୍ନକୁ ଦେଖି ଅନ୍ଦାଜ ଲଗେଇଲା ସିଏ। ରାତି ଗୋଟାଏ ଉପରେ ହବଣି ବୋଧେ.... କାହିଁ କିଏ ଆସିଲେନି ତ? ଭୋକରେ ପେଟଟା ମୋଡ଼ିମୋଡ଼ି ହୋଇଯାଉଛି। ଦେହଟା ବି ଦୁର୍ବଳ ଲାଗୁଛି। ଟିକେ ଯାଇ ଗଡ଼ି ପଡ଼େ କହି କୁଡ଼ିଆ ଭିତରକୁ ଗଲା ଚଣ୍ଡିଆ।

କେତେବେଳେ ଆଖି ଲାଖି ଯାଇଛି ତା'ର। ନିଦ ଭାଙ୍ଗିଲାବେଳକୁ ଖରା ପଡ଼ିଲାଣି। ଚଣ୍ଡିଆ ଖବର ନେଇ ବୁଝିଲା ଯେ ବୁଢ଼ୀର ବଡ଼ ପୁଅ ଶଙ୍କରା ସହରରୁ ସ୍ୱର୍ଗରଥ ଗାଡ଼ି ଧରି ଆସିଥିଲା। ଦୁଇପୁଅ ମିଶିକି ବୁଢ଼ୀକୁ ପୁରୀ ନେଇଗଲେ ସ୍ୱର୍ଗଦ୍ୱାରରେ ପୋଡ଼ିବା ପାଇଁ।

ନିରାଶ ମନରେ କିଛି ସମୟ ବସିଲା ଚଣ୍ଡିଆ। ତା'ପରେ ଯାଇ ବାହାର କଲା ଛୋଟିଆ ମୁଣାଟାଏ। ସେଥିରୁ ବାହାର କଲା ହଳେ ରୁପା ପାଉଁଜି, କେତୁଟା ଗୋଡ଼ମୁଦି ଆଉ ଗୋଟାଏ ପତଳା ନକନକ ଚେପା ହୋଇଯାଇଥିବା ସୁନା ମୁଦିଟାଏ। ଗଲାବର୍ଷ ଗାଁର ଗୋଟାଏ ବୋହୂ ବିଷ ଖାଇ ଆତ୍ମହତ୍ୟା କରିଦେଇଥିଲା। ତାକୁ ପୋଡ଼ିବାକୁ ଏଠିକି ଆଣିଥିଲେ ତା' ସାହିଭାଇ। ତା'ରି ପାଦରୁ କଳା ଖପରା ପରି ଦିଶୁଥିବା ଏଇ ରୁପା ପାଉଁଜି ହଳକୁ ଆଉ ଗୋଡ଼ମୁଦି କେତୁଟା ବାହାର କରି ରଖି ଦେଇଥିଲା ସେ। ଆଉ ଏ ସୁନାମୁଦିଟା ହେଉଛି ସାହୁକାର ବୁଢ଼ାର। ବୁଢ଼ା ମଲାବେଳକୁ ଏମିତି ଫୁଲି ଯାଇଥିଲା ଯେ ଘରଲୋକ ଚେଷ୍ଟା କରିକି ମଧ୍ୟ ବୁଢ଼ାର ଆଙ୍ଗୁଠିରୁ ଏ ମୁଦିଟାକୁ ବାହାର କରିପାରିଲେନି। ବାଧ୍ୟ ହୋଇ ସେମିତି ନେଇ ଆସିଥିଲେ ମଶାଣିକୁ। ଚଣ୍ଡିଆ ତାକୁ କେଞ୍ଚାକେଞ୍ଚି ଘୋଷଡ଼ା ଓଟରା କରି ମୁଦିଟାକୁ ବାହାର କରି ରଖିଥିଲା। ପତଳା ନକନକ ମୁଦିଟା ଘୋଷଡ଼ା ଓଟରାରେ ଚେପା ହୋଇଯାଇଛି ସେଥିପାଇଁ। ମୁଦି ଆଉ ପାଉଁଜି ସବୁକୁ ପୁଣି ଏକାଠି କରି ମୁଣିରେ ପୁରେଇଲା ଚଣ୍ଡିଆ। ଭାବିଲା ଆଉ ଏ ଭୋକ ସମ୍ଭାଳି ହବନି। କାଲି ଏଗୁଡ଼ା ଯାଇ

ସବୁ ବିକ୍ରି କରିଦେଇ କ'ଣ ଟିକେ କିଣିକି ଖାଇଦେବି ଆଉ ତା'ପରେ ଏ ଗାଁ ଛାଡ଼ି ଚାଲିଯିବି ବହୁତ ଦୂରକୁ।

ବସି ବସି ସନ୍ଧ୍ୟା ହେଲାଣି। କାଲି ରାତି ପାହିଲେ ସେ ଏ ଗାଁ ଛାଡ଼ି ଚାଲିଯିବ। ଟିକେ ସନ୍ଧ୍ୟା ଗଡ଼ିଯିବାରୁ ଶୋଇବାକୁ ଚେଷ୍ଟାକଲା ଚଣ୍ଡିଆ। କିନ୍ତୁ ଭୋକ ତ ଦାଉ ସାଧୁଛି, ନିଦ ଆସିବ କୋଉଠୁ? କୁଡ଼ିଆ ବାହାରେ କିଛି ଗୋଟେ ଖସଖସ୍ ଶବ୍ଦ ଶୁଣାଯାଉଛି। ବିଲୁଆ କି କୋକିଶିଆଳିଟାଏ ହୋଇଥିବ ବୋଧେ।

ରାତି କେତେହେବ କେଜାଣି, ଦୂରରୁ ଟର୍ଚ୍ଚ ଲାଇଟ ଦିଶିଲା ଚଣ୍ଡିଆକୁ। ଏତେ ରାତିରେ କିଏ ଆଉ ଆସିଲା ମଶାଣିକୁ!! ଚଣ୍ଡିଆ କୁଡ଼ିଆରୁ ବାହାରି ତା'ର ମୁର୍ଦ୍ଦାର କେଞ୍ଚା ଠେଙ୍ଗାଟାକୁ ହାତରେ ଧରି ଲାଇଟଆଡ଼କୁ ଖଣ୍ଡେ ବାଟ ଗଲା। ଦୂରରୁ ଦୁଇଟା ଲୋକଙ୍କ କଥାବାର୍ତ୍ତା ଶୁଣାଗଲା ତାକୁ। କାନ ଡେରି ଜାଣିଲା ଯେ ପ୍ରଧାନ ଘର ବୁଢ଼ୀର ସାନପୁଅ ମକରା ଆଉ ଗୋଟାଏ କାହାକୁ ସାଙ୍ଗରେ ଧରି ତା ମା'ର ପ୍ରେତହାଣ୍ଡି ଦେବାକୁ ଆସିଛି। ହାତରେ ଠେଙ୍ଗାଟିଏ ଧରିଛି କୁକୁର ଘଉଡ଼େଇବା ପାଇଁ। ଟିକେ ଦୂରରେ ଥାଇ ଲକ୍ଷ୍ୟ କରୁଛି ଚଣ୍ଡିଆ। ହାଣ୍ଡିରେ ଖାଇବା ଜିନିଷ ଥିବ ଭାବୁ ଭାବୁ ତା' କ୍ଷୁଧାଗ୍ନି ଜୋର୍‌ରେ ପ୍ରଜ୍ୱଳିତ ହେବାକୁ ଲାଗିଲା।

ମକରା ହାଣ୍ଡି ଥୋଇଦେଇ ବୁଲିପଡ଼ିଲାବେଳକୁ ପଞ୍ଚାଏ କୁକୁର ଆସି ଘେରିଗଲେ ହାଣ୍ଡିକୁ। ଚଣ୍ଡିଆ ନିଜ ଠେଙ୍ଗା ଧରି ଗୋଡ଼େଇଗଲା କୁକୁରଙ୍କୁ। କୁକୁରଙ୍କୁ ଘଉଡ଼େଇ ଦେଇ ନିଜେ ପ୍ରେତହାଣ୍ଡିର ଅନ୍ନତକ ଅକ୍ତିଆର କଲାବେଳକୁ କୁକୁରମାନେ ବି ନଛୋଡ଼ବନ୍ଧା। ଭୋ...ଭୋ.... ହୋଇ ପୁଣି ମାଡ଼ି ଆସିଲେ ଚଣ୍ଡିଆଆଡ଼କୁ। ଚଣ୍ଡିଆ ଦେଲା ପାହାରେ ପାହାରେ ଠେଙ୍ଗାରେ। କୁକୁରଗୁଡ଼ାକ ପୁଣି ଖାଦ୍ୟ ଆଶାରେ ଚଣ୍ଡିଆକୁ ଛାଡ଼ି ଧାଇଁଲେ ମକରାଆଡ଼କୁ। ମକରା ସେତେବେଳକୁ ମଶାଣିରୁ ଅଳ୍ପ କିଛିବାଟ ଯାଇଥିଲା। କୁକୁରମାନେ ତା'ଆଡ଼କୁ ମାଡ଼ି ଆସୁଛନ୍ତି ଦେଖି ଠେଙ୍ଗାଟାକୁ ଜୋର୍‌ରେ ଛାଡ଼ିଦେଲା ସେ କୁକୁରଙ୍କୁ ଲକ୍ଷ୍ୟ କରି। ଠେଙ୍ଗାଟା କିନ୍ତୁ କୁକୁରଙ୍କ ଦେହରେ ନ ବାଜି ସିଧା ଆସି ବାଜିଲା ଚଣ୍ଡିଆର ମେରୁଦଣ୍ଡ ହାଡ଼ରେ। ପାଟିକୁ ଗୁଣ୍ଡାଏ ଭାତ ନେଉ ନେଉ ମରିଗଲି...ମରିଗଲି....ଚିତ୍କାର କରି ଭୂଇଁ କାମୁଡ଼ି ପଡ଼ିଗଲା ଚଣ୍ଡିଆ।

ଚିତ୍କାର ଶୁଣି ଧାଇଁ ଆସିଲା ମକରା। ଟର୍ଚ୍ଚ ଲାଇଟ ମାରି ଦେଖିଲା ଚଣ୍ଡିଆ ଛଟପଟ ହେଉଛି ଭୁଇଁରେ ପଡ଼ି। ଚଣ୍ଡିଆ ହାତରେ ଭାତଗୁଣ୍ଡାଟା ଦେଖି ସବୁ ବୁଝିଗଲା ମକରା। କହିଲା "ମୋ ମା'ର ହାଣ୍ଡିକୁ ଅଇଁଠା କଲୁ ତୁ?? ଏତେ ସାହସ ତୋର?? ପ୍ରେତହାଣ୍ଡି ଥୋଇସାରିଲା ପରେ ପଛକୁ ବୁଲି ଚାହିଁବା ନିୟମ ନୁହେଁ। ତୋ ପାଇଁ ମୋ ନିୟମ ବି ଭାଙ୍ଗିଲା। କାଲି ପଞ୍ଚାୟତରେ ତୋ କଥା ବୁଝାହେବ।" ମକରା

ଚାଲିଗଲା । ବଡ଼ କଷ୍ଟରେ ଚଣ୍ଡିଆ ଉଠିକି ବସିଲା । ସେତେବେଳକୁ କୁକୁରମାନେ ହାଣ୍ଡିର ଅନ୍ନତକ ଉଦରସ୍ଥ କରିସାରିଲେଣି ।

ଗାଁର ଶେଷ ମୁଣ୍ଡରେ ବରଗଛଟିଏ କାହିଁ କୋଉ ଅମଳର । ବରଗଛ ମୂଳରେ ଗାଦିଗୋସେଇଁଙ୍କର ଆସ୍ଥାନ । ଆଉ ଟିକେ ଦୂରରେ ବହି ଯାଇଛି ଅଙ୍କାବଙ୍କା ଅଳସୀ ନଈ । ନଈଟାର ଗତି ସବୁବେଳେ ଆସନ୍ନ ପ୍ରସବା ପରି ଧୀର ମନ୍ଥର । ସେଥିପାଇଁ ବୋଧେ ତା'ର ନାଁ ଅଳସୀ ନଈ । ସେଇ ନଈକୂଳିଆ ବରଗଛ ମୂଳରେ ଗାଁର ପଞ୍ଚାୟତ ବସିଛି । ଚଣ୍ଡିଆକୁ ଡକରା ହୋଇଛି । ଅଣ୍ଟାଟା ସଳଖ ହେଉନି ଆଉ ଚଣ୍ଡିଆର । ଘୁଷୁରି ଘୁଷୁରି ବସିଉଠି ବଡ଼କଷ୍ଟରେ ସେ ଗଲା ଗାଁ ଶେଷମୁଣ୍ଡ ବରଗଛ ଯାଏ ।

ଚଉପାଢ଼ୀ ଉପରେ ବସିଛନ୍ତି ଗାଁର ମୁଖିଆ ଆଉ ମୁରବୀମାନେ । ଚଣ୍ଡିଆ ଯାଇ ହାତଯୋଡ଼ି ମୁଣ୍ଡ ନୁଆଇଁ ଠିଆ ହେଲା ସେମାନଙ୍କ ଆଗରେ । ଚଣ୍ଡିଆ ଉଦ୍ଦେଶ୍ୟରେ ମୁଖିଆ ଆରମ୍ଭ କଲେ....ମକରା ମା'ର ପ୍ରେତହାଣ୍ଡି ଉଚ୍ଛିଷ୍ଟ କରିବା ଅପରାଧରେ ତୋତେ ଆଜି ଏଠାକୁ ଡକା ହୋଇଛି । ଜାଣିଛୁ ତ ? ?

ଚଣ୍ଡିଆ କହିଲା ହଁ ..ଆଜ୍ଞା.....

— ଏବେ ତୋ ଅପରାଧର ବିଚାର ହେବ । ଯାହା ପଚାରାଯିବ ସବୁ ସତସତ କହିବୁ ସମସ୍ତଙ୍କ ଆଗରେ ।

— ଆଜ୍ଞା....

— "ତୋ ନାଁ କ'ଣ ?"

— "ଆଜ୍ଞା.... ଚଣ୍ଡିଆ...."

— "ଆରେ ଆମେ ଜାଣିଛୁ ତୋ ନାଁ ଚଣ୍ଡିଆ ବୋଲି । ପୁରା ନାଁଟା କହ ।"

— "ଆଜ୍ଞା... ମଡ଼ାଚଣ୍ଡିଆ...."

ହସି ଉଠିଲେ ଉପସ୍ଥିତ ଗାଁ ଲୋକମାନେ ଚଣ୍ଡିଆର ଉତ୍ତରରେ ।

— "ଆରେ ମୂର୍ଖ.... ଯିଏ ମଶାଣିରେ ରହି ମୁର୍ଦ୍ଦାର ପୋଡ଼ା କାମ କରେ ତାକୁ କୁହନ୍ତି ମଡ଼ାଚଣ୍ଡିଆ । ତୋର ପିତୃମାତୃଦତ୍ତ ନାଁଟା କହ ସର୍ବସମ୍ମୁଖରେ ।"

— "ହଜୁର.... ମୁଁ ଛୁଆଟେ ହୋଇଥିଲି ମୋ ବା' ମରିଗଲା । ମୋ ମା' ବଞ୍ଚିଥିବା ଯାଏ ମୋତେ ପୁଅ ପୁଅ ବୋଲି ଡାକୁଥିଲା । ଆଉ ଆପଣମାନେ ସବୁ ଚଣ୍ଡିଆ ବୋଲି ଡାକୁଛନ୍ତି । ମୋର ଆଉ କିଛି ନାଁ ନାହିଁ ଆଜ୍ଞା ।"

— "ହଉ ଠିକ୍ ଅଛି । ଏବେ କହ ତୁ ପ୍ରେତହାଣ୍ଡି ଉଚ୍ଛିଷ୍ଟ କଲୁ କ'ଣ ପାଇଁ ?"

— "ଭୋକ ସମ୍ଭାଳି ପାରିଲିନି ଆଜ୍ଞା। ତିନିଦିନ ହେଲାଣି କିଛି ଖାଇନଥିଲି। ହାଣ୍ଡି ଦେଖି ସମ୍ଭାଳି ପାରିଲିନି।"

— କିନ୍ତୁ ଏଇଟା ଠିକ୍ ନୁହେଁ। ପ୍ରେତ ଉଦ୍ଦେଶ୍ୟରେ ଦିଆ ଯାଇଥିବା ହାଣ୍ଡିକୁ ଅଇଁଠା କରି ତୁ ବଡ଼ ଅପରାଧ କରିଛୁ। ସେଥିପାଇଁ ତୋତେ ପାଞ୍ଚହଜାର ଟଙ୍କା ଜୋରିମାନା ଦେବାକୁ ପଡ଼ିବ।

— ହଜୁର.... ଛାଡ଼ି ଦିଅନ୍ତୁ ଆଜ୍ଞା....। ଭୁଲ୍ ହୋଇଯାଇଛି ମୋର। ମୁଁ ସମସ୍ତଙ୍କ ଗୋଡ଼ ଧରି ଭୁଲ ମାଗୁଛି। ମୋ ଅପରାଧ କ୍ଷମା କରନ୍ତୁ ଆଜ୍ଞା....

— କିଛି ଶୁଣାଯିବନି ତୋ କଥା। କାଲି ସକାଳ ସୁଦ୍ଧା ଏ ଚଉପାଢ଼ୀରେ ଆସି ଟଙ୍କା ପଇଠ ନ କଲେ ତୋ ପାଇଁ ଅଲଗା କିଛି କଠୋର ଦଣ୍ଡବିଧାନର ବ୍ୟବସ୍ଥା କରାଯିବ।

— ଏତେ ପଇସା ମୁଁ କୋଉଠୁ ଆଣିବି ଆଜ୍ଞା। ପଇସା ନାହିଁ ବୋଲି ତ ମୁଁ ଚାରିଦିନ ହେଲାଣି ଉପାସ। ଛାଡ଼ିଦିଅନ୍ତୁ ମୋତେ.... ହଜୁର....ଆଜ୍ଞା...

ବିଚାର କରିସାରି ଚାଲିଗଲେ ଯେଝା ବାଟରେ ଯିଏ। ଚଣ୍ଡିଆ କଥା କେହି ଶୁଣିଲେଣି ଆଉ। ଚଣ୍ଡିଆର ଅଣ୍ଟାଟା ଆଉ ସଳଖ ହେଉନି। ଘଡ଼ିଏ ବସିଲା ସେଠି ସିଏ ଗୋଟେ ଗଛକୁ ଆଉଜି। ତା'ପରେ ପୁଣି ଘୁଷୁରି ଘୁଷୁରି ଫେରିଲା ତା କୁଡ଼ିଆକୁ।

ରାତିଯାକ ନିଦ ନାହିଁ ଚଣ୍ଡିଆକୁ। କୋଉଠୁ ଆଣିବ ସିଏ ଏତେଟଙ୍କା ! ଏପଟେ ପୁଣି ଅଣ୍ଟାଟା ଖାଲି କଟକଟ ଡାକୁଛି। ଓଃ... ଅସହ୍ୟ ଯନ୍ତ୍ରଣା...

ସକାଳେ ଚଉପାଢ଼ୀ ପାଖରେ ପହଞ୍ଚିଲା ଚଣ୍ଡିଆ। ଆଗରୁ ଉପସ୍ଥିତ ଥିଲେ ମୁରବୀ ଆଉ ମୁଖିଆମାନେ। ମୁଣାରୁ ପାଉଁଜି, ଗୋଡ଼ମୁଦି ଆଉ ଚେପା ସୁନାମୁଦିଟାକୁ କାଢ଼ି ଚଣ୍ଡିଆ ଥୋଇଦେଲା ଚଉପାଢ଼ୀ ଉପରେ। ଆଣ୍ଠୁମାଡ଼ି କାନ୍ଦୁଣୁମାନ୍ଦୁଣୁ ହୋଇ ଗୁହାରି କଲା।

— ଆଜ୍ଞା.... ଏତିକି ନେଇ ଛାଡ଼ିଦିଅନ୍ତୁ ଆଜ୍ଞା। ଆପଣମାନଙ୍କର ଧର୍ମ ହେବ ସାଆନ୍ତମାନେ....ମୋ ପାଖରେ ଆଉ ଫଟା ପାହୁଲାଟାଏ ବି ନାହିଁ।

— ହଉ ହଉ ତୋ ଜୋରିମାନା କୋହଳ କରାଗଲା। ଯାଆ... ଏଥର... ଆଉ ଏମିତି ଭୁଲ କରିବୁନି।

ଅଣ୍ଟା ସହ ପଞ୍ଜରା ହାଡ଼ଟା ବି ଧରି ଦେଲାଣି ଚଣ୍ଡିଆର। ଅସହ୍ୟ ଯନ୍ତ୍ରଣା...। ବିଛଣାରୁ ଆଉ ଉଠିପାରୁନି ସିଏ। ଭୋକ ଆଉ ଯନ୍ତ୍ରଣାର ଦାଉରେ ଆକ୍ରାମାକ୍ରା ହୋଇଗଲାଣି ସେ। ଉଠିଲେ ତ କିଛି ବ୍ୟବସ୍ଥା କରନ୍ତା, କିନ୍ତୁ ଉଠିବାକୁ ଆଉ ଅଣ୍ଟାରେ

ଦମ୍ ନାହିଁ ତା'ର। ମେରୁଦଣ୍ଡ ହାଡ଼ରୁ ନିଆଁ ବାହାରିଲା ପରି ଲାଗୁଛି। ଧୀରେ ଧୀରେ ଗୋଡ଼ ଦୁଇଟି ବି ଅଚଳ ହୋଇଗଲାଣି।

ବିଛଣାରେ ଅସହାୟ ଅବସ୍ଥାରେ ପଡ଼ିରହିଛି ଚଣ୍ଡିଆ। କୁଡ଼ିଆ ଚାଳର କଣା ବାଟେ ସେ ଚାହିଁଛି ଶୂନ୍ୟ ଆକାଶକୁ ଶୂନ୍ୟ ଦୃଷ୍ଟିରେ। ତାକୁ ଦିଶୁଛି ଆକାଶରେ ଉଡ଼ିଯାଉଛନ୍ତି ପକ୍ଷୀମାନେ କିଚିରିମିଚିରି ଶବ୍ଦ କରି। କେତେ ସୁଖୀ ସେମାନେ!! ମଣିଷ ଯେ ଏ ସୃଷ୍ଟିର ଶ୍ରେଷ୍ଠ ଜୀବ, ଏ ଉକ୍ତିଟି ଆଜି ଭୁଲ୍ ପ୍ରମାଣିତ ହୋଇଛି ଚଣ୍ଡିଆ ପାଖରେ। ମୁର୍ଦ୍ଦାରକୁ ଅପେକ୍ଷା କରୁଥିବା ମଣିଷଟା ଆଜି ଜୀବନ୍ତ ମୁର୍ଦ୍ଦାର ସାଜି ପଡ଼ିଛି ବିଛଣାରେ।

ଶୋଷରେ ତଣ୍ଟି ଶୁଖିଯାଉଛି ଚଣ୍ଡିଆର। ଅଣ୍ଟାଠାରୁ ତଳକୁ ପୁରା ଅଚଳ। କେମିତି ଉଠିକି ସେ ଯିବ ପାଣି ପାଇଁ? କାହାକୁ ବି ଡାକିବ ସିଏ? ଏ ମଶାଣିପଦାକୁ କିଏ ବା କାହିଁକି ଆସିବ ଯେ!! ସେ ଆଠଦିନ ହେଲାଣି ପଦାକୁ ବାହାରିନି ତା' ପରି ଅଲୋଡ଼ା ମଣିଷଟାକୁ କିଏ ବା କାହିଁକି ଖୋଜିବ?

ଦୂରରୁ ଦିଶିଲା ଗାଈଆଳ ପିଲାଟିଏ ଗାଈ ଚରାଉଛି। ବିକଳ ହୋଇ ଚାହିଁଲା ତାକୁ ଚଣ୍ଡିଆ। କିନ୍ତୁ ଏତେ ଜୋରରେ ଡାକିବାକୁ ଶକ୍ତି ନାହିଁ ତା'ର। ଆଠଦିନ ହେଲାଣି ଗାଧୁଆ ନାହିଁ, ଖାଇବା ନାହିଁ କି ପିଇବା ନାହିଁ। ପାଟିରୁ କେମିତି ଗୋଟାଏ ଦୁର୍ଗନ୍ଧ ବାହାରିଲାଣି ତା'ର। ମାଛି ଭଣଭଣ ହୋଇ ଉଡୁଛନ୍ତି ମୁହଁ ଉପରେ। ଦୁଇ ହାତରେ ଘଉଡ଼େଇ ଦେଉଛି ସେମାନଙ୍କୁ ଚଣ୍ଡିଆ।

ସକାଳୁ ଝିପିଝିପି ବର୍ଷା ଲାଗି ରହିଛି। କାଉ କୋଇଲିଟିଏ ବି ଦିଶୁନି ଆଜି ବାହାରେ। ଚଣ୍ଡିଆର ଗୋଡ଼ରେ ଦୁଇଧାଡ଼ି ପିମ୍ପୁଡ଼ିଧାର ଲାଗିଗଲେଣି। ବିଚରା ଉଠିପାରୁନି ପିମ୍ପୁଡ଼ିମାନଙ୍କୁ ହଟେଇ ଦେବାପାଇଁ। ଝିପିଝିପି ବର୍ଷା ଦାଉରୁ ରକ୍ଷା ପାଇବା ପାଇଁ ରୁମଛଡ଼ା କଷରା କୁକୁରଟିଏ ପଶି ଆସିଲା ଚଣ୍ଡିଆର କୁଡ଼ିଆ ଭିତରକୁ। ଦୁଇ ହାତ ହଲେଇ ତାକୁ ଘଉଡ଼େଇବାକୁ ଚେଷ୍ଟାକଲା ଚଣ୍ଡିଆ। କୁକୁରଟି ଚଣ୍ଡିଆକୁ ଟିକେ ଚାହିଁଲା। ଆଉ ତା'ପରେ ଯାଇ ତାକୁ ଶୁଙ୍ଘିଲା। ମୁହଁଠାରୁ ଗୋଡ଼ ଯାଏ ଶୁଙ୍ଘି ସାରିଲା ପରେ ତା' ଦେହକୁ ଲାଗି ଜାକି ହୋଇ ଶୋଇପଡ଼ିଲା ସେଠି।

ବାହାରେ ଲଗାଣ ବର୍ଷା ଆଉ କୁଡ଼ିଆ ଭିତରେ ଚଣ୍ଡିଆ ପାଣି ଟୋପାଏ ପାଇଁ ଛଟପଟ। ଯନ୍ତ୍ରଣା ଆଉ ଭୋକଶୋଷର ଦାଉ ପାଖରେ ହାରିଗଲା ଚଣ୍ଡିଆ। ଅଚଳ ଶରୀର ଭିତରୁ ତା'ର ଆତ୍ମାଟା ବାହାରି ମିଶିଗଲା ଶୂନ୍ୟରେ।

ଦୁଇଦିନ ପରେ ଛାଡ଼ିଲା ଲଗାଣ ବର୍ଷା। ଗାଁ ଲୋକେ ଦେଖିଲେ ଚଣ୍ଡିଆର କୁଡ଼ିଆ ପାଖରେ ବିଲୁଆ କୁକୁର ମାଳମାଳ। ଉପରେ ବି ଶାଗୁଣାପଲ ଚକ୍କର କାଟୁଛନ୍ତି। ଘଟଣା କ'ଣ ଜାଣିବା ପାଇଁ କୁଡ଼ିଆ ପାଖକୁ ଗଲେ ଗାଁର କିଛି ଲୋକ।

ଛିଃ...ଛିଃ... ଦୁର୍ଗନ୍ଧରେ ନାକ ଫାଟି ପଡୁଛି । ଗଣଗଣିଆ ମାଛି ଭଣଭଣ ହୋଇ ଉଡୁଛନ୍ତି । କୁକୁର ବିଲୁଆ ଶରୀରକୁ ଜାଗାଏ ଜାଗାଏ ଖାଇ ସାରିଲେଣି । ଦେହରେ ପୋକ ଚରିବା ଆରମ୍ଭ ହୋଇଗଲାଣି ।

ନାକରେ ହାତ ଦେଇ ଦୂରକୁ ପଳେଇ ଆସିଲେ ଗାଁ ଲୋକ । ଏବେ ସମସ୍ତଙ୍କର ଗୋଟିଏ ଚିନ୍ତା । ଚଣ୍ଡିଆର ଶବ ସତ୍କାର ହେବ କେମିତି ? ତାକୁ ଛୁଇଁବ କିଏ ? ତା' ପରେ ଏତେ ଦୁର୍ଗନ୍ଧରେ ସେ କୁଡ଼ିଆ ଭିତରେ ପଶିବ ବି କିଏ ? ଶେଷକୁ ଗାଁ ଲୋକେ ବସି ନିଷ୍ପତ୍ତି ନେଲେ ଯେ ଚଣ୍ଡିଆକୁ ତା' କୁଡ଼ିଆ ସହ ନିଆଁ ଲଗେଇ ଦିଆଯାଉ । ସମସ୍ତଙ୍କ ନିଷ୍ପତ୍ତି ଅନୁସାରେ ଚଣ୍ଡିଆର କୁଡ଼ିଆର ବାହାରପଟୁ କିରୋସିନ୍ ଢାଳି ନିଆଁ ଲଗେଇ ଦିଆଗଲା ।

ସମସ୍ତଙ୍କର ଶବକୁ ଦାହ କରୁଥିବା ମଡ଼ାଚଣ୍ଡିଆର ଗଳିତ ଶବଟା ତା' ଝାଟିମାଟିର କୁଡ଼ିଆ ସହ ଜଳି ଭସ୍ମ ହୋଇଗଲା କିଛି ସମୟ ମଧ୍ୟରେ ।

■

ଶୂନ୍ୟଗର୍ଭା

ଘର ଆଗରେ ବସି ଘଷି ପାରୁଥିଲା ନୁଖୁରୀ ଆଈ ସକାଳର ଖରାକୁ ପିଠି କରି। ଏତିକିବେଳେ ପଦିଆ ଗାଁର ପଞ୍ଚାଏ ଟୋକାଙ୍କୁ ଧରି ଆସି ପହଞ୍ଚିଗଲା ସେଠି। ଆଉ କହିଲା...

ଏ... ଆଈ.... ଗାଁ ଶେଷଆଡ଼କୁ ତୋର ଯେଉଁ ବଡ଼ ଜମି ଖଣ୍ଡକ ଅଛି ସେଇଟା ଆମ ଗାଁ ଯୁବକ ସଂଘକୁ ଦାନ କରିଦେଉନୁ। ଆମେ ସେଠି ଭାଗବତ ଟୁଙ୍ଗିଟେ କରନ୍ତୁ।

ଘଷି ଉପରୁ ମୁହଁ ଉଠେଇ ତେଢ଼େଇକି ଚାହିଁଲା ନୁଖୁରୀ ଆଈ।

ବୁଢ଼ୀର ରଙ୍ଗଢଙ୍ଗ ଦେଖି ଟିକେ ନରମି ଗଲା ପଦିଆ। ଯାଇ ବସିପଡ଼ିଲା ବୁଢ଼ୀ ପାଖରେ। ପ୍ୟାଣ୍ଟ୍ ପକେଟରୁ ସଫଲ ପୁଡ଼ାଟାଏ କାଢ଼ି ହାତରେ ଘଷିଲା କିଛି ସମୟ। ତା'ପରେ ଖୋଲିକି ପାଟିରେ ଢାଳିଦେଲା ଆଉ ଚାକୁଳି କରିକରି କହିଲା...

"ଆଲୋ... ଆଈ... ଶୁଣୁ... ତୋର ତ ପୁଅପାତି ବୋଲି କେହି ନାହିଁ। ଅଜା ତ କୋଉକାଳୁ ଗଲାଣି ସ୍ୱର୍ଗକୁ। ଏକୁଟିଆ ମଣିଷଟେ ତୁ। ତୋର ଭଲମନ୍ଦରେ ଆମେ ହିଁ ଆସି ଠିଆ ହେବୁ। ତୋର ଏ ଘରବାଡ଼ିରେ ଏତେ ଲୋଭ କାହିଁକି ? ତୋ ଜମିଖଣ୍ଡକ ଉପରେ ଭାଗବତ ଟୁଙ୍ଗିଟେ ହେଲେ ସବୁଦିନ ସନ୍ଧ୍ୟାବେଳେ ଭାଗବତ ପଢ଼ା ହୁଅନ୍ତା ଟିକେ। ତୁମ ପରି ବୁଢ଼ାବୁଢ଼ୀମାନେ ମିଶିକି ଶୁଣନ୍ତ ବସି। ଗାଁର ପୂଜାପାଠ ଆୟୋଜନ ବି ସେଠି କରିବାକୁ ସୁବିଧା ହୁଅନ୍ତା।"

ପଦିଆ କଥା ଶୁଣି ଚିହିଁକି ଉଠିଲା ବୁଢ଼ୀ। କହିଲା...

"ହଇରେ ଅଲପେଇସିଆ ଦଳ... ଯାଉଛ ଏଠୁ ନା ଦେଖିବ ଏଇନା। ତୁମେ ସବୁ ଏଢ଼େ ଧାର୍ମିକ କେବେଠୁ ହେଲ ବା...। ଘରେ ନିଜ ବୁଢ଼ା ବାପା ମା'ଙ୍କ କଥା ବୁଝିବାକୁ ତର ନାହିଁ ତୁମମାନଙ୍କୁ। ଆଉ ଆସିଲେ ଏଠି ଗାଁ ବୁଢ଼ାବୁଢ଼ୀଙ୍କୁ ଭାଗବତ

ଶୁଣେଇବା ପାଇଁ.... ପୋଡ଼ାମୁହାଁ ଦଳ.... ଭାଗବତ ଟୁଙ୍ଗି କରି ଭାଗବତ ପଢ଼ିବନି ଯେ ସନ୍ଧ୍ୟାବେଳେ ସେଠି ବସି ଖଟି କରିବ ଆଉ ମଦ ଗଞ୍ଜେଇ ଖାଇବ। ମୋର କ'ଣ ତୁମମାନଙ୍କୁ ଚିହ୍ନିବା ଆଉ ବାକି ଅଛି ? ବାହାର ସବୁ ଏଠୁ...।"

ନୁଖୁରୀ ଆଈର ଉଗ୍ରରୂପ ଦେଖି ଚୁପ୍‌ଚାପ ସେଠୁ ଚାଲି ଆସିଲେ ପିଲାମାନେ। ଗଲାବେଳେ କହିକହି ଗଲେ...

"ଦେଖ ହୋ ବୁଢ଼ୀଟାକୁ... ମରିବାକୁ ବସିଲାଣି, ଲୋଭ ଛାଡ଼ିନି ଆହୁରି। ଆଣ୍ଠୁକୁଡ଼ି ବୋଲି ସକାଳେ ସନ୍ଧ୍ୟାରେ ଭଲରେ ମନ୍ଦରେ କେହି ଯା ମୁହଁ ଚାହାନ୍ତିନି। ବୁଢ଼ୀ ମଲେ ସୁଦ୍ଧା ଦେଖିବାକୁ କେହିନାହିଁ। ଆମେ ଯଦି ଆସି କାନ୍ଧ ନ ଦେବୁ ଏ ବୁଢ଼ୀ ବାସିମଡ଼ା ହେବାଟା ଥୟ କିନ୍ତୁ ଦେଖୁନ କେଡ଼େ କେଡ଼େ କଥା କହୁଛି...।"

ପିଲାମାନଙ୍କର ସବୁକଥା ଶୁଣିପାରିଲା ନୁଖୁରୀ ଆଈ। କିନ୍ତୁ ନ ଶୁଣିଲା ପରି ଚୁପ୍‌ଚାପ ନିଜ କାମରେ ମନଦେଲା।

ଘଷି ପାରିସାରି ନୁଖୁରୀ ଆଈ ଗଲା ଘରକାମ ସାରିବା ପାଇଁ। ଯାହିତାହି ଗଣ୍ଡେ ରାନ୍ଧିଦେଇ ଖାଇସାରି ଟିକେ ଶୋଇବାକୁ ଚେଷ୍ଟାକଲା। କିନ୍ତୁ ନିଦ ବା ଆସୁଛି କୋଉଠୁ। ସକାଳର କଥାଗୁଡ଼ାକ ମନେପଡୁଛି ବାରମ୍ବାର। ପିଲାଗୁଡ଼ାଙ୍କର କଥା ଏଯାଏ ବି ପିଟି ହେଉଛି କାନ ପାଖରେ। କାଲିକା ଛୁଆଗୁଡ଼ାକ ବି ତାକୁ ଆଣ୍ଠୁକୁଡ଼ି କହିଦେଇ ଚାଲିଗଲେ!! ଶୋଇ ପାରିଲାନି ନୁଖୁରୀ ଆଈ। ଯାଇ ବସିଲା ଘର ଆଗରେ ଥିବା ପଣସଗଛ ମୂଳେ।

ଏ ପଣସଗଛଟି ନୁଖୁରୀ ଆଈର ଭାରି ନିଜର। ନିଜ ହାତରେ ଲଗେଇଥିଲା କେବେ ଦିନେ ସେ। ଛୋଟଛୁଆ ଭଳି ଯତ୍ନରେ ବଢ଼େଇ ଥିଲା। ଫଗୁଣ ମାସ ଆସିଲେ ଗଛଟି ଫୁଲରେ ଖୁନ୍ଦି ହୋଇଯାଏ ଆଉ ଧୀରେ ଧୀରେ ଫଳରେ ଲଦି ହୋଇଯାଏ ମୂଳରୁ ଡାଳଯାଏ। ସେତେବେଳେ ନୁଖୁରୀ ଆଈର ମନଟା ନାଚିଉଠେ ଖୁସିରେ। ତାକୁ ଲାଗେ ଏଗୁଡ଼ା ପଣସ କଷି ନୁହେଁ ତା' ଅଗଣାର ଛୋଟଛୋଟ ଛୁଆ ସବୁ।

ପଣସଗଛ ମୂଳେ ବସି ନୁଖୁରୀ ଆଈ ଚେଷ୍ଟାକଲା ମନକୁ ଟିକେ ଭୁଲେଇବା ପାଇଁ। ଖରା ନଇଁବାକୁ ବସିଲାଣି। ଡାହାଣିଆ ଖରାଟା ପଣସଗଛ ଡାଳରୁ ଖସିଆସି କଡ଼ ଲେଉଟେଇଲାଣି ନୁଖୁରୀ ଆଈର ପାଦତଳେ। ଏତିକିବେଳେ ନୁଖୁରୀ ଆଈ ଦେଖିଲା କମଳୀର ପୋଢୁଆଁ ପୋଖତୀ ବୋହୁଟା କ'ଣ କାମରେ ବାହାରକୁ ଆସୁଥିଲା ଆଉ ତାକୁ ଦେଖି ନସର ପସର ହୋଇ ପୁଣି ପଶିଗଲା ଘର ଭିତରେ ମୂଷା ଗାତ ଭିତରେ ପଶିଗଲା ପରି। ନୁଖୁରୀ ଆଈର ମନଟା ପୁଣି ଦବିଗଲା ଟିକେ। ଅମାନିଆ ମନଟାକୁ ଯେତେ ଲଗାମ ଦେଲେ ବି ସେ ଶୁଣିଲାଣି ଆଉ। ରୋମନ୍ଥନ କରି ଚାଲିଲା

ପୁରୁଣା ଅତୀତକୁ.... ନୁଖୁରୀ ଆଈର ଅନ୍ତରାତ୍ମାକୁ କ୍ଷତାକ୍ତ କରି ।

ନୁଖୁରୀ ଆଈ ବାହାହୋଇ ଆସିବାର ପାଞ୍ଚବର୍ଷ ପରେ କମଳୀ ଆସିଛି ସେ ଗାଁକୁ ବୋହୂ ହୋଇ । ହିସାବରେ କମଳୀ ସାନ ଯା' ହେବ ନୁଖୁରୀ ଆଈର । ପାଖାପାଖି ଘର ପୁଣି ଗୋଟିଏ କୁଟୁମ୍ବର ବୋହୂ । ଭାରି ଭଲପାଏ କମଳୀକୁ ନୁଖୁରୀଆଈ । ତା' ସାତ ପଛରେ ବାହାହୋଇ ଆସି କମଳୀ ପାଞ୍ଚ ବର୍ଷରେ ତିନି ତିନିଟା ଛୁଆଙ୍କର ମା' ହୋଇ ଗାଁ ଦାଣ୍ଡରେ ଛାତି ଫୁଲେଇ ଚାଲୁଥିବାବେଳେ ନୁଖୁରୀ ଆଈ ନିନ୍ଦା କରେ ନିଜ ଶୂନ୍ୟକୋଳକୁ କିନ୍ତୁ କେବେ ଈର୍ଷା କରିପାରେନା ତାକୁ ।

କମଳୀର ପ୍ରଥମ ପିଲା ଦୁଇଟା ଜନ୍ମବେଳକୁ ତା'ର ଆଉ ତା' କଅଁଳା ଛୁଆଙ୍କର ଖୁବ୍ ସେବା କରିଥିଲା ନୁଖୁରୀ ଆଈ ଏନ୍ତୁଡ଼ିଶାଳରେ ରହି । ମା' ଛୁଆଙ୍କୁ ରଡ଼ ନିଆଁରେ ସେକିବାଠାରୁ ଆରମ୍ଭ କରି ଛୁଆଙ୍କର ଗୁହମୁତ କନା ଧୋଇବା ଯାଏ ସବୁ କରିଥିଲା ନିଃସ୍ୱାର୍ଥ ମନରେ । କମଳୀ ପିଲାମାନଙ୍କର ଜଞ୍ଜାଳ ଆଉ ବଡ଼ବୋଉ ଡାକରେ ତା' ମାତୃତ୍ୱକୁ ଖୋଜି ସାଉଁଟି ନେଇଥିଲା ସେ ।

କିନ୍ତୁ ପର ପିଲାର ମା' ଡାକରେ କେହି ଯେ ସତରେ ମା' ହୋଇ ଯାଏନା ଏ କଥା ସେ ସେଦିନ ଅନୁଭବ କଲା ଯେଉଁଦିନ ତାକୁ ବାରଣ କରାଗଲା କମଳୀର ଏନ୍ତୁଡ଼ିଶାଳ ଭିତରେ ପଶିବା ପାଇଁ । ଦୁଇଟା ଝିଅ ପରେ କମଳୀର ପୁଅଟିଏ ହୋଇଛି ଶୁଣି ଧାଇଁ ଯାଇଥିଲା ସେ ତା' ଘରକୁ । କିନ୍ତୁ ଏନ୍ତୁଡ଼ିଶାଳ ଭିତରକୁ ତାକୁ ବାଟ ଓଗାଳିଥିଲେ କମଳୀର ଶାଶୁ । କହିଥିଲେ, "ପୋଖତୀ ଛୁଆଁ ଦେହରେ ଆଣ୍ଠୁକୁଡ଼ି ଛାଇ ପଡ଼ିବା ଭଲ ନୁହେଁ । ଏବେ ତୁ ଯାଆ ନୁଖୁରୀ... ମୋ ନାତିର ବାରଯାତ୍ରା ପରେ ଆସିବୁ ଆମ ଘରକୁ ।"

କି' ଯେ ଅସହ୍ୟ ଯନ୍ତ୍ରଣା ପାଇଥିଲା ସେଦିନ ନୁଖୁରୀ ଆଈ ତାହା କେବଳ ତାକୁ ହିଁ ଜଣା । ଆଜି ଏତେଗୁଡ଼ାଏ ବର୍ଷ ପରେ ବି ସେକଥା ମନେପଡ଼ିଲେ ଛାତି ଭିତରଟା କୋରି ହୋଇ ଯାଉଛି ତା'ର । ଆଉ ଆଜି ସେଇ କମଳୀର ବୋହୂଟା ତାକୁ ଦେଖି ମୁହଁ ଲୁଚେଇ ଚାଲିଯାଉଛି । ସତେ ଯେମିତି ସେ ଗୋଟେ ଅଶୁଭ ଶକୁନ ପୋଖତୀମାନଙ୍କ ପାଇଁ ।

ସନ୍ଧ୍ୟା ଗଡ଼ିବାକୁ ବସିଲାଣି । ବୃନ୍ଦାବତୀ ମୂଳରେ ଦୀପ ଜାଳିବାକୁ ଉଠିଲା ନୁଖୁରୀ ଆଈ । ଘିଅ ବଳିତା ଦୁଇଟା ଚଉରାମୂଳରେ ଥୋଇଦେଇ ସେ ପୁଣି ଯାଇ ବସିଲା ସେଇ ପଣସ ଗଛମୂଳେ । ଚାହିଁଲା ଶୂନ୍ୟ ଆକାଶକୁ । ଜହ୍ନଟା ଲୁଚକାଳି ଖେଳୁଛି ବାଦଲମାନଙ୍କ ସହ । ପାଖଘର ଚାଳର ମଥାନ ଛୁଇଁ ଧୂଆଁ ଉଠୁଛି ଉପରକୁ ଆଉ କୁଣ୍ଡଳୀ ଆକୃତି ଧାରଣ କରି ମିଳେଇ ଯାଉଛି ପବନରେ । ବୃନ୍ଦାବତୀଙ୍କ ପାଖରୁ

ସଞ୍ଜଦୀପ ଲିଭିଗଲାଣି କେତେବେଳୁ। ଖାଲି ଘିଅବଳିତା ପୋଡ଼ାର ବାସ୍ନାଟା ମଝିରେ ମଝିରେ ପବନରେ ଭାସି ଆସି ନାକରେ ବାଜୁଛି ଯାହା। କମଳୀର ପୋଷା ବିଲେଇଟା କୋଉଠି ଥିଲା କେଜାଣି ବୁଲିବୁଲି ଆସିଲା ତା'ର ଚାରିଟା ଛୁଆଙ୍କୁ ଧରି। ଶୋଇପଡ଼ିଲା ଅଳ୍ପ ଦୂରରେ ପେଟକୁ ଦେଖେଇ ନୁଖୁରୀ ଆଈର ମୁହଁକୁ ଚାହିଁ। ଛୁଆ ଚାରିଟା ତା'ର କ୍ଷୀର ଖାଇବାକୁ ଲାଗିଲେ ମହା ଆନନ୍ଦରେ ଆଖିକୁ ବୁଜି ବୁଜି। ନୁଖୁରୀ ଆଈକୁ ଲାଗିଲା ଏ ବିଲେଇଟା ବି ତା' ଶୂନ୍ୟଗର୍ଭକୁ ଉପହାସ କରୁଛି ବୋଧେ।

ବଢ଼ି ଚାଲିଛି ରାତ୍ରିର ନିର୍ଜନତା। ବଢ଼ି ଚାଲିଛି ଅନ୍ଧାରର ଘନତା। ସବୁଆଡ଼ ଶୁନ୍‌ଶାନ। ରହିରହି ପେଚାଟିଏ ବୋବାଉଛି ପାଖ ଗଛରୁ। ପଣସଗଛର ଏ ଡାଳରୁ ସେ ଡାଳକୁ ଶାଳିଆପେଡେନି କି ଓଧଟାଏ ଚାଲିଗଲା ବୋଧେ ଖସଖସ ଶବ୍ଦ କରି। ଝଡ଼ି ପଡ଼ିଲା କିଛି ଶୁଖିଲା ପତ୍ର ନୁଖୁରୀ ଆଈର ମୁଣ୍ଡ ଉପରେ। ପବନରେ ପରସ୍ପର ଦେହରେ ପିଟି ହେଉଛନ୍ତି ନଡ଼ିଆ ଗଛର ବାହୁଙ୍ଗାଗୁଡ଼ିକ ଗୋଟାଏ ଅଦ୍ଭୁତ ରାଗିଣୀ ସୃଷ୍ଟି କରି। କେଉଁ ଏକ ଦୂର ଦିଗବଳୟରୁ ଭାସି ଆସିଲା ଗୋଟାଏ ଅଣ୍ଡିରା ବିଲୁଆର ରଡ଼ି.... ହୁକେ... ହୋ.....।

ପୂର୍ବ ଦିଗରେ ମୁଣ୍ଡ ଟେକିଲେ ବାଳସୂର୍ଯ୍ୟ ଚାରିଆଡ଼େ ତାଙ୍କ ସୁନେଲି କିରଣ ବିଚ୍ଛୁରିତ କରି। ଚଳଚଞ୍ଚଳ ହୋଇଉଠିଲା ଜୀବଜଗତ। ଗାଁର ସ୍ତ୍ରୀ ଲୋକମାନେ ଦାଣ୍ଡଦୁଆରେ ଗୋବରପାଣି ପକେଇ ଦେଇ ଆରମ୍ଭ କରିସାରିଲେଣି ତାଙ୍କ ବାସିପାଇଟି। ନୁଖୁରୀ ଆଈର ମନ୍ଦାର ଗଛରେ ଖୁନ୍ଦି ହୋଇ ଫୁଟିଥିବା ନାଲି ମନ୍ଦାର ସବୁ ସକାଳର ହାଲକା ପବନରେ ଦୋଳି ଖେଳୁଛନ୍ତି ଦୋହଲି ଦୋହଲି।

କମଳୀ ଆସିଲା ଫୁଲ ଚାଙ୍ଗୁଡ଼ିଟିଏ ଧରି ନୁଖୁରୀ ଆଈ ପାଖକୁ।

ସକାଳଟାରୁ ବାସି ପାଇଟି ନ ସାରି ଏଠି ଏ ପଣସଗଛ ମୂଳେ କ'ଣ ବସିଛ ମ ନାନୀ। ମୁଁ ଆସିଥିଲି ତୁମ ଗଛରୁ ନାଲି ମନ୍ଦାର ଦିଟା ନେଇଥାନ୍ତି ଆଜି ମଙ୍ଗଳବାର ପୂଜା ପାଇଁ।

ନୁଖୁରୀ ଆଈ କିନ୍ତୁ ନିରୁତ୍ତର...

କମଳୀ ହାତ ମାରି ହଲେଇଦେଲା ନୁଖୁରୀ ଆଈକୁ। ଢଳି ପଡ଼ିଲା ଗୋଟେ ନିଷ୍ପ୍ରାଣ ଶରୀର। ଧୀରେ ଧୀରେ ଜମା ହୋଇଗଲେ ସାଇପଡ଼ିଶା। ଫଳନ୍ତି ପଣସଗଛଟାରୁ ଶୁଖିଲା ପତ୍ରମାନ ଖସି ପଡୁଥିଲା ମଝିରେ ମଝିରେ ନୁଖୁରୀ ଆଈର ଅଫଳନ୍ତି ଅସାଡ଼ ଶରୀରଟା ଉପରେ ଚୁପଚାପ୍ ହୋଇ।

ସେତେବେଳେ କିଏ କ'ଣ ଜାଣିଥିଲା ଯେ, ପୁଅପାତି ନ ଥାଇ ସାରାଜୀବନ ଆଣ୍ଟୁକୁଡ଼ି ବୋଲାଇଥିବା ଏଇ ନୁଖୁରୀ ଆଈଟି ତା' ଜମି ଖଣ୍ଡକୁ ଏଡ଼େ ମହତ

ଉଦ୍ଦେଶ୍ୟରେ ଦାନ କରିଦେଇଯିବ ବୋଲି ! ! ଆଜି ନୁଖୁରୀ ଆଈର ସେ ଜମି ଉପରେ ଏକ ବଡ଼ ହସ୍ପିଟାଲ ଠିଆହୋଇଛି ସଗର୍ବେ ମୁଣ୍ଡ ଟେକି ଉପରକୁ । ହସ୍ପିଟାଲକୁ ପ୍ରବେଶ ପଥର ଡାହାଣ ପଟକୁ ସ୍ଥାପିତ ହୋଇଛି କଳା ମୁଗୁନି ପଥରରେ ତିଆରି ନୁଖୁରୀ ଆଈର ପ୍ରତିମୂର୍ତ୍ତିଟିଏ । ଏବେ ଗାଁର ପୂର୍ଣ୍ଣଗର୍ଭାଟିଏ ଯେତେବେଳେ ସେଠିକି ଯାଏ ସନ୍ତାନ ପ୍ରସବ ପାଇଁ ସେ ଘଡ଼ିଏ ଅଟକିଯାଏ ସେ ପ୍ରତିମୂର୍ତ୍ତି ପାଖରେ ଆଉ ମୁଣ୍ଡ ନୁଆଇଁ ପ୍ରଣାମ କରେ ସେଇ ଶୂନ୍ୟଗର୍ଭାଟିର ଉଦ୍ଦେଶ୍ୟରେ ।

■

ଘୁଙ୍ଗୁର

ବୋଉର ଅଭିମାନିଆ ମୁହଁ ଆଉ ବାପାଙ୍କର ଅନୁନୟ ଭରା ଆକୁଳ ଚାହାଣୀ ନିସ୍ତବ୍ଧ କରିଦେଇଥିଲା ସେଦିନ ତା'ର ଘୁଙ୍ଗୁରର ନିକ୍ୱଣକୁ। ତା' ପ୍ରିୟ ଘୁଙ୍ଗୁର ହଳକକୁ ପାଦରୁ ଖୋଲି ଫିଙ୍ଗି ଦେଇଥିଲା ସେ ବୋଉର ପୁରୁଣା ସିନ୍ଦୁକ ଭିତରକୁ ନିଜର ଇଚ୍ଛା ଆଉ ଆବେଗକୁ କବର ଦେଇ। ଇଚ୍ଛା!!! ଗୋଟାଏ ନିମ୍ନ ମଧ୍ୟବିତ୍ତ ପରିବାରରେ ଜନ୍ମ ହୋଇଥିବା ଝିଅର ପୁଣି ଇଚ୍ଛା ଗୋଟେ କ'ଣ?? ସେ ତ ବନ୍ଧା ପରିବାରର ଇଚ୍ଛାରେ, ସମାଜର ଇଚ୍ଛାରେ। ସମାଜର ନିୟମ କାନୁନର ଶିକୁଳି ହେଉଛି ତା' ପାଦର ଘୁଙ୍ଗୁର ଆଉ ଏ ଘୁଙ୍ଗୁରକୁ ପଚାରେ କିଏ। ସେ କେତେବେଳେ ବି ଖୁସିରେ ନାଚିବାର ସୁଯୋଗ ପାଏ ଯେ... ସେ ତ ସାରାଜୀବନ ନାଚେ ପରିବାର ଏବଂ ସମାଜର ଇସାରାରେ ଆଉ ବାହାଘର ପରେ ଶାଶୂଘର ଲୋକଙ୍କ ଇସାରାରେ।

ଏକଦମ ଛୋଟବେଳୁ ପେଣ୍ଟା ପେଣ୍ଟା ଘୁଙ୍ଗୁର ଥିବା ପାଉଁଜି ପିନ୍ଧି ଚଟାଣ ଉପରେ ଜାଣି ଜାଣି ପାଦ କଚାଡ଼ି ଛମ୍ ଛମ୍ ଚାଲୁଥିବା ଝିଅ ଅନନ୍ୟା କେତେବେଳେ ଯେ ଘୁଙ୍ଗୁରର ପ୍ରେମରେ ପଡ଼ିଗଲା ସେ ନିଜେ ବି ଜାଣିପାରିଲାନି। ଝିଅର ଆଗ୍ରହ ଆଉ ପ୍ରତିଭାକୁ ଅଣଦେଖା କରିପାରିଲେନି ଅନନ୍ୟାର ବାପା। ବରଂ ନିଜର କିରାଣୀ ଚାକିରୀର ସୀମିତ ଆୟକୁ ଅଣଦେଖା କରିଦେଇ ଖଞ୍ଜି ଦେଇଥିଲେ ନୃତ୍ୟ ଶିକ୍ଷକଟିଏ। ସେବେଠାରୁ ପାଦରେ ଘୁଙ୍ଗୁର ବାନ୍ଧି ଗୁରୁଙ୍କର ମୃଦଙ୍ଗର ତାଳେତାଳେ ନୃତ୍ୟ ଶିକ୍ଷାରେ ମଜ୍ଜିଗଲା ଅନନ୍ୟା। ସ୍କୁଲଠାରୁ କଲେଜ ଯାଏ ଯେତେବେଳେ ବି ସେ ପାଦରେ ଘୁଙ୍ଗୁର ବାନ୍ଧିଲା ସାଉଁଟି ଚାଲିଲା ଅନେକ ସମ୍ମାନ, ପ୍ରଶଂସା ଆଉ ମାନପତ୍ର।

ସେଦିନ ଥିଲା କଲେଜର ବାର୍ଷିକୋତ୍ସବ। ନୃତ୍ୟସଙ୍ଗୀତ ଭରା ସାଂସ୍କୃତିକ କାର୍ଯ୍ୟକ୍ରମର ତାଳେତାଳେ ମସଗୁଲ ଥିଲେ ଅଡିଟୋରିଅମ ଭର୍ତ୍ତି ସମସ୍ତ ଦର୍ଶକ।

ଶେଷବର୍ଷର ଛାତ୍ର ଅନୁରାଗ ଗାଉଥିଲା "ସଙ୍ଗିନୀରେ ଚାହାଁ ବେଣୁପାଣିକି" ଗୀତଟିକୁ କଳାବତୀ ରାଗରେ। ଗୀତର ତାଳେ ତାଳେ ପାଦରେ ଘୁଙ୍ଗୁର ବାନ୍ଧି ଛନ୍ଦ ତୋଳିଥିଲା ଅନନ୍ୟା ଅଡିଟୋରିଅମ ଭର୍ତ୍ତି ଦର୍ଶକଙ୍କ ଆଗରେ। ଆଃ.... କି ଅପୂର୍ବ ଯୁଗଳବନ୍ଦୀ!! ସ୍ୱର, ତାଳ, ଲୟ, ଛନ୍ଦର କି ସୁନ୍ଦର ସମନ୍ୱୟ!! କାର୍ଯ୍ୟକ୍ରମ ଶେଷରେ ପ୍ରଶଂସାର ସୁଅ ଛୁଟିଥିଲା ଅନୁରାଗ ଆଉ ଅନନ୍ୟା ପାଇଁ। ସେହି ପ୍ରଶଂସାର ସୁଅରେ କେତେବେଳେ କେଜାଣି ଅନୁରାଗର ମନଟା ଭାସିଆସି ବନ୍ଧା ପଡ଼ିଯାଇଥିଲା ଅନନ୍ୟାର ଘୁଙ୍ଗୁର ପାଖରେ। ଧୀରେ ଧୀରେ କଥାବାର୍ତ୍ତା, ତା'ପରେ ପ୍ରେମ ଆଉ ତା'ପରେ ବାହାଘର ପାଇଁ ଘରେ ଆଲୋଚନା। ସବୁ ଚାଲିଥିଲା ଠିକ୍ ଠିକ୍।

ଅନନ୍ୟାର ପରିବାର ଲୋକ ବହୁତ ଖୁସିଥିଲେ ଅନୁରାଗକୁ ନେଇ। ଯାହାହେଉ ସେମାନଙ୍କ ଝିଅର ପ୍ରତିଭାକୁ ଉଚିତ ସମ୍ମାନ ଦେଲାଭଳି ଯୋଗ୍ୟ ବରପାତ୍ରଟିଏ ମିଳିଛି ସେମାନଙ୍କୁ। ଏହା ଭାଗ୍ୟ ନୁହେଁ ତ ଆଉ କ'ଣ?

ଅନନ୍ୟା ଖୁସିର ବି ବନ୍ଧବାଡ଼ ନ ଥିଲା। ତା'ର ଏଇ ସାଧାସିଧା ଜୀବନଟା ଯେ ଅନୁରାଗକୁ ପାଖରେ ପାଇ ଛନ୍ଦମୟ ହୋଇ ଉଠିବ ଭାବିଲାବେଳକୁ ଖୁସିରେ ଆତ୍ମହରା ହୋଇଉଠୁଥିଲା ତା'ର ମନ। ତା'ର ଏହି ଲୀଳାୟିତ ତରଙ୍ଗାୟିତ ଜୀବନକୁ ସେ ବାହିଦେବ ଅନୁରାଗର ପ୍ରେମର ସରଣୀରେ। ହେ ଭଗବାନ... ସତରେ କ'ଣ ଏତେ ଖୁସି ମୋ ଭାଗ୍ୟରେ ଲେଖାଥିଲା!!

ସୁରୁଖୁରୁରେ ଚାଲିଥିଲା ଆୟୋଜନ। ବାହାଘର ଆଉ ପନ୍ଦରଟା ଦିନ ରହିଲା। ଯିଏ ଯାହା ଧନ୍ଦାରେ ବ୍ୟସ୍ତ। ହଠାତ ସକାଳୁ ସକାଳୁ ଫୋନ୍ ଆସିଲା ଅନନ୍ୟାର ମୋବାଇଲକୁ।

ହ୍ୟାଲୋ.... ଅନୁରାଗ...

ହଁ.... ଅନନ୍ୟା...ତୁମ ସହ ଟିକେ କଥା ଅଛି।

ହଁ... କୁହ....

ନା.... ଦେଖାହେଲେ କହିବି। ମୋତେ ଆଜି ସନ୍ଧ୍ୟାବେଳେ ଟିକେ ପାର୍କରେ ଦେଖା କରିବ ପ୍ଲିଜ୍।

କମ୍ ଅନ୍ ଅନୁରାଗ.... ବାହାଘର ପାଇଁ ଆଉ ଅଳ୍ପଦିନ ରହିଲା। ଆହୁରି ବହୁତ ଆରେଞ୍ଜମେଣ୍ଟସ ବାକି ରହିଲାଣି। ତୁମେ ଭଲରେ ଜାଣ ଯେ ଆମ ଘରେ କେହି ନାହିଁ ଏସବୁ ବୁଝିବା ପାଇଁ। ମୋତେ ହିଁ ସବୁ କରିବାକୁ ପଡୁଛି। ସେଥିରେ ପୁଣି ତୁମେ....

ପ୍ଲିଜ୍...ଅନନ୍ୟା....ଏଇଟା ଫୋନ୍‌ରେ କହିବା କଥା ନୁହେଁ।

ଠିକ୍ ଅଛି। ଆଜି ସନ୍ଧ୍ୟାବେଳେ ଦେଖା କରିବି ମୁଁ।

ସନ୍ଧ୍ୟାବେଳେ ଟିକେ ହାଲକା ମେକ୍‌ଅପ ସହ ଅନନ୍ୟା ବାହାରିଗଲା ପାର୍କ। ପାର୍କରେ ପହଞ୍ଚି ଚିରାଚରିତ ଅଭ୍ୟାସ ବଶତଃ ସେ ଚାହିଁଲା ତା'ର ସେହି ପୁରୁଣା ସ୍ଥାନଟିକୁ। କୃଷ୍ଣଚୂଡ଼ା ଗଛମୂଳେ ଥିବା ସେହି ରଙ୍ଗଛଡ଼ା ସିମେଣ୍ଟ ବେଞ୍ଚରେ ବସିଥିଲା ଅନୁରାଗ କେଉଁ ଏକ ଦୂର ଦିଗବଳୟରେ ଦୃଷ୍ଟି ନିବଦ୍ଧ କରି। ଅନନ୍ୟା ଯାଇ ବସିପଡ଼ିଲା ଅନୁରାଗର ଦେହକୁ ଟିକେ ଲାଗିକି। ଅନୁରାଗର ଓଠରୁ ବିଛୁଡ଼ି ପଡ଼ିଲା କିଛି ଶୁଖିଲା ହସ।

କ'ଣ ହୋଇଛି ଅନୁରାଗ ? ?

କେଉଁଠୁ ଆଉ କେମିତି ଆରମ୍ଭ କରିବି ଜାଣିପାରୁନି ଅନନ୍ୟା। ହୁଏତ ତୁମେ ମୋତେ ଭୁଲ ବୁଝିପାର।

ଆରେ କୁହନା.... ଏତେ ଗୌରଚନ୍ଦ୍ରିକା କ'ଣ ପାଇଁ ?

ମୋତେ ପାଇବାକୁ ହେଲେ ତୁମକୁ ତୁମ ନୃତ୍ୟଠାରୁ ଦୁରେଇବାକୁ ପଡ଼ିବ ଅନନ୍ୟା। ଏତିକି ତ୍ୟାଗ ତୁମକୁ କରିବାକୁ ପଡ଼ିବ।

କିଛିକ୍ଷଣ ପାଇଁ ଅନନ୍ୟାର ପୃଥିବୀଟା ସ୍ତବ୍ଧ ହୋଇଗଲା। ସେ ଭାବିବାକୁ ଲାଗିଲା ଆଜି କୋଉ ଡେ'!! ଏପ୍ରିଲ ଫୁଲ୍ ଡେ' ନୁହେଁ ତ!! ନାଁ ତ!! ତା'ହେଲେ ଅନୁରାଗର ଏ ମଜାକ୍ କ'ଣ ପାଇଁ ? ?

ତୁମେ ଭଲଭାବେ ଜାଣ ଅନୁରାଗ.... ମୋତେ ଏମିତି ମଜାକ୍ ପସନ୍ଦ ନୁହେଁ। ସୋ ପ୍ଲିଜ ଷ୍ଟପ୍ ଦିଜ୍।

ମଜାକ୍ କରୁନି ଅନନ୍ୟା। ସତ କହୁଛି ମୁଁ। ମୋ ମା' ତୁମ ନାଚ ବିଷୟରେ ବେଶୀକିଛି ଜାଣିନଥିଲା। କାଲି ତୁମର କିଛି ପ୍ରୋଗ୍ରାମ ୟୁଟ୍ୟୁବରୁ କାଢ଼ି ଦେଖେଇଲି ତାକୁ।

ହଁ ତ...ଭଲ କଥା। ଏଥିରେ ଅସୁବିଧା କେଉଁଠି ରହିଲା ? କ'ଣ କହିଲେ ମା' ?

ଅପରାଧୀଟିଏ ପରି ତଳକୁ ମୁହଁ ପୋତିଦେଲା ଅନୁରାଗ।

କୁହ ନା ଅନୁରାଗ.... ମା' କ'ଣ କହିଲେ ?

ମା' କହିଲା ବାରଆଡ଼େ ବୁଲିବୁଲି ନାଚୁଥିବା ଗୋଟେ ନାଚବାଲୀ ଏ ଘରକୁ ବୋହୂ ହୋଇ ଆସିପାରିବନି। ଆଉ ଯଦି ଆସେ ତାହେଲେ ତାକୁ ସବୁଦିନ ପାଇଁ ନାଚ ଛାଡ଼ିବାକୁ ପଡ଼ିବ।

ମୁଁ ନାଚବାଲୀ!!!!

ଆଖିରେ ଲୁହ ଜକେଇ ଆସିଲା ଅନନ୍ୟାର। ନାଚକୁ ଛାଡ଼ି ସେ ବଞ୍ଚିବ କେମିତି ? କିଛି ସମୟର ନୀରବତା ପରେ ଅନନ୍ୟା ପଚାରିଲା ଅନୁରାଗକୁ...

ମା'ଙ୍କ କଥା ଛାଡ଼ ଅନୁରାଗ... ତୁମେ କଣ ଚାହଁ କୁହ ମୋତେ।

ମୁଁ ବି ସେଇଆ ଚାହେଁ ଯାହା ମା' ଚାହୁଁଛି।

ଆଶ୍ଚର୍ଯ୍ୟ ହେଲା ଅନନ୍ୟା ଅନୁରାଗର ଏ ପରିବର୍ତ୍ତନରେ।

କିନ୍ତୁ ତୁମେ ମୋତେ ଥରେ କହିଥିଲ ଅନୁରାଗ.... ମୋ ଘୁଙ୍ଗୁର ତୁମର ପ୍ରଥମ ପ୍ରେମ ବୋଲି। ପ୍ରଥମେ ମୋ ଘୁଙ୍ଗୁରର ପ୍ରେମରେ ପଡ଼ିଥିଲ ତୁମେ ଆଉ ତା' ପରେ ମୋର। ଆଉ ଏବେ....

ସମସ୍ତେ ପରିସ୍ଥିତିର ଦାସ ଅନନ୍ୟା। ଟିକେ ବୁଝିବାକୁ ଚେଷ୍ଟାକର ମୋତେ। ସମାଜରେ ମୋ ବାପାଙ୍କର ଯେଉଁ ସମ୍ମାନ ଆଉ ପ୍ରତିପତ୍ତି ତୁମେ ଜାଣିଛ। ମୋ ମା' କେମିତି ଚାହିଁବ ତା' ଘରର ବୋହୁ ବାହାରେ ଯାଇ ହଜାର ହଜାର ଲୋକଙ୍କ ଆଗରେ ପାଦରେ ଘୁଙ୍ଗୁର ବାନ୍ଧି ନାଚୁ ବୋଲି। ଜୀବନରେ ଏମିତି ଛୋଟମୋଟ ତ୍ୟାଗ ସମସ୍ତଙ୍କୁ କରିବାକୁ ପଡ଼େ।

ଛୋଟମୋଟ ? ? ? ଏଇଟା ଛୋଟମୋଟ ତ୍ୟାଗ ! ! ତୁମେ ବି ତ ଜଣେ ସିଙ୍ଗର ଅନୁରାଗ। ତୁମେ ବି ତ ବିଭିନ୍ନ କାର୍ଯ୍ୟକ୍ରମରେ ଗୀତ ଗାଉଛ। ଏଥିରେ ତୁମ ପରିବାରର ସମ୍ମାନ ହାନି ହେଉନି ? ?

ତୁମ ମୋ ଭିତରେ ଅନେକ ପ୍ରଭେଦ ଅନନ୍ୟା। ତୁମେ ଜଣଙ୍କ ଘରର କୂଳବଧୂ ହେବାକୁ ଯାଉଛ। ସେ ଘରର ସମ୍ମାନ ରକ୍ଷା କରିବା ତୁମର ପ୍ରଥମ କର୍ତ୍ତବ୍ୟ।

ଏଇଟା କ'ଣ ତୁମର ଶେଷକଥା ?

ହଁ।

ମୁଁ ତୁମ ଘରର ସମ୍ମାନ ହାନି କରିବାକୁ ଚାହେଁନି ଅନୁରାଗ। ମୋର ନୃତ୍ୟ ଆଉ ମୋର ସେଇ ଘୁଙ୍ଗୁର ହଳକ ହେଉଛି ମୋ ଜୀବନ। ତାକୁ ଛାଡ଼ି ବଞ୍ଚିପାରିବିନି ମୁଁ। ତୁମେ ତୁମ ଘର ପାଇଁ ଆଉ ଗୋଟିଏ ଯୋଗ୍ୟ, ସଂସ୍କାରୀ, କୁଳୀନ, ସୁନ୍ଦରୀ ଆଉ ଶିକ୍ଷିତା କୂଳବଧୂଟିଏ ବାଛିପାର। ଆସୁଛି ମୁଁ।

ଦ୍ରୁତ ପଦକ୍ଷେପରେ ପ୍ରସ୍ଥାନ କଲା ଅନନ୍ୟା ପାର୍କ ଭିତରୁ। ଅନ୍ୟମନସ୍କତା ଭିତରେ ଚାଲି ଚାଲି କେତେବେଳେ ଘର ଯାଏ ଚାଲି ଆସିଲାଣି ସେ। ପାଦ ଦୁଇଟା ହଠାତ ଅଟକି ଗଲା ତା'ର ଘର ଦରଜା ପାଖରେ। ଭିତରୁ ଶୁଭୁଥିଲା ବୋଉର ପାଟି। "କାଲି ସକାଳେ ଗୁଆ ଅନୁକୂଳ। କୁମ୍ଭାରୁଣୀ ଏ ଯାଏ ମାଟି ଆଟିକା, ସରା ଦେଲାନି କିଛି। ତୁମେ ବି ଯାଇ ବୁଝିଲନି କିଛି। କାଲି ସେ ଦେବ କେତେବେଳେ ଆଉ କାମ

ହେବ କେତେବେଳେ। ସବୁବେଳେ ଏମିତି ବେଦାୟିତ୍ୱ ତୁମେ। ଝିଅ ବାହାଘର ଟି !! ତୁମକୁ ପିଲାଖେଳ ଲାଗିଛି।" ଏମିତି କହି କହି ବାପାଙ୍କ ସହ ଝଗଡ଼ା କରୁଥିଲା ବୋଉ।

ଥମ୍ କରି ଠିଆ ହେଲା ସେଠି ଘଡ଼ିଏ ଅନନ୍ୟା। ରାତି ପାହିଲେ ଗୁଆ ଅନୁକୂଳ। ଅନୁରାଗକୁ ସିନା ମୁଁହ ଫେରେଇ ଚାଲି ଆସିଲା ସେ କିନ୍ତୁ ଏବେ କି ଉତ୍ତର ଦେବ ସେ ତା'ର ବୋଉକୁ? କେମିତି ବୁଝେଇବ ବାପାଙ୍କୁ? ବାପା ତା' ବାହାଘର ପାଇଁ ଜିପିଏଫରୁ ଟଙ୍କା ଉଠେଇ ସାରିଛନ୍ତି। କିଛି ଲୋନ୍ ବି ଆପ୍ଲାଏ କରିଛନ୍ତି। ଆଉ ବୋଉ... ତା' କଥା ତ ନ କହିଲେ ଭଲ। ଝିଅ ବାହାଘର କରିବ ବୋଲି ଛୁଞ୍ଚିଠାରୁ ସୂତା ଯାଏ ସବୁ ଗୋଟିଗୋଟି କରି ସଜାଡ଼ିବାରେ ଲାଗିଛି ସେ। ମାସେ ଆଗରୁ ବଡ଼ି ପକେଇ ପକେଇ ଗୋଟାଏ ବଡ଼ କାଗଜ ପେଟିରେ ପେଟିଏ ବଡ଼ି ତିଆରି କରିରଖିଛି। ବାଡ଼ିରେ ପଡ଼ିଥିବା କଦଳୀ କାନ୍ଧି ଭିତରେ ଅଖା ପୁରେଇ ତାକୁ ସୁରକ୍ଷିତ ରଖିଛି ମାଙ୍କଡ଼ମାନଙ୍କ ଦାଉରୁ ଭାର ସାଙ୍ଗେ ଦେବ ବୋଲି। ତା' ବାପଘର ଗହଣାରୁ କିଛି ବଣିଆ ଦୋକାନରୁ ମଜେଇକି ଆଣି ରଖିଛି। ଭାର ସହ ଶାଗ, ମାଛ, ଦହି ଯିବ ବୋଲି ରାମା କେଉଟକୁ ଆଗୁଆ ପାଞ୍ଚ କେଜିଆ ରୋହି ମାଛଟାଏ ବରାଦ କରିଛି। ସେଦିନ ଦାଣ୍ଡରେ ବୋଉ ଜଗୁକକାକୁ କହୁଥିଲା, "ହେଇଟି ଜଗୁ.... ମୋ ଝିଅର ଭାର ଗଲା ଦିନ ଛୋଟିଆ କଦଳୀ ଗଛଟାଏ ଯୋଗାଡ଼ କରିକି ଦବ ଭାର ସାଙ୍ଗରେ ଯିବା ପାଇଁ। ମନେରଖିଥିବ.... ମୁଁ ବ୍ୟସ୍ତତା ଭିତରେ ଭୁଲି ଯାଇପାରେ କିନ୍ତୁ ତୁମେ ଯେମିତି ଭୁଲି ନ ଯାଅ।" କାଲି ଗୁଆ ଅନୁକୂଳ ହେବ ବୋଲି ଆଜି ସକାଳେ କୂଅ ମୂଳରେ ପଡ଼ିଶାଘର କନି ଖୁଡ଼ିଙ୍କୁ ତାଗିଦ୍ କରୁଥିଲା, "କାଲି ସକାଳୁ ଗାଧୋଇ ପାଧୋଇ ଟିକେ ସଅଳ ଚାଲି ଆସିବୁ କନି। ଅଗଣାରେ ପିଠଉ ଚିତା ପକେଇ କଳସଟେ ବସେଇ ଦେବୁ। ଶିଳ, ଶିଳୁପୁଆ, ଚକି ସବୁଥିରେ ସିନ୍ଦୁର ହଳଦୀ ଲଗେଇବାଠାରୁ ଆରମ୍ଭ କରି ମଉଳା ନିମନ୍ତ୍ରଣ ଯିବାଯାଏ ସବୁ ଦାୟିତ୍ୱରେ ତୁ ରହିଲୁ। ଏକା ଏ ସବୁ ପାରିବିନି ମୁଁ।" କେମିତି ବୁଝେଇବ ଏବେ ସେ ବୋଉକୁ!

ଧୀରେ ଧୀରେ ଘର ଭିତରେ ପାଦ ରଖିଲା ଅନନ୍ୟା। ଟେବୁଲ ଉପରେ ଦୁଇ ଥାକ ହୋଇ ଥୁଆ ହୋଇଛି ତା'ର ବାହାଘର ନିମନ୍ତ୍ରଣ କାର୍ଡ। ହଳଦିଆ ରଙ୍ଗଟି ଶୁଭ ବୋଲି ବାପାଙ୍କ ପସନ୍ଦରେ ହଳଦିଆ ରଙ୍ଗର କାର୍ଡ ଆସିଛି। କନି ଖୁଡ଼ିଙ୍କ ଦୁଇ ପୁଅ ମିଟୁ ଆଉ ବିଟୁ ଲାଗିପଡ଼ି ଗୋଟାଏ ଦିନରେ ସେତକ କାର୍ଡକୁ ସାଇଜରେ ଭାଙ୍ଗି ଖୋଳରେ ପୁରେଇ ଥୋଇ ଦେଇଯାଇଛନ୍ତି। ଅନୁଦିଦି ବାହାଘର ବୋଲି ଭୋକଶୋଷ ନାହିଁ ସେମାନଙ୍କୁ। ଆଖିରେ ଲୁହ ଜକେଇ ଆସିଲା ଅନନ୍ୟାର।

ବୋଉକୁ ବୁଝେଇବାକୁ ଯାଇ ପ୍ରତିଆକ୍ରମଣର ଶିକାର ହେଲା ଅନନ୍ୟା। ବୋଉର ଯୁକ୍ତି ଥିଲା ଅଜବ।

"ଅନୁରାଗର ମା' ଠିକ୍ କହୁଛନ୍ତି। କ'ଣ ମିଳିବ ସେ ନାଟ ତାମସାରୁ ଆମକୁ। ବାଡୁଅବେଳ କଥା ଅଲଗା ଆଉ ବାହାଘର ପର କଥା ଅଲଗା। ଝିଅ ହେଉଛି ଦୁହିତା। ଦୁଇ କୁଳର ମାନ ମହତ ରକ୍ଷା କରିବା ତା'ର ପ୍ରଥମ ଆଉ ପରମ ଧର୍ମ। ଏ ନାଚଗୀତ ପାଇଁ ଅନୁରାଗ ଭଳିଆ ପିଲାକୁ ହାତଛଡ଼ା କରିବା କେବଳ ମୂର୍ଖାମୀ ଛଡ଼ା ଆଉକିଛି ନୁହେଁ।" ଏ ଥିଲା ଅନନ୍ୟା ବିରୁଦ୍ଧରେ ବୋଉର ଯୁକ୍ତି।

ଅନନ୍ୟାର ଅନ୍ତର୍ଜ୍ୱଳନକୁ ଯଦି କିଏ ବୁଝିପାରିଥିଲା ସେ ହେଉଛନ୍ତି ତା'ର ବାପା। ବୋଉ ମତାମତ ବିରୁଦ୍ଧରେ ଯାଇ ସେ ରୋକିଦେଇଥିଲେ ବାହାଘର। କହିଥିଲେ ମୋ ଝିଅ କୁଜି କି କାଣି ନୁହେଁ। ଏମିତି କେତେ ପ୍ରସ୍ତାବ ଆସିବ ମୋ ଝିଅ ପାଇଁ। ଏ ସାମାନ୍ୟ ପ୍ରସ୍ତାବଟା ପାଇଁ ମୁଁ ମୋ ଝିଅର ସ୍ୱପ୍ନକୁ ଖ୍ୱନ୍‌ଭିନ କରିପାରିବିନି।

ଏ ଭିତରେ ବିତିଗଲାଣି ଚାରି ପାଞ୍ଚବର୍ଷ। ସମୟର ସ୍ରୋତ ତ କାହାକୁ ଅପେକ୍ଷା କରେନା। ସେ ସ୍ରୋତ କେଉଁଠି ପୁରୁଣା ସ୍ମୃତିକୁ ଉଜ୍ଜୀବିତ କରି ମନକୁ କ୍ଷତ ବିକ୍ଷତ କରେ ତ ଆଉ କେଉଁଠି ପୁରୁଣା କ୍ଷତରେ ମଲମ ସାଜି ତାକୁ ଧୀରେ ଧୀରେ ଭରିଦିଏ। ଅନନ୍ୟା ବି ସେମିତି ଧୀରେଧୀରେ ଭୁଲି ଭୁଲି ଆସେ ଅନୁରାଗକୁ। କିନ୍ତୁ ସେ ପୁରୁଣା ସ୍ମୃତି ପାଉଁଶ ତଳର ନିଆଁ ପରି ସେତେବେଳେ ପୁଣି ଦିକ୍ ଦିକ୍ ଜଳିଉଠେ ଯେତେବେଳେ ବୋଉ ବାପାଙ୍କୁ ଦେଖେଇ ଦେଖେଇ କୁହେ....

"ଝିଅ ସୁଆଙ୍ଗ ଦେଖଉଥିଲ ପରା... ବସିଥାଅ ଏବେ ଝିଅକୁ ବେକରେ ବାନ୍ଧିକି। ସେ ଅନୁରାଗକୁ କ'ଣ ଝିଅ ଅଭାବ ହେଲା ? ହେଇଟି ଦେଖ ବାହାସାହା ହୋଇ ପୁଅ ଖେଳେଇଲାଣି ସିଏ। ଆଉ ତୁମେ... ଝିଅକୁ ଖୁଣ୍ଟରେ ବାନ୍ଧି ବୁଢ଼ୀ କର। ନାଚୁ ତୁମ ଝିଅ କେତେ ନାଚୁଛି। ଆଉ ପାଞ୍ଚବର୍ଷ ପରେ ଯେତେବେଳେ ଗଲା ଆସିଲା ଲୋକ ଝିଅକୁ ବୁଢ଼ୀ ବୋଲି କହିବେ ସେତେବେଳେ ତୁମ ମୁଣ୍ଡରେ ବୁଦ୍ଧି ପଶିବ। କିନ୍ତୁ ସେତେବେଳକୁ ନେଡ଼ି ଗୁଡ଼ କହୁଣିକୁ ବୋହିଯାଇଥିବ। ସେ ଦିନ ଦେଖିବା ଆଗରୁ ଭଗବାନ ମୋତେ ଏ ସଂସାରରୁ ଉଠେଇ ନିଅନ୍ତୁ।"

ବାପାଙ୍କ ଉଦ୍ଦେଶ୍ୟରେ ବୋଉର ଏ କଡା କଥାଗୁଡ଼ାକ ଭାରି କଷ୍ଟ ଦିଏ ଅନନ୍ୟାକୁ। ଅନନ୍ୟା ବୁଝିପାରୁନଥିଲା ପିଲାବେଳେ ତା' ନାଚକୁ ନେଇ ଗର୍ବ କରୁଥିବା ତା' ବୋଉ କାହିଁକି ତା' କଳାର ଶତ୍ରୁ ପାଲଟିଛି। ତା' ପାଦରେ ଘୁଙ୍ଗୁର ଦେଖି ଆତ୍ମହରା ହେଉଥିବା ତା' ବୋଉ ଆଜି କାହିଁକି ଘୁଙ୍ଗୁରର ଶବ୍ଦରେ ଅସହିଷ୍ଣୁ ପାଲଟି

ଯାଉଛି। କ'ଣ ବଦଳିଗଲା ଏତିକି ଦିନ ଭିତରେ ?? ଅନୁରାଗ ବଦଳି ଗଲା ପରେ କ'ଣ ଏ ପୃଥିବୀଟା ବଦଳି ଗଲା ତା' ପାଇଁ!!

ବାପା ଚିହ୍ନାଜଣା ସମସ୍ତଙ୍କୁ ନେହୁରା ହୁଅନ୍ତି ବାହାଘରଟିଏ ବୁଝିଦେବା ପାଇଁ। ସମସ୍ତେ ଆଶା ଦେଇ ଚାଲି ଯାଆନ୍ତି ଆଉ ସେ ଆଶା ପାଣିଫୋଟକା ପରି ମିଳେଇ ଯାଏ। ଭିତରେ ଭିତରେ ଚିନ୍ତାରେ କୋରି ହୋଇଯାଆନ୍ତି ବାପା। କନ୍ୟାପିତାଟିଏ କେଡେ ଅସହାୟ ସତେ!!!

ଦିନେ ବାହାଘର ପ୍ରସ୍ତାବଟିଏ ଧରି ଆସନ୍ତି ଅନନ୍ୟା ବାପାଙ୍କର ପୁରୁଣା ସହକର୍ମୀ ଜଣେ। ପୁଅଟି ଓଏଏସ ଅଫିସର.... ଅଙ୍କୁର ମହାପାତ୍ର। ଅନନ୍ୟା ବାପାଙ୍କର ଆଖି ପାଏନି ଏତେବଡ଼ ଘର ଆଉ ବର ଦେଖି। ଏତେବଡ଼ ଘରର ସମ୍ମାନକୁ ଚାହିଁ ଯାନିଯୌତୁକ କ'ଣ ସେ ଦେଇପାରିବେ! କିନ୍ତୁ ଅଙ୍କୁର ମା'ଙ୍କର କେବଳ ସୁନ୍ଦର ସୁଶୀଳା ଝିଅଟିଏ ହିଁ ଦରକାର ଥିଲା। ବିନା ଯୌତୁକରେ ଅନନ୍ୟାକୁ ବୋହୂ କରି ନେଇ ଯିବାର ପ୍ରତିଶ୍ରୁତି ଦେଇଗଲେ ସେ।

ଘର ପୁଣି ହୋଇଉଠିଲା ଚଳଚଞ୍ଚଳ। ପୁଣି ବାହାଘରର ଆୟୋଜନ। ପୁଣି ତିଥିବାର ଦେଖା। କିନ୍ତୁ ଅନନ୍ୟା ନିରବ ଆଉ ନିର୍ବାକ। ବୋଉର ଏକା ଜିଦ୍ ପୁଣି ପୁରୁଣା ଘଟଣାର ପୁନରାବୃତ୍ତି ନ ହେଉ। ପୁଣି ଏ ବାହାଘର ଭାଙ୍ଗି ନ ଯାଉ। ଏବେବି ସମୟ ଅଛି.... ଅନନ୍ୟା ତା' ନାଚିବା ଛାଡ଼ି ଦେଉ। ଆଉ ଯଦି ଏ ବାହାଘର ଭାଙ୍ଗିଲା ତା'ହେଲେ ସେ କୂଅ ପୋଖରୀକୁ ଡେଇଁ ମରିବ ପଛେ ଆଉ ଏ ଘରେ ରହିବନି କି ବାପ ଝିଅଙ୍କ ମୁହଁ ଚାହିଁବନି।"

ଅନନ୍ୟା ସବୁଆଡୁ ନିରାଶ ହୋଇ ବିକଳରେ ଚାହିଁଲା ତା' ବାପାଙ୍କ ମୁହଁକୁ ସାହାଯ୍ୟ ପ୍ରାର୍ଥୀଟିଏ ହୋଇ। ଏଥର କିନ୍ତୁ ବାପାଙ୍କର ସେ ପୂର୍ବ ଦମ୍ଭ ଆଉ ନ ଥିଲା। କେମିତି ଏକ କରୁଣ ଚାହାଣୀରେ ଚାହିଁଲେ ସେ ଅନନ୍ୟାକୁ। ସେ ଚାହାଣୀରେ ଥିଲା ଅସହାୟତା। ଅନନ୍ୟାକୁ କୌଣସି ପ୍ରକାର ସାହାଯ୍ୟ ନ କରିପାରିବାର ଅବସୋସ। ଗୋଟେ ବାପା ହିସାବରେ ସେ ବି ଚାହୁଁଥିଲେ ତାଙ୍କ ଝିଅର ସଂସାର ବସିଯାଉ। ସବୁ ବୁଝିପାରିଲା ଅନନ୍ୟା। ତା'ର ପ୍ରିୟ ଘୁଙ୍ଗୁର ହଳକକୁ ନେଇ ଏକରକମ ଫୋପାଡ଼ି ଦେଲା ସେ ବୋଉର ସିନ୍ଦୁକ ଭିତରକୁ ଗୋଟାଏ ଅଭିମାନରେ। ଘୁଙ୍ଗୁର ବି ପଡ଼ିରହିଲା ସେଠି ମୋଡ଼ିମାଡ଼ି ହୋଇ ଗୋଟାଏ ଅଲୋଡ଼ା ବସ୍ତୁ ଭଳି।

ବାହାଘର ପରେ ଅନନ୍ୟାର ପାଦ ତଳେ ସବୁ ଖୁସି ଲୋଟେଇ ଦେଇଥିଲେ ଅଙ୍କୁର। ତଥାପି ବେଳେବେଳେ ଉଦାସପଣ ଆଉ ଅନ୍ୟମନସ୍କତାର ଗୋଟାଏ ଫେଣ୍ଟାଫେଣ୍ଟି ବାସ୍ନା ଘୁରିବୁଲେ ଅନନ୍ୟାର ଆଖପାଖରେ ଆଉ ଆବୋରି ବସେ

ତା'ର ସମସ୍ତ ସତ୍ତାକୁ। ସବୁ ଥାଇ ବି କିଛି ହଜେଇ ଦେଲା ପରି ହୁଏ ସିଏ। ତା'ର କୋଳାହଳମୟ ଚଳଚଞ୍ଚଳ ବାହ୍ୟଦୁନିଆଟା ତା' ଅନ୍ତର୍ମନର ନୀରବତାକୁ କାଟିପାରେନି। ବାହାରେ ହସି ହସି କଥା ହେଉଥିବା ଅନନ୍ୟାର ମନଟା କିନ୍ତୁ ଗୁମୁରି ଗୁମୁରି ଝୁରେ ତା' ଘୁଙ୍ଗୁର ହଳକକୁ। ତା'ର ଅନ୍ୟମନସ୍କତା ଯେ ବେଳେବେଳେ ଅଙ୍କୁରଙ୍କ ଆଖିରେ ଧରା ନ ପଡ଼ିଯାଏ ସେ କଥା ନୁହେଁ କିନ୍ତୁ ଅଙ୍କୁରଙ୍କ ପ୍ରଶ୍ନକୁ ବାରମ୍ବାର ଏଡ଼େଇ ଯାଏ ଅନନ୍ୟା।

ଅଙ୍କୁରଙ୍କର ପଡ଼ିଶା ଘରୁ ବେଳେବେଳେ ଭାସିଆସେ ଓଡ଼ିଶୀ ସଙ୍ଗୀତର ମୂର୍ଚ୍ଛନା ସହ ଘୁଙ୍ଗୁରର ଝଙ୍କାର। ପଡ଼ିଶା ଘର ଝିଅଟି ଯେତେବେଳେ ପାଦରେ ଘୁଙ୍ଗୁର ବାନ୍ଧି ନାଚ ଅଭ୍ୟାସ କରେ ଏପଟେ ଆନମନା ହୋଇଉଠେ ଅନନ୍ୟା। ବାଲକୋନୀରେ ଚେୟାରଟିଏ ପକେଇ ତନ୍ମୟ ହୋଇ କାନ ଡେରିଦିଏ ସେ ଆଡ଼କୁ।

ବେଳେବେଳେ ଅଙ୍କୁର ଆସି ପାଖରେ ବସି ପଡ଼ନ୍ତି ଅନନ୍ୟାର। ଆଉ ରସିକତା କରି କୁହନ୍ତି....

ତୁମେ କଳାପ୍ରେମୀ ମଣିଷଟାଏ ନିଶ୍ଚୟ। ସେତେବେଳୁ ଲକ୍ଷ୍ୟ କରୁଛି ତୁମେ ପୁରା ମନ୍ତ୍ରମୁଗ୍ଧ ହୋଇ ବସିଛ। ଆଚ୍ଛା.... କହିଲ କହିଲ ତୁମ ପରି କଳାର ପୂଜାରିଣୀଟିଏ ମୋ ପରି ବେରସିକିଆ ମଣିଷଟାକୁ କେମିତି ବାହା ହେବାକୁ ରାଜି ହେଲା ? ନୃତ୍ୟ ସଂଗୀତ ଯଦି ଏତେ ପସନ୍ଦ ତୁମର ତା'ହେଲେ ତୁମେ ଶିଖିଲନି କ'ଣ ପାଇଁ ? ହଉ ହେଲା.... ତୁମେ ନ ଶିଖିଲ ନାହିଁ.... ଆମର ଝିଅଟେ ହେଲେ ମୁଁ ତାକୁ ନାଚ ଶିଖେଇବି ନିଶ୍ଚୟ। ତା'ପରେ ତୁମର ଆଉ ପଡ଼ିଶା ଘରକୁ କାନେଇବା ଦରକାର ପଡ଼ିବନି। ଘରେ ବସି ନିଜ ଝିଅର ତାଥେଇ ତାଥେଇ ଦେଖୁଥିବ।

କହିସାରି ଠୋ ଠୋ ହୋଇ ହସି ଉଠନ୍ତି ଅଙ୍କୁର। ପୁରୁଣା କ୍ଷତ ଉଖାରି ହୋଇଯାଏ ଅନନ୍ୟାର। ଚମକି ପଡ଼େ ଅନନ୍ୟା ଆଉ ଚୁପ୍‌ଚାପ ଘର ଭିତରକୁ ଚାଲିଯାଏ କିଛି ନ ଜାଣିଲା ପରି। କିଛି ଜାଣିପାରନ୍ତିନି ଅଙ୍କୁର ଅନନ୍ୟାର ଉଦାସୀନତା ବିଷୟରେ। ତାଙ୍କୁ ଲାଗେ ଅନନ୍ୟା ତାଙ୍କର ପୁରା ପାଖରେ ଥାଇ ବି ବହୁତ ଦୂରରେ। ବେଳେବଳେ ଅନନ୍ୟା ଏତେ ଗୁମ୍‌ସୁମ ଦିଶେ ଯେ ଭିତରେ ଭିତରେ ଡରି ଯାଆନ୍ତି ଅଙ୍କୁର। ଭାବନ୍ତି ଅନନ୍ୟା କ'ଣ ଏକ ମାନସିକ ରୋଗୀ ? ? ନା କୌଣସି ମାନସିକ ରୋଗର ଏହା ପ୍ରାରମ୍ଭିକ ଲକ୍ଷଣ। କେମିତି ଜାଣିବେ ସେ ଅନନ୍ୟା ଭିତରର ଝଡ଼ର କାରଣ। ତା' ଉଦାସୀନତାର କାରଣ।

ଘରୁ ବାହାର ଆଉ ବାହାରୁ ଘର ହେବାରେ ଲାଗିଛି ଅନନ୍ୟା। ଅଙ୍କୁର ସକାଳୁ କୁଆଡ଼େ ଯାଇଛନ୍ତି ଯେ ଯାଇଛନ୍ତି। ମୋବାଇଲ ବି ସ୍ୱିଚଅଫ୍ ଦେଖାଉଛି। ସକାଳ

ଯାଇ ଖରାବେଳ ହେଲାଣି। ଲଞ୍ଚ ଟାଇମରେ ବି ଅଙ୍କୁରଙ୍କର ଦେଖା ମିଳିଲାନି କି ଫୋନ୍ କଲଟେ ବି ଆସିଲାନି। ଯେତେସବୁ ଆଜେବାଜେ କଥା ଆଉ ଅଶୁଭ ଚିନ୍ତା ଅନନ୍ୟାର ମୁଣ୍ଡକୁ ଆବୋରି ବସିଲେ। କୋଉଠି ଦୁର୍ଘଟଣା ଘଟିଲା କି ? ଅଙ୍କୁର ତାକୁ ତା'ର ଉଦାସୀନତା ପାଇଁ ପରିତ୍ୟାଗ କରି ଚାଲିଗଲେ କି ? ଭୟରେ ଜଡ଼ସଡ଼ ହୋଇଗଲା ଅନନ୍ୟା। ନିଜକୁ ନିଜେ ଗାଳି କରିବାକୁ ଆରମ୍ଭ କଲା ସେ।

ସତରେ କ'ଣ ସେ ମାନସିକ ଭାବରେ ଅଙ୍କୁରଙ୍କର ନିକଟତମ ହୋଇପାରିଛି ? ଅଙ୍କୁର ତ ସବୁବେଳେ ତା' ସୁଖ ଦୁଃଖକୁ ଧ୍ୟାନ ଦେଇଆସିଛନ୍ତି କିନ୍ତୁ ସେ କ'ଣ ସେତିକି କରିପାରିଛି ? କେବେ ଥରେ ବି ପଚାରି ବୁଝିବାକୁ ଚେଷ୍ଟାକରିଛି ତାଙ୍କ ଅଫିସ କଥା କି ତାଙ୍କ ମନ ତଳର ଗହନ କଥାକୁ ? କେବେବି ଉପହାର ଦେଇପାରିଛି କି ସୁନ୍ଦର ଆଉ ଏକଦମ ନିରୋଳା ମୁହୂର୍ତ୍ତଟିଏ ତାଙ୍କୁ ? ଖାଇବା ଟେବୁଲରୁ ତରତର ହୋଇ ଖାଇଦେଇ ଉଠିଗଲାବେଳେ କେବେ ନିଜ ହାତରେ ଗୁଣ୍ଡାଏ ଖୁଆଇ ଦେଇଛି କି ଜବରଦସ୍ତି ? ନାଇଁ ନା....। ଖାଲି ରାନ୍ଧିବାଢ଼ି ଥୋଇଦେଲେ, ପୋଷାକପତ୍ର ଇସ୍ତ୍ରୀ କରି ହାତ ପାଖକୁ ଯୋଗେଇ ଦେଲେ କ'ଣ ସ୍ତ୍ରୀର ଧର୍ମ ପୂରଣ ହୋଇଯାଏ ?

ଅପରାଧବୋଧରେ ଭାରାକ୍ରାନ୍ତ ହୋଇଗଲା ଅନନ୍ୟା। ବହୁତ ଅନ୍ୟାୟ ସେ କରିଛି ଅଙ୍କୁରଙ୍କ ପ୍ରତି। ମନକୁମନ ଶପଥ କଲା ଯେ ସେ ନିଜକୁ ବଦଳେଇ ଦେବ। ଖୁବ ବଦଳେଇ ଦେବ। ତା' ଘୁଙ୍ଗୁରକୁ ତ ସେ ବହୁତ ଆଗରୁ ପାଦରୁ କାଢ଼ି ଫିଙ୍ଗି ଦେଇଥିଲା। ଆଜି ସମ୍ପୂର୍ଣରୂପେ ମନରୁ କାଢ଼ି ଫିଙ୍ଗିଦେବ। ଏକାନ୍ତ ଭାବରେ ଅଙ୍କୁରଙ୍କୁ ମନ ଭିତରେ ସ୍ଥାନ ଦେବ। ଖାଲି ଥରେ ଫେରି ଆସନ୍ତୁ ଅଙ୍କୁର।

ଦିନଯାକ ଗଲା ପରେ ସନ୍ଧ୍ୟାବେଳକୁ ଫେରିଲେ ଅଙ୍କୁର କେମିତି ଏକ ଗୁମ୍‌ସୁମ ଭାବକୁ ସାଙ୍ଗରେ ନେଇ। ଚୁପ୍‌ଚାପ ଘର ଭିତରେ ଆସି ଫ୍ରେଶ୍ ହୋଇ ବସି ପଡ଼ିଲେ ଅନନ୍ୟାକୁ କିଛି ନ କହି। ଅନନ୍ୟା ପଚାରିଲା, "କୁଆଡ଼େ ଯାଇଥିଲ ?" କିଛି ନ ଶୁଣିଲା ପରି ନିରୁତ୍ତର ରହିଲେ ଅଙ୍କୁର। ଭିତରେ ଭିତରେ ଡରିଗଲା ଟିକେ ଅନନ୍ୟା। ତା ହସହସ ମୁହଁ ତଳେ ଥିବା ଉଦାସୀନତାର କାରଣ ଅଙ୍କୁରଙ୍କ ସାମ୍ନାରେ ଧରାପଡ଼ିଯାଇନି ତ ? ଅନୁରାଗ ସହ ତା'ର ପ୍ରେମ ବିଷୟରେ କିଛି ଜାଣିପାରିଛନ୍ତି କି ଅଙ୍କୁର ? ନା କେଉଁଠୁ କିଛି ସୁରାକ ପାଇଛନ୍ତି ତା' ଘୁଙ୍ଗୁର ବିଷୟରେ ?

ଯଦି ଅଙ୍କୁର ଅନୁରାଗ ବିଷୟରେ କିଛି ଜାଣିପାରିଥିବେ ତା'ହେଲେ ହୁଏତ ତାକୁ ଦୁଷ୍ଟଚରିତ୍ରାର ଆଖ୍ୟା ଦେଇପାରନ୍ତି। ସବୁ ଘଟଣାକୁ ଲୁଚେଇ ତାଙ୍କୁ ଧୋକ୍କାରେ ରଖି ବାହାହୋଇ ପଡ଼ିଛି ବୋଲି ବି କହିପାରନ୍ତି। ଆଉ ଯଦି ତା' ନାଚ ବିଷୟରେ କୋଉଠୁ ଶୁଣିଛନ୍ତି ହୁଏତ ତାଙ୍କୁ କଥାଟା ପସନ୍ଦ ଆସିନି। ଗୋଟାଏ ନାଚବାଲୀକୁ

କୂଳବଧୂ ହେବାପାଇଁ ଅଯୋଗ୍ୟା ଘୋଷିତ କରି ତାକୁ ହୁଏତ ତାଙ୍କ ଜୀବନରୁ ସବୁଦିନ ପାଇଁ ବାହାର କରିଦେଇପାରନ୍ତି। କିଛି ତ ଗୋଟେ ହୋଇଛି ନିଶ୍ଚୟ ନ ହେଲେ ଅଙ୍କୁରଙ୍କୁ ଏତେ ଗୁମସୁମ ଆଗରୁ କେବେ ଦେଖିନି ସେ।

ଖାଇବା ଟେବୁଲରେ ବି ଚୁପ୍‌ଚାପ ଥିଲେ ଅଙ୍କୁର। ମନରେ ସାହସ ବାନ୍ଧି ଅନନ୍ୟା ପଚାରିଲା....

କ'ଣ ହୋଇଛି ତୁମର ?

ମୋତେ ଏତେକଥା କାହିଁକି ଲୁଚେଇଥିଲ ଅନନ୍ୟା ?

ଅଭିମାନରେ ମୁହଁ ବୁଲେଇ ନେଲେ ଅଙ୍କୁର। ଭିତରେ ଭିତରେ ଭୟ ଆଉ ଶଙ୍କାରେ ଶାଙ୍କୁଡ଼ି ଗଲା ଅନନ୍ୟା। ଛାତିର ସ୍ପନ୍ଦନ ଜୋର୍ ଜୋର୍ ବଢ଼ିବାକୁ ଲାଗିଲା।

ଅନନ୍ୟାର ହାତ ଧରି ଅଙ୍କୁର ତାକୁ ନେଇଗଲେ ତଳ ଗ୍ୟାରେଜ ଘରକୁ। ଖୋଲିଲେ କାରର ଡିକି। ଗୋଟେ ଚିହ୍ନାଚିହ୍ନା ମିଠା ବାସ୍ନା ଖେଳିଗଲା ସବୁଆଡ଼େ। ତାର ପ୍ରିୟ ବେସନ ଲଡ୍ଡୁ!! ବୋଉ ହାତ ତିଆରି ବାସ୍ନା!! ତାହେଲେ ଅଙ୍କୁର ତା' ଘରକୁ ଯାଇଥିଲେ ନିଶ୍ଚେ ତାକୁ ନ ଜଣେଇ। କିଛି ତ ସୁରାକ ପାଇଥିବେ କେଉଁଠୁ ମୋ ବିଷୟରେ। କ'ଣ କରିବି ଏବେ ମୁଁ? କେମିତି ସାମ୍ନା କରିବି ଏ ପରିସ୍ଥିତିକୁ?

ଡିକି ଭିତରୁ ବାହାର କରି ପ୍ୟାକେଟଟିଏ ବଢ଼େଇ ଦେଲେ ଅଙ୍କୁର ଅନନ୍ୟାର ହାତକୁ।

"ନିଅ ତୁମ ପ୍ରିୟ ବେସନ ଲଡ୍ଡୁ। ତୁମ ଘରକୁ ଯାଇଥିଲି ତୁମକୁ ନ କହି। ମା' ହାତରେ ବନେଇ ପଠେଇଛନ୍ତି ତୁମପାଇଁ। ଆଚ୍ଛା.... ମୋତେ କେବେ ତ କହିନ ଯେ ବେସନ ଲଡ୍ଡୁ ତୁମର ଏତେ ପ୍ରିୟ ବୋଲି।"

ଥରଥର ହାତରେ ପ୍ୟାକେଟଟିକୁ ଧରିଲା ଅନନ୍ୟା। କିଛି ଗୋଟାଏ ଖୁଡ଼୍‌ଖାଡ଼୍ ଶବ୍ଦ ହେଉଛି ଭିତରେ। ଲଡ୍ଡୁ ସହ ଆଉକିଛି ଅଛି ବୋଧେ। ଧୀରେ କରି ପ୍ୟାକେଟ୍ ଖୋଲି ଦେଖିଲା ଅନନ୍ୟା।

କିଛି ଗୋଟେ ମ୍ୟାଜିକ୍ ଦେଖିଲା ପରି ଅନନ୍ୟା ଚାହିଁଥିଲା ଅଙ୍କୁରଙ୍କୁ। ବେସନ ଲଡ୍ଡୁର ପୁଡ଼ା ପାଖରେ ତା ଘୁଙ୍ଗୁର ହଳକ!! ସ୍ୱପ୍ନ ନୁହେଁ ତ!!

ଅଙ୍କୁର କହିଲେ....

"ତୁମ ବାପାଙ୍କଠାରୁ ସବୁ ଶୁଣିସାରିଛି ମୁଁ। ମୋତେ ସବୁବେଳେ ଲାଗୁଥିଲା ତୁମେ ବହୁତ ଯନ୍ତ୍ରଣା ଲୁଚେଇ ରଖିଛ ତୁମ ଛାତିତଳେ। ସମସ୍ତେ ଅନୁରାଗ ନୁହନ୍ତି ଅନନ୍ୟା। ଏତେ ସୁନ୍ଦର ଗୋଟିଏ ପ୍ରତିଭାର ଏମିତି ନିର୍ମମ ହତ୍ୟା ତୁମେ କେମିତି କରିପାରିଲ? ମୋ ଉପରେ ଟିକେ ତ ଭରସା କରିପାରିଥାନ୍ତ ନା। ତୁମର ସେଇ

ପୁରୁଣା ସିନ୍ଦୁକର ଅନ୍ୟାନ୍ୟ ଜିନିଷ ଭିତରେ ନିଜର ସ୍ଥିତି ହରେଇ ମୃତବତ୍ ପଡ଼ିଥିବା ସେଇ ଘୁଙ୍ଗୁର ହଳକକୁ ମୁଁ ନେଇ ଆସିଛି ଆଉଥରେ ଜୀବନ୍ୟାସ ଦେବା ଆଶାରେ। ମୋ ଆଶା କ'ଣ ତୁମେ ପୂରଣ କରିବନି ଅନନ୍ୟା?"

ଘୁଙ୍ଗୁର ହଳକକୁ ଛାତିରେ ଚାପି ଧରି ଲୁହରେ ଭିଜୁଥିଲା ଅନନ୍ୟା। ଦିନେ ତା' ହସ ଭିତରେ ଖୋଜିଖୋଜି ପାଉନଥିବା ଖୁସିକୁ ଆଜି ଅଙ୍କୁର ପାଉଥିଲା ଅନନ୍ୟାର ଲୁହ ଭିତରେ।

ଅଜରା

ସେ ଜନ୍ମ ହୋଇଥିଲା ଗୋଟାଏ ଅଷ୍ଟବକ୍ର ଚେହେରା ନେଇ। ସେ ଯେତେବେଳେ ତା' ମା' ପେଟରେ ଆଠମାସର ଭ୍ରୂଣ, ସେତେବେଳେ ତା' ବାପା ଭଲପାଇ ବସିଲା ମନ୍ଦିର ପାଖରେ ବସି ଫୁଲ ବିକୁଥିବା ଗୋଟାଏ ଫୁଲବାଲୀକୁ। ମା' ସବୁ ଶୁଣି ବିଷ ଖାଇଦେଲା ରାଗ ଆଉ ଅଭିମାନରେ। ଏଥିରେ ବାପା ବହୁତ ଖୁସି ହେଲା ଆଉ ଭାବିଲା ଯାହାହେଉ ବାଟରୁ କଣ୍ଟା ଗଲା। ସାଇ ପଡ଼ିଶାଙ୍କୁ ଦେଖେଇ ହେବାକୁ ମା'କୁ ନେଇ ଡାକ୍ତରଖାନାରେ ପୁରେଇ ଥିଲା ତା' ବାପା। ଭାବିଥିଲା ବିଷଜ୍ୱାଳାରେ ମା' ମରିଯିବ ଆଉ ଗର୍ଭ ଭିତରେ ଥାଇ ଛୁଆ ବି ମରିଯିବ। କିନ୍ତୁ ସେମିତି କିଛି ହେଲାନି। ମା' ବଞ୍ଚିଗଲା ଆଉ ବିଷର ପ୍ରଭାବରେ ସେ ଯେତେବେଳେ ଅଷ୍ଟବକ୍ର ଚେହେରାଟିଏ ନେଇ ଜନ୍ମନେଲା ବାପା କହିଲା ହେଃ... ଏଇଟା ଅଜରାଟା... ଏଇଟାକୁ ସହଜରେ ମରଣ ନାହିଁ... ନ ହେଲେ କ'ଣ ଏଡ଼େ ବକଟେ ଛୁଆ ବିଷକୁ ହଜମ କରିଦେଇଥାନ୍ତା!!

ବାପା ସେ ଫୁଲବାଲୀକୁ ଆଣି ଜବରଦସ୍ତି ଘରେ ରଖିଲା। ଏଥର କିନ୍ତୁ ମା' ଆଉ ବିଷ ଖାଇଲାନି। ମରିବାକୁ ଚାହିଁ ବି ମରି ପାରୁନଥିଲା ସେ। ବରଂ ମରି ମରି ଜିଇଁବାକୁ ଚେଷ୍ଟା କରୁଥିଲା। କେବଳ ତା'ରି ପାଇଁ। ତା' ମୁହଁକୁ ଚାହିଁ ବାପାର ସବୁ କୃତକର୍ମକୁ ଆଖି ବୁଜିଦେଲା ଛାତିରେ ପଥର ରଖି। ଆଜିକାଲି ସେ ତା' ମା' ସହ ଚୁଲିମୁଣ୍ଡରେ ଶୁଏ ଅଖା ଦି' ଚାରିଟା ପକେଇ ଦେଇ ଆଉ ତା 'ବାପା ଶୁଏ ସେ ଫୁଲବାଲୀ ସହ ତା' ଏକ ବଖୁରିଆ ଆଜବେଷ୍ଟସ ପକା ଘରେ ଭିତରୁ କବାଟ କିଳି। ଘର ଭିତରୁ ବେଳେବେଳେ ଭାସିଆସେ ବାପା ଆଉ ସେ ଫୁଲବାଲୀର ଖିଲିଖିଲି ହସ ଆଉ ଏପଟେ ମା'ର ଲୁହରେ ଭିଜୁଥାଏ ସେ ତଳେ ପକେଇ ଶୋଇଥିବା ଅଖା କେତୋଟି।

ତା’ ମା’ର ଆଜିକାଲି ହାଣ୍ଡିଚୁଲି ଅଲଗା। ବାପା ସେଇ ଫୁଲବାଲି ହାତରୁ ଖାଏ। ମା’ ତା’ର ଅଲଗା ଟିକେ କ’ଣ ଫୁଟେଇ ଦିଏ ନିଜପାଇଁ ସେଇ ବାହାର ଚୁଲିମୁଣ୍ଡ ପାଖରେ ବସି।

ଧୀରେ ଧୀରେ ପାଞ୍ଚ ବର୍ଷର ହୋଇଗଲାଣି ସେ। ବୟସ ଯେତେ ଅଧିକା ହେଉଛି ତା’ ହାତଗୋଡ଼ ସବୁ ହେତେ ସରୁ ହୋଇ ହୋଇଯାଉଛି ଦିନକୁ ଦିନ। ଅଣ୍ଟା ତଳକୁ ଗୋଡ଼ ଦୁଇଟା ଝୁଲିଛି ଯାହା କଣି ଦିଖଣ୍ଡ ଭଳିଆ। ହାତ ଦୁଇଟା ବି ବଙ୍କା। ଝାଡ଼ା, ପରିସ୍ରା, ଖାଇବା, ପିଇବା ସବୁପାଇଁ ସେ ମା’ ହାତକୁ ଅନେଇ ଥାଏ। ବାପା ତ ତା’ ମୁହଁକୁ ବି ଚାହେଁନି। ସେଥିପାଇଁ ମା’ ତାକୁ ଏକା ଛାଡ଼ି କୁଆଡ଼େ ବି ଯାଇପାରେନି। ଯୁଆଡ଼େ ବି କାମକୁ ଯାଏ ତାକୁ କାଖେଇକି ନେଇକି ଯାଏ। ଗୋଟେ ଗଛ ମୂଳରେ ବସେଇ ଦେଇ କାମ କରେ। ମଝିରେ ମଝିରେ ଆସି କ’ଣ ଟିକେ ଖୁଆଇ ଦିଏ ନ ହେଲେ ପାଣି ଟିକେ ପିଆଇ ଦିଏ। ପୁଣି ସନ୍ଧ୍ୟାବେଳକୁ ତାକୁ କାଖରେ ଲଦି ଘରକୁ ଫେରେ।

ବେଳେବେଳେ ସେ ଗଛମୂଳେ ବସିଥିବାବେଳେ ଧାଡ଼ି ଧାଡ଼ି ପିମ୍ପୁଡ଼ି ଜନ୍ଦା ତା’ ଉପରେ ଚଢ଼ିଯାଆନ୍ତି। ସେ କିନ୍ତୁ ଆଉ ଠା’କୁ ଉଠି ଯାଇପାରେନା। ଖାଲି ବିକଳରେ ରଡ଼ି ଛାଡ଼ି କାନ୍ଦେ। ତା’ କାନ୍ଦ ଶୁଣି ମା’ କାମ ଛାଡ଼ି ଧାଇଁ ଆସେ। ଅନ୍ୟ ମୂଲିଆ, ମଜୁରିଆ ମିସ୍ତ୍ରୀମାନେ ବି ତା’ ଅବସ୍ଥା ଦେଖନ୍ତି। ଆହା.... ଚୁ ଚୁ କରନ୍ତି ଆଉ କୁହନ୍ତି... ଆହାଃ... କି ଅଜରା ଜନ୍ମ ପାଇଛି କେଜାଣି ବିଚରା...ଦେଖୁନ ଏତେକଷ୍ଟ ସହିକି ବି ବଞ୍ଚି ରହିଛି କେମିତି !! ଅଜରା ଶବ୍ଦଟି ଶୁଣି ସେ କାନ୍ଦେ ଆଉ ମା’ ତାକୁ ବୁଝେଇ ସୁଝେଇ ପୁଣି କାମରେ ଲାଗେ।

ମା’ର ସବୁ ରୋଜଗାର ତା’ ଔଷଧ କିଣାରେ ସରିଯାଏ। ତା’ ଔଷଧରେ କାଇଁ ଏତେ ପଇସା ଖର୍ଚ୍ଚ କରୁଛୁ ବୋଲି କହି ମା’କୁ ଖୁବ୍ ପିଟେ ତା’ ବାପା। କିନ୍ତୁ ଔଷଧ ନ ଖାଇଲେ ତା’ ଦେହହାତ ଖୁବ୍ ବିନ୍ଧାଗୋଳା କରେ ଆଉ ବେଳେବେଳେ ଖୁବ୍ ପୋଡ଼ାଜ୍ୱଳା ବି କରେ। ତାକୁ ବହୁତ ଯନ୍ତ୍ରଣା ହୁଏ ଆଉ ସେ ମା’କୁ କୁହେ.... ମା’ ଲୋ... ଆଉ ସହିପାରୁନି ଲୋ ମୁଁ.... ମୋତେ ମାରିଦେ ତୁ। ମା’ ତା’ କଷ୍ଟ ସହି ପାରେନି। ବାପାର ମାଡ଼କୁ ଖାତିର ନ କରି ତା’ ପାଇଁ ଔଷଧ କିଣି ଆଣେ ଆଉ ଚୁଲିମୁଣ୍ଡ ଜାଳ କାଠିକୁଟା ଭିତରେ ଲୁଚେଇ ରଖେ।

ସେଥର ବାହାରେ ମାଘୁଆ ଜାଡ଼ ପଡ଼ିଥିଲା। ଦଲକାଏ ଲେଖା ଥଣ୍ଡା ପବନ ଆସି ଦୋହଲାଇ ଦେଉଥିଲା ଚୁଲିମୁଣ୍ଡ ଉପରେ ପଡ଼ିଥିବା ପଲିଥିନ ଜରିଟାକୁ। ଆଉ ହେମାଳ କରିଦେଉଥିଲା ଗୋଡ଼ହାତ ସବୁ। ତା’ ଦେହରେ ସେତେବେଳେ ଖଇଫୁଟା

ଜ୍ୱର। କମ୍ପରେ ଦେହହାତ ଥରୁଥିଲା। ଦାନ୍ତରେ ଦାନ୍ତ ବାଜୁଥିଲା ଠକ୍ ଠକ୍ ହୋଇ। ମା' ନେହୁରା ହେଲା ବାପାକୁ... "ଜରୁଆ ଛୁଆଟା। ବାହାରେ ଏତେ ଥଣ୍ଡାରେ ଶୋଇଲେ ମରିଯିବ ସେ। ଆଜି ଗୋଟାଏ ରାତି ଏ ଘର ଭିତରେ ଶୋଇବାକୁ ଦିଅ ଆମକୁ। ଆମେ ଏ ତଳେ ଅଖା ପକେଇ ଶୋଇପଡ଼ିବୁ ।"

ମା' କଥା ଶୁଣି ଚିହିଁକି ଆସିଲା ଫୁଲବାଲୀ। କହିଲା, "ସେ ପଙ୍ଗୁ ଅକର୍ମାଟା ତୋତେ କ'ଣ ସ୍ୱର୍ଗକୁ ନେବ କି ? ତା' ଯୋଗୁଁ ତୁ ଘାଣ୍ଟି ହେଇ ମରୁଛୁ। ସେ ଗୋଟେ ଗଳଗ୍ରହ। ଠାକୁରଙ୍କୁ ଡାକେ ଏଇ ଜ୍ୱରରେ ସେ ମରିଯାଉ। ଅନ୍ତତଃ ତୁ ନିଜେ ମରିବା ଯାଏ ଟିକେ ଶାନ୍ତିରେ ବଞ୍ଚିବୁ ତ ।"

ମା' ଏକଥା ଶୁଣି ବହୁତ କାନ୍ଦିଲା। ଆଉ ଦି ଚାରିଟା ଅଖା ଆଣି ତାକୁ ଘୋଡ଼େଇ ଦେଲା ଭଲରେ ଆଉ କୋଳରେ ଜାକି ଶୋଇପଡ଼ିଲା ସେଇ ଚୁଲିମୁଣ୍ଡରେ। ସକାଳୁ ଉଠି ଫୁଲବାଲୀ ଦେଖିଲା ସେ ମରିନି ଆଉ ତା' ଜ୍ୱର ବି ପୁରା ଛାଡ଼ି ଯାଇଛି। ମୁଣ୍ଡରେ ହାତ ଦେଲା ଫୁଲବାଲୀ। କହିଲା, "ହେଇଲୋ.... ଏଇଟା ବଞ୍ଚିଛି ଆହୁରି ? ଏମିତି ଅଜରା ମୁଁ ମୋ ଜନମ ଜାତକ ଭିତରେ ଦେଖି ନ ଥେଲି ଲୋ ମା'। ରୋଗବାଗ ବି ଖାଉନି ଯାକୁ ।" ଏ କଥା ଶୁଣି ଭାରି କଷ୍ଟ ହେଲା ତାକୁ। କିନ୍ତୁ ଆଜିକାଲି କଷ୍ଟଗୁଡ଼ାକ ସେ ଟିକେ ସହଜରେ ହଜମ କରିପାରୁଛି ପୂର୍ବ ଅପେକ୍ଷା।

ଏ ଭିତରେ ତାକୁ ଦଶବର୍ଷ ହୋଇଗଲାଣି। ତଥାପି ମା' ତାକୁ କାଖରେ ଲଦି କାମକୁ ଯାଏ। ଦିନେ କାମରୁ ଫେରିଲାବେଳେ ମା'କୁ ଗାଡ଼ି ବାଡ଼େଇ ଦେଲା ପଛରୁ। ମା' ଛୁଆ ଦିହେଁ ଛିଟିକି ପଡ଼ିଲେ। ମା'ର ଡାହାଣ ଗୋଡ଼ ଭାଙ୍ଗିଗଲା। ମା' ବଡ଼ କଷ୍ଟରେ ତାକୁ ଧରି ଘୁଷୁରି ଘୁଷୁରି ଯାଇ ଘରେ ପହଞ୍ଚିଲା। ସାଇପଡ଼ିଶା ଆସି ସବୁ ଦେଖିଲେ। ମା' ବହୁତ ଖଣ୍ଡିଆ ଖାବରା ବି ହେଇଥିଲା କିନ୍ତୁ ତା'ର କିଛି ବି ହୋଇନଥିଲା। ସାଇପଡ଼ିଶା ଦେଖିଲେ ଆଉ ଆଶ୍ଚର୍ଯ୍ୟ ହେଲେ। କହିଲେ...ଏ ପଙ୍ଗୁ ଛୁଆଟା କି ଅଜରା ଜନ୍ମ ପାଇଛି କେଜାଣି, ଏତେ ବଡ଼ ଦୁର୍ଘଟଣାରୁ ବି ଜୀବନ ନେଇ ଫେରିପାରିଲା !!

ମା' ଆଉ କାମକୁ ଯାଇ ପାରିଲାନି। ବାପା ବି ଏ ଅବସ୍ଥାରେ ଗଣ୍ଡେ ଖାଇବାକୁ ଦେଲାନି ତାକୁ। ମା' ଭାବିଲା ପୁଣି ବିଷ ଖାଇଦେବ କିନ୍ତୁ ତା' କାନ୍ଦୁରା ମୁହଁକୁ ଚାହିଁ ବିଷ ଖାଇପାରିଲାନି। ପୁଣି ବଞ୍ଚିବା ପାଇଁ ସ୍ଥିର କଲା।

ମା'ର କଷ୍ଟ ଦେଖି ମାମୁଁ ଆସି ମା'କୁ ଡାକ୍ତରଖାନା ନେଇଗଲେ। ଗୋଡ଼ ପ୍ଲାଷ୍ଟର କରେଇ ଘରକୁ ସାଙ୍ଗରେ ନେଇଗଲେ କିଛିଦିନ ପାଇଁ। କିନ୍ତୁ ମାଇଁ ବହୁତ ଖିଟ୍ ଖିଟ୍ ହେଲା। ଫୋପଡ଼ା କଚଡ଼ା କଲା। କହିଲା ମୋର ତ ଅଭାବୀ ସଂସାର।

ସେଥରେ ପୁଣି ଏ ବୋଝ ଉପରେ ନଳିତା ବିଡ଼ାକୁ ମୁଁ କାହିଁକି ମୁଣ୍ଡେଇବି ?

ସେଦିନ ମା' ଯାଇଥିଲା ମାମୁଁ ସାଙ୍ଗରେ ଗୋଡ଼ରୁ ପ୍ଲାଷ୍ଟର ଖୋଲିବା ପାଇଁ। ତାକୁ ଜୋରରେ ଝାଡ଼ା ଲାଗୁଥିଲା। ସେ ମାଇଁଙ୍କୁ ନେହୁରା ହେଲା ତାକୁ ଟିକେ ବାହାରକୁ ଟେକି ନେଇଯିବା ପାଇଁ। ମାଇଁ ଖିଙ୍କାରି ହୋଇ କହିଲା, "ତୋ ମା' ଆସିବା ଯାଏ ସେମିତି ବସିଥା। ନ ହେଲେ ନିଜେନିଜେ ଉଠି ଚାଲିଯା'। ମାଦଳ କୋଉଠିକାର।" ମା' କିନ୍ତୁ ଆସିବା ଡେରି କଲା। ସେ ଆଉ ସମ୍ଭାଳି ପାରିଲାନି। ଶେଯରେ ଝାଡ଼ା କରିଦେଲା। ମାଇଁ ସେଦିନ ତାକୁ ଭାଷା ଅଭାଷା କରି ବହେ ଗାଳି ଦେଲା ଆଉ ଖୁବ୍ ପିଟିଲା। ପିଟି ପିଟି ଦେହ ହାତ ଫଟେଇ ଦେଲା। କହିଲା "ଅଜରା ଟା.... ମରୁନି ଯାହା...ସମସ୍ତଙ୍କୁ ଘାଣ୍ଟିକି ମାରୁଛି। ଛିଃ...।"

ମା' ଆସିକି ସବୁ ଦେଖିଲା। ସବୁ ଶୁଣିଲା। ବହୁତ କାନ୍ଦିଲା ଆଉ ପୁଣି ଭାବିଲା ବିଷ ଖାଇଦେବ ବୋଲି। ସେ କିନ୍ତୁ ବିକଳ ହୋଇ ଚାହିଁଥିଲା ମା' ମୁହଁକୁ। ତା ବିକଳ ମୁହଁକୁ ଦେଖି ମା' ମରିବା କଥା ମନରୁ କାଢ଼ିଦେଲା ପୁଣିଥରେ।

ମାଇଁର ଦୌରାତ୍ମ୍ୟ ଆଉ ସହି ହେଲାନି। ମା' ପୁଣି ଥରେ ଫେରିଲା ତା ଚୁଲିମୁଣ୍ଡକୁ। ଏଥର କିନ୍ତୁ ବାପା ଆଉ ଘରେ ପୁରେଇ ଦେଲାନି। ଢ଼ୁ ଢ଼ୁ ବର୍ଷାଟାରେ ଘରୁ ବାହାର କରିଦେଲା ମା' କୁ। ମା' ତା'ର ଗୋଟାଏ ଦଶ ଏଗାର ବର୍ଷର ପଙ୍ଗୁଛୁଆକୁ କାଖରେ ଲଦି ତା' ଅଧା ସଜଡ଼ା ଭଙ୍ଗା ଗୋଡ଼ରେ ଛୋଟେଇ ଛୋଟେଇ ଚାଲିଲା ଲକ୍ଷ୍ୟହୀନ ଭାବରେ ବର୍ଷାରେ ଭିଜିଭିଜି। ମା' ଆଖିରୁ ଧାର ଧାର ପାଣି ଗାଲ ଦେଇ ବୋହିଯାଇ ପଶୁଥିଲା ଛାତି ଭିତରେ। ସେ କିନ୍ତୁ ଜାଣିପାରୁନଥିଲା ସେଇଟା ବର୍ଷାପାଣି ନା ମା'ର ଲୁହ। ତାକୁ ଜୋର୍‌ରେ ଭୋକ ଲାଗୁଥିଲା କିନ୍ତୁ ମା' କୁ ଖାଇବାକୁ ମାଗିବାକୁ ଡର ଲାଗୁଥିଲା ତାକୁ।

ସନ୍ଧ୍ୟା ହୋଇ ଆସୁଥିଲା। କୁଆଡ଼େ ଯିବ ମା' ଜାଣିନପାରି ବସିଲା ଆସି ଗୋଟେ ଗଛମୂଳେ ଆଉ ରାତିଟା ସେଇଠି ଶୋଇଯିବା ପାଇଁ ଚିନ୍ତା କଲା। ବାହାରେ ଝିପିଝିପି ବର୍ଷା ପକାଉଥିଲା। ପତ୍ରରୁ ଟପ୍ ଟପ୍ ପାଣି ପଡୁଥିଲା କେତେବେଳେ ମୁଣ୍ଡ ଉପରେ ତ କେତେବେଳେ ଗୋଡ଼ ଉପରେ। ପାଖ କେଉଁ ଗୋଟେ ଗାତ ପାଖରୁ ବ୍ରାହ୍ମଣିଆ ବେଙ୍ଗଟାଏ ରଡୁଥିଲା କଣ୍ଠ ଫଟେଇ। ବର୍ଷାର ଟିପ୍ ଟିପ୍ ଶବ୍ଦ ସହ ତାଳ ଦେଇ ଗୀତ ଗାଉଥିଲେ ଝିଙ୍କାରୀମାନେ। ଟିକେ ଦୂରରେ ବୁଲା କୁକୁରଟାଏ ତା' ଦେହରୁ ବର୍ଷା ପାଣିକୁ ଝାଡୁଥିଲା ଦୁଇ କାନକୁ ଉପରକୁ ଠିଆ କରି। ପେଟ ଭିତରୁ ଆସୁଥିଲା ଭୋକର ଘୁଡୁଘୁଡୁ ଶବ୍ଦ। ସେ ଶବ୍ଦକୁ ଅଣଦେଖା କରି ମା' ଶୋଇବାକୁ ଚେଷ୍ଟା କରୁଥିଲା। ସକାଳ ହେଲେ କିଛି ଗୋଟାଏ କରିବ ବୋଲି ଭାବୁଥିଲା। ସେ

କିନ୍ତୁ ଶୋଇପାରୁନଥିଲା ଭୋକରେ। ଛଟପଟ ହେଉଥିଲା କିନ୍ତୁ ମା'କୁ କହିପାରୁନଥିଲା।

ମା' ଉଠି ବସିଲା। ତା'ର ମୁହଁକୁ ଦୁଇହାତରେ ତୋଳି ଧରି ଲୁହ ଛଳଛଳ ଆଖିରେ ପଚାରିଲା, "ଭୋକ ଲାଗୁଛି ନା?" ସେ ଆଉ ସମ୍ଭାଳି ପାରିଲାନି। ପେଟର ଭୋକ ସବୁ ଆଖିର ଲୁହ ହୋଇ ବାହାରି ଆସିଲେ ପଦାକୁ। ମା' ଜାଣିପାରିଲା। ଖୁବ୍ କାନ୍ଦିଲା ଆଉ କହିଲା, "ମୁଁ ଆଉ ପାରୁନିରେ.... ଥକି ପଡ଼ିଲିଣି ମୁଁ। ସତରେ ଅଜରାଟାଏ ତୁ। ନ ମରି କାଇଁ ଏତେ କଷ୍ଟ ପାଉଛୁରେ। ତୋ କଷ୍ଟ ମୁଁ ଦେଖିପାରୁନି କି ତୋ ପାଇଁ ମୁଁ ମରି ବି ପାରୁନି ।" ମା'ର ଲୁହସବୁ ବର୍ଷା ଭିଜା ଭୂଇଁ ଉପରେ ପଡ଼ି କୁଆଡ଼େ ମିଶି ଯାଉଥିଲା।

ଆଜିଯାଏ ସେ ଏଇ 'ଅଜରା' ଶବ୍ଦଟି ଅସଂଖ୍ୟ ବାର ଶୁଣିଛି ଅନ୍ୟମାନଙ୍କ ମୁହଁରୁ କିନ୍ତୁ ମା' ପାଟିରେ ଏଇ 'ଅଜରା' ଶବ୍ଦଟା କେମିତି ଅଜବ ଅଜବ ଲାଗିଲା ତାକୁ। ତା' ଛାତି ଭିତରେ କିଛି ଗୋଟାଏ ଝଣ କରି ଶବ୍ଦ ହେଲା। କେଉଁ ଗୋଟାଏ ଅଦୃଶ୍ୟ ବନ୍ଧନର ଶିକୁଳିଟା ଛିଣ୍ଡିଗଲା ବୋଧେ। ଏଥର କିନ୍ତୁ ଅଜରା ଶବ୍ଦଟି ଶୁଣି ସେ ଆଉ କାନ୍ଦିଲାନି। ମା' ଆଖିରେ ଆଖି ମିଶେଇ ଫିକ୍ କରି ହସିଦେଲା ଆଉ ମା' ଆଖିରୁ ଲୁହ ପୋଛିଦେଇ କହିଲା, "ତୁ ଶୋଇପଡ଼ ମା'.... ମୋତେ ଟିକେ ବି ଭୋକ ନାହିଁ। ବହୁତ ହାଲିଆ ଲାଗୁଛି। ମୁଁ ଟିକେ ଶୋଇବି।"

ରାତି ଅଧରେ ତା' ନିଦ ଭାଙ୍ଗିଲା। ସେ ଦେଖିଲା ମା' ଶୋଇପଡ଼ିଛି ନିଘୋଡ଼ ନିଦରେ। ସେ ତା' ଔଷଧ ଜରି ବାହାର କଲା। ବଙ୍କା ହାତରେ ସବୁ ଔଷଧକୁ ଗୋଟିଗୋଟି କରି ପ୍ୟାକେଟରୁ ଖୋଲିଲା। ଏ ଦୁଇମୁଠା ବଟିକା ତାକୁ ଏ ଯନ୍ତ୍ରଣାରୁ ଉଦ୍ଧାର କରିବା ପାଇଁ ନିଶ୍ଚୟ ଯଥେଷ୍ଟ ହେବ ଭାବି ସବୁ ଯାକ ପାଟିରେ ପୁରେଇ ପାଣି ପିଇ ଶୋଇପଡ଼ିଲା ସେ।

ଅନ୍ଧାରିଆରୁ ମା' ଉଠି କିଛି ଗୋଟାଏ କାମ ଖୋଜି ଯିବ ବୋଲି ବାହାରିଲା। ତାକୁ ଉଠେଇବାକୁ ଚେଷ୍ଟାକଲା। କିନ୍ତୁ ଅଜରା ଶୋଇଥିଲା ଚିରନିଦ୍ରାକୁ ଛାତିରେ ଜାବୁଡ଼ି ଧରି।

■

ବାଳିକାବଧୂ

ଆଜିକାଲି ବେଳ ଅବେଳରେ ଛାଇ ନିଦରେ ହାରାମଣିଙ୍କୁ ଦେଖା ଦେଉଛନ୍ତି ତାଙ୍କର ସ୍ୱର୍ଗତ ସ୍ୱାମୀ ନରେନ୍। ତା'ହେଲେ ମୃତ୍ୟୁ କ'ଣ ତାଙ୍କର ଅତି ନିକଟରେ!! ହଁ.... ଏଥିରେ ନୂଆ କଥା ବା କ'ଣ ? ବୟସ ଆସି ନବେ ଛୁଇଁବ ଛୁଇଁବ ହେଉଛି। ସେ ତ ଆଉ ଅମର ବର ପାଇନାହାନ୍ତି ଯେ ଚିରକାଳ ବଞ୍ଚିଥିବେ। ମୃତ୍ୟୁ ହିଁ ତ ଏ ସଂସାରର ଧ୍ରୁବ ସତ୍ୟ। କିନ୍ତୁ ମୃତ୍ୟୁର ଶୀତଳ ସ୍ପର୍ଶକୁ ଖୁବ୍ ପାଖରୁ ଅନୁଭବ କରିବା ହେଉଛି ଜୀବନର ସବୁଠାରୁ କଷ୍ଟ ଦାୟକ ସମୟ।

ରାତ୍ରିର ନିର୍ଜନ ପ୍ରହର। ଚାରିଆଡ଼ ନିସ୍ତବ୍ଧ ଆଉ ଶୂନ୍‌ଶାନ। ଭିତରେ ଖାଲି ଯାହା ଶୁଣାଯାଉଛି ହାରାମଣିଙ୍କ ଛାତିରେ ଜମିଥିବା କଫର ଘଡ଼ ଘଡ଼ ଶବ୍ଦ। ତା' ସହ ତାଳ ଦେଉଛି ନିଃଶ୍ୱାସର ସଁ ସଁ ଶବ୍ଦ ବେସୁରା ରାଗିଣୀ ତୋଳି।

ସ୍କାଇଲାଇଟର ଫାଙ୍କରେ ବୁଢ଼ିଆଣିଟିଏ ବସା ବାନ୍ଧି ଚାଲିଛି ନସର ପସର ହୋଇ। ସେ ଆଡ଼କୁ ଚାହିଁଲେ ହାରାମଣି। ବୁଢ଼ିଆଣି ଜାଲର ସୂତା ଫାଙ୍କରେ ଦିଶୁଛି ତାଙ୍କର ଅଡୁଆ ତଡୁଆ ପିଲାଦିନର ଝାପସା ଚିତ୍ର।

କେଉଁ ଏକ ଅଖ୍ୟାତ ନିପଟ ମଫସଲ ପଲ୍ଲୀରେ ଜନ୍ମ ହାରାମଣିଙ୍କର। ଭାରତ ପରାଧୀନ ସେତେବେଳେ। ଯେତେବେଳେ ସେ ମାତୃଗର୍ଭରେ ଥିଲେ ତାଙ୍କ ବୋଉ କେତକୀ ଗାଧୁଆ ତୁଠରେ ସକାଳର ବାଳସୂର୍ଯ୍ୟଙ୍କୁ ଅର୍ଘ୍ୟ ଟେକି କଥା ଦେଇଥିଲେ ତାଙ୍କ ସଙ୍ଗାତୁଣୀଙ୍କୁ ଯେ ଯଦି ତାଙ୍କର ଏ ଗର୍ଭସ୍ଥ ସନ୍ତାନଟି ଝିଅ ହୁଏ ତେବେ ସେ ନିଶ୍ଚୟ ତାକୁ ବାହାଦେବେ ସଙ୍ଗାତୁଣୀଙ୍କ ପୁଅ ନରେନ୍ ସହ। ଏମିତି ଭାବରେ ମାତୃଗର୍ଭରେ ହିଁ ତାଙ୍କର ବିବାହ ସରିଯାଇଥିଲା ନରେନ୍‌ଙ୍କ ସହ। ଖାଲି ଯାହା ସତ୍ୟରକ୍ଷା ପାଇଁ ବିଧିବଦ୍ଧ ଭାବରେ ବେଦୀରେ ବସି ସେ ବାହା ହୋଇଥିଲେ ନରେନ୍‌ଙ୍କୁ ମାତ୍ର ସାତବର୍ଷ ବୟସରେ ବାଳିକାବଧୂଟିଏ ସାଜି। କଥା ଥିଲା ଯେ ଝିଅ ଏବେ ବାପା

ମା'ଙ୍କ ପାଖରେ ହିଁ ରହିବ ଆଉ ବଡ଼ ହେଲା ପରେ ପୁଅାଣି ହୋଇ ଶାଶୁ ଘରକୁ ଯିବ।

ଝିଅ ତଙ୍କର ପୁଅାଣି ହୋଇ ଶାଶୁଘର ଯିବ ଆଉ କେଇଟା ବର୍ଷ ପରେ। ସେଥିପାଇଁ ଧୀରେ ଧୀରେ କରି କିଛି ଗହଣା ଗଢ଼େଇ ଦେଲେ କେତକୀ। ଦାଣ୍ଡ ସୁନ୍ଦର ବୋଲି ଗୋଟେ ଜିନିଷ ପୁଣି ଅଛି ନା ନାହିଁ। ସବୁ ଗହଣା ଭିତରେ ହାରାମଣିଙ୍କର ବେଶୀ ପ୍ରିୟ ଥିଲା ନାଲି ସୁନାଶଙ୍ଖା ଚାରିପଟ।

ନାଲିଶଙ୍ଖା ପ୍ରତି ଖୁବ୍ ଦୁର୍ବଳତା ହାରାମଣିଙ୍କର ବାଳୁତ କାଳରୁ। ଯେତେବେଳେ ବୁଢ଼ା ଶଙ୍ଖାରୀଟି ଦାଣ୍ଡରେ ଶଙ୍ଖା ନବ ଶଙ୍ଖା....କହି ଡାକ ଛାଡ଼େ ସେତେବେଳେ କୁନିଝିଅ ହାରା ତା'ର ସବୁ କଣ୍ଢେଇ ଖେଳଣା ଛାଡ଼ି ଧାଇଁଯାଏ ଗାଁ ଦାଣ୍ଡକୁ। ଶଙ୍ଖାରୀ ବୁଢ଼ା ପାଖରେ ଥାଏ ହରେକ ରକମର ଶଙ୍ଖା.... ରୁପା ପାତଦିଆ ଶଙ୍ଖା, ସୁନା ପାତଦିଆ ଶଙ୍ଖା, ନାଲି ଶଙ୍ଖା, ଧଳା ଶଙ୍ଖା, ଜଉଦିଆ ଶଙ୍ଖା, ମିନାବସା ଶଙ୍ଖା, ହାତୀମୁହାଁ ଶଙ୍ଖା.... ଏମିତି ଆହୁରି କେତେ। ସମସ୍ତଙ୍କୁ ଆଡ଼େଇ ହାରା ବସିପଡ଼େ ଶଙ୍ଖା ପସରା ପାଖରେ ଆଉ ସବୁ ଶଙ୍ଖାରୁ ପଟେ ପଟେ ନେଇ ହାତରେ ଗଳାଏ। ଶଙ୍ଖାଗୁଡ଼ା ହାତର ମଣିବନ୍ଧ ଡେଇଁ କହୁଣୀ ଡେଇଁ ବାହୁ ପର୍ଯ୍ୟନ୍ତ ଚାଲିଆସେ ହାରାର।

ବେଳେବେଳେ ହାରା ବୋଉ ପାଖରେ ଅଳି କରି ସେଇ ସୁନାଶଙ୍ଖା ଚାରିପଟକୁ ମାଗେ ପିନ୍ଧିବା ପାଇଁ। କେତକୀ ବୁଝେଇ ଦିଅନ୍ତି କୁନିଝିଅକୁ। କୁହନ୍ତି...ରହ.... ପହିଲି ପୁଅାଣି ହୋଇ ଗଲାବେଳେ ଟିକେ ଠାକୁରାଣୀଙ୍କ ପାଖରୁ ଛୁଆଇଁ ଆଣି ତୋତେ ପିନ୍ଧେଇ ଦେବି ଯେ ତୋ ହାତର ଶଙ୍ଖା ମା'ଙ୍କ କୃପାରୁ ଚିରଦିନ ବଜ୍ର ହେବ।

କିନ୍ତୁ ସେଦିନ ଆଉ ଆସିଲାନି। ସେତେବେଳେ ହାରାମଣୀଙ୍କୁ ନଅ ବର୍ଷ ବୟସ ଆଉ ନରେନଙ୍କୁ ତେଇଶି ବର୍ଷ। ଭାରତଛାଡ଼ ଆନ୍ଦୋଳନରେ ଯୋଗ ଦେବା ପାଇଁ ମହାତ୍ମାଗାନ୍ଧୀ ଗାଁ ଗାଁ ବୁଲି ଲୋକମାନଙ୍କୁ ଆହ୍ୱାନ ଦେଉଥାନ୍ତି। ଗାନ୍ଧୀଙ୍କ ଆନ୍ଦୋଳନ ବାର୍ତ୍ତାର ଘନଘନ ପ୍ରଚାର ହେଉଥାଏ ବେତାର ଯନ୍ତ୍ର ମାଧ୍ୟମରେ। ଗାନ୍ଧିଜୀଙ୍କ ଡାକରାରେ ଅନୁପ୍ରାଣିତ ହୋଇ ତେଇଶି ବର୍ଷର ନବଯୁବକ ନରେନ୍ ଆନ୍ଦୋଳନରେ ଯୋଗଦେବା ପାଇଁ ଘର ଛାଡ଼ିଲେ ଯେ ଆଉ ଘର ମୁହଁ ଦେଖିପାରିଲେନି।

ଇଂରେଜ ସରକାରର ଲାଠିମାଡ଼ରେ ନରେନ୍ ବୀରଗତିକୁ ପ୍ରାପ୍ତ ହୋଇଛନ୍ତି ଶୁଣି ହାରାମଣିଙ୍କ ବାପା ବୋଉଙ୍କ ଆଖିରୁ ଆଉ ଲୁହ ଶୁଖିଲାନି। ଉଜୁଡ଼ିଗଲା ଗୋଟେ କୁନି ଝିଅର ଆଦୌ ଆରମ୍ଭ ହୋଇନଥିବା ସଂସାରଟି। ଆଉ ତା'ର ପ୍ରିୟ ଶଙ୍ଖା ଚାରିପଟ ରହିଗଲା ସେମିତି ବୋଉର ଦସ୍ତା ଟ୍ରଙ୍କ ଭିତରେ ଲୁଗାପଟା ତଳେ ଗୋଲାପୀ କାଗଜ ଭିତରେ ଗୁଡ଼ିଆ ହୋଇ।

ସାଙ୍ଗସାଥିମାନଙ୍କୁ ଦେଖି ନଅବର୍ଷର ହାରାମଣି ଯେତେବେଳେ ହାତରେ ସେଇ ଶଙ୍ଖା ଚାରିପଟକୁ ପିନ୍ଧିବା ପାଇଁ ଜିଦ୍ ଧରନ୍ତି ସେତେବେଳେ କେତକୀଙ୍କ ଆଖିରୁ ଲୁହ ବଦଳରେ ଲହୁ ବର୍ଷା ହୁଏ। ଅସହ୍ୟ ବେଦନାରେ ଛାତି ଫାଟିଯାଏ। ଲୁହକୁ ଲୁଚେଇ କଥାକୁ ବାଁରେଇ ଦିଅନ୍ତି କେତକୀ। ନ ହେଲେ କେମିତି ବୁଝାନ୍ତେ ସେ ଏଡ଼େ ବକଟେ ଛୁଆକୁ ଯେ ସେ ବିଧବା ବୋଲି। କେମିତି କହିପାରନ୍ତେ ଯେ ଏ ଜନ୍ମ ପାଇଁ ତାକୁ ଶଙ୍ଖା ସିନ୍ଦୁର ମନା ବୋଲି।

ଥରେ କେତକୀ ବାଡ଼ିର ଶାଗ ପଟାଳିରେ ପାଣି ଦେବାବେଳେ ହାରାମଣି ଚୁପ୍‌ଚାପ ଖୋଲିଲେ ବୋଉର ଟ୍ରଙ୍କ। ପିଲାମନର ଅଦମ୍ୟ ଆଗ୍ରହକୁ ଆଉ କେତେଦିନ ବା ଦବେଇ ରଖିଥାନ୍ତେ! ଟ୍ରଙ୍କ ଉପରେ କେତକୀଙ୍କ ବାହାଘର ବେଳର ନାଲି ଜରିଦିଆ ପାଟ। ସନ୍ତର୍ପଣରେ ଶାଢ଼ୀଟିକୁ କାଢ଼ି ନିଜ ମୁଣ୍ଡରେ ପକେଇ ଦର୍ପଣରେ ମୁହଁ ଦେଖିଲେ ହାରାମଣି। ଇସ୍.... କେତେ ସୁନ୍ଦର ସେ! ନାଲି ଓଢ଼ଣାରେ ମୁହଁଟି ଦେବୀପ୍ରତିମା ପରି ଦିଶୁଛି। ଏଥର ଟ୍ରଙ୍କ ଭିତରୁ ଶଙ୍ଖା ଚାରିପଟକୁ ବାହାର କରି ଦୁଇ ହାତରେ ଗଳେଇ ନିରୀକ୍ଷଣ କଲେ ହାରାମଣି। ବାଃ... ଖୁବ୍ ସୁନ୍ଦର ମାନୁଛି ତ ତାଙ୍କ ଗୋରା ଗୋରା ହାତକୁ। ଗୋଟେ ଲକ୍ଷେ ଟଙ୍କିଆ ହସ ଝରି ପଡ଼ିଲା ହାରାମଣିଙ୍କ ଓଠରୁ।

ଏମିତି ନିଜ ସୌନ୍ଦର୍ଯ୍ୟରେ ନିଜେ ବିଭୋର ହେଉଥିବାବେଳେ ହଠାତ୍ ଦେଠେଇଙ୍କ ଚିତ୍କାରରେ ଚମକି ପଡ଼ିଲେ ହାରାମଣି। ଦେଠେଇ ଯେ ସେପଟ ଖଞ୍ଜାରୁ କେତେବେଳୁ ଆସି ତାଙ୍କର କାର୍ଯ୍ୟକଳାପକୁ ଲକ୍ଷ୍ୟ କରୁଛନ୍ତି ସେଥିପ୍ରତି ଆଉ ନଜର ନାହିଁ ତାଙ୍କର। ପାଟି ଶୁଣି ବାଡ଼ିପଟୁ ଧାଇଁ ଆସିଲେ କେତକୀ ଆଉ ଝିଅକୁ ଦେଖି ଚମକି ପଡ଼ିଲେ ଭୁତ ଦେଖିଲା ପରି। ଦେଠେଇ ବି ଯାହାଇଚ୍ଛା ତାହା ଶୁଣେଇ ଦେଇଗଲେ କେତକୀଙ୍କୁ।

"କି ବେଳାରେ ଏ ଟୋକି ଖଣ୍ଡକକୁ ଜନମ କରିଥିଲୁ ଲୋ କେତକୀ। ଦେଖେ ତାକୁ.... ବିଧବା ହୋଇ କେଡ଼େ ସଅକ। ବାହାପାଣି ପଡୁପଡୁ ତ ସ୍ୱାମୀ ମଲା ଆଉ ଏ ବିଧବା ଦେହରେ ଶଙ୍ଖା ଶାଢ଼ୀ ନାଉଛି କ'ଣ ବୋପା ଭାଇଙ୍କି ଖାଇବ ବୋଲି। ଛିଃ ଛିଃ ଛିଃ ଲୋ.... କି ଅଲଜ୍ଜା କଥା ଦେଖିଲା ଆଜି ଏ ଆଖି। ହଇଲୋ କେତକୀ.... ତୁ କଣ ଏତିକି ବୁଝେଇ ପାରୁନୁ ତୋ ଝିଅକୁ ଯେ ସେ ଗୋଟେ ବିଧବା ବୋଲି। ଆଲୋ.... ଏ ଟୋକି ତ ମହା ଛନକୀ ଅଛି। ଆଜିଠୁଁ ତ ଏଡ଼େ କନକନ ଆଉ ବୟସବେଳେ ଏ ତ ମୁହଁରେ ଚୂନକାଳି ମାରିଦେବ। ଧିକ ତୁମ ମା' ଝିଅଙ୍କୁ।"

ଅପମାନରେ ପୋଡ଼ିଯାଇଥିଲା କେତକୀଙ୍କ ମୁହଁ। ଦେଠେଇ ଗଲା ପରେ

ସବୁ ରାଗ ଅପମାନକୁ ସେ ଅଜାଡ଼ି ଦେଇଥିଲେ ହାରାମଣିଙ୍କ ଉପରେ। ଚୁଲିଫୁଙ୍କା ନଳରେ ହାତ ଗୋଡ଼, ପିଠି ସବୁ ଫାଟି ଯାଇଥିଲା ହାରାମଣିଙ୍କର। ବାଡ଼େଇ ସାରିଲା ପରେ ବାହୁନି ବାହୁନି କାନ୍ଦିଥିଲେ କେତକୀ ନିଜ ଭାଗ୍ୟକୁ ନିନ୍ଦି। ସେଦିନ ରାତିରେ ଆଉ ଚୁଲି ଜଳି ନ ଥିଲା ତାଙ୍କ ଘରେ। ହାରାମଣି ବି ଅଧା ନିଦରୁ ଉଠି ଦେଖିଥିଲେ ବାପା ବୋଉ ମିଶିକି ବସି କାନ୍ଦୁଥିବାର ରାତି ଅଧରେ।

ବାସ୍.... ସେଇଦିନଠାରୁ ହଠାତ୍ ବୟସ୍କା ପାଲଟି ଗଲେ ସେଦିନର ସେଇ କୁନି ବାଳିକାବଧୂ ହାରାମଣି। ଚୁପ୍‌ଚାପ ଆଦରି ନେଲେ ବୈଧବ୍ୟର ଯନ୍ତ୍ରଣାକୁ। ଶଙ୍ଖା ତ ଦୂରର କଥା ସେଦିନଠାରୁ ବୋଉର ଟ୍ରଙ୍କକୁ ଦିନେ ଛୁଇଁବାକୁ ବି ସାହସ କରିନାହାନ୍ତି ସେ।

ଘରେ ଯେତେବେଳେ ଗରମ ଗରମ ମାଛ ଝୋଳର ବାସ୍ନା ଘୁରିବୁଲେ ସେତେବେଳେ ନିଜ ପାଇଁ ଅଲଗା ଚୁଲିରେ କ'ଣ ଟିକେ ସାଦାସିଧା ଖାଦ୍ୟ ବଘାରି ଦିଅନ୍ତି ହାରାମଣି। ଆଇଁଷ ଝୋଳ ଟିକେ ହାପୁଡ଼ି ଭାତ ଖାଇବାର ଇଚ୍ଛାକୁ ମନ ଭିତରେ ମାରି ଚୁପ୍‌ଚାପ ଖାଇଦେଇ ଉଠିଯାଆନ୍ତି ନିଜର ସାତ୍ତ୍ୱିକ ଖାଦ୍ୟକୁ। କାର୍ତ୍ତିକ ମାସର ଜାଡ଼ ଥଣ୍ଡାରେ ସମସ୍ତେ କମ୍ବଳ ତଳେ ଶୋଇଥିବାବେଳେ ହାରାମଣି ରାତିଅଧରୁ ଉଠି ଗଡ଼ିଆର ହେମାଳ ପାଣିରେ ମୁଣ୍ଡ ବୁଡ଼େଇ ଗାଧୋଇ ରାଇଦାମୋଦରଙ୍କ ପୂଜାର ଆୟୋଜନ କରନ୍ତି ମାସ ଗୋଟାକ। ନିର୍ଜଳା ଏକାଦଶୀ ଦିନମାନଙ୍କରେ ଘରର ଅନ୍ୟମାନେ ପେଟେ ପେଟେ ଖାଇ ବୁଲୁଥିବାବେଳେ ପେଟର ଭୋକକୁ ପେଟରେ ମାରି ପାଟିର ଛେପରେ ତଣ୍ଟି ଟିକେ ଓଦା କରିବାକୁ ଚେଷ୍ଟାକରନ୍ତି ସେ। ଗାଁର ବାହାବ୍ରତ ଶୁଭକାମରେ ତାଙ୍କର ସାଙ୍ଗସାଥିମାନେ ମଜାମସ୍ତି କରୁଥିବାବେଳେ ତାଙ୍କୁ ସେ ଜାଗାରେ ପାଦ ରଖିବା ପାଇଁ ମଧ୍ୟ ଦିଆଯାଏ ନାହିଁ। ଗୋଟେ ନଅ ଦଶବର୍ଷର ଝିଅକୁ ଏ ସବୁ କ'ଣ କଷ୍ଟ ଦିଏନି ? ? ଖୁବ୍ କଷ୍ଟ ଦିଏ। କିନ୍ତୁ ସେ କହିବେ କାହାକୁ? ସେ ସମୟର ସମାଜ ସେମିତି ହିଁ ତ ଥିଲା।

ଏମିତିରେ ବିତି ଚାଲିଲା ବର୍ଷ ପରେ ବର୍ଷ। ସମୟ ବଦଳିଲା। ବାପା ବୋଉ ଚାଲିଗଲେ ଜଣେ ପରେ ଜଣେ। ଘରେ ରାଜୁତି ଚାଲିଲା ଭାଇ ଭାଉଜଙ୍କର। ଏ ସବୁ ଭିତରେ କେତେବେଳେ ଯେ ତାଙ୍କ ଦେହରେ ଯୌବନ ଆସି ଚାଲିଗଲା ସେ କଥା ବି ଜାଣିପାରିଲେ ନାହିଁ ହାରାମଣି।

ବଡ଼ କଷ୍ଟରେ ଜୀବନର ସବୁ ପାହାଚ ଅତିକ୍ରମ କରି ଏବେ ସେ ଶେଷ ପାହାଚରେ ଉପନୀତ। କେଉଁ ମୁହୂର୍ତ୍ତରେ ପ୍ରାଣ ଛାଡ଼ିଯିବ କିଏ ଜାଣେ ? ? ଆଜି କାଇଁ ଖୁବ୍ ମନେପଡୁଛନ୍ତି ନରେନ୍। ଖୁବ୍ ଇଚ୍ଛା ହେଉଛି ଶଙ୍ଖା ଚାରିପଟକୁ ମନଭରି

ଦେଖିବା ପାଇଁ। ପିଲାବେଳେ ଯାହା ଦେଖିଥିଲେ ସେତିକି। ବୋଉ ମଲାପରେ ତା' ଟ୍ରଙ୍କ ଆଉ ଖୋଲା ବି ହୋଇନି।

ଧୀରେ ଉଠି ବସିଲେ ହାରାମଣି। ଛାତିର ଘଡ଼ଘଡ଼ ଶବ୍ଦ ଆହୁରି ଜୋର୍‌ରେ ଶୁଣାଗଲା। ବଡ଼ କଷ୍ଟରେ ଘୁଷୁରି ଘୁଷୁରି ଗଲେ ସେ କାନ୍ଥ ଆଲମିରା ଯାଏ। ସେଠି ଥୁଆ ହୋଇଥିବା ବୋଉର ଟ୍ରଙ୍କକୁ ଖୋଲିଲେ ଆସ୍ତେକରି। ଟ୍ରଙ୍କର ଲୁଗାପଟା ଉପରେ ସାତକାମୁଡ଼ା ପୋକଙ୍କର ରାଜୁତି। ଲୁଗାପଟାକୁ ଆଡ଼ଉ ଆଡ଼ଉ ଦୁଇତିନିଟା ଅସରପା ଚଢ଼ିଗଲେ ହାରାମଣିଙ୍କ ହାତ ଉପରକୁ। ଏକଦମ ତଳେ ଯତ୍ନରେ ସାଇତା ହୋଇଥିବା ଶଙ୍ଖା ଚାରିପଟକୁ କାଢ଼ିଆଣି ପୁଣି ଶେଯରେ ଆସି ବସିଲେ ସେ। ମନେପଡ଼ିଲା ଚୁଲିଫୁଙ୍କା ନଳୀରେ ବୋଉର ମାଡ଼କଥା। ମନେପଡ଼ିଲା ଶଙ୍ଖାରୀବୁଢ଼ା କଥା। ମନେ ପଡ଼ିଲା ଦେଠେଇଙ୍କ ଗାଳିଗୁଲଜ କଥା। ଖୁବ୍ ନିରିଖେଇ ଦେଖିଲେ ସେ ତାଙ୍କର ପ୍ରିୟ ବସ୍ତୁକୁ। ଏଇଆକୁ ପିନ୍ଧି ସେ ଦିନେ ପୁଆଣି ହୋଇଯାଇଥାନ୍ତେ ନରେନ୍‌ଙ୍କ ଘରକୁ। କିନ୍ତୁ ବିହି କିଛି ଅଲଗା ଲେଖିଥିଲା ତାଙ୍କ ଭାଗ୍ୟରେ। ପେଜୁଆ ଆଖିରୁ ଦୁଇଟୋପା ଲୁହ ଖସିପଡ଼ିଲା ହାରାମଣିଙ୍କର। ଧୀରେ ଧୀରେ ନିଜର ଶୁଷ୍କ ଓଠକୁ ଲଗେଇଲେ ସେ ଶଙ୍ଖା ଉପରେ। ତାଙ୍କୁ ଲାଗିଲା ତାଙ୍କ ପାଖରେ ନରେନ୍ ବସିଛନ୍ତି ଆଉ ଠାରୁଛନ୍ତି ଶଙ୍ଖା ଚାରିପଟକୁ ପିନ୍ଧି ଦେବାପାଇଁ। ନିଜର ଅସ୍ତିତ୍ୱ ଭୁଲିଗଲେ ହାରାମଣି। ଶଙ୍ଖା ଚାରିପଟକୁ ହାତରେ ଗଳେଇ ଗୋଟେ ଲାଜୁଆ ଚାହାଣୀରେ ସେ ଚାହିଁଲେ ନରେନ୍‌ଙ୍କ ଆଡ଼େ। ନରେନ୍ ଖୁବ୍ ପ୍ରେମରେ ବାହୁ ପ୍ରସାରି କୋଳକୁ ଟାଣି ଆଣିଲେ ନିଜ ବାଳିକାବଧୂକୁ। ଢଳିପଡ଼ିଲା ହାରାମଣିଙ୍କ ଶରୀର ଶେଯ ଉପରେ। ଛାତିର ଘଡ଼ଘଡ଼ ଶବ୍ଦ ବନ୍ଦ ହୋଇଗଲା। ମୁହଁରେ ଯନ୍ତ୍ରଣାର ଚିହ୍ନ ବଦଳରେ ଝଲକୁଥିଲା ପ୍ରଶାନ୍ତିର ଆଭା। ଓଠରେ ଲାଖି ରହିଥିଲା ସେଦିନର ସେଇ ଲକ୍ଷେ ଟଙ୍କିଆ ହସ। ଆଉ ହାତରେ ଚିକ୍‌ଚିକ୍ କରୁଥିଲା ଚାରିପଟ ନାଲି ସୁନା ଶଙ୍ଖା।

■

ସାହାଡ଼ାସୁନ୍ଦରୀ କଥା

ଜେଜେମା' ତା' ପାଟିରେ ଜାକିଥିବା ପାନଖିଲଟାକୁ ଏପଟ କଲରୁ ନେଇ ସେପଟ କଲରେ ଜାକି ଛେପ ଢୋକିଲା। କେମିତି ଗୋଟେ କଡ଼ାଗୁଣ୍ଡି, ପାନମସଲା ଆଉ କେତକୀ ଖଇରର ମିଶାମିଶି ବାସ୍ନାଟେ ଖେଳିଗଲା ଚାରିଆଡ଼େ। ଖୁବ୍ ଅଳ୍ପ ସମୟର ବିରତି ପରେ ପୁଣି ଆରମ୍ଭ ହେଲା ଗପ.... ହୁଁ... ସେଇଠୁ କ'ଣ ହେଲା ନା.... ରାଜାପୁଅ ଆଉ ମନ୍ତ୍ରୀପୁଅ ଘୋଡ଼ାରେ ବସି ସେ ସୁନ୍ଦରୀ କନ୍ୟାକୁ ଖୋଜି ବାହାରିଲେ। ସୁନ୍ଦରୀ କନ୍ୟାଟି ଜଙ୍ଗଲ ଭିତରେ ଗୋଟେ ସାହାଡ଼ା ଗଛମୂଳେ ବସି ତା' ବାରହାତ ଲମ୍ବର ସୁନାକେଶକୁ ଖରାରେ ଶୁଖାଉଥିଲା। ଯେମିତି ତା' କାନରେ ଘୋଡ଼ାଟାପୁର ଶବ୍ଦ ବାଜିଛି, ସାଙ୍ଗେସାଙ୍ଗେ ସେ ପଶିଗଲା ସାହାଡ଼ାଗଛ ଭିତରକୁ କୁଆଡ଼େ। ଏ କଥାଟି ମନ୍ତ୍ରୀପୁଅ ଆଖିରେ ପଡ଼ିଯାଇଛି। କିନ୍ତୁ ମନ୍ତ୍ରୀପୁଅ ଭାରି ଚାଲାକ। ରାଜାପୁଅକୁ କିଛି ନ ଜଣେଇ ଏ କଥାଟି ସେ ନିଜ ମନ ଭିତରେ ରଖିଲା। ଦୁହେଁ ସେମିତି ବୁଲିବୁଲି ସନ୍ଧ୍ୟାବେଳକୁ ଘରକୁ ଫେରିଲେ। ମନ୍ତ୍ରୀପୁଅକୁ କି ଆଉ ରାତିରେ ନିଦ ହୁଏ!! ସେ ସ୍ୱପ୍ନରେ ବି ସେଇ ସୁନ୍ଦରୀ କନ୍ୟାକୁ ଦେଖିଲା, ଯାହାର ବାରହାତ ଲମ୍ବ କେଶ, ପଦ୍ମପାଖୁଡ଼ା ପରି ମୁହଁ, ଢଳଢଳ ଆଖି....। ତା' ପରଦିନ ସକାଳୁ ସକାଳୁ ମନ୍ତ୍ରୀପୁଅ ଏକାଏକା ଯାଇ ଗଛମୂଳେ ହାଜର ହୋଇଗଲା। ନିଜର ଖଣ୍ଡା ଉଞ୍ଚେଇ କହିଲା, "ଏ ଗଛରେ କିଏ ଅଛ ସାଙ୍ଗେସାଙ୍ଗେ ବାହାରକୁ ଚାଲିଆସ, ନଚେତ ଏବେ ଏଇ ମୁହୂର୍ତ୍ତରେ ମୋ ଖଣ୍ଡା ଚୋଟରେ ଏ ଗଛକୁ ମୁଁ ଛେଦନ କରିବି ।" କେହି ବାହାରକୁ ବାହାରିଲେନି। ମନ୍ତ୍ରୀପୁଅ ପ୍ରଥମ ଖଣ୍ଡା ଚୋଟକୁ ଗଛରେ ଛୁଆଁଉ ଛୁଆଁଉ ସୁନ୍ଦରୀ ଝିଅଟି ସାଙ୍ଗେ ସାଙ୍ଗେ ତା' ଆଗରେ ଉଭା ହୋଇଗଲା। ମନ୍ତ୍ରୀପୁଅ ତା'ର ପରିଚୟ ମାଗନ୍ତେ କନ୍ୟାଟି କହିଲା, "ମୁଁ ସାହାଡ଼ାସୁନ୍ଦରୀ, ଗୋଟିଏ ଅଭିଶପ୍ତ ରାଜକନ୍ୟା। ଆପଣଙ୍କ ଖଣ୍ଡାଚୋଟରେ ଆଜି ମୁଁ ଶାପମୁକ୍ତ ହେଲି..."

ବାସ୍.... ୟା ପରେ ଏ ତ୍ରିକୋଣୀୟ ପ୍ରେମ କାହାଣୀଟି ଆଗକୁ ବଢୁଥିଲେ ମଧ୍ୟ ଠିକ୍ ଏଇଠି ହିଁ ଅଟକି ଯାଏ ମୁଁ। ବାରମ୍ଭାର ଜେଜେମା' ମୁହଁରୁ ସେଇ ଗପ ଶୁଣି ଶୁଣି ସାହାଡ଼ାସୁନ୍ଦରୀ ପ୍ରତି ଗୋଟେ ଅଦ୍ଭୁତ ଆକର୍ଷଣ ଧୀରେ ଧୀରେ ଦାନା ବାନ୍ଧୁଥାଏ ମୋ ଭିତରେ।

ସେତେବେଳେ ମୋର ଖୁବ୍ ଛୁଆ ବୟସ। ଆମ ଘରକୁ ଲାଗି ଲତାଖୁଡ଼ୀଙ୍କ ଘର। ଗୋଟିଏ ଅଗଣା। ଅଗଣା ମଝିରେ ଖାଲି ଗୋଟେ ପାଚିରୀ ଉଠିଯାଇଛି ଯାହା। ଆଉ ବାଡ଼ିପଟେ ଦୁଇ ଘରର ଏକଦମ ମଝାମଝି ଗୋଟାଏ ସାହାଡ଼ାଗଛ। ଛୁଆବେଳେ ସେଇ ସାହାଡ଼ାଗଛ ମୂଳେ ହିଁ ମୁଁ ଖେଳୁଥିଲି। ମେଳଣ ପଡ଼ିଆରୁ କିଣିଆଣିଥିବା ଖେଳନା ଖଣ୍ଡାକୁ ଧରି ସାହାଡ଼ାଗଛର ଚାରିପଟେ ମନ୍ତ୍ରୀପୁଅ ସାଜି ବୁଲୁଥିଲି ଆଉ ବେଳେବେଳେ ଖଣ୍ଡାରେ ଗଛକୁ ଚୋଟ ମାରି କହୁଥିଲି ଯେ ସାହାଡ଼ା ସୁନ୍ଦରୀ ବାହାରିଲେ ତାକୁ ମୁଁ ହିଁ ବାହାହେବି। ଘରେ ସମସ୍ତେ ମୋ ଛୁଆଳିଆମିରେ ହସି ହସି ଗଡ଼ିଯାଉଥିଲେ। ଜେଜେମା' ଥଟ୍ଟାରେ ମୋତେ 'ହଇରେ ରସିକ ମନ୍ତ୍ରୀପୁଅ' ବୋଲି ମଧ୍ୟ ଡାକୁଥିଲା।

'ସାହାଡ଼ା ସୁନ୍ଦରୀ' ଯେ ଗଳ୍ପ ରାଇଜର ଏକ କାଳ୍ପନିକ ଚରିତ୍ର, ବୟସ ବଢ଼ିବା ପରେ ଏକଥା ଜାଣିଲେ ମଧ୍ୟ ସେଇ ଚରିତ୍ରଟି ପ୍ରତି ମୋ ମନର ଆକର୍ଷଣ ସେମିତି ବଳବତ୍ତର ରହିଥିଲା।

ୟା ଭିତରେ ମୋ ଜୀବନରେ ଅନେକ ପରିବର୍ତ୍ତନ ଆସିଛି। ମୁଁ ଚାକିରୀ କରି ଏବେ ଗାଁଠାରୁ ଦୂରରେ। ଜେଜେମା' କୋଉକାଳୁ ଗଲାଣି ଆର ପାରିକି। ବାପା ବି ନାହାନ୍ତି ଆଉ। ବୋଉ ଏକା ଗାଁରେ। ଯେତେବେଳେ ବି ମୁଁ ମୋ ଚାକିରୀ ଜାଗା କଲିକତାରୁ ଘରକୁ ଆସେ ବୋଉ ରୀତିମତ ମୋ ବାହାଘର ପଛରେ ପଡ଼ିଯାଏ। ଗାଁରେ ରହିବା ଦିନତକ ଖାଲି ଝିଅ ଦେଖାରେ ମୋ ସମୟ ଯାଏ କିନ୍ତୁ ମୋ ମନ କୋଉଠି ବି ମାନେନି। ବୋଉ ବିରକ୍ତ ହୁଏ, କୁହେ... ତୁ କ'ଣ ସତରେ ତୋ ଜେଜେମା' ଗପର ସେଇ ସାହାଡ଼ା ସୁନ୍ଦରୀକୁ ଖୋଜୁଛୁ ନା କ'ଣ!!! ଆଉ କେବେ ବାହା ହେବୁ ? ? ବୟସ କ'ଣ ଆଉ ବସିଛି। ମୁଁ ବି ତ ମଶାଣିକୁ ଯିବାକୁ ବାହାରିଲିଣି। ଏ ବର୍ଷକୁ ନ ହେଲେ ଆରବର୍ଷକୁ ତୋତେ ପୁଣି ଯୋଡ଼ା ବୟସ ପଶିବ। ପୁଣି ବର୍ଷେ ଅପେକ୍ଷା। ମୁଁ ବୋଉକୁ କଥା ଦେଇ ଆସିଥିଲି, ଆଉ ମନଦୁଃଖ କରନା... ଏଥର ଗାଁକୁ ଆସିଲେ ତୁ ଯେଉଁଠି ଠିକ୍ କରିଥିବୁ ସେଇଠି ନିଶ୍ଚୟ ବାହା ହୋଇକି ଯିବି। ସେ କୁଜି ହେଉ କି କାଣୀ।

ବୋଉ ମୋର ବଡ଼ ଆଶା ଧରି ବସିଥିଲା ଯେ ଏଥର ମୁଁ ଆସିଲେ ନିଶ୍ଚୟ ବାହାଘର କାମଟା ସରିଯିବ। କିନ୍ତୁ ହଠାତ୍ କରୋନା ଭୁତାଶୁର ଆବିର୍ଭାବ ଯୋଗୁଁ ମୁଁ

ଆଉ ଗାଁକୁ ଯାଇ ପାରିଲିନି ଗୁଡ଼ାଏ ମାସ ଧରି । ବୋଉ ସହ ଫୋନ୍‌ରେ କଥାବାର୍ତ୍ତା ଯାହା । ବୋଉଠାରୁ ଫୋନ୍‌ରେ ଗାଁର ଖବର ସବୁ ଶୁଣେ । ଗାଁରେ ଚବିଶି ଘଣ୍ଟିଆ ପୋଲିସ ପହରା, ସ୍କୁଲ ଘରେ ଚାଲିଥିବା କ୍ୱାରେଣ୍ଟାଇନ ସେଣ୍ଟର, ଖାଲି ଦଶବାର ଜଣ ସାଇପଡ଼ିଶାଙ୍କୁ ନେଇ ଲତାଖୁଡ଼ିଙ୍କ ପୁଅ ମଣ୍ଟୁଭାଇରର ବାହାଘର, ବାହାଘର ପରେପରେ ମଣ୍ଟୁଭାଇର କୋଭିଡ ପଜିଟିଭ ରିପୋର୍ଟ, ବାହାଘରର ଠିକ୍ ଚବିଶ ଦିନରେ ମଣ୍ଟୁଭାଇର ମୃତ୍ୟୁ, ପୁଅର ମଲା ଖବରକୁ ସମ୍ଭାଳି ନ ପାରି ତା' ପରଦିନ କକେଇଙ୍କ ମୃତ୍ୟୁ, ଖୁଡ଼ିଙ୍କର ଘଡ଼ିକି ଘଡ଼ି ଚେତା ବୁଡ଼ିଯିବା ଆଦି ସବୁ ଖବର ବୋଉଠାରୁ ଶୁଣି ବ୍ୟସ୍ତ ହୋଇପଡୁଥିଲି ମୁଁ । "ବୋଉଟା ମୋର ଏକୁଟିଆ ଅଛି । କେତେବେଳେ କାଳେ କିଛି ଘଟିଯିବ ! !" ଏମିତି ଭାବିଭାବି ରାତିରେ ଶୋଇପାରେନି ମୁଁ ।

ପରିସ୍ଥିତିରେ ଟିକେ ସୁଧାର ଆସିବା ପରେ ଗାଁକୁ ଆସିଲି ମୁଁ । ଭାବିଥିଲି ଘର ଦେଖାରଖାର କିଛି ଗୋଟେ ବ୍ୟବସ୍ଥା କରି ବୋଉକୁ ସାଙ୍ଗରେ ନେଇ ମୁଁ କଲିକତା ଚାଲିଯିବି । ବାପା ଗଲାପରେ ବୋଉ ଘରେ ପୁରା ଏକୁଟିଆ । ଅବଶ୍ୟ ମଝିରେ ମଝିରେ ଲତାଖୁଡ଼ି ଆସି ଗପସପ ହୁଅନ୍ତି ବୋଉ ସହ । ତଥାପି ରୋଗଣା ମଣିଷ, କେତେବେଳେ କୋଉ କଥା । ବୋଉକୁ କହିଲି ମୋର ପ୍ଲାନିଂ ବିଷୟରେ । ସେ କିନ୍ତୁ ମୁହଁ ମୋଡ଼ିଦେଲା । ତା'ର ଏକା ଜିଦ୍.... ତୋ ବାହାଘର ନ ସାରିବା ଯାଏ ମୋର ଏ ଗାଁ ଘରୁ ଘୁଞ୍ଚିବାର ନାହିଁ କୁଆଡ଼େ । ଅଜବ ଖିଆଲ ସବୁ ବୋଉର । ସାଙ୍ଗେସାଙ୍ଗେ ବୋଉ ପାଇଁ ବୋହୁଟେ ଏବେ କୋଉଠୁ ଖୋଜିବି ମୁଁ ଏଇ ପନ୍ଦର ଦିନ ଛୁଟି ଭିତରେ । ସେଥିରେ ପୁଣି କୋଉ ଗୋଟିଏ ବି ଝିଅ ସୁନ୍ଦର ଦିଶୁ ନାହାନ୍ତି ମୋ ଆଖିକୁ । ବଡ଼ ଅଡୁଆ କଥା ।

ରାତିରେ ଭାରି ଗରମ ହେଉଥାଏ ସେଦିନ । ଜ୍ୟେଷ୍ଠ ମାସିଆ ଗୁଳୁଗୁଳି ସାଙ୍ଗକୁ ଗାଁରେ ଏସିର ସୁବିଧା ନାହିଁ । ଜମାରୁ ନିଦ ହେଉନଥାଏ ଠିକରେ । ବୋଉ ତା'ର ଶୋଇବାକୁ ଗଲାଣି କେତେବେଳୁ । ଗାଁରେ ରାତି ନ'ଟାମାନେ ବହୁତ । ସହର ପରି ଏଠି ଲୋକ ରାତି ଗୋଟାଏରେ ଶୋଇ ଦିନ ଆଠଟାରେ ଉଠନ୍ତିନି । ଜଲ୍‌ଦି ଶୋଇ ଭୋର ଚାରିରୁ ଉଠି ପଡ଼ନ୍ତି । ମୋତେ କିନ୍ତୁ ଆଦୌ ନିଦ ଆସୁ ନ ଥାଏ । ଇଚ୍ଛା ହେଉଥାଏ ବାଡ଼ିପଟ ଝରକାଟା ଖୋଲିଦେବା ପାଇଁ । ବୋଉ କିନ୍ତୁ ବାରମ୍ବାର କହିଦେଇ ଯାଇଥାଏ ଶୋଇବା ଆଗରୁ, "ବାଡ଼ିପଟ ଝରକା ଜମା ଖୋଲିକି ଶୋଇବୁନି । ବାଉଁଶବୁଦା ସେପାଖ ତିଆଡ଼ିଘର ଡିହ ଖାଲି ପଡ଼ିଛି ତିନିବର୍ଷ ହେଲାଣି । ତିଆଡ଼ି ପୁଅ ତ ରହିଲା ବିଦେଶରେ । କିଛି ନ ହେଲେ ବି ପ୍ରତିବର୍ଷ ମହାଳୟାବେଳକୁ ଆସି ଶ୍ରାଦ୍ଧମଉଳା କରି ପିତୃପୁରୁଷଙ୍କୁ ପିଣ୍ଡପାଣି ଟିକେ ଟେକି ଦେଇଯାଉଥିଲା । ତିନିବର୍ଷ ହେଲାଣି କାଇଁ ତା'ର ବି ଦେଖାଦର୍ଶନ ନାହିଁ । ତା' ପିତୃପକ୍ଷ ପାଣି ପାଉଛନ୍ତି କି

ଅପାଣିଆ ପଡିଛନ୍ତି ଭଗବାନଙ୍କୁ ଜଣା । ତୁ ଜମା ଝରକା ଖୋଲିବୁନି ରାତିରେ । ଏକା ଶୋଉଛୁ । କିଏ କୋଉଠି ବୁଲୁଥିବ ଯଦି ଦେଖିଲେ ପୁଣି ତୁ ଚମକି ପଡ଼ିବୁ । ଆଇଁଷିଣିଆ ଦେହ ତୋର । ଚମକିଲେ ଜର ହୁଏ ।"

କିନ୍ତୁ ଗରମ ସମ୍ଭାଳି ନ ପାରି, ବୋଉ କଥା ନ ମାନି ଝରକାଟା ଖୋଲିଦେଲି ମୁଁ । ଦଲକାଏ ଥଣ୍ଡା ପବନ ଘର ଭିତରକୁ ପଶି ଆସୁଆସୁ ଠାଏ କରି ଚମକି ପଡ଼ିଲି ମୁଁ । ମୋ ପ୍ରିୟ ସାହାଡ଼ାଗଛ ମୂଳେ କେହି ଜଣେ ବସିଥିଲା । ଏତେ ରାତିରେ କିଏ ? ଭୂତ !! ପ୍ରେତ !! ଚିରୁଗୁଣୀ !!! ନା...ମ, ଏ ଭୂତ ପ୍ରେତ ସବୁ ମନଗଢ଼ା କାହାଣୀ । ମୁଁ ଆଉଟିକେ ନିରିଖେଇ ଦେଖିଲି ତାକୁ । ସ୍ତ୍ରୀ ଲୋକଟିଏ ପରି ଦିଶୁଛି ତ !! କିଏ ?? ସାହାଡ଼ାସୁନ୍ଦରୀ !! ଧେତ୍.... ନିଜ ପିଲାଳିଆମୀରେ ନିଜକୁ ହସ ଲାଗିଲା ମୋତେ ।

ମୋ କୌତୁହଳ ସୀମା ଅତିକ୍ରମ କରୁଥିଲା । ମନ ଭିତରେ କେଉଁଠି ନା କେଉଁଠି ଭୟ ବି ବସା ବାନ୍ଧୁଥିଲା ନିଶ୍ଚୟ । ମୁଁ ପୁଣିଥରେ ଝରକା ବନ୍ଦ କରିଦେଇ ଶୋଇବାକୁ ଚେଷ୍ଟାକଲି । କିନ୍ତୁ ନିଦ ମୋ ଆଖିଠାରୁ ଥିଲା କାହିଁ ଯୋଜନ ଯୋଜନ ଦୂରରେ । ସକାଳୁ ଉଠୁଉଠୁ ବୋଉ ମୋତେ ଦେଖି ପଚାରିଲା.... ତୋ ମୁହଁଟା କ'ଣ ଏମିତି ଶୁଖିଲା ଦିଶୁଛି, ଆଖି କୁମ୍ଭଟୁଆ ଆଖି ପରି ଲାଲ ଦିଶୁଛି !! ରାତିରେ ଶୋଇନୁ କି ?? ମୁଁ ବୋଉ ଆଗରେ ଗୋଟିଗୋଟି କରି ସବୁକଥା କହିଲି ଆଉ ପଚାରିଲି, "ବୋଉ ସେ କିଏ" ?

- ସେ କାକଳୀ । ଲତାଖୁଡ଼ିଙ୍କ ବୋହୂ । ତୁ ତାକୁ ଜମା ଦେଖିନୁ ତ ଆଗରୁ, ସେଥିପାଇଁ ଜାଣି ପାରିଲୁନି ।

- ମଣ୍ଟୁଭାଇର ସ୍ତ୍ରୀ !!!

- ହଁ । ଭାରି ହତଭାଗିନୀଟି ବିଚାରୀ । ବାହାଘର ମାସେ ପୁରିନି, ସ୍ୱାମୀ ଚାଲିଗଲା । ଖୁଡ଼ୀର ବି ମାନସିକ ଅବସ୍ଥା ଭଲ ନାହିଁ ସ୍ୱାମୀ ପୁଅଙ୍କୁ ଏକାବେଳେ ହରେଇ । ନିଜ ରାଗ ଶୁଝେଇବାକୁ ଖୁଡ଼ି ସବୁବେଳେ ନୂଆବୋହୂଟାକୁ ରଡ଼ମଡ଼ କରି ଶୋଧୁଛି । ବିଚାରୀ ସେଇ ସାହାଡ଼ାଗଛ ମୂଳେ ବସି କାନ୍ଦେ ରାତି ଅଧରେ ବେଳେବେଳେ ।

କରୋନାରେ ମଣ୍ଟୁଭାଇ ଚାଲିଯିବା ଖବର ଶୁଣିଥିଲି ଆଗରୁ ବୋଉ ପାଖରୁ । ଦୁଃଖ ବି ଲାଗିଥିଲା ମୋତେ । କିନ୍ତୁ କାକଳୀର କଥା ଶୁଣି ଭାରି କଷ୍ଟ ଲାଗିଲା ମୋତେ । ଛାତି ଭିତରଟା କେମିତି ଗୋଟେ ଓଜନ ଓଜନ ଲାଗିଲା । ମନକୁ ଦୁଃଖ ଲାଗିବା ଆଉ ଛାତିରେ କଷ୍ଟ ଲାଗିବା ଯେ ଦୁଇଟି ସମ୍ପୂର୍ଣ୍ଣ ଭିନ୍ନ ଅନୁଭବ, ସେଦିନ ପ୍ରଥମ କରି ଅନୁଭବ କଲି ମୁଁ ।

ତା’ ପରଦିନ ଜଳଖିଆ ଟିକେ ଖାଇଦେଇ ଗଲି ଲତାଖୁଡ଼ିଙ୍କ ଘରଆଡ଼କୁ ବୁଲିବା ପାଇଁ। ଖୁଡ଼ି ଭାରି ଖୁସି ହୋଇଗଲେ ମୋତେ ଦେଖି। କହିଲେ.... କିରେ ବାପ... ମୁଁ କ’ଣ ଶୁଣିଲି ତୁ ତିନିଦିନ ହେବ ଗାଁ’କୁ ଆସିଲୁଣି। ଆଉ ଆଜି ମନେପଡ଼ିଲା ମୋ କଥା। ହଉ ବସ ବାପା, ଏଇଠି ବସ, କହି ସପଟାଏ ବିଛେଇ ଦେଲେ ଅଗଣା ପିଣ୍ଡା ଦାଢ଼ରେ। ଖୁଡ଼ିଙ୍କ ସହ କଥା ହେଉଥିଲି ସିନା ମୋ ଆଖି କିନ୍ତୁ ଖୋଜୁଥିଲା କାକଳୀକୁ। କିଛି ସମୟର କଥାବାର୍ତ୍ତା ପରେ ଖୁଡ଼ି ଡାକ ପକେଇଲେ....ଆଲୋ ହେ କାକଳୀ.... ଆଲୋ କୁଆଡ଼େ ଗଲୁ ଲୋ ନିଆଁଲାଗି, ମୋ ପୁଅ ପାଇଁ ଚା’ ଟିକେ କରିକି ଆଣେ।

କିଛି ନ ଜାଣିଲା ପରି ଖୁଡ଼ିଙ୍କୁ ପଚାରିଲି, ଖୁଡ଼ି.... ଏ କାକଳୀ କିଏ ? ?

- ତୋ ମଣ୍ଟୁଭାଇର ସ୍ତ୍ରୀ। ତୁ କ’ଣ ଶୁଣିନୁ କିଛି....

- ହଁ ଖୁଡ଼ି, ବୋଉଠାରୁ ଫୋନ୍‌ରେ କିଛି କିଛି ଶୁଣିଥିଲି ଯାହା...

- ହଁ ରେ ପୁଅ, ମଣ୍ଟୁ କଥା ତ ଜାଣିଛୁ। ମାତ୍ର ଦି’ ଦିନ ବଡ଼ ସାନ ତୁମେ ଦି’ ଜଣ। ସାଙ୍ଗଭଳିଆ ଚଳୁଥିଲ। ତା’ ବାହାଘରକୁ ତୁ ଆସି ପାରିଲୁନି ବୋଲି ଭାରି ମନଦୁଃଖ କରୁଥିଲା ସେ। ଏବେ ଥିଲେ କେତେ ରାଗ ଅଭିମାନ ଅଜାଡ଼ି ଦେଇଥାନ୍ତା ତୋ ଉପରେ। କିନ୍ତୁ କୋଉ ରହିଲା ସେ। ବାହାଘର ଚବିଶ ଦିନ ପୁରିଛି କି ନାହିଁ ଚାଲିଗଲା ସେଇ ବଡ଼ଶବୁଡ଼ା କରୋନା ରୋଗରେ। ତୋ କକେଇଙ୍କ ଦେହ ବି ଭଲ ନ ଥିଲା ସେତେବେଳେ। ଭେଣ୍ଡାପୁଅ ମରିବା ଖବର ସମ୍ଭାଳି ପାରିଲେନି ସେ। ସେ ବି ଚାଲିଗଲେ ହାର୍ଟ ଆଟାକରେ ତା’ ପରଦିନ। ମୁଁ ପୋଡ଼ାକପାଳି ଏକା ବଞ୍ଚି ରହିଲି ଖାଲି ଏ ଜବାନ ବୋହୂର ବିଧବା ବେଶ ଦେଖି ଦେଖି ବଞ୍ଚିବି ବୋଲି।

କାକଳୀ ଚା’ କପେ ଆଣି ଥୋଇ ଦେଇଗଲା। ଶଙ୍ଖ ମଲମଲ ଗୋରା ଦେହରେ ମାଟିଆ ରଙ୍ଗର ସୂତାଶାଢ଼ୀ ଖଣ୍ଡିଏ। ଅଣ୍ଟାତଳ ଯାଏ ଲମ୍ବିଛି ଅଳରା ବଳରା ହୋଇ ଗୋଛାଏ ନୁଖୁରା କେଶ। ସପ୍ତାହେ ହେବ ପାନିଆ ବାଜିନି ବୋଧେ। ସାଜସଜ୍ଜା ରହିତ ଆଭୂଷଣ ଶୂନ୍ୟ ଦେହରୁ ଛିଟିକି ପଡୁଛି ଗୋଟାଏ ଦିବ୍ୟ ସୌନ୍ଦର୍ଯ୍ୟ ଯେମିତି। ନିରୀହ ମୁହଁଟିର କୋମଳତା ଭିତରେ ଲୁଚି ରହିଛି ଅନେକ ଅକୁହା ଯନ୍ତ୍ରଣା। ଢଳଢଳ ଆଖି ହଳକ ସତେ ଯେମିତି ଶ୍ରାବଣର ବର୍ଷଣ ମୁଖର ଆକାଶ। ଏଇଏଇ ବର୍ଷି ଯାଇଛି ନିର୍ଧୂମ୍, ପୁଣି ବି ବର୍ଷି ଯାଇପାରେ କେଉଁ ମୁହୂର୍ତ୍ତରେ।

ମନ ଭିତରେ ଆହତ ହେଲି ମୁଁ। ଖୁଡ଼ି ତାଙ୍କର ଗପି ଚାଲିଥିଲେ।

-ଏ ଅଲକ୍ଷଣୀକୁ କହିଲି, ତୋ ବୋପା ଘରକୁ ପଳା। ଏଠି ଆଉ କିଏ ଅଛି ଯେ ତୁ ପଡ଼ିକି ରହିଛୁ। ସ୍ୱାମୀ ତ ଗଲା, ଶ୍ୱଶୁର ବି ଗଲା, ଆଉ ମୁଁ ବୁଢ଼ୀ ମଣିଷଟା ତ

ମରି ମରି ବଞ୍ଚିଛି। ସେଥିରେ ପୁଣି ତୋତେ କେତେ ଜଗିବି, କେମିତି ପୋଷିବି। କୋଉ ଯାଉଛି ସେ!! ଜମା ଯାଉନି। ଠେଲିପେଲି, ଗାଳିମନ୍ଦ କରି ଜବରଦସ୍ତି ବାପା ଘରେ ଛାଡ଼ିଦେଇ ଆସିଥିଲି ଯେ ପୁଣି ଦି' ଦିନ ଠେଇଁ ତା' ଭାଇ ଆଣି ଛାଡ଼ି ଦେଇଗଲା ଏଠି। ସେ ବି କ'ଣ କରିବ? ବାପା ନାହିଁ କି ମା' ନାହିଁ, ଭାଇ ଭାଉଜ ଘର କଥା। ଚଳିବା ପକ୍ଷ ବି ଏତେ ଭଲ ନୁହେଁ। ସେ ବି କାହିଁକି ଯେ ବୋଝ ମୁଣ୍ଡେଇବେ। ହଜାରେ ଗାଳିମନ୍ଦ ଶୁଣୁଛି ନିଇତି ନିଇତି, ପୁଣି ମୋରି ପାଖରେ ମୁହଁକୁ ମାଡ଼ିକି ପଡ଼ି ରହିଛି ବିଚାରୀ। ଆଉ କୁଆଡ଼େ ବି ଯିବାକୁ ଚାରା ନାହିଁ ତା'ର। ଯା ପାଇଁ ମୁଁ ବି କୁଆଡ଼େ ଟିକେ ଯାଇପାରୁନି। ପୁଅ ତ ଗଲା, ଝିଅ ଘରେ କିଛିଦିନ ରହି ସମୟ କାଟି ଦେଇଥାନ୍ତି। କୋଉ ଯାଇପାରୁଛି?? କିଏ ଜାତି ଭିତରେ ରାଜି ହୁଅନ୍ତା କି ଯାକୁ। ସେ କୁଜା, କେମ୍ପା, କଣା, ଦୋଅଡ଼ବାହି ହେଲେ ବି ଉଠେଇ ଦିଅନ୍ତି ଏଇଟାକୁ। ମଶାଣିକୁ ଯିବା ବୟସରେ ଆହୁରି ଏ ଦଣ୍ଡ ଥିଲା ମୋତେ। ମୋ ପୋଡ଼ାଭାଗ୍ୟ....

ରାତିଯାକ ଆଉ ନିଦ ହେଲାନି ମୋତେ। ଖୁଡ଼ିଙ୍କର କଥାଗୁଡ଼ାକ ବାରମ୍ବାର କାନରେ ବାଜୁଥିଲା ମୋର। ପରେ ମୁଁ ଆଉ ଦୁଇଥର ଏମିତି ଦେଖିଛି କାକଳୀକୁ ସାହାଡ଼ାଗଛ ମୂଳେ ବସି କାନ୍ଦିବାର। ସବୁଦିନେ ଖୁଡ଼ି ଘରଆଡ଼କୁ ଯିବାକୁ କେମିତି ଗୋଟେ ମାଡ଼ି ମାଡ଼ି ପଡ଼େ ମୋତେ। କେବଳ କାକଳୀକୁ ଦେଖିବା ପାଇଁ ହିଁ ରାତିରେ ଝର୍କା ଖୋଲା ରଖି ଶୁଏ ମୁଁ। ବେଳେବେଳେ ଅପେକ୍ଷା ବି କରେ, କାଳେ କାକଳୀ ଆଜି ବି ଆସିବ କି ଗଛ ମୂଳକୁ!! ଯଦିଓ ଅନ୍ତର ଭିତରୁ ମୁଁ ଏହା କେବେବି ଚାହେଁନି ଯେ କାକଳୀ ଏଠି ଏମିତି ଅସହାୟ ଅବସ୍ଥାରେ ବସି କାନ୍ଦୁ ବୋଲି। ଛାତି ଭିତରେ କେଉଁଠି ଗୋଟେ ଯନ୍ତ୍ରଣା ହୁଏ ତାକୁ ଏ ଅବସ୍ଥାରେ ଦେଖିଲେ। କିନ୍ତୁ ତଥାପି କାହିଁକି କେଜାଣି ବାରମ୍ବାର ତାକୁ ଦେଖିବାକୁ ଇଚ୍ଛା ହୁଏ। ବେଳେବେଳେ ବୋଉକୁ ବୁଲେଇ ବଙ୍କେଇ ପଚାରେ କାକଳୀ ଆଉ ଲତାଖୁଡ଼ି ଘର ବିଷୟରେ। ମୋର ତାଙ୍କଘର ବିଷୟରେ ଏତେ କୌତୁହଳ ଦେଖି ବୋଉ ବି କୌତୁହଳୀ ଦୃଷ୍ଟିରେ ଚାହିଁରହେ ମୋ ମୁହଁକୁ। ମୁଁ କିଛି ଗୋଟେ ଲୁଚାଇବା ଭଳି ମୁହଁ ବୁଲାଇ ନିଏ।

ଏ ଭିତରେ ମୋର ଗାଁରେ ଦଶଦିନ ଛୁଟି ସରି ଯାଇଥିଲା। ଆଉ ଚାରିଦିନ ପରେ ମୋତେ ପୁଣି ଫେରି ଯିବାକୁ ହେବ କର୍ମସ୍ଥଳୀକୁ। ଏତିକି ଦିନ ଭିତରେ କେମିତି ଗୋଟେ ମାୟା ଲାଗି ଯାଇଥିଲା ମୋର କାକଳୀ ପ୍ରତି। ଧୀରେ ଧୀରେ ମନ ଭିତରେ ଦୁର୍ବଳ ହୋଇପଡୁଥିଲି ମୁଁ। କାକଳୀ ଭିତରେ ମୁଁ ଦେଖୁଥିଲି ମୋ ସାହାଡ଼ାସୁନ୍ଦରୀକୁ। ଭାରି ଇଚ୍ଛା ହେଉଥିଲା କାକଳୀର ଭଙ୍ଗା ମନକୁ ସଯତ୍ନେ ସାଉଁଟି

ନେବାକୁ। ପୁଣିଥରେ ତାକୁ ସଂସାରଟିଏ ଗଢ଼ିବାର ସୁଯୋଗ ଦେବାକୁ। କିନ୍ତୁ ବୋଉ ଆଉ ଖୁଡ଼ି କେତେଦୂର ଗ୍ରହଣ କରିବେ ମୋ କଥାକୁ ? ?

ଖୁଡ଼ି ହୁଏତ ରାଜି ହୋଇଯାଇପାରନ୍ତି। ସେ ତ କାକଳୀକୁ ତାଙ୍କର ବୋଝ ବୋଲି ଭାବନ୍ତି। ତାଙ୍କ ଘର ପାଇଁ ସେ ଆଦୌ ସୁଲକ୍ଷଣୀ ନୁହେଁ ବୋଲି ବାରମ୍ବାର କହି ହୁଅନ୍ତି। ନିଜକୁ ଜଞ୍ଜାଳମୁକ୍ତ କରିବା ବାହାନାରେ ସେ ହୁଏତ ରାଜି ହୋଇଯାଇପାରନ୍ତି। କିନ୍ତୁ ମୋ ବୋଉ ? ? ଖୁଡ଼ିଙ୍କ ମୁଣ୍ଡର ବୋଝକୁ ସେ କ'ଣ ନିଜ ଘର ଭିତରକୁ ସ୍ୱାଗତ କରିପାରିବ ଖୁସି ମନରେ!! ସେ କ'ଣ ରାଜି ହେବ ତା' ବଂଶର ଏକମାତ୍ର କୂଳବଧୂରୂପେ କାକଳୀକୁ ଗ୍ରହଣ କରିବାକୁ!!

ତଥାପି ମନରେ ଦମ୍ଭ ବାନ୍ଧି ବୋଉ ପାଖରେ ବସିଲି କଥାଟି ପକେଇବା ପାଇଁ। କିନ୍ତୁ ଶତଚେଷ୍ଟା ସତ୍ତ୍ୱେ ବି ସାହାସ କୁଳେଇଲାନି ମୋର କଥାଟା ସିଧା ସଳଖ ଆରମ୍ଭ କରିବା ପାଇଁ। ବହୁତ ଭାବିଚିନ୍ତି ବୁଲେଇ ବଙ୍କେଇ ଆରମ୍ଭ କଲି ମୁଁ....

-ବୋଉ.... କାକଳୀକୁ ଦେଖିଲେ ତୋତେ ଦୁଃଖ ଲାଗେନି ?

-ହୁଁ, ଲାଗେ....ବୋଉର ସଂକ୍ଷିପ୍ତ ଉତ୍ତର।

-ଏଇଟା କ'ଣ ଗୋଟେ ବୟସ.... ବିଧବା ଜୀବନ ବିତେଇବା ପାଇଁ।

-କିନ୍ତୁ କିଏ କ'ଣ କରିପାରିବ ? ଯେଝା ଭାଗ୍ୟ ଯାହାର।

-ଆମେ ଚାହିଁଲେ କ'ଣ କାକଳୀ ପାଇଁ କିଛି କରିପାରିବାନି ? ?

ବୋଉ ଚୁପ୍ ହୋଇ ମୋ ମୁହଁକୁ ଚାହିଁଲା କିଛି ସମୟ। ମୋ ଆଖିରେ ଆଖି ମିଶେଇ ପଢ଼ିବାକୁ ଚେଷ୍ଟାକଲା ମୋତେ। ମୁଁ ତଳକୁ ମୁହଁ ପୋତିଦେଲି। କିନ୍ତୁ ବୋଉ ମୋତେ ପଢ଼ିବାରେ କେବେ ବି ଭୁଲ କରେନି। ଏଥର ବୋଉ ଟିକେ ହସିଦେଇ ତା' ହାତରେ ମୋ ମୁଣ୍ଡକୁ ସାଉଁଳେଇ ଦେଲା। କହିଲା... ମୋ ହାତରେ କ'ଣ ଅଛିରେ। ତୁ ହିଁ ଚାହିଁଲେ ସବୁ କରିପାରିବୁ। ମନ୍ତ୍ରୀପୁଅ ଅଭିଶପ୍ତା ସାହାଡ଼ାସୁନ୍ଦରୀକୁ ଶାପମୁକ୍ତ କଲାପରି ତୁ ଚାହିଁଲେ କାକଳୀ ବି ମୁକ୍ତି ପାଇଯିବ ତା' ଅଭିଶପ୍ତ ଜୀବନରୁ।

■

ଜଣେ ସର୍ବହରାର କାହାଣୀ

ଗତକାଲି ରାତିରୁ ଅପର୍ତ୍ତିକୁ ବନ୍ୟା ଆଶ୍ରୟ ସ୍ଥଳକୁ ଉଠେଇ ଆଣିଛନ୍ତି ସରକାରୀ ଲୋକେ। ତାଙ୍କ ବସ୍ତିର ପ୍ରାୟ ସବୁ ଲୋକ ଚାଲି ଆସିଛନ୍ତି ଏଠିକି ସରକାରଙ୍କ ଅନୁରୋଧ କ୍ରମେ। ଅପର୍ତ୍ତିର ଘର ଏକ ନଦୀ କୂଳିଆ ତଳିଆ ଅଞ୍ଚଳରେ। ପ୍ରାୟ ସବୁବର୍ଷ ଅଳ୍ପେ ବହୁତେ ବନ୍ୟାପାଣି ପଶି ଆସେ ବସ୍ତି ଭିତରକୁ। ସେତେବେଳେ କୋଉ ଏବେକା ପରି ଏତେ ସୁବିଧା ଥିଲା, ନା ଥିଲା ସରକାରୀ ସଚେତନତା? ଏଇସବୁ ବନ୍ୟା ବାତ୍ୟା ଆଶ୍ରୟସ୍ଥଳ ବି କେଉଁ ଥିଲା ଯେ!! ଏବେକାର ଛତୁଫୁଟା ପକ୍କା ଘର ବି ନ ଥିଲା ଏତେ। ସବୁଆଡ଼େ ମାଟି ଗୋବରଲେସା କାନ୍ଥରେ ନଡ଼ା ଛପର।

ଚାରିକୋଡ଼ି ଟପିଲାଣି ଆସି ଅପର୍ତ୍ତିକୁ। ଛୁଆବେଳୁ ଦେଖି ଆସିଛି ସେ ବନ୍ୟାର ବିଭିନ୍ନ ରୂପକୁ। କିନ୍ତୁ ସେଥରର ସେ ବନ୍ୟା.... ଆଃ....କେଡ଼େ ନିର୍ମମ ଥିଲା ସତେ!! ନିର୍ଦ୍ଦୟଭାବେ ଛଡ଼େଇ ନେଲା ତା' ଜୀବନରୁ ସବୁକିଛି ତାକୁ ଏକା କରିଦେଇ।

ସେତେବେଳେ ଅପର୍ତ୍ତିର ବୟସ ସତେଇଶି କି ଅଠେଇଶି ଭିତରେ ହେବ ବୋଧେ। ସେ ବର୍ଷର ଭୟଙ୍କର ବନ୍ୟା ତା'ର ଲହଲହ ଜିଭ ବୁଲେଇ ସାରିଥାଏ ସବୁଆଡ଼େ। ଏବେ ଚାରିଆଡ଼ ଜଳାର୍ଣ୍ଣବ। ଦୂରଦୂରାନ୍ତ ପର୍ଯ୍ୟନ୍ତ ଦିଶୁଛି ଖାଲି ମାଟିଆ ରଙ୍ଗର ସ୍ଥିର ଜଳରାଶି। ତାଳଗଛର ଅଧାରେ ଗଛକୁ କୁଣ୍ଢେଇ ଲଟକି ରହିଛି ଅପର୍ତ୍ତି। ଜୁଳୁଜୁଳୁ କରି ଚାହୁଁଛି ସବୁଆଡ଼େ। ସେ ବିଶ୍ୱାସ କରିପାରୁନି ଯେ ଏଇ ପାଣି ଗତକାଲି ଏତେ ତାଣ୍ଡବ ରଚିଦେଇ ଯାଇଥିଲା ବୋଲି। ଝିପିଝିପି ବର୍ଷା ଆଉ ସୁ ସୁ ପବନକୁ ସାଙ୍ଗରେ ଧରି ଭୟଙ୍କର ରୂପରେ ଉଭା ହୋଇଥିଲା ବୋଲି। ବିକଳ ହୋଇ ଚାରିଆଡୁ ଆଖି ବୁଲେଇ ଆଣିଲା ଅପର୍ତ୍ତି। କାଳେ ତା' ସ୍ତ୍ରୀ ଲକ୍ଷ୍ମୀ ଆଉ ପୁଅ ନନ୍ଦୁ କୋଉଠି ତା' ନଜରରେ ପଡ଼ିଯିବେ। ନା.... କେହି ବି କୁଆଡ଼େ ନାହିଁ। ଟିକେ ଦୂରରୁ ଦିଶୁଛି ତା' ବସ୍ତି। ଘରଗୁଡ଼ିକ ବୁଡ଼ିଯାଇ ପାଣି ଭିତରୁ ମୁଣ୍ଡ ଟେକିଛନ୍ତି

ଖାଲି ଚାଳ କି ଟାଇଲ ଛପର ସବୁ। ବାଁ ପାଖକୁ ଚାହିଁଲେ ଦିଶୁଛି ସେଇ ବୁଢା ତାଳଗଛ ପାଖରେ ଭାସୁଥିବା ମଲା ଗାଈ ମଇଁଷି କେତୋଟି। ଧଳା ଗାଈଟିର ଫୁଲିଯାଇଥିବା ପେଟ ଉପରେ କାଉଟିଏ ବସି ଖୁମ୍ପା ମାରିବାରେ ଲାଗିଛି। ଆଉ ଟିକେ ଆଗକୁ ଭାସି ଯାଉଛି ଜରିଗୁଡା ଗଣ୍ଠିଲିଟିଏ। ଥାଇପାରେ ତା ଭିତରେ କାହାର ସାରା ଜୀବନର ସଞ୍ଚିତ ସମ୍ବଳ ! ଡାହାଣ ପାଖକୁ ମୁହଁ ବୁଲେଇଲା ସେ। ଗୋହିରୀପାଟ ତାଳବଣ ସେପାଖ ମହାନ୍ତି ଘରର ପ୍ରଥମ ମହଲାଟା ଅଧାରୁ ଅଧିକ ବୁଡି ଯାଇଛି ପାଣିରେ। ଉପରକୁ ଚାହିଁଲେ ଦିଶୁଛି ଫର୍ଚ୍ଚା ସ୍ୱଚ୍ଛ ଆକାଶ ତଳେ ଚିଲ, କାଉ, ଶାଗୁଣାଙ୍କ ଭିଡ଼। ମେଞ୍ଚାମେଞ୍ଚା ହୋଇ ଚକ୍କର କାଟି ଚାଲିଛନ୍ତି ଠାଆକୁ ଠାଆ। ଆଉଟିକେ ଆଗରେ ଭାସି ଭାସି ଯାଉଛି କାହାର ନାଲି ରଙ୍ଗର ଛିଟ ଶାଢ଼ୀଟିଏ ବଢିପାଣିରେ। ହାଲକା ପବନରେ ଛୋଟ ଛୋଟ ଢେଉ ଉଠି ବେଳେବେଳେ ଚହଲେଇ ଦେଉଛି ଶାଢ଼ୀଟିକୁ। ଏ ଶାଢ଼ୀ କଣ ଲକ୍ଷ୍ମୀ ର !!!

ନା... ନା.... ଏମିତି ହୋଇ ପାରେନା। ମନକୁ ମନ କହି ହେଲା ଅପର୍ତ୍ତି। ତା ଆଖିରୁ ଠପ୍ ଠପ୍ ଲୁହ କେଇବୁନ୍ଦା ଗଳିପଡି କୁଆଡେ ମିଶିଗଲା ସେ ବନ୍ୟାପାଣିରେ।

ଗତକାଲି ଦ୍ୱିପହର ବେଳର କଥା। ଗାଧୁଆ ପାଧୁଆ ସାରି ଖାଇ ବସିଥାଏ ଅପର୍ତ୍ତି। ଚାରିଆଡ଼ ଅନ୍ଧାରୁଆ ଅନ୍ଧାରୁଆ ଲାଗୁଥାଏ ଦିନ ଦିପହରଟାରେ ସଞ୍ଜ ନଇଁ ଆସିଲା ପରି। କଳାହାଣ୍ଡିଆ ବାଦଲ ମାଳାରେ ରୁନ୍ଧି ହୋଇଥାଏ ଆକାଶ। ହଠାତ ବିରଜୁ ଆସି କହିଲା....

ଆଉ କାମ ନୁହେଁରେ ଅପର୍ତ୍ତିଆଇ.... ପାଣି ଘୁ ଘୁ ହୋଇ ବଢୁଛି। ବନ୍ଧ ଟୁଲୁଟୁଲୁ ହେଲାଣି। ତା ସାଙ୍ଗେ ଦେଖୁନୁ ଏ ମେଘର ବାଦ। କେମିତି ଗୁମ୍ ହୋଇ ରହିଛି। ଯଦି ବନ୍ଧ ଭାଙ୍ଗିଲା ଆଉ ରକ୍ଷା ନାହିଁ। କିଏ କୁଆଡେ ସବୁ ଚାଲିଗଲେଣି ଉଚ୍ଚଜାଗା ଦେଖି। ମୁଁ ବି ଚାଲିଲି। ତୁ ଯିବୁନି କି ?

ଅପର୍ତ୍ତି ମୁଣ୍ଡରେ ଚଡକ ପଡିଲା। ହାତରେ ଧରିଥିବା ଭାତ ଗୁଣ୍ଡାଟା ପାଟି ପାଖକୁ ଯାଉ ଯାଉ ଅଟକି ଗଲା। କ'ଣ କରିବ ଏବେ ସେ ? ବନ୍ଧ ଭାଙ୍ଗିଲେ ପ୍ରଥମେ ପାଣି ପଶିବ ଏ ବସ୍ତିରେ। ଘରଦ୍ୱାର କିଛି ରହିବନି ଆଉ। ବନ୍ଧତଳିଆ ଏ ବସ୍ତିରେ ମୋଟ ଛଅ ଘର। ସମସ୍ତେ ବାହାରି ଗଲେଣି ଯିଏ ଯୁଆଡେ।

ଅପର୍ତ୍ତି ଡାକ ପକେଇଲା ଲକ୍ଷ୍ମୀକି।କହିଲା.... ଏ ଘରଦ୍ୱାର, ଗାଈ ବାଛୁରୀ ଛାଡି ଆମେ କୁଆଡେ ଯିବା କହିଲୁ। ସେଥିରେ ପୁଣି ତୋର ଏ ଅବସ୍ଥା। ହଉ.... ଅତି ଦରକାରୀ ଜିନିଷ କିଛି ସଜାଡି ଦେଇଥା। ଦେଖିବା କ'ଣ ହେଉଛି।

ଲକ୍ଷ୍ମୀ ଅସଜ ମଣିଷଟା। ପେଟରେ ଆଠମାସର ପିଲା। ଅପର୍ତ୍ତି କଥା ଶୁଣି ସେ

ବସିଉଠି କିଛି ଲୁଗାପଟା ସଜଡ଼ା ସଜଡି କଲା। ଚାରିବର୍ଷର ପୁଅ ନନ୍ଦୁକୁ ପେଟେ ଖୁଆଇ ଦେଇ ଶୁଖିଲା ଖାଦ୍ୟ ସଜାଡ଼ି ଗୋଟାଏ ପଡ଼ା କଲା।

ଅପର୍ତ୍ତି ଦାଣ୍ଡରୁ ଘର ଘରୁ ଦାଣ୍ଡ ହେବାରେ ଲାଗିଛି। ଜଟିଆ ମା' ପୁଟୁଳିଟାଏ ଧରି ଯାଉଥିଲା ଦାଣ୍ଡରେ। ଡକାଟେ ମାରିଦେଲା ଅପର୍ତ୍ତିକୁ ଦେଖି.... ଆରେ ଅପର୍ତ୍ତି.... ଯାଇନୁ କିରେ?? ପାଣି ଉଛୁଳିଲାଣି ପରା ଧୀରେ ଧୀରେ। ଜଟିଆ ଏଇନା ଏଇନା ଆମର ପିଲାକବିଲା ସମସ୍ତଙ୍କୁ ନେଇ ଚାଲିଗଲାଣି ମହାନ୍ତିଘର କୋଠା ଉପରକୁ। ମୁଁ ତ ହେଇ ବାହାରିଲି ଆଉ....। ତୁ ଆଉ ଉଛୁର କରନାରେ। ଆଉ ଟିକକକୁ ସଞ୍ଜ ମାଡ଼ି ଆସିବ। ଲକ୍ଷ୍ମୀର ଏଣେ ଏମିତି ଅବସ୍ଥା। ଅସଜ ଅଖଞ୍ଜ ମାଇପିଟାକୁ ଧରି ରାତି ଅଧରେ କୁଆଡ଼େ ଯିବୁ! ଯା.... ଯା....କବାଟ କଣ୍ଟା କିଳିଦେଇ ବାହାରି ଯାଆ....

ମନଦମ୍ଭ କରି ଠିଆ ହେଲା ଅପର୍ତ୍ତି। ବସ୍ତିର ଆଉ ପାଞ୍ଚଘର ଚାଲିଗଲେଣି ଯିଏ ଯୁଆଡ଼େ। ତାକୁ ବି ବାହାରି ଯିବାକୁ ପଡ଼ିବ। ସେ ଗୁହାଳକୁ ଗଲା। ଆଉଁଶି ଦେଲା ଟିକେ ଧୋବଲି ଆଉ ତା' କଅଁଳା ବାଛୁରୀକୁ। ବର୍ଷେ ତଳେ କିଣି ଆଣିଥିଲା ସେ ଧୋବଲିକୁ ତା'ର ସମସ୍ତ ସଞ୍ଚିତ ଅର୍ଥ ବିନିମୟରେ। କେତେ ଯତ୍ନରେ ବଢ଼େଇଥିଲା ଆଜିଯାଏ। ଏଇ କିଛିଦିନ ହେବ ମାଈ ବାଛୁରୀଟିଏ ଜନ୍ମ ଦେଇଛି ସେ। ଏ ଅବେଳରେ କେମିତି ସ୍ୱାର୍ଥପର ହୋଇଯିବ ସେ ? ଏଇ ଧୋବଲି ଆଉ ତା' ଛୁଆ ପାଇଁ ତ ସେ ଏ ଯାଏ ଘର ଛାଡ଼ି ପାରିନି।

ଏବେ କିନ୍ତୁ ତାକୁ ସ୍ୱାର୍ଥପର ହୋଇଯିବାକୁ ପଡ଼ିବ। ସେ ପଘାରୁ ଖୋଲିଦେଲା ଗାଈ ବାଛୁରୀ ଦି'ଟାଙ୍କୁ। ଯାଆନ୍ତୁ ସେ ତାଙ୍କ ଭାଗ୍ୟ ନେଇ। ତା' ହାତରେ ଆଉ କ'ଣ ଅଛି ଯେ ସେ ସେମାନଙ୍କୁ ସୁରକ୍ଷା ଦେଇପାରିବ? ତା' ନିଜ ଅବସ୍ଥା ତ ବର୍ତ୍ତମାନ ଅସମ୍ଭାଳ ତାକୁ। ନନ୍ଦୁ ଆଉ ଲକ୍ଷ୍ମୀକୁ ନେଇ ସେ ଏବେ ବାହାରିଯିବ କୋଉଠି ପରଘରେ କାହା ଛାତରେ ଟିକେ ଆଶ୍ରା ନେବାକୁ। ସେମାନେ ସିନା ତାକୁ ମୁଣ୍ଡ ଗୁଞ୍ଜିବାକୁ ଆଶ୍ରା ଦେଇଦେବେ ହେଲେ ଗାଈ ବାଛୁରୀ ଦି'ଟା ଙ୍କୁ ନେଇ ସେ କୋଉଠି ରଖିବ।

ଯା.... ଯା... କହି ଧୋବଲି ଆଉ ତା' ଛୁଆକୁ ଗୁହାଳ ଭିତରୁ ଘଉଡ଼ିଲା ଅପର୍ତ୍ତି। କିନ୍ତୁ ନିରୀହ ପ୍ରାଣୀ ଦୁଇଟା ଇଞ୍ଚେ ବି ଘୁଞ୍ଚିଲେନି କୁଆଡ଼େ। ଓଲଟି ଅପର୍ତ୍ତି ଦେହରେ ଘଷି ହୋଇ ତା' ପାଦରୁ ମୁହଁଯାଏ ଚାଟିବାରେ ଲାଗିଲେ। କୁନି ବାଛୁରୀଟି ପଘାରୁ ଫିଟି କେତେବେଳେ ତା' ମା' ପହ୍ନାରେ ମୁହଁ ମାରୁଥାଏ ତ କେତେବେଳେ ଅପର୍ତ୍ତିର ପାଦକୁ ଚାଟୁଥାଏ। ବିକଳ ହୋଇ କାନ୍ଦି ପକେଇଲା ଅପର୍ତ୍ତି। ଛାତି ଫାଟିଯିବା ପରି ଲାଗିଲା ତାକୁ।

ଘରର ସବୁ ମୋହମାୟାକୁ ଆଖି ବୁଜି, ଧୋବଲିର ହମ୍ବାରଡ଼ିକୁ କାନ ବୁଜି

ଘରୁ ପଦାକୁ ଗୋଡ଼ କାଢ଼ିଲା ଅପର୍ତ୍ତି। ବେଳ ରତରତ ହେଲାଣି। ବର୍ଷାଟା ବି ଝିପିଝିପି ଲଗେଇଲାଣି। ଆଉ ଘଡ଼ିକେ ସଞ୍ଜ ବୁଡ଼ିଯିବ। ଅପର୍ତ୍ତି କାନ୍ଧରେ ବସେଇଲା ନନ୍ଦୁକୁ। ଗୋଟେ ହାତରେ ଧରିଲା ଖାଦ୍ୟ ପୁଡ଼ାଟି ଆଉ କାଖରେ ଜାକିଲା ଦୁଇ ସେଲିଆ ଟର୍ଚ୍ଚଟିଏ। ପାଣି କାଟିକାଟି ଆଗକୁ ବଢ଼ିଲା ସେ। ଲକ୍ଷ୍ମୀ ବି ଆଗରେ ଆଗରେ ଚାଲିଛି ଲୁଗାପଟା ପୁଡ଼ାଟି ହାତରେ ଧରି।

ଏଇ ବିଲଗହୀରଟା ପାରିହେଲେ ପଡ଼ିବ ତାଳବଣ। ତାଳବଣ ଡେଇଁଗଲେ ଉଚ୍ଚା କଂକ୍ରିଟ ରାସ୍ତା ଆରପାଖେ କେତୋଟି ଦୁଇ ମହଲା କୋଠାଘର। କେହି କ'ଣ ଏ ଅସମୟରେ ଛାତ ଉପରେ ଟିକେ ଆଶ୍ରା ଦେବେନି ତାକୁ!! ବନ୍ୟାପାଣି ଛାଡ଼ିବା ଯାଏ ସେ ପଛେ ଛାତ ଉପରେ ଖୋଲା ଆକାଶ ତଳେ ରହିଯିବ।

ବେଗି ବେଗି ପାଦ ପକେଇଲା ଅପର୍ତ୍ତି। ଘୁ ଘୁ ହୋଇ ପାଣି ବଢ଼ିବାରେ ଲାଗିଛି। ଚାହୁଁଚାହୁଁ ପାଣି ଆସି ପେଟ ଛୁଇଁଲାଣି ତା'ର। ବଡ଼ କଷ୍ଟରେ ସୁଅ କାଟି କାଟି ଆଗକୁ ଗୋଡ଼ ବଢ଼ଉଛି ଲକ୍ଷ୍ମୀ। ହଠାତ ପାଣିତଳେ ଗୋଡ଼ରେ କିଛି ବାଜି ଝୁଣ୍ଟି ପଡ଼ିଲା ସେ। ଅପର୍ତ୍ତି ହାଁ... ହାଁ.... କରୁ କରୁ ପାଣି ଉପରେ ହାମୁଡ଼ି ପଡ଼ିଲା ଲକ୍ଷ୍ମୀ। ନିଜ ଓଜନ ଶରୀରଟାକୁ ଆଉ ଉଠେଇ ପାରିଲାନି ପାଣି ଭିତରୁ। ଅପର୍ତ୍ତି ଲକ୍ଷ୍ମୀ ଲକ୍ଷ୍ମୀ ବୋଲି ଚିତ୍କାର କରିଉଠିଲା। ତା'ର ତ ହାତଗୋଡ଼ ବନ୍ଧା। କାନ୍ଧରେ ବସିଛି ନନ୍ଦୁ। ତାକୁ କୋଉଠି ଠିଆ କଲେ ତ ପୁଣି ସେ ପାଣି ଭିତରେ ବୁଡ଼ ଲଗେଇ ଲକ୍ଷ୍ମୀକୁ ଅଣ୍ଡାଳିକି ଖୋଜିବାର ଚେଷ୍ଟାକରନ୍ତା। ତଥାପି ଦୁଇ ଗୋଡ଼କୁ ବୁଲେଇ ବୁଲେଇ ପାଣି ଭିତରେ ବହୁତ ଖୋଜିଲା ଲକ୍ଷ୍ମୀକୁ ସେ। କିନ୍ତୁ ଆଉ ପାଇଲାନି। ସୁଅ ମୁହଁରେ ଭାସିଗଲା ବୋଧେ କୁଆଡ଼କୁ। ଭେଁ ଭେଁ କରି ରଡ଼ି ଛାଡ଼ି କାନ୍ଦିଲା ଅପର୍ତ୍ତି ସେଇଠି ଠିଆହୋଇ।

ପାଣି ଆସି ଛାତି ଛୁଇଁଲା ଅପର୍ତ୍ତିର। ଲକ୍ଷ୍ମୀ ଆଶା ଛାଡ଼ିଦେଇ କାନ୍ଦି କାନ୍ଦି ଆଗକୁ ବଢ଼ିଲା ସେ। ସୁଅ କାଟିକାଟି ଆଗକୁ ଯିବାକୁ ଭାରି କଷ୍ଟ ହେଲାଣି। ସୁଅର ବିପରୀତ ମୁହଁରେ ଗୁଡ଼ାଏ ବାଟ ଚାଲି ଆସିଲାଣି ସେ। ଦେହ ହାତ ଝୋଲା ମାରି ଗଲାଣି। କାନ୍ଧରେ ନନ୍ଦୁର ବୋଝ। ଉଚ୍ଚ କଂକ୍ରିଟ ରାସ୍ତା ଆହୁରି ଖଣ୍ଡେ ବାଟ ରହିଲାଣି। ସେ କ'ଣ ଏତେ ବାଟ ଯାଇପାରିବ ? ? ତାକୁ ଯାହା ବି ହେଲେ ନନ୍ଦୁକୁ ବଞ୍ଚେଇବାକୁ ପଡ଼ିବ। ଟିକେ ଆଗରେ ଗୋଟେ ବିରାଟ ତାଳଗଛ। ଧରିଥିବା ପୁଟୁଳାଟାକୁ ପାଣିକୁ ଫୋପାଡ଼ି ଦେଇ ତାଳ ଗଛରେ ଚଢ଼ିଲା ଅପର୍ତ୍ତି। ନନ୍ଦୁକୁ ତାଗିଦା କରିଥାଏ ତା' ବେକକୁ ଜାବୁଡ଼ି ଧରିବା ପାଇଁ। ନନ୍ଦୁ ବି ଏତେସବୁ ଭୟଙ୍କର ଦୃଶ୍ୟ ଦେଖି ଦେଖି ଭୟରେ ନିର୍ବାକ ପାଲଟି ଯାଇଥାଏ। ଅପର୍ତ୍ତିର ମୁଣ୍ଡକୁ ଜାବୁଡ଼ି ଧରି ବସିଥାଏ ଜଡ଼ ପାଲଟି।

ବିରାଟ ଗଛ, ମୋଟା ଗଣ୍ଡି... ଅଳ୍ପ ଚଢ଼ି ଥକି ପଡ଼ିଲା ସେ। ଅଧା ବାଟରେ ଲଟକି ରହି ଦମ ମାରିଲା ଟିକେ। ରାତି ହୋଇ ଗଲାଣି। ଚାରିଆଡ଼ କିଟିକିଟି ଅନ୍ଧାର। କାନ୍ଧ ଉପରେ ବସି ନନ୍ଦୁ ଢୁଳେଇବା ଆରମ୍ଭ କଲାଣି। ଅପର୍ତ୍ତି ଗଛକୁ କୁଣ୍ଢେଇ ନିଜକୁ ସମ୍ଭାଳିବ କି ନନ୍ଦୁକୁ ସମ୍ଭାଳିବ କିଛି ବୁଦ୍ଧି ବାଟ ପାଉନି। ବେକମୁଣ୍ଡା ବଧିରା ଲାଗିଲାଣି। ବଡ଼କଷ୍ଟରେ ଆଉ ଟିକେ ଉପରକୁ ଉଠୁ ଉଠୁ ଲଥକରି ଖସିପଡ଼ିଲା ନନ୍ଦୁ ପାଣି ଭିତରେ। ଡୁବ୍ କରି ଗୋଟେ ଶବ୍ଦ ସୃଷ୍ଟି ହୋଇ ପୁଣି ନିଶବ୍ଦ ହୋଇଗଲା ଚାରିଆଡ଼। ଅଜ୍ଞାନ ଛୁଆଟା.... ସେ କି ଜାଣେ ନିଦ ଉପରେ ଲଗାମ ଦେବା!!

ନନ୍ଦୁ.... ନନ୍ଦୁ ବୋଲି ବୁକୁଫଟା ଚିତ୍କାରରେ କମ୍ପିଗଲା ଖଣ୍ଡମଣ୍ଡଳ। ଦୋହଲି ଗଲା ଗଛପତ୍ର, ଚହଲିଗଲା ବନ୍ୟା ଜଳରାଶି। ଅସରା ଅସରା ଲୁହ ରାତିର ଅନ୍ଧାରରେ ବହିଯାଇ ନିଶ୍ଚିହ୍ନ ହୋଇଗଲେ ବନ୍ୟାଜଳରେ ମିଶି।

ରାତିଯାକ ସେମିତି ଗଛରେ ଲଟକି ରହିଲା ଅପର୍ତ୍ତି। ତା' ପରଦିନ ସିନ୍ଦୁରା ଫାଟିଲାବେଳକୁ ସବୁ ଶାନ୍ତ। ତଳେ ସ୍ଥିର ଜଳରାଶି ଉପରେ ଶାନ୍ତ ଆକାଶ। ଝିପିଝିପି ବର୍ଷା କମିଯାଇ ସୂର୍ଯ୍ୟ ଧୀରେ ଧୀରେ ମୁହଁ କାଢୁଛନ୍ତି ତାଳବଣର ପଛପଟୁ। ଅପର୍ତ୍ତି ଦେହରେ ନାହିଁ ନ ଥିବା ଯନ୍ତ୍ରଣା। ଗଛକୁ କୁଣ୍ଢେଇ ଧରି ହାତଗୋଡ଼ ଅଣ୍ଟା ଲାଠି ହୋଇଗଲାଣି ତା'ର। ରାତିଯାକ ବର୍ଷାରେ ତିନ୍ତିତିନ୍ତି ଦେହର ରକ୍ତଯାକ ସବୁ ବରଫ ପାଲଟି ଯାଇଛି ଯେମିତି। ଜର ହେଲା ଭଳିଆ ପେଟ ଭିତରୁ ତୁହାଇ ତୁହାଇ ଉଠୁଛି କମ୍ପ ଆଉ ଦୋହଲେଇ ଦେଉଛି ତା'ର ସମ୍ପୂର୍ଣ୍ଣ ଶରୀରକୁ ମଝିରେ ମଝିରେ। ଏସବୁ ଭିତରେ ବି କୋଉଠି ନା କୋଉଠି କ୍ଷୀଣ ଆଶାଟିଏ ବଞ୍ଚି ରହିଛି ଅପର୍ତ୍ତି ମନର କେଉଁ କୋଣରେ ଯେ ତା' ପୁଅ ଆଉ ସ୍ତ୍ରୀ ନିଶ୍ଚୟ ଭାସି ଭାସି ଯାଇ କୋଉଠି ଲାଗିଥିବେ।

ଦିନ ଦ୍ୱିପ୍ରହର ବେଳକୁ ପାଣି ଟିକେ ଖସିବାରୁ ଧୀରେଧୀରେ ଗଛରୁ ଓହ୍ଲେଇଲା ସେ। ଭୋକରେ ଆଖିରୁ ଜୁଳୁଜୁଳିଆ ପୋକ ବାହାରିଲାଣି। ତଥାପି ଆଣ୍ଠୁଏ ପାଣିରେ ଗୋଡ଼କୁ ବୁଲେଇ ଢେରବେଳ ଯାଏ ଖୋଜିଲା ଅପର୍ତ୍ତି ଲକ୍ଷ୍ମୀ ଆଉ ନନ୍ଦୁକୁ। ଚାରିଆଡ଼କୁ ଆଖି ବୁଲେଇ ଗଛଡାଳ ପତ୍ରରେ ବି ଖୋଜିଲା ନିରିଖେଇ ନିରିଖେଇ। କିଛି ପାଇଲାନି।

ସମ୍ପୂର୍ଣ୍ଣ ପାଣି ଛାଡ଼ିବାକୁ ଲାଗିଲା ଚାରିଦିନ। ଚାରିଆଡ଼େ ପଟୁମାଟିର ଆସ୍ତରଣ। ତାଳବଣ ଭିତରେ କାଦୁଅ ମାଟି ପାଣିକୁ ଚବର ଚବର କରି ଆଗକୁ ଆଗକୁ ଚାଲିଛି ଅପର୍ତ୍ତି। କାଳେ କେହି ମିଳିଯିବେ? ଦୂରରୁ କିଆବୁଦା ମୂଳୁ ଦିଶୁଛି କେହି ଜଣେ ମୁହଁ ମାଡ଼ି ଶୋଇଲା ପରି। ଅପର୍ତ୍ତି ପହଞ୍ଚିଲା ସେଠି। ଛାତିରେ ଛେପ ପକେଇ ଟିକେ ଦୂରରେ ଠିଆ ହୋଇ ଚାହିଁଲା। ଖୁବ୍ ମୋଟାସୋଟା ବଳିଷ୍ଠ ଚେହେରାର ଛୁଆଟାଏ କିଏ ସୁଅରେ ଭାସି ଆସି ଲାଗିଛି ଏଠି। ସମ୍ପୂର୍ଣ୍ଣ ଦେହରେ ଚରି ଯାଇଛି ପଟୁମାଟି।

ନନ୍ଦୁ!!!

ଧେତ୍.... ନନ୍ଦୁଟା ତ ତା'ର ଧେଡ଼ଟା। ବାଉଁଶ କଣି ଭଳିଆ ନଳୀ ନଳୀ ହାତଗୋଡ଼।

ଅପର୍ତ୍ତି ଆଗକୁ ଗୋଡ଼ ବଢ଼େଇଲା। କାହିଁକି କେଜାଣି ଗୋଡ଼ ଦୁଇଟା ତା'ର ଆଉ ଆଗକୁ ଭିଡ଼ି ହେଉନି। କେହି ଯେମିତି ଭିଡ଼ି ଧରିଛି ତା' ପାଦ ଦୁଇଟାକୁ। ସମସ୍ତ ବଳ ଖଟେଇ ବି ସେ ତା' ପାଦ ଦୁଇଟାକୁ ମୁକୁଳେଇ ପାରୁନି। ସନ୍ଦେହରେ ପୁଣି ଥରେ ଫେରି ବୁଲି ଚାହିଁଲା ସେ। ଧୀରେ ଧୀରେ ପାଖକୁ ଯାଇ ଓଲଟେଇ ଦେଲା ମୁର୍ଦ୍ଦାରଟାକୁ।

ନନ୍ଦୁ.... ନନ୍ଦୁ... ବୋଲି ଚିତ୍କାର କରି ଉଠିଲା ଅପର୍ତ୍ତି। ତା' ଛାତିଫଟା ଚିତ୍କାର ଦୂର ତାଳବଣ ଡେଇଁ ମିଳେଇ ଗଲା କୁଆଡ଼େ ପବନରେ। ପାଣି ଭିତରେ ତିନି ଚାରିଦିନ ପଡ଼ିପଡ଼ି ଅସମ୍ଭବଭାବେ ଫୁଲି ଯାଇଥିଲା ନନ୍ଦୁ। ସେଇଠି ଆଣ୍ଠୁମାଡ଼ି ବସିପଡ଼ି ସେ ଘୋଷାଡ଼ି ଆଣିଲା ନନ୍ଦୁକୁ ତା' କୋଳକୁ। କିନ୍ତୁ କଅଁଳ କଞ୍ଚାମାଟିର ଦେହଟା ଖଣ୍ଡ ଖଣ୍ଡ ହୋଇ ପୁଣି ମାଟିରେ ମିଶିବାରେ ଲାଗିଥିଲା।

ଟିକେ ଆଗରେ ହାଲକା ପବନରେ ଉଡୁଥିଲା କାହାର ନାଲିରଙ୍ଗର ଛିଟଶାଢ଼ୀଟିଏ ଗୋଟିଏ କାଠ ଗଣ୍ଡିର ଅଧାରେ ଗୁଡ଼େଇ ହୋଇ। ହୋଇପାରେ ଲକ୍ଷ୍ମୀର.... କିନ୍ତୁ ସେ ଯାଏ ଯିବାକୁ ନା ଅପର୍ତ୍ତି ଦେହରେ ଆଉ ବଳ ଥିଲା, ନା ମନରେ ଦମ୍ଭ ଥିଲା, ନା ଛାତିରେ ଆଉ ଦମ୍ ଥିଲା। ଉଜୁଡ଼ି ଯାଇଥିଲା ତା' ସଂସାର। ହସଖୁସିର ପରିବାରକୁ ହରେଇ ସେ ପାଲଟି ଯାଇଥିଲା ସର୍ବହରା।

ହଠାତ୍ କେହି ଜଣେ ହଲେଇ ଦେଲା ଅପର୍ତ୍ତିକୁ। ମଉସା କାନ୍ଦୁଛ କାହିଁକି? ଡରୁଛ କି ଏ ବନ୍ୟାପାଣି ଦେଖି?? ଡରନି ଜମା। ଆମେ ଏତେଲୋକ ସବୁ ଏଠି ଅଛୁ ପରା। ଆଖିରେ ଲୁହ ଥାଇ ବି ଅପର୍ତ୍ତି ହସିଲା ତା' ପାକୁଆ ପାଟିରେ। ଆଉ କହିଲା, "ନା'ରେ ପୁଅ... ଡରିବି କାହିଁକି? ଆଉ କାହାକୁ ବି ଡରିବି? ମୁଁ ତ ଗୋଟେ ସର୍ବହରା। ସର୍ବହରାର ପୁଣି ଡର କ'ଣ ଯେ!!!"

ସମ୍ବାରୀ

ସମ୍ବାରୀ ଯେଉଁଦିନ ମଙ୍ଗଲୁ ଘରକୁ ଦୋଅଡବାହି ହୋଇ ଆସିଲା ଗାଁ ସାରା ଲୋକ ସେଦିନ ହାୟ ହାୟ କଲେ ଆଠବର୍ଷର ଛୁଆ ଶୁକ୍ରୁ ଉପରେ। ସାଇ ପଡ଼ିଶା ଟୁପୁରୁ ଟାପୁରୁ ହେଲେ.... କେମିତି ଚଳିବ ଏଡ଼େ ବକଟେ ପିଲା ଏମିତି ଏକ ରାଢୁଣୀ ସ୍ତ୍ରୀଲୋକ ପାଖରେ ଯାହାର ହୃଦୟଟା ଗୋଟେ ମାଙ୍କଡ଼ା ପଥରଠାରୁ ବି ହୀନ। ନା କୋମଳ ନା ସୁନ୍ଦର। ବାପା ତ ବାପା... ସବୁବେଳେ ମହୁଲି ହାଣ୍ଡିଆ ପିଇକି ନିଶାରେ ଚୁର୍। ସେଥିପାଇଁ ସେ ଜାଣିଜାଣି ବାହା ହୋଇଛି ସମ୍ବାରୀକୁ। ସେ ଶୋଇବସି ଆରାମ କରିବ ଆଉ ସମ୍ବାରୀ ତା' ଘର ଚଳେଇବ। ତାଙ୍କ ସମ୍ପ୍ରଦାୟରେ ଅବଶ୍ୟ ଏଗୁଡ଼ା ସାଧାରଣ କଥା। ଯାହାର ସ୍ତ୍ରୀ ଯେତେ କାମିକା ସେ ସେତେ ପାରିବାର।

ସମ୍ବାରୀ ଭାରି ପରିଶ୍ରମୀ। ରାତି ଚାରିରୁ ଉଠି ଚରକି ଭଳି ଘୁରୁଥାଏ ସନ୍ଧ୍ୟାଯାଏ ବିନା ବିଶ୍ରାମରେ। କୁକୁଡ଼ାଙ୍କୁ ଦାନା ଦେବାଠାରୁ ଆରମ୍ଭ କରି ଛେଳି ଚରେଇବା, ଜଙ୍ଗଲରୁ ମହୁଲଫୁଲ, ଝୁଣା, ମହୁ, କାଠ, କେନ୍ଦୁପତ୍ର, ଲାଖ ସଂଗ୍ରହ କରି ହାଟରେ ବିକି ଘର ପାଇଁ ସଉଦା ଆଣିବା, ନିଜେ ଘରେ ଗୁଡ଼ପୋଚ ବନେଇ ମହୁଲି ଆଉ ହାଣ୍ଡିଆ ତିଆରି କରିବା ସହ ଘରର ଯାବତୀୟ କାମ ସମ୍ବାରୀର। ମଙ୍ଗଲୁର ଇଚ୍ଛା ହେଲେ କେବେ କେମିତି ସେ ହାଟକୁ ଯାଏ ଥରେଅଧେ କେନ୍ଦୁପତ୍ର, ଝୁଣା କି ଦେଶୀ କୁକୁଡ଼ାଅଣ୍ଡା ବିକ୍ରି କରିବା ପାଇଁ ନ ହେଲେ ନିଶାରେ ଟୁଲୁଟୁଲୁ ହୋଇ ପଡ଼ିଥାଏ ସେମିତି ଘରଟା ଭିତରେ। ପୁଣି କେବେକେବେ ଆଖିକୁ କୁମ୍ଭାଟୁଆ ପରି ଲାଲ ଲାଲ କରି ଘରର ଉଚ୍ଚାବାରଣ୍ଡା ଉପରେ ବସିଥାଏ ମାଟିଗୋବର ଲିପା କାନ୍ଥକୁ ଆଉଜି।

ଲୋକଙ୍କ ଅନୁମାନ ସତ ହେଲା। ସମ୍ବାରୀ ଜମା ସହି ପାରେନି ଶୁକ୍ରୁକୁ। ଆଉ ଶୁକ୍ରୁ ବି ମା' ବୋଲି ଗ୍ରହଣ କରିପାରେନି ସମ୍ବାରୀକୁ। ଶୁକ୍ରୁ ହେଉଛି ମଙ୍ଗଲୁର ପ୍ରଥମ ସ୍ତ୍ରୀର ପିଲା। ସେ ସମ୍ବାରୀକୁ ମା' ବୋଲି ନ ଡାକି ନାଁ ଧରି ଡାକେ ସବୁବେଳେ। ଆଉ

ସମ୍ବାରୀ ରାଗ ସୁଝେଇବା ପାଇଁ ପ୍ରତି କଥାରେ ଗାଳିଗୁଲଜ କରେ ଶୁକ୍ରୁକୁ। ବେଳେବେଳେ ମଙ୍ଗଲୁ ଆଗରେ ମିଛସତ କହି ତାକୁ ଖୁବ୍ ମାଡ଼ ବି ଖୁଆଏ। ମାଡ଼ ଖାଇ ରାଗରେ ଜରଜର ହୁଏ ଶୁକ୍ରୁ କିନ୍ତୁ କିଛି କରିପାରେନି ସମ୍ବାରୀର।

ଆଜିକାଲି ଘରର ସବୁ କାମ କରାଏ ସମ୍ବାରୀ ଶୁକ୍ରୁ ହାତରେ ତଥାପି ତା' ମନ ଶାନ୍ତି ହୁଏନି। ମଙ୍ଗଲୁ ସହ ଝଗଡ଼ା କରି କୁହେ....,

ତୁ ଖାଇପିଇ ଶୋଇବୁ ଆଉ ମୁଁ ଏଠି ଦିନରାତି ଖଟିଖଟି ସଉତୁଣୀର ଛୁଆକୁ ପୋଷିବି? ତା' ବୟସର ପିଲାମାନେ ମା'ମାନଙ୍କ ସହ ଜଙ୍ଗଲକୁ ଯାଇ ମହୁଲଫୁଲ ଯୋଗାଡ଼ କରୁଛନ୍ତି। ଶାଳପତ୍ରରେ ଖଲି ଆଉ ଦନା ତିଆରି କରି ହାଟରେ ବିକ୍ରି କରୁଛନ୍ତି, ଆଉ ତୋର ଏ ଛୁଆ ରଜାପିଲା ଭଳିଆ ଘରେ ବସିକି ଗେଫା ମାରୁଛି ଖାଲି। କାଲି ସକାଳେ ମୋର ପିଲାଛୁଆ ହେଲେ ଏଇଟାକୁ ମୁଁ ପିଟିକି ଘରୁ ବାହାର କରିଦେବି କହୁଛି। ତା' ଆଗରୁ ଯାର କିଛି ବ୍ୟବସ୍ଥା କର।

ମଙ୍ଗଲୁ ସବୁ ଶୁଣେ। ସବୁ ଶୁଣି ଏ କାନରେ ପୁରେଇ ସେ କାନରେ ବାହାର କରିଦିଏ ଆଉ ମହୁଲି ବୋତଲରେ ମୁହଁ ଲଗେଇ ପୁଣି ଦି ଢୋକ ପିଇଦିଏ।

ସମ୍ବାରୀ ଘରର ସବୁକାମ ସାରି ପଥର ମୁଣ୍ଡିଆ ଉପରକୁ ଯାଏ। ସେଠି ବାସେଲି ମା'ଙ୍କ ପାଖରେ ଝୁଣାଧୂପ ଟିକେ ବୁଲେଇଦେଇ ସନ୍ଧ୍ୟା ଆଗରୁ ଘରକୁ ଫେରିଆସେ। ଘରେ ପହଞ୍ଚି ମଙ୍ଗଲୁ ପାଇଁ ଖାଇବା ବାଢ଼ି ଥୋଇଦିଏ। ତା' ପରେ ନିଜେ ଖାଇସାରି ମହୁଲି ଦି'ଢୋକ ପିଇଦେଇ ଶୋଇବାକୁ ଯାଏ ସମ୍ବାରୀ।

ଦିନଯାକ ଭିତରେ ଏ ମହୁଲି ଦି'ଢୋକ ହେଉଛି ସମ୍ବାରୀ ପାଇଁ ଅମୃତ। ଗୋଟାଏ ଦିନ ଉପାସ ରହିଗଲେ ଚଳିବ ତା'ର କିନ୍ତୁ ରାତିରେ ଠୋପାଏ ମହୁଲି ପେଟରେ ନ ପଡ଼ିଲେ ନିଦ ହୁଏନି ସମ୍ବାରୀକୁ। ଘରେ ଯେତେବେଳେ ମହୁଲି ତିଆରି କରେ ସମ୍ବାରୀ, ତା' ନିଜ ପାଇଁ ଗୋଟେ ବୋତଲରେ କିଛି ଲୁଚେଇକି ରଖିଥାଏ ଘରର କୋଉ ଗୋଟେ ଅନ୍ଧିକନ୍ଧି ଭିତରେ। ନ ହେଲେ ମଙ୍ଗଲୁ ହାତରେ ପଡ଼ିଲେ ଦି'ଢୋକରେ ସଫା ହେଇଯିବ ବୋତଲ। ରାତିରେ ଶୋଇବା ଆଗରୁ ଟିକେ ପିଇଦେଲେ ଦିନ ଯାକର ଥକ୍କା ମେଣ୍ଟିଯାଏ ସମ୍ବାରୀର। ମଜରା କଟିଯାଇ ଦେହଟା ଫୁର୍ତ୍ତି ଫୁର୍ତ୍ତି ଲାଗେ ସକାଳୁ।

ସମ୍ବାରୀ ଶୋଇଗଲା ପରେ ଶୁକ୍ରୁ ଉଠି ଚୁଲିମୁଣ୍ଡ ଖୋଜେ। ହାଣ୍ଡିକୁଣ୍ଡେଇ ଦରାଣ୍ଡେ। ଯେତିକି ଖାଦ୍ୟ ଥାଏ ତା' ପେଟର କୋଉ କଣକୁ ବି ଅଣ୍ଟେନି ସେତିକ। ବେଳେବେଳେ ହାଣ୍ଡି ମାଙ୍କଡ଼ଚିତ୍ ବି ମାରୁଥାଏ।

ସେଦିନ ଜୋରରେ ଭୋକ ଲାଗୁଥିଲା ଶୁକ୍ରୁକୁ। ସେ ଯାଇ ଖୋଜିଲା ଚୁଲିମୁଣ୍ଡ।

ସମ୍ବାରୀ ମଙ୍ଗଲୁ ପାଇଁ ଖାଇବା ଡାଙ୍କୁଣୀ ଘୋଡେଇ ଥୋଇଦେଇ ଶୋଇପଡ଼ିଛି। ଶୁକ୍ରୁ ଡାଙ୍କୁଣୀ ଖୋଲି ଦେଖିଲା ଯେ ଗୁଡ଼ପକା ମାଣ୍ଡିଆଜାଉ। ଶୁକ୍ରୁର ମନେପଡ଼ିଲା ତା' ମା' କଥା। କୋଳରେ ବସେଇ ନିଜ ହାତରେ କେତେ ବଳେଇ ବଳେଇ ଖୁଆଇ ଦେଉଥିଲା ତାକୁ ତା' ମା'। ମା' ମଲା ପରଠାରୁ ଏମିତି ଗୁଡ଼ପକା ମାଣ୍ଡିଆଜାଉ ଆଉ ପାଟିରେ ବାଜିନି ତା'ର। ତାକୁ ଆହୁରି ଭୋକ ଲାଗିଲା। ସେ ଆଉ ସମ୍ଭାଳି ନ ପାରି ଖାଇଦେଲା ସବୁ।

ରାତିଅଧରେ ନିଶା ଛାଡ଼ିଲା ମଙ୍ଗଲୁର। ଉଠି ଦେଖିଲା ତା' ପାଇଁ ଖାଇବା ନାହିଁ। ରାଗରେ ଗରଗର ହୋଇ ସେ ଉଠେଇଲା ସମ୍ବାରୀକୁ। କାହିଁକି ଖାଇବା ରଖିନୁ କହି ଖୁବ୍ ପିଟିଲା ତାକୁ। ମଙ୍ଗଲୁଠାରୁ ମାଡ଼ ଖାଇ ସମ୍ବାରୀ ରକ୍ତଚାଉଳ ଚୋବେଇଲା ଶୁକ୍ରୁ ଉପରେ। ଆଠବର୍ଷର ଶୁକ୍ରୁ ଖାଇପିଇ ଶୋଇଥିଲା ଆରାମରେ। ଏତେଦିନ ପରେ ଗୋଟେ ଭଲ ନିଦ ହେଇଛି ତାକୁ। ରାଗ ସୁଝେଇବା ପାଇଁ ଶୁକ୍ରୁକୁ ନିଦରୁ ଉଠେଇ ବହେ ପିଟିଲା ସମ୍ବାରୀ। ଶୁକ୍ରୁ ମାଡ଼ଖାଇ ଲହୁଲୁହାଣ ହେଲା ଆଉ କାନ୍ଦିଲା କିନ୍ତୁ ସମ୍ବାରୀକୁ କିଛି କହିପାରିଲାନି। ଖାଲି ରାଗ ରଖିଲା ଯାହା ମନ ଭିତରେ।

ଶୁକ୍ରୁ ଭଲରେ ଜାଣିଛି ରାତିରେ ମହୁଲି ନ ପିଇଲେ ସମ୍ବାରୀ ଶୋଇପାରିବନି। ରାତିଯାକ ଭାରି କଷ୍ଟ ପାଇବ ଆଉ ବାଡ଼େଇଛାଟି ହେବ। ସେଥିପାଇଁ ସମ୍ବାରୀର ମହୁଲି ବୋତଲଟାକୁ ନେଇ ଲୁଚେଇ ଦେଲା ଶୁକ୍ରୁ କୁକୁଡ଼ାଭାଡ଼ି ତଳେ ଆଉ ଭାବିଲା....

ସେ କଷ୍ଟ ପାଉ... ବହୁତ ଭଲ ଲାଗିବ ମୋତେ ସେ କଷ୍ଟ ପାଇଲେ। କ'ଣ ପାଇଁ ସେ ସବୁବେଳେ ମୋତେ ବାଡ଼ଉଛି କି ? ନିଜେ ତ ବାଡ଼ଉଛି ଆହୁରି ପୁଣି ବା' ଆଗରେ ମୋ ନାଁରେ ମିଛ ସତ କହିକି ବି ମାଡ଼ ଖୁଆଉଛି ମୋତେ। ମରୁ ସେ ସମ୍ବାରୀ...

ସମ୍ବାରୀ ବି ରକ୍ତ ଚାଉଳ ଚୋବାଉଥିଲା ଶୁକ୍ରୁ ଉପରେ। ସେ ବି ତା' ରାସ୍ତାରୁ କଣ୍ଟା ହଟେଇବା ଯୋଜନାରେ ଥିଲା। ସନ୍ଧ୍ୟା ପୂର୍ବରୁ ଶୁକ୍ରୁକୁ ଧରି ପାହାଡ଼ ମୁଣ୍ଡିଆ ଉପରକୁ ଗଲା ସମ୍ବାରୀ। ମା' ବାସେଲିଙ୍କୁ ଝୁଣା ଦେଇସାରି ବସେଇ ଦେଲା ଶୁକ୍ରୁକୁ ସେଇଠି। ବେତ ପାଛିଆଟାଏ ତା' ହାତରେ ଧରେଇ ଦେଇ କହିଲା, "ହେଇ ଦେଖ... ଏ ମୁଣ୍ଡିଆରୁ ଟିକେ ତଳକୁ ଗଡ଼ିଗଲେ ସେଠି ମହୁଲ ଜଙ୍ଗଲ। ତୁ ଆଜି ରାତିଯାକ ସେଠି ବସି ମହୁଲ ଫୁଲ ଗୋଟେଇବୁ। କାଲି ସକାଳୁ ଆସି ମୁଁ ଦେଖିବି। ଯଦି ତୋ ପାଛିଆ ଭର୍ତ୍ତି ହୋଇଥିବ ତା'ହେଲେ ତୋତେ ମୁଁ ଘରକୁ ନେବି ନ ହେଲେ ତଣ୍ଟିଆ ଦେଇ ମୁଣ୍ଡିଆ ତଳକୁ ଗଡ଼େଇ ଦେବି ଯେ ସିଧା ଯାଇ ପଡ଼ିବୁ ସେ ଡଙ୍ଗରି ଝରଣା ଭିତରେ।"

ଶୁକ୍ରୁର ଆଖି ଭୟରେ ମୁଦି ହୋଇ ଆସିଲା। ସେ ଜାଣିପାରିଲା ଯେ ତା' ଜୀବନରେ ଆଉ ସକାଳ ଆସିବନି। କାଲି ରାତି ପାହିଲାବେଳକୁ ସେ ନିଶ୍ଚୟ ମରି ଯାଇଥିବ। ସନ୍ଧ୍ୟା ଗଡ଼ିଲା ମାତ୍ରେ ଏବେ ମୁଣ୍ଡିଆ ଉପରୁ ଦଳଦଳ ଭାଲୁ ବାହାରିବେ ସବୁ। ଆଉ ଏଇ ବାଟ ଦେଇ ତଳକୁ ଗଡ଼ିବେ ଡଙ୍ଗରି ଝରଣାରୁ ପାଣି ପିଇବା ପାଇଁ। ସକାଳୁ ସମ୍ବାରୀ ଆସିଲାବେଳକୁ ତାର ଆଉ ହାଡ଼ ଖଣ୍ଡେ ବି ରଖି ନ ଥିବେ ଏଇ ଭାଲୁମାନେ। କାନ୍ଦି ପକେଇଲା ଶୁକ୍ରୁ। ସମ୍ବାରୀ ସେତେବେଳକୁ ଶୁକ୍ରୁକୁ ଛାଡ଼ିଦେଇ ଫେରିଗଲାଣି ଅଳ୍ପ କିଛି ବାଟ। ହଠାତ କିଛି ମନେପଡ଼ିଲା ପରି ଶୁକ୍ରୁ ଉଠି ଠିଆହେଲା ଆଉ ଚିଲ୍ଲେଇଲା....

ମା'...ମାଆଆ.....

ସମ୍ବାରୀ କିଛି ଶୁଣିଲାନି। ଭାବିଲା ଦିନେକାଳେ ତ ମା' ବୋଲି ଡାକୁ ନ ଥିଲା। ଆଉ ଏବେ ଡାକିଲେ ଭାବୁଛି ମୁଁ ଘରକୁ ନେଇଯିବି ବୋଲି।

ଏ ମାଆ... ମାଆଆ... ଟିକେ ଶୁଣୁ.... କହି ଜୋର୍‌ରେ ଡାକିବାକୁ ଲାଗିଲା ଶୁକ୍ରୁ।

ସମ୍ବାରୀ ଜୋର୍ ଜୋର୍ ପାଦ ପକେଇ ଚାଲିବାକୁ ଲାଗିଲା।

ଏ ମାଆଆଆଆ..... ଟିକେ ଶୁଣୁ ମୋ କଥା.... ମୁଁ ତୋ ମହୁଲି ବୋତଲ ଲୁଚେଇ ଦେଇଥିଲି ମାଆ... ତୋତେ ହଇରାଣ କରିବି ବୋଲି। କୁକୁଡ଼ା ଭାଡ଼ି ତଳେ ଲୁଚେଇକି ରଖିଛି ମାଆ...... ରାତିରେ ସେଠୁ ବାହାର କରି ଟିକେ ପିଇଦବୁ। ନ ହେଲେ ତୋ ଦେହହାତ ବିନ୍ଧାଗୋଳା ହେବ ଆଉ ତୁ ଶୋଇପାରିବୁନି ରାତିରେ।

ଥମକି କି ଠିଆ ହୋଇଗଲା ସମ୍ବାରୀ। ତା' ପାଦ ଆଉ ଆଗକୁ ବଢ଼ିଲାନି। ସେ ଧୀରେ ବୁଲି ଚାହିଁଲା ପଛକୁ। ଦେଖିଲା ଶୁକ୍ରୁ ମୁଣ୍ଡିଆ ଉପରେ ଠିଆ ହୋଇଛି। ଗୋଟାଏ ହାତରେ ସେଇ ବେତ ପାଛିଆଟି ଧରିଛି। ଆଉ ଆରହାତଟି ପାଟି ପାଖରେ ରଖି ତାକୁ ଡାକିବାରେ ଲାଗିଛି।

ଶୁକ୍ରୁ ପୁଣି ଡାକିଲା ବଡ଼ ପାଟିରେ.....

ମାଆ...ତୁ ମୋତେ ବାଡ଼େଇଲୁ ବୋଲି ମୁଁ ଲୁଚେଇ ଦେଲି ତୋ ମହୁଲି। ସତ କହୁଛି, ତୋତେ ଆଜି ଗୋଟାଏ ରାତି ହଇରାଣ କରିଥାନ୍ତି ଆଉ ସକାଳୁ ଦେଇଦେଇଥାନ୍ତି। କିନ୍ତୁ ମୁଁ ଜାଣିଛି ସକାଳକୁ ଆଉ ମୁଁ ବଞ୍ଚି ନ ଥିବି। ମୋତେ ଭାଲୁ ଖାଇ ଯାଇଥିବେ। ସେଥିପାଇଁ ଏବେ କହିଦେଲି ତୋତେ। ତୋ ମହୁଲି ବୋତଲ ଭାଡ଼ି ତଳେ ଅଛି ମା'। ତୁ ଏବେ ଜଲଦି ଘରକୁ ଯାଆ..... ଆଉ ଟିକେ ପରେ ଭାଲୁ ବାହାରିବେ।

ସମ୍ବାରୀର ପାଦ ସେମିତି ସେଇଠି ସ୍ଥିର ଥିଲା। ସନ୍ଧ୍ୟା ନଇଁ ଆସୁଥିଲା। ହାଲକା ହାଲକା ପବନ ବୋହିବା ଆରମ୍ଭ ହୋଇଯାଇଥିଲା। ସେହି ପବନରେ ଭାସି ଆସୁଥିଲା ମହୁଲ ଫୁଲ ଆଉ କୁରେଇ ଫୁଲର ଗୋଟାଏ ଫେଣ୍ଟାଫେଣ୍ଟି ବାସ୍ନା। ବନ୍ୟଜନ୍ତୁମାନେ ସଜବାଜ ହେଉଥିଲେ ଶିକାର ଖୋଜି ଯିବା ପାଇଁ। ମୁଣ୍ଡିଆ ଆରପାଖ ଗାଁରୁ ଶୁଭୁଥିଲା ମାଦଳର ତାଳେ ତାଳେ କେଉଁ ଗୋଟାଏ ଧାଙ୍ଗଡ଼ାର ମନ ଫୁଲାଣିଆ ଗୀତ।

ସମ୍ବାରୀ ପୁଣି ବୁଲି ଚାହିଁଲା ପଛକୁ। ଜହ୍ନଟା ଅଧା ଲୁଚିକି ଥିଲା ବାଦଲ ଭିତରେ ଠିକ୍ ବାସେଲି ଠାକୁରାଣୀଙ୍କ ମୁଣ୍ଡ ଉପରେ। ଜହ୍ନ ଆଲୁଅରେ ଶୁକ୍ରୁ ଦିଶୁଥିଲା ଗୋଟାଏ ଛାୟାମୂର୍ତ୍ତି ଭଳି। ହଠାତ ସମ୍ବାରୀ ଧାଇଁବାକୁ ଆରମ୍ଭ କଲା ପାହାଡ଼ ମୁଣ୍ଡିଆ ଆଡ଼େ ଅଣନିଃଶ୍ୱାସୀ ହୋଇ। ଧାଇଁ ଧାଇଁ ସେ ପହଞ୍ଚିଲା ଯାଇ ଶୁକ୍ରୁ ପାଖରେ ଆଉ ତାକୁ ଜଡ଼ାଇ ଧରିଲା ନିଜ ଛାତି ଭିତରେ ଖୁବ ଜୋର୍‌ରେ। ଶୁକ୍ରୁର ମା' ଡାକରେ କେତେବେଳେ କେଜାଣି ସମ୍ବାରୀର ମାଙ୍କଡ଼ା ପଥର ହୃଦୟଟା ଶାଳଗ୍ରାମ ପାଲଟି ଯାଇଥିଲା!!

■

ଜାନୁଘଣ୍ଟ

ଭୋର ସମୟ । କେତକୀ ଠିଆ ହୋଇଛି ଦାଣ୍ଡରେ । ପାଖରେ ତା' ପୁଅ ପୁରୁ । ସେପାଖରୁ ଚାଲି ଚାଲି ଆସିଲେ ଜଣେ ଜାନୁଘଣ୍ଟିଆ । ଦେହରେ ଗୈରିକ ବସ୍ତ୍ର, ମୁଣ୍ଡରେ ଶିରିପା, କପାଳ ବାହୁ ଏବଂ ବକ୍ଷରେ ରାମାନନ୍ଦୀ ଚିତା, ବାମପାଖ ଜାନୁରେ ପିତ୍ତଳର ଘଣ୍ଟି, ବାମ କାନ୍ଧରେ ଝୁଲା, ବେକରେ ତୁଳସୀ ଓ ରୁଦ୍ରାକ୍ଷର ମାଳା, କାନରେ ତୁଳସୀ କାଠି, ହାତରେ ଲାଉତୁମ୍ବାର ଥାଳ । ଥାଳରେ ଅଙ୍କା ହୋଇଛି ଦଶାବତାର ଚିତ୍ର । ଆସି ଠିଆ ହୋଇଗଲେ ସେ କେତକୀ ସାମ୍ନାରେ । ଦୁଇ ହାତ ପ୍ରସାରି ଦେଲେ ସେ ତା' ପୁଅ ପୁରୁ ଆଡ଼କୁ ।

ଧଡ଼୍ କରି ନିଦ ଭାଙ୍ଗିଗଲା କେତକୀର । ଝାଳନାଳ ଅବସ୍ଥା । ଛାତିରେ କମ୍ପନ । ଝର୍କାକୁ ସାମାନ୍ୟ ଖୋଲି ବାହାରକୁ ଚାହିଁଲା ସେ । ରାତି ଦୁଇଘଡ଼ି ହେବଣି ବୋଧେ । ଚାରିଆଡ଼ ଶୁନ୍‌ଶାନ । ବାହାରେ କେଉଁଠି ପେଚାଟିଏ ବସି ହୁଟ୍‌ହୁଟ କରୁଛି । ଦୁଆରବନ୍ଧ ବାହାରେ ମିଞ୍ଜିମିଞ୍ଜି ଜଳୁଥିବା ଲଣ୍ଠନଟାରୁ କିରୋସିନିଆ ଗନ୍ଧ ପଶି ଆସୁଛି ଘରକୁ ବେଳେବେଳେ । ପାଖରେ ଶୋଇଛି ପୁଅ ପୁରୁ । କେତକୀ ପୁଅ ଦେହମୁଣ୍ଡରେ ଟିକେ ହାତ ବୁଲେଇ ଆଣିଲା । ଏଇ ଚାହୁଁ ଚାହୁଁ ବାର ବର୍ଷ ପୁରିଯିବ ପୁଅକୁ ଆଉ କେଇଟା ଦିନରେ । ଛାତି ଭିତରଟା କରତି ହୋଇଗଲା କେତକୀର ।

ପୁରୁ ଜନ୍ମ ହୋଇନଥିଲା ସେତେବେଳେ । ଗୋଟେ ଉଦୁଉଦିଆ ଖରାବେଳ କଥା । କେତକୀ ମୁଢ଼ି ଭାଜୁଥିଲା ବସି ଚୁଲିମୁଣ୍ଡରେ । ଦାଣ୍ଡରୁ ଶୁଭିଲା....

"ଯମଦଗ୍ନି ସୁତ ମୁହିଁ, ନାମ ପର୍ଶୁରାମ,
ଏ ତିନି ଭୁବନେ ମୁଁ ଯେ କ୍ଷତ୍ରିୟଙ୍କ ଯମ ।
ନ ଚିହ୍ନୁ ମୋତେ....
ଶିର ଛେଦିବି ଏହି ପରଶୁଘାତେ... ରେ ଦାଶରଥି ।

ତୋ ପୂର୍ବ ପୁରୁଷ ଥିଲେ ନହୁଷ ରାଜନ,
ମୋତେ ଦେଖି ପଳାଇଲେ ସେହୁ ଘୋରବନ।
ନ ଚିହ୍ନୁ ମୋତେ...
ଶିର ଛେଦିବି ଏହି ପରଶୁ ଘାତେ.....ରେ ଦାଶରଥି।"

ମୁଢ଼ିଭଜା ମାଟିହାଣ୍ଡିଟାକୁ ତଳକୁ କାଢ଼ିଦେଇ ଥାଳିରେ ଚାଉଳ ପୋଷେ ଆଉ ପରିବା ଦୁଇଟା ସଜାଡ଼ି ନେଇ ଦାଣ୍ଡକୁ ଗଲା କେତକୀ। ଜାନୁଘଣ୍ଟ ଗୀତ ଗାଇଗାଇ ଦାଣ୍ଡରେ ବୁଲୁଥିଲେ। କେତକୀ ଅପେକ୍ଷା କଲା। ଜାନୁଘଣ୍ଟିଆଙ୍କ ନିୟମ ହେଲା ସେମାନେ ଦାଣ୍ଡରେ ଦାଣ୍ଡରେ ବୁଲିଦେଇ ଚାଲିଯିବେ ଅନ୍ୟତ୍ର। କାହା ଦୁଆରକୁ ଯିବେନି କି ହାତ ପତେଇ କାହାକୁ ଭିକ୍ଷା ମାଗିବେନି। ଦାତା ଯାହା ସ୍ୱେଚ୍ଛାରେ ସେଇ ଧର୍ମଦାଣ୍ଡରେ ଦେବେ ସେତିକି ତାଙ୍କର ପ୍ରାପ୍ୟ।

ଜାନୁଘଣ୍ଟଙ୍କ ଥାଳିରେ ଭିକ୍ଷାତକ ଢାଳିଦେଇ ଓଳଗି ହେଲା କେତକୀ। ଜାନୁଘଣ୍ଟିଆ ଆଶୀର୍ବାଦ ଦେଲେ...ଦୀର୍ଘାୟୁ ଭବଃ....

ଦୀର୍ଘ ଆୟୁ ମୋର କ'ଣ ହେବ ମହାପ୍ରୁ... ଆଶୀର୍ବାଦ ଦିଅନ୍ତୁ ମୁଁ ଚାଲିଯାଏ ଯେମିତି ଏ ସଂସାରରୁ ଜଲ୍‌ଦି। ଏ ବାଞ୍ଝ ଅପବାଦରୁ ମୁକ୍ତି ମିଳୁ ମୋତେ ଶୀଘ୍ର।

ଟିକେ ରହିଗଲେ ଜାନୁଘଣ୍ଟିଆ ଜଣଙ୍କ। ଚାହିଁଲେ କେତକୀର ମୁହଁକୁ। ସିନ୍ଦୁର କଜ୍ଜ୍ୱଳମଖା ଦେବୀ ପ୍ରତିମା ସମ କେତକୀର ମୁହଁ ତଳେ ଲୁଚିଥିଲା ଅନେକ ଅବ୍ୟକ୍ତ ବେଦନା। ନିଜ ଥାଳରୁ ଟିକେ ଚରୁଅନ୍ନ କାଢ଼ି କେତକୀ ହାତକୁ ଦେଲେ ଜାନୁଘଣ୍ଟ। ଆଉ କହିଲେ... ନେ ମା' ପ୍ରଭୁଙ୍କର ଏ ପ୍ରସାଦ ଗ୍ରହଣ କର। ଆଉ ଏ ଥାଳକୁ ଛୁଇଁ ଶରଣ ଯା'। ଏ ଏମିତି ସେମିତି ଥାଳ ନୁହେଁ ମା'!! ଏ ହେଉଛି ବିଷ୍ଣୁଙ୍କ ଷଷ୍ଠ ଅବତାର ପ୍ରଭୁ ପର୍ଶୁରାମଙ୍କ ଥାଳ। ଏହାକୁ ଛୁଇଁ ମାନସିକ କର ଯେ ଆରବର୍ଷକୁ ପୁଅଟିଏ ହେଲେ ତାକୁ ବର୍ଷେ ପାଇଁ ଜାନୁଘଣ୍ଟିଆ ଦୀକ୍ଷାରେ ଦୀକ୍ଷିତ କରିଦେବୁ ବୋଲି। ବୁଡ଼ି ଯାଉଥିବା ଲୋକ କୁଟା ଖିଅକୁ ଆଶ୍ରା କଲା ପରି କେତକୀ ସେମିତି ହିଁ କଲା। ସତକୁସତ ତା' ପରେ ହିଁ ପୁରୁର ଜନ୍ମ।

ଦିନ ଗଡ଼ି ଗଡ଼ି ଯାଉଥିଲା। ପୁରୁର ବୟସ ବଢ଼ି ବଢ଼ି ଚାଲିଥିଲା ଆଉ ତା' ସହିତ ବଢ଼ି ଚାଲିଥିଲା କେତକୀର ଚିନ୍ତା। ବାରବର୍ଷ ପୁରିଗଲା। କେତକୀ ଜଣେ ଜାନୁଘଣ୍ଟଙ୍କ ସହ କଥା ହେଲା ଏ ବିଷୟରେ। ପୁଅ ଯେ ତାର ଜାନୁଘଣ୍ଟିଆ ଦୀକ୍ଷାରେ ଦୀକ୍ଷିତ ହେବ ବର୍ଷେ ପାଇଁ!! ଜାନୁଘଣ୍ଟ କହିଲେ, "ଆମେ ସବୁ ପର୍ଶୁରାମଙ୍କ ବଂଶଧର। ଯେହେତୁ ଆମେ ଚାରଣ ସମ୍ପ୍ରଦାୟର ସେହେତୁ କୌଣସି ଗାର୍ହସ୍ଥ୍ୟର ଘରେ ଅନ୍ନ ଭକ୍ଷଣ ଆମ ପାଇଁ ନିଷେଧ। ଭିକ୍ଷାବୃତ୍ତି ଆମର କୌଳିକ ପରମ୍ପରା। ତୋ

ପୁଅ ଏଥିରେ ଯେତିକି ଦିନ ପାଇଁ ଦୀକ୍ଷିତ ହେବ, ସେତିକି ଦିନ ସେ କୌଣସି ଜାନୁଘଣ୍ଟିଆ ସହ ହିଁ ରହିବ। ଭିକ୍ଷାବୃତ୍ତି କରିବ। ସାତ୍ତ୍ୱିକ ଖାଦ୍ୟ ଗ୍ରହଣ କରିବ। ସେତିକି ଦିନ ତାକୁ ଘର ଛାଡ଼ିବାକୁ ପଡିବ। ଦୀକ୍ଷାର ଅବଧି ସରିଲା ପରେ ସେ ତା' ଜାନୁରୁ ଘଣ୍ଟି ଆଉ କାନ୍ଧରୁ ଥାଳକୁ ଓହ୍ଲେଇ ସେଇ ଜାନୁଘଣ୍ଟିଆଙ୍କ ପାଦ ତଳେ ସମର୍ପି ଦେଇ ପୁଣି ଫେରି ଆସିପାରିବ ତା' ଗୃହସ୍ଥ ଜୀବନକୁ।

ପୁଅକୁ ଜାନୁଘଣ୍ଟ ସଜେଇବା ପାଇଁ କେତକୀ ଯୋଗାଡ଼ କଲା ଗୈରିକ ବସନ ସାଙ୍ଗକୁ ଜାନୁରେ ବାନ୍ଧିବା ପାଇଁ ଘଣ୍ଟି ଆଉ ତା' ସାଙ୍ଗକୁ ଲାଉ ତୁମ୍ବାର ଥାଳ। ସବୁ ଯୋଗାଡ଼ିଲା ସିନା କିନ୍ତୁ ପୁଅକୁ ଜାନୁଘଣ୍ଟ ସଜେଇ ପାରିଲାନି। ସବୁବେଳେ ଭାବିଲା, "ପୁଅଟା ମୋର ଛୁଆଟା। ଏତେଦିନ ଘର ଛାଡ଼ି ଆଉ ମୋତେ ଛାଡ଼ି ସେ ରହିବ କେମିତି!! ମୋ ପରି ଆଉ କେହି କ'ଣ ତା' ପେଟ ଚିହ୍ନି ଖାଇବାକୁ ଦେବ!! ଏ କଅଁଳ ବୟସରେ ମୋ ପୁଅ ପୁଣି ଭିକ୍ଷାବୃତ୍ତି କରିବ!! ନା ନା....ଆଉ କିଛିଦିନ ଯାଉ। ମୋ ପୁଅ ଆଉ ଟିକେ ବଡ଼ ହୋଇଯାଉ।" କିନ୍ତୁ ମା' ଆଗରେ ପୁଅ କ'ଣ କେବେ ବଡ଼ ହୁଏ?? ସହଜରେ ପୁରୁ ପୁଣି କେତକୀର ଏକୋଇରବଳା।

ତିରିଶ ବର୍ଷ ଛୁଇଁଲାଣି ପୁରୁକୁ। ଦେହରେ ଯୌବନ ଲହଡ଼ି ଭାଙ୍ଗିଲାଣି। ମନରେ ମଳୟ ବହିଲାଣି। ଆଜିକାଲି ପୁରୁକୁ ଚାହିଁଦେଇ ଅନ୍ୟମନସ୍କ ହୋଇପଡ଼େ କେତକୀ। ଶ୍ୟାମଳ ରଙ୍ଗର କୁନ୍ଦିଲା କୁନ୍ଦିଲା ଦେହହାତ। ପାଞ୍ଚହାତିଆ ହଟାକଟା ମର୍ଦ୍ଦ। ମୁଣ୍ଡରେ ଗୋଛାଏ କୁଞ୍ଚକୁଞ୍ଚିଆ ବାଳ। ପୁରା ତା' ବାପା ରାଘବ ପ୍ରଧାନର ଅବିକଳ ନକଲ। ପରମୁହୂର୍ତ୍ତରେ ପୁଣି ଚମକି ପଡ଼େ କେତକୀ। ସେ ମା' ହୋଇ କେମିତି ପୁଅକୁ ଦୃଷ୍ଟି ପକାଉଛି ଯେ। ମା' ନା ଡାହାଣୀ। ଛିଃ ଛିଃ...। ବାଁଆରେଇ ହୋଇ ଯାଇ ପୁଅ ଉପରେ ଟିକେ ଛେପ ପକେଇ ଦିଏ କେତକୀ। ହେ ଠାକୁରେ, କାହାରି ଦୃଷ୍ଟି ନ ଲାଗୁ ମୋ ପୁଅକୁ।

ପୁଅର ବାହାଘର ବୟସ ହୋଇଗଲାଣି। ଏ ଭିତରେ ଗାଁ ପାଖ ସ୍କୁଲରେ ପୁରୁ ଚାକିରୀ ବି କଲାଣି। ତା'ହେଲେ ଆଉ ଡେରି କାହିଁକି?? କିନ୍ତୁ ବାହାଘର ଆଗରୁ ତାକୁ ଏ ମାନସିକରୁ ମୁକୁଳେଇବାକୁ ପଡ଼ିବ। ଜାନୁଘଣ୍ଟ ସଜେଇବାକୁ ପଡ଼ିବ ତାକୁ ପୁରୁକୁ। ଗୁଡ଼ାଏ ବର୍ଷ ହେଲାଣି ଜିନିଷ ସବୁ ଯୋଗାଡ଼ି ଥୋଇଛି ସେ ଠାକୁର ଘରେ। ନା... ଯାହା ବି ହୋଇଯାଉ ଏ କାମ ସେ ଜଲ୍‌ଦି ସାରିବ ଆଉ ଆଜି ହିଁ ପୁରୁକୁ ଏ ବିଷୟରେ ଜଣେଇବ ସେ। ତା' ପରେ ବାହାଘର ପାଇଁ ଝିଅ ଦେଖିବ। ସେଦିନ ରାତିରେ କେତକୀ କିଛି କହିବ କହିବ ହେଉଛି ତ ପୁରୁ କହିଲା, "ବୋଉ... ତୋତେ କିଛି କହିବାର ଥିଲା।"

କ'ଣ କହିବୁରେ ବାପା ? ? କହ...

ବୋଉ.... ମୁଁ ଆରସାହି ଝିଅ ନନ୍ଦିନୀକୁ ଭଲ ପାଉଛି ମନେମନେ। ତୁ ଟିକେ ତାଙ୍କ ଘରେ ମୋ ପାଇଁ ପ୍ରସ୍ତାବ ପକେଇବା ବ୍ୟବସ୍ଥା କରନ୍ତୁନି।

ପୁରୁର ସବୁବେଳେ ଏମିତି ରୋକଠୋକ କଥାବାର୍ତ୍ତା। ଚମକି ପଡ଼ିଲା କେତକୀ।

ସେଇ ପଟ୍ଟନାୟକ ଘର ଝିଅ!!!

ହଁ ବୋଉ...

କିଛି ସମୟ ପାଇଁ ନିରବି ଗଲା କେତକୀ। ବାମନ ହୋଇ ଚନ୍ଦ୍ରକୁ ହାତ ବଢ଼େଇବାର ଆସ୍ପର୍ଦ୍ଧା ତା' ପୁଅ କଲା କେମିତି ? ? ଗୋରା ତକତକ ହୋଇ ପୂର୍ଣ୍ଣମୀର ଚାନ୍ଦ ପରି ଝିଅଟି। ପୁଣି କେଡ଼େ ବଡ଼ ଘର ତାଙ୍କର। ଅଲିଅଳି ରାଜକନ୍ୟା କ'ଣ ସତରେ ଏ ଗରିବ ଘରକୁ ଆସିବ ? ? ଅବଶ୍ୟ ତା' ପୁଅ ବି କିଛି ମନ୍ଦ ନୁହେଁ। ପ୍ରଧାନ ଘରର ପୁଅ ସେ। ପୁଣି ଗାଁ ପାଖ ସ୍କୁଲରେ ମାଷ୍ଟ୍ର ଚାକିରୀ ଖଣ୍ଡିଏ କରିଛି। ସରକାରୀ ଚାକିରୀ। ତଥାପି ବି ତାଙ୍କ ସହ ଆମେ କ'ଣ ସରି!!

ତୁ ନନ୍ଦିନୀକୁ କହିଛୁ ?

ନା ବୋଉ... ସେ କିଛି ଜାଣିନି ଏ ବିଷୟରେ।

କେତକୀ ବଡ଼ ଚିନ୍ତାରେ ପଡ଼ିଲା। କେମିତି ଉଠେଇବ ଏ କଥା ସିଏ ପଟ୍ଟନାୟକ ଘରେ। ପୁଅର ମନକୁ ବି ଭାଙ୍ଗି ପାରୁନି ସେ।

ପଟ୍ଟନାୟକ ଘର ମା' ଭାରି ଭଲ ଲୋକ ଜଣେ। ଅଭାବ ଅସୁବିଧା ସମୟରେ ପଇସାପତ୍ରଠାରୁ ଆରମ୍ଭ କରି ଚାଉଳ ଔଷଧ ଯାଏ ସବୁ ପ୍ରକାର ସାହାଯ୍ୟ ସେ କରିଛନ୍ତି କେତକୀକୁ। ଏବକୁ ସିନା ପୁରୁ ଚାକିରୀ ଖଣ୍ଡେ କଲାରୁ ତା' ଅବସ୍ଥାରେ ଟିକେ ସୁଧାର ଆସିଛି। ଅକାଳେ ସକାଳେ କାମକାର୍ଯ୍ୟ ଘରେ ସେ ଲୋଡ଼ନ୍ତି ଆଗ ତାକୁ। କେତକୀ ବି ସବୁ କାର୍ଯ୍ୟକୁ ଧୁରନ୍ଧର। ଖଳାବାଡ଼ି ଲିପାପୋଛାଠାରୁ ଆରମ୍ଭ କରି ଖନ୍ଦାଶାଳ ତିଆରି ଯାଏ ସବୁ ତା' ବାଁ ହାତର ଖେଳ। କେତକୀ ଭାରି ବିଶ୍ୱସ୍ଥ ମଧ୍ୟ। ସେଥିପାଇଁ ପଟ୍ଟନାୟକ ଘର ମା' ତାକୁ ଭାରି ଭରସା କରନ୍ତି। କିନ୍ତୁ ତା ବୋଲି କ'ଣ ତାଙ୍କ ଅଲିଅଳି ଝିଅକୁ ପୁରୁ ସହ... ନା ନା ଏ ଯେ ଅସମ୍ଭବ କଥା ଏକବାରେ। ମା'ଙ୍କ ଆଗରେ ସେ ଏତେ ବଡ଼ କଥା ତୁଣ୍ଡରେ ଧରିବ କେମିତି ? ? ମା' ଭାବିବେ କ'ଣ ? ? ନିଶ୍ଚୟ ଭାବିବେ ଯେ ପ୍ରଶୟ ଦେଲାରୁ ମୁଣ୍ଡରେ ଚଢ଼ିବ ବୋଲି ବସିଛି। ଆଉ ମା' ଯଦି ତାକୁ ତା' ଔକାତ ଦେଖେଇ ଦିଅନ୍ତି ତେବେ ତା' ମୁହଁ ଆଉ ରହିବଟି ? ?

ସବୁଦିନ କିଛି ନା କିଛି ବାହାନାରେ କେତକୀ ଯାଏ ପଟ୍ଟନାୟକ ଘର

ଆଡ଼େ। ବୋଲହାକ କାମ କିଛି କରେ। ମା'ଙ୍କ ସହ ଯାଉସାଉ ବହେ ଗପେ। କିନ୍ତୁ ଅସଲ କଥାଟି ବେଳକୁ ଜିଭ ଲେଉଟେନି ତା'ର।

ଛ' ମାସ ବିତିଗଲା। କେତକୀର ମନକଥା ତା' ମନ ଭିତରେ ହିଁ ରହିଗଲା। ବାରମ୍ବାର ଚେଷ୍ଟା କରିକି ବି ଜିଭ ଲେଉଟିଲାନି ତା'ର। ପୁରୁ ଅଭିମାନ କଲା। ମନ ଊଣା କଲା। ନନ୍ଦିନୀକୁ ବାହା ନ ହେଲେ ସାରାଜୀବନ ଅଭିଆଡ଼ା ରହିଯିବ ବୋଲି ବି ଧମକେଇଲା କେତକୀକୁ। କେତକୀ ପୁଣି ଅଣ୍ଟା ଭିଡ଼ିଲା। ପୁଅ ପାଇଁ ମନକୁ ଟାଣ କଲା। ସ୍ଥିର କଲା ଯେ ସେ ନିଶ୍ଚୟ କଥାଟା ପକେଇବ ପଟ୍ଟନାୟକ ଘରେ। ତେଣିକି ଯାହା ପ୍ରଭୁଙ୍କ ଇଚ୍ଛା।

ସକାଳୁ ସକାଳୁ ପଟ୍ଟନାୟକ ଘରେ ଯାଇ ପହଞ୍ଚିଲା କେତକୀ। ମା' ତାକୁ ଦେଖୁ ଦେଖୁ କହିଲେ, "ଆରେ କେତକୀ.... ଆ ଆ ତୋତେ ତ ମୁଁ ଏବେ ଖବର ପଠେଇଥାନ୍ତି ଆସିବାକୁ।"

କ'ଣ ହୋଇଛି କି ମା'!!

ଆଲୋ ଗୋଟାଏ ଖୁସି ଖବର। ଆମ ନନ୍ଦିନୀର ବାହାଘର। ଆଉ ଠିକ ପନ୍ଦର ଦିନ ରହିଲା। ପୁଅଘର କାଲି ଆସି ସବୁ ଫାଇନାଲ କରିଦେଇ ଗଲେ। ଆଉ ଡେରି କରିବାକୁ ସେମାନେ ରାଜି ହେଉନାହାନ୍ତି। ପୁଅ ଲଣ୍ଡନରେ ଡାକ୍ତର। ଛୁଟି ନେଇ ଆସିଛନ୍ତି ତ। ସେଥିପାଇଁ ତରତର ହେଉଛନ୍ତି ଜଲ୍‌ଦି କାମଟି ସାରିଦେଲେ ସେ ପୁଣି ଚାକିରୀକୁ ଫେରିଯିବେ। ଆମ ହାତରେ ଆଉ ଅଳ୍ପଦିନ। ପୁଣି ଝିଅ ଘର ଆମେ। ମନା କରିଦେଇଥିଲେ ଆଉ କ'ଣ ଏଡ଼େ ସୁନ୍ଦର ପ୍ରସ୍ତାବ ମିଳିଥାନ୍ତା। ତୋତେ ବାହାଘର କାମ ଲାଗିଲା କେତକୀ। ତୁ ଲାଗିପଡ଼ କାମରେ। ଆଗ ଏ ଘରବାଡ଼ି ସବୁ ସଫାସୁତୁରା କରି ଦେବୁଟି। ତା' ପରେ ଆଉ ଯାହା।

କେତକୀ ମୁଣ୍ଡରେ ବଜ୍ର ପଡ଼ିଲା ଯେମିତି। ମୁଣ୍ଡଟା ଗୋଳମାଳିଆ ହୋଇଗଲା ତା'ର। ଏବେ ସେ କେମିତି ବୁଝେଇବ ତା' ପୁଅକୁ?? କଣ ଉତ୍ତର ଦେବ ପୁରୁକୁ।

ଛାତିକୁ ଦମ୍ଭ କରି ପୁରୁକୁ ବହୁତ ବୁଝେଇଲା କେତକୀ। କହିଲା, "ବାପାରେ.... ଯାହା ହୁଏ ଭଲ ପାଇଁ। ତୁ ବ୍ୟସ୍ତ ହୁଅନା। ମୁଁ ତୋ ପାଇଁ କେମିତି ସୁନାନାକୀ ଲକ୍ଷ୍ମୀପ୍ରତିମା କନିଆଟିଏ ଖୋଜି ଆଣିବି ଦେଖିବୁ ତୁ। ତୁ ଏକା କାହିଁକି ଏ ସାଇପଡ଼ିଶା ବି ଟେରା ହୋଇ ଦେଖିବେ କେତକୀର ବୋହୂକୁ। ମୋ ପୁଅ କ'ଣ ନାକରା ହୋଇଛି କି। ଏଡ଼େ ସୁନ୍ଦର ଚେହେରା। ପୁଣି ସରକାରୀ ଚାକିରୀ। ତୁ ମନ ଊଣା କରନାରେ ପୁରୁ। ସେ ସୁନା ପଞ୍ଜୁରୀର ଚଢ଼େଇ, ତାକୁ ସେଇ ସୁନାର ଉଆସ ହିଁ ସାଜିବ। ଆମର ଏଡ଼େ ଆଶା କରିବା ଦରକାର ନାହିଁ। ତୁ ଟିକେ ଥୟ ଧଅ।"

ନନ୍ଦିନୀର ବାହାଘର। ପୁରୁ ମୁହଁକୁ ଚାହିଁଦେଇ ଛାତି ଭିତରଟା ଯନ୍ତ୍ରଣାରେ ଭରି ଯାଉଛି କେତକୀର। ପୁରୁ ବି ଆଉ ଆଗଭଳିଆ ନାହିଁ। ଚୁପ୍ ହୋଇଯାଇଛି ଏକଦମ। ସବୁବେଳେ କେମିତି ଗୋଟେ ଉଦାସୀନ ଆଉ ଶୂନ୍ୟ ଶୂନ୍ୟ ଭାବ। ଯେମିତି ସେ ଏ ସଂସାରରେ ଥାଇ କି ବି ନାହିଁ।

ରାତିକୁ ବାହାଘର ଭୋଜି। ମା'ପୁଅ ଉଭୟଙ୍କୁ ନିମନ୍ତ୍ରଣ। ନ ଗଲେ ପଟ୍ଟନାୟକ ଘର ମା' ଖରାପ ଭାବିବେ। ପୁରୁକୁ ବହୁତ ବାଧ କଲା କେତକୀ। କିନ୍ତୁ ପୁରୁର ଏକା ଜିଦ... "ମୁଁ ଆଦୌ ଯିବନି ସେଠିକୁ। ତୁ ଏକା ଚାଲିଯା'। ଖଟଟା ଉପରେ ମୁହଁକୁ ମାଡ଼ି ପଡ଼ି ରହିଲା ପୁରୁ ସେମିତି। ବାଧ ହୋଇ କେତକୀ ଏକା ଚାଲିଗଲା ଭୋଜି ଖାଇବାକୁ।

ଭୋଜି ଖାଇସାରି ଆହୁରି କିଛି ବାକିଆ ଛୋଟମୋଟ କାମ ସାରୁ ସାରୁ ରାତି ବାରଟା ପାଖାପାଖି ହେଲାଣି। ପୁରୁଟା ଘରେ ଏକୁଟିଆ ଅଛି। କିଛି ଖାଇ ନ ଥିଲା ସକାଳ ପହରୁ। ତରତର ହୋଇ ପୁରୁ ପାଇଁ ଥାଳିରେ କିଛି ଖାଇବା ସଜାଡ଼ି ଘରମୁହାଁ ହେଲା କେତକୀ।

କେତକୀ ଘରେ ପହଞ୍ଚି ଦେଖିଲା ପୁରୁ ତା' ଶୋଇବା ଘରେ ନାହିଁ। କୁଆଡ଼େ ଗଲା ଏତେ ରାତିରେ ? ? ଦାଣ୍ଡ ଠୁଁ ବାଡ଼ି ଯାଏ ସବୁଆଡ଼େ ଖୋଜି ଆସିଲା କେତକୀ। କୁଆଡ଼େ ନାହିଁ। ହଠାତ ମନେପଡ଼ିଲା ତା'ର ଯେ ପୁରୁ ଅତ୍ୟଧିକ ରାଗ ଅଭିମାନରେ ଥିଲେ ଠାକୁର ଘରେ ବସି କାନ୍ଦେ। ତା' ପୁଅ ନିଶ୍ଚୟ ସେଇଠି ବସି କାନ୍ଦୁଥିବ। ଠାକୁର ଘରକୁ ଦୌଡ଼ିଲା କେତକୀ। ଧଡ଼କରି ଠାକୁର ଘରର କବାଟ ଖୋଲିଦେଇ ସ୍ଥାଣୁ ହୋଇଗଲା ସେ। ଠାକୁର ବସିଥିଲେ ସେମିତି ପୂର୍ବବତ୍। କିନ୍ତୁ ସେ ଘରେ ପୁରୁ ନ ଥିଲା କି ପୁରୁକୁ ଜାନୁଘଣ୍ଟ ସଜେଇବା ପାଇଁ ରଖିଥିବା ସେ ସାଜ ସରଞ୍ଜାମ ବି ନ ଥିଲା। କୁଆଡ଼େ ଗଲୁରେ ମୋ ପୁରୁ... କହି ଭୂଇଁରେ ଲୋଟି ପଡ଼ିଲା କେତକୀ।

■

ସ୍ୱାଧୀନତାର ନକ୍ସା

ସକାଳୁ ସକାଳୁ ଆରାମ ଚେୟାରରେ ଚା' କପେ ଧରି ଶ୍ରାବଣୀ ବସିଥାନ୍ତି ତ କାଳୀ ଆସି ପହଞ୍ଚି ଯାଏ ଘରକାମ କରିବା ପାଇଁ। ରାତିର ଅଇଁଠା ବାସନଗୁଡ଼ାକ ମାଜିବାଠାରୁ ଆରମ୍ଭ କରି ଘରଝଡ଼ା, ଓଳା, ପୋଛା, ଲୁଗାପଟା ଧୁଆ ପରି ଘରର ଯାବତୀୟ କାମ ସହ ବେଳେବେଳେ ଶ୍ରାବଣୀଙ୍କ ନିର୍ଦ୍ଦେଶରେ ଘରର ଶୋ ପିସ୍‌ଗୁଡ଼ିକ ମଧ୍ୟ ଗୋଟି ଗୋଟି କପଡ଼ାରେ ସଫା କରେ।

କାଳୀର ନାଁ ସହ ତା' ରୂପରଙ୍ଗ ଖୁବ୍ ମେଳଖାଏ। ଠିକ୍ ଚିକଣିଆ କଳା ମୁଗୁନି ପଥରର ମୂର୍ତ୍ତିଟିଏ ପରି। ସେଥିରେ ପୁଣି କପାଳରେ ସବୁବେଳେ ଦାଉଦାଉ ଜଳୁଥିବ ଚାରେଣି ସାଇଜର ସିନ୍ଦୁର ଟୋପାଟାଏ। ଦୁଇ ହାତରେ ଦି ଡଜନ ପାଣିକାଚ ସାଙ୍ଗକୁ ସେଥିରେ ସବୁବେଳେ ଝୁଲୁଥିବ ଗଣ୍ଡାଏ ଛଅଟା ସେଫ୍ଟିପିନ୍। ବେକରେ ଧଳା ଗରଡ଼ାମାଳି। ଦେହରେ ଶସ୍ତା ସୂତାଶାଢ଼ୀ ସହ ଆଦୌ ମ୍ୟାଚିଂ କରୁନଥିବା ରଙ୍ଗଛଡ଼ା ବ୍ଲାଉଜ।

ଚୁଟ୍ କିନା ହାତ ବୁଲେଇ ସବୁକାମ ସାରିଦେଇ ଯିବାକୁ ବାହାରେ କାଳୀ। କିନ୍ତୁ ସବୁବେଳେ ଘରଟା ଭିତରେ ବସି ବସି ବିରକ୍ତ ହୋଇ ପଡୁଥିବା ଶ୍ରାବଣୀ ଟିକେ ଗପ ଲମ୍ବେଇବାକୁ ଚାହାନ୍ତି ତା'ସହ। କେତେ ବି ମୁକ ହୋଇ ବସିବେ ଘରେ। ନିରଜ ସବୁବେଳେ ତାଙ୍କ ବିଜ୍‌ନେସ ଆଉ ତାଙ୍କ ଅଫିସ ନେଇ ବ୍ୟସ୍ତ। ଝିଅର ଠିକଣା ବର୍ତ୍ତମାନ ବୋର୍ଡିଂ ସ୍କୁଲ। ଘରେ ତ ଆଉ ବିଲେଇ ଛୁଆଟିଏ ବି ନାହିଁ।

କାଳୀ କୁହେ ମୋର ତୁମ ସହ ବସି ଟିକେ ଦୁଃଖସୁଖ ହେବାକୁ ଭାରି ଇଚ୍ଛା ଯେ ମା'.... ହେଲେ କ'ଣ କରିବି...କୋଉ ବେଳ ଅଣ୍ଟୁଛି ଯେ? ରାତି ଚାରିଟାରୁ ଉଠିଛି ଯେ ମୋ ହାତଗୋଡ଼କୁ ଫୁର୍‌ସତ ନାହିଁ। ଆହୁରି ପାଞ୍ଚ ଘର କାମ ସାରିବି। ପୁଣି ଘରେ ପହଞ୍ଚିଲେ ଘରର ଯାବତୀୟ କାମ ପଡ଼ିଥିବ। ତାକୁ ସାରିଲେ ରୋଷେଇ ଗଣ୍ଡେ କରିବି।

ଏଁ... ତୁ ଏତେ କାମ ସାରି ଘରେ ଯାଇ ପୁଣି ରୋଷେଇ କରିବୁ......

ଆଉ କିଏ କରିବ ? ? ଭାତ ହାଣ୍ଡି ମାଙ୍କଡ଼ଚିତ୍ ମାରୁଛି । ବାସି ତୋରାଣି ମୁନ୍ଦେ ବି ନାହିଁ ହାଣ୍ଡିରେ । ଭାତ ଯୋଡ଼େ ଫୁଟେଇଲେ ଛୁଆ ତିନିଟା ଖାଇବେ ମୋର । କ'ଣ ସେତିକି କି ମା' ! ଖିଆପିଆ ସରିଲେ ପରିବାପତ୍ର ଦି'ଟା ତୋଳିକି ହାଟକୁ ନେଇକି ଯିବି । ପୁଣି ହାଟରୁ ଫେରିଲେ ରାତି ପାଇଁ ରାନ୍ଧିବି । ମୋତେ ତ ମରିବା ପାଇଁ ବି ତର ନାହିଁ ଆଉ ଗପିବି କ'ଣ ।

ପରିବା ? ? ତୁ କ'ଣ ଚାଷ କରିଛୁ ? ?

ଚାଷ କୋଉଠି କରିବି ? ମୋର କ'ଣ ଜମି ଅଛି ନା ବାଡ଼ି ? ତୁମର ଯୋଉ ସବୁକଥା ନା ମା'.... ଧଳା ଧଳା ଦାନ୍ତ ଦି ଭାଡ଼ି ଦେଖେଇ କହିଲା କାଳୀ ।

ସେଇ ଘର ପଛ ପାଖକୁ ଶାଗ ପଟାଳିଏ, ଆଉ ଜହ୍ନି କାକୁଡ଼ି କରି ଦି ଚାରି ମନ୍ଦା ଲଗେଇ ଦେଇଛି । ସେଥିରୁ ମୋ ହାତ ଖର୍ଚ୍ଚଟା ବାହାରି ଯାଏ । ବଢ଼ିଆ ଜହ୍ନି ଫଳିଛି ମା'.... ରୁହ କାଲି ଦି' ଟା ଆଣିଦେବି ତୁମପାଇଁ । କରିକି ଖାଇବ ।

ଜହ୍ନି ! ! ନା ନା ଥାଉ । ମୋର ଜହ୍ନି ଆଳୁ ପୋସ୍ତ ତରକାରୀ ଭାରି ପ୍ରିୟ ଯେ କିନ୍ତୁ ବାବୁଙ୍କୁ ଜମା ପସନ୍ଦ ନୁହେଁ । ସେଥିପାଇଁ ହୁଏନି ଆମ ଘରେ ।

ମଲା.... ବାବୁଙ୍କୁ ଭଲ ଲାଗେନି ବୋଲି କ'ଣ ତୁମେ ଖାଇବନି ! !

ନା ସେ କଥା ନୁହେଁ ଯେ... ହଉ ଛାଡ଼େ ସେ କଥା । ଆଉ ତୋ ସ୍ୱାମୀ ? ?

ସେ ତ ଇଟା ଭାଟିରେ କାମ କରୁଛି ମା' । ଏ ଜହ୍ନି କାକୁଡ଼ି ପରିବାପତ୍ରରେ ସେ ମୁଣ୍ଡ ପୁରାଏନି ।

ହଉ ମା' ଯାଉଛି । ଗପୁଗପୁ ଗୁଡ଼ାଏ ସମୟ ଗପିଦେଲି । ମୋର ତେଣେ ବହୁତ କାମ ।

କାଳୀ ଚାଲିଯାଏ । ଶ୍ରାବଣୀଙ୍କୁ ଦୟା ଆସେ କାଳୀ ଉପରେ । ଆହାଃ... ପେଟ ଚାଖେଣ୍ଟେ ପାଇଁ କେତେ ପରିଶ୍ରମ କରୁଛି ବିଚାରୀ । ଦିନରାତି ଖଟଣୀ । ମଣିଷ ଏତେ କେମିତି ଖଟିପାରେ ! ! ପରମୁହୂର୍ତ୍ତରେ ନିଜ ଉପରେ ଗର୍ବ ଆସେ ତାଙ୍କୁ । ଏ ତ୍ରିତଳ ସୁରମ୍ୟ ପ୍ରାସାଦର ସେ ରାଣୀ । ରୋଷେଇଘରେ ପାଦ ରଖିବାକୁ ପଡ଼େନି । ଝାଳ ବୁନ୍ଦାଏ ବହିବା କ'ଣ ଜାଣିନାହାଁନ୍ତି ସେ । ଘରୁ ତଳକୁ ଗୋଡ଼ କାଢ଼ିଲେ ଗାଡ଼ି ଆଉ ଡ୍ରାଇଭର ସବୁବେଳେ ରେଡ଼ି । ଯାହା ବି ଖାଇବାକୁ ଇଚ୍ଛା କଲେ ଗୋଟେ ଫୋନ୍ କଲରେ ସହରର ନାମୀଦାମୀ ହୋଟେଲରୁ ଖାଦ୍ୟ ଆସି ପହଞ୍ଚି ଯାଏ । କେତେ ଭାଗ୍ୟବତୀ ସେ ! !

ସେଦିନ କାଳୀ ଗପୁ ଗପୁ କହିଲା,... ହେଇଟି ମା' ଭାବୁଛି ଗାଁ ଆଡ଼େ ଯାଇ

ଟିକେ ବୁଲି ଆସିବି। ଭାରି ବିରକ୍ତ ଲାଗିଲାଣି ଗୋଟାଏ ଜାଗାରେ ରହିରହି। ଯଦି ମୁଁ ଯାଏ ତେବେ ଆମ ଘର ପାଖ ମନୁଆ ସ୍ତ୍ରୀକୁ କହି ଦେଇଯିବି। ସେ ଏତିକି ଦିନ ଆସି କାମ କରି ଦେଇଯିବ।

ହଉ ଆଗ ତୋ ସ୍ୱାମୀକୁ ପଚାରେ... ସେ କ'ଣ କହୁଛି ଆଗ ଦେଖେ।

ପଚାରିବି କ'ଣ ମା'.... ସେ କ'ଣ ମୋତେ ମନାକରିବ? ସେ ମଦୁଆଟା ସିନା କିନ୍ତୁ ଭାରି ଭଲ ମା'। କିଛି କଥାରେ ମୋତେ ମନାକରେନି ସିଏ। କେବେ ମୋ ଇଚ୍ଛାରେ ବାଧା ଦିଏନି। ମୋ ଦେହମୁଣ୍ଡ ଖରାପ ହେଲେ କାମକୁ ନ ଯାଇ ଜଗିକି ବସେ ମୋତେ। ସେ ନିଜେ ଜାମୁକୋଳି ଖାଇବାକୁ ଭଲ ପାଏନା କିନ୍ତୁ ମୋତେ ଭଲ ଲାଗେ ବୋଲି ଗଛରୁ ଝାଡ଼ି ମୋ ପାଇଁ କୋଳି ଆଣିଦିଏ। ଆହୁରି ଗୋଟାଏ କଥା କହିବି ମା'....କୋଳି ଦେଖିଲେ ଛୁଆଗୁଡ଼ା ବି ରଙ୍କ ପରି ହୁଅନ୍ତି ଖାଇବାକୁ। ସେମାନଙ୍କ ରଙ୍କ ଦେଖି ମୋ ପେଟକୁ ଯାଏନି କିଛି। ମୁଁ ମା' ଟି!! କେମିତି ଛୁଆଙ୍କ ଖାଇବାରେ ଭାଗ ବସେଇବି!! ନାଁ କୁ ଖାଲି ଗୋଟାଏ ଦିଟା ପାଟିରେ ପକେଇ ଦେଇ ଆଉ ସବୁ ଧରେଇ ଦିଏ ଛୁଆମାନଙ୍କୁ। ସେ ବି ଜାଣିଛି ମୋ ଗୁଣ ଭଲରେ। ସେଥିପାଇଁ ଛୁଆ ସବୁ ଶୋଇଗଲା ପରେ ପୁଣି ଆଞ୍ଜୁଳାଏ କୋଳି ତୋଳି ଧରେ ମୋ ଆଗରେ। କୋଉଠି ଲୁଚେଇ ରଖିଥାଏ କେଜାଣି!! ରାଣ ନିୟମ ପକେଇ ସବୁ ଖୁଆଏ ମୋତେ। ସେ ମୋତେ ଭାରି ଭଲ ପାଏ ମ ମା'.... ଆଉ ମୋର କେଇଟା ଦିନ ବାପଘର ଯିବାକୁ ସେ କ'ଣ ମନାକରିବ?

କହିସାରି ଟିକେ ଲାଜେଇ ଗଲା କାଳୀ।

ବାପଘର!!! ଇସ୍.... କେତେ ସ୍ନେହ ଜୁଡୁବୁଡୁ ଅମୃତ ବୋଳା ଶବ୍ଦଟିଏ ନା!! ସବୁବେଳେ ଆଉ ସବୁ ପରିସ୍ଥିତିରେ ଝିଅମାନଙ୍କୁ ନିଜର ନିଜର ଲାଗୁଥିବା ଏଇ ଶବ୍ଦଟିକୁ ବହୁତ ଦିନ ପରେ ଶୁଣି ଶ୍ରାବଣୀଙ୍କ ଦେହରେ ଯେମିତି ଚମକ ଖେଳିଗଲା। ସେ ବି ତ ଗୁଡ଼ାଏ ବର୍ଷ ହେଲାଣି ବାପ ଘରେ ଯାଇ ରାତିଟିଏ ରହି ନାହାନ୍ତି। ବୋଉ ଉପରେ ଗୋଡ଼କୁ ଲଦି ତା' ପେଟ ଉପରେ ହାତକୁ ପକେଇ ଶୋଇ ନାହାଁନ୍ତି। ସେଇ ନିରଜଙ୍କ ସହ ନ ହେଲେ ଡ୍ରାଇଭର ସହ ଯାଆନ୍ତି ଆଉ ବୁଲିକି ଫେରି ଆସନ୍ତି।

କାହିଁକି କେଜାଣି ବାପଘର କଥା ଭାରି ମନେପଡ଼ିଲା ଶ୍ରାବଣୀଙ୍କର। ମନେ ପଡ଼ିଲା ପିଲାଦିନ। ଖରାଦିନେ ବାଡ଼ିପଟ ଝରକା ମେଲାକରି, ଚଟାଣରେ ଖାଲି ସଉପଟିଏ ପକେଇ, ବୋଉ ଉପରେ ଗୋଡ଼ ଲଦି, ଦକ୍ଷିଣା ପବନ ଖାଇଖାଇ ଶୋଇବାରେ ଯେଉଁ ମଜା... ସେ ମଜା, ସେ ଆନନ୍ଦ, ସେ ଅତ୍ମୀୟତା ଏ ସୁରମ୍ୟ ପ୍ରାସାଦର ସେଣ୍ଟ୍ରାଲ ଏସି ଭିତରେ ଥିବା ତୁଳିତଳ୍ପ ଶେଯରେ କାହିଁ!!

ସେଦିନ ନିରଜଙ୍କୁ କହିଲେ ଶ୍ରାବଣୀ....

ମୁଁ ଟିକେ ଆମ ଘରକୁ ଯାଇଥାନ୍ତି ଦି’ ଚାରିଦିନ ପାଇଁ।

ନିରଜ ଏମିତି ଚାହିଁଲେ ଶ୍ରାବଣୀଙ୍କୁ ଯେମିତି ଶବ୍ଦକୋଷ ବହିର୍ଭୁତ କିଛି ଶବ୍ଦ କହି ପକେଇଛି ସେ।

ଦି’ ଚାରିଦିନ... ମୁଣ୍ଡ ଫୁଣ୍ଡ ଖରାପ ହୋଇଗଲାଣି କି ତୁମର!! ସେଠି ତୁମେ ଦି’ ଚାରିଦିନ ଚଳିପାରିବନି ଶ୍ରାବଣୀ ବରଂ କାଲି ଡ୍ରାଇଭରକୁ ନେଇକି ଯାଅ। ବୁଲିକି ସନ୍ଧ୍ୟା ସୁଦ୍ଧା ଫେରି ଆସିବ।

କିନ୍ତୁ ମୁଁ ରହିଥାନ୍ତି ଟିକେ....

ଓଃ.... ଥିଙ୍କ୍ ପ୍ରାକ୍ଟିକାଲି ଶ୍ରାବଣୀ.... ତୁମେ କେବେ ଚଳୁଥିଲ ସେଠି। ଏବେ କିନ୍ତୁ ତୁମେ ଏଠାର ଚଳଣି ସହ ଅଭ୍ୟସ୍ତ। ସେଠି ଏସି ତ ନାହିଁ ଛାଡ଼୍ ଭୋଲ୍‌ଟେଜ ବି ଏତେ କମ ଯେ ଫ୍ୟାନର ବ୍ଲେଡ୍ ଗଣି ହୋଇଯାଏ। ବାହାର ପବନ ସହ ବେଳେବେଳେ ତୁମ ଗୁହାଳର ଗୋବରଗନ୍ଧ ଧସେଇ ପଶେ ଘର ଭିତରକୁ। ଘରେ ମଶା, ମୂଷା, ଅସରପା ସମସ୍ତଙ୍କ ଉପଦ୍ରବ। ଆକ୍ୱାଗାର୍ଡ ନାହିଁ। ଆଉ ବାହାରେ ଥିବା ତୁମର ସେ ଛାତ ବିହୀନ ଲାଟିନ ଆଉ ବାଥରୁମ। ଓଃ.... ସବୁଠୁ ବିଚିତ୍ର। ସେଠି ତୁମେ ରହିବ!! ପୁଣି ଦୁଇ ଚାରିଦିନ!!!

ତା’ ଛଡ଼ା ତୁମେ ଭଲରେ ଜାଣ ଶ୍ରାବଣୀ, ରୋଷେଇ ଯିଏ ବି କରୁ ମୋତେ ସର୍ଭ ତୁମେ ହିଁ କରିବା ଦରକାର। ବିକଜ୍.... ଲଭ ୟୁ ଠୁ ମଚ ଡିୟର....ହସି ହସି ଶ୍ରାବଣୀର ନାକଟାକୁ ହାଲକା ଚିପିଦେଇ ଚାଲିଗଲେ ନିରଜ।

ଲଭ ୟୁ ଠୁ ମଚ!!! ଭଲ ପାଇବା!!! କ’ଣ ଯାକୁ ହିଁ କୁହନ୍ତି ଠୁ ମଚ ଭଲ ପାଇବା...ନା ଭଲ ପାଇବା ନାଁ’ରେ ଶକ୍ତ କଟକଣା ଜଣଙ୍କ ସ୍ୱାଧୀନତା ଉପରେ!!! ସେ ଚାହିଁଲେ ତାଙ୍କ ଆକ୍ୱାରିଅମ ଭିତରେ ଖେଳି ବୁଲୁଥିବା ସୌଖିନ ଆଲଫା ଆଉ ଟେଟ୍ରା ଫିସ୍ ଦୁଇଟିଙ୍କୁ। ତା’ହେଲେ ଏମାନଙ୍କ ଜୀବନ ଆଉ ତାଙ୍କ ଜୀବନ ଭିତରେ ତଫାତ କ’ଣ ? ସେ କ’ଣ ଏ ଘରର ଗୋଟେ ଶୋ ପିସ୍ ? ମନ ବିଦ୍ରୋହ କରିଉଠିଲା ଶ୍ରାବଣୀଙ୍କର।

ମନକୁ ଶାନ୍ତ କରିବା ପାଇଁ ସେ ଯାଇ ଠିଆ ହେଲେ ବାଲକୋନିରେ। ଚାହିଁଲେ ତଳକୁ। ତଳେ କିଛି ଘଟଣାକୁ ନେଇ ଖଟି ଜମିଥିଲା କଲୋନୀ ସ୍ତ୍ରୀ ଲୋକଙ୍କର। ସେ ଭାବିଲେ... ତାଙ୍କର ବି ଇଚ୍ଛା ହୁଏ ତଳକୁ ଓହ୍ଲେଇ ସାଇପଡ଼ିଶାଙ୍କ ସହ ଟିକେ ସୁଖଦୁଃଖ ହୁଅନ୍ତେ କି! ଓଗାଳି ପକାନ୍ତେ କି ତାଙ୍କ ମନ ଭିତରର କଥା ସବୁକୁ। ହେଇ.... ଏଇମାନଙ୍କ ପରି ହସି ହସି ଲୋଟି ଯାଆନ୍ତେ କି ଆଖିରୁ ଦୁଇ ବୁନ୍ଦା ଲୁହ ବାହାରି

ଆସିବା ଯାଏ। କିନ୍ତୁ ନା.... ସେ ଏମିତି କରିପାରିବେନି। କାରଣ ନିରଜ ରାୟ ଚୌଧୁରୀଙ୍କ ସ୍ତ୍ରୀଙ୍କୁ ଏ ସବୁ ଶୋଭା ଦିଏନି। ଏଥିରେ ତାଙ୍କ ସ୍ୱାମୀଙ୍କର ସମ୍ମାନ ହାନି ହେବ ଯେ। ତାଙ୍କର ବି ଇଚ୍ଛା ହୁଏ ରାସ୍ତା କଡ଼ରେ ଠିଆ ହୋଇ ଟିକେ ଦହିବରା କି ଆଇସକ୍ରିମ ଖାଆନ୍ତେ କି ଠେଲାରୁ। କିନ୍ତୁ ନା... ଏମିତି ବାହାରେ ଠିଆ ହୋଇ ତ ମିଡ଼ିଲ ଷ୍ଟାଣ୍ଡର୍ଡର ଲୋକ ଖାଆନ୍ତି। ତାଙ୍କର ବି ଇଚ୍ଛା ହୁଏ କାଳୀ ପରି ଦୁଇ ହାତରେ ଦୁଇ ଡଜନ ଚୁଡ଼ି ପିନ୍ଧି ମୁଣ୍ଡରେ ସେମିତି ବଡ଼ ସାଇଜର ସିନ୍ଦୁର ଟୋପାଏ ମାରି ନିଜକୁ ଟିକେ ଦେଖିବାକୁ ଦର୍ପଣ ଆଗରେ କିନ୍ତୁ ନା... ଏଗୁଡ଼ା ତ ଗାଉଁଲି ବେଶଭୂଷା। ସେଥିପାଇଁ ତ ସେ ନିଜ ଇଚ୍ଛାକୁ ମାରିଦେଇ ପଟେ ପଟେ ମୋଟା ସୁନା ଶଙ୍ଖା ସହ ଶାଢ଼ୀ କିମ୍ବା ଡ୍ରେସକୁ ମ୍ୟାଚିଂ କରି କୁନି ବିନ୍ଦିଟିଏ ଲଗେଇ ଥାଆନ୍ତି ସବୁବେଳେ। ତାଙ୍କର ବି ଇଚ୍ଛା ହୁଏ ଚଟାଣରେ ଚକା ପକେଇ ବସି ଲଙ୍କା, ଲୁଣ, ରସୁଣ ଛେଚା ଦିଆ ଆମ୍ବୁଲ ପାଣି ସହ ପଖାଳ କଂସାଏ ଖାଇବାକୁ। କିନ୍ତୁ ନା...ଏଥିପାଇଁ ବି ସ୍ୱାମୀଙ୍କର ଅନୁମତି ନାହିଁ। ଏମିତି କଲେ ଘରର ଚାକର ବାକରଙ୍କ ଆଗରେ ଆଉ ଇଜ୍ଜତ ରହିବ ଟି ? ସେଥିପାଇଁ ତ ଇଚ୍ଛା ନ ଥିଲେ ମଧ୍ୟ ଖାଇବା ସମୟରେ ଡାଇନିଂ ଟେବୁଲରେ ବସି ଗୋଟେ ହାତରେ ସ୍ପୁନ ସହ ଆଉ ଗୋଟେ ହାତରେ ଫର୍କ ଧରି ପ୍ଲେଟରେ ଟୁଂ ଟାଂ କରିବାକୁ ପଡ଼େ। ତାଙ୍କର ବି ଇଚ୍ଛା ହୁଏ ଘରେ କାମ କରୁଥିବା ମାଳି, ରୋଷେଇୟା, ଡ୍ରାଇଭର ଆଦିଙ୍କ ସହ ଟିକେ ଦୁଃଖସୁଖ ହେବାକୁ କିନ୍ତୁ ନା...ସେ ଏମିତି କରିପାରିବେନି। ଚାକର ବାକର ଲୋକଙ୍କ ସହ ବେଶୀ ଦୁଃଖ ସୁଖ ହେଲେ ସେମାନେ କୁଆଡ଼େ ମୁଣ୍ଡରେ ଚଢ଼ନ୍ତି ଆଉ ଖାତିର କରନ୍ତିନି। ତାଙ୍କର ବି ଇଚ୍ଛା ହୁଏ କଲୋନୀକୁ ପ୍ରତି ସପ୍ତାହରେ ପିଜୁଳି ଝୁଡ଼ିଏ ଧରି ବିକିବାକୁ ଆସୁଥିବା ବୁଢ଼ୀ ମାଉସୀଠାରୁ ପାଚିଲା ପିଜୁଳି ଦି'ଟା କିଣିବା ପାଇଁ। କିନ୍ତୁ ସେ କେମିତି କିଣିବେ ଯେ ତା'ଠାରୁ ! ! ରାସ୍ତାରେ ଠିଆ ହୋଇ ବୁଲା ବିକାଳୀଙ୍କଠାରୁ କିଛି ମୁଲଚାଲ କରି କିଣିବାରେ ତାଙ୍କର ଯେ ମର୍ଯ୍ୟାଦା ହାନି ହେବ। ଏ ସବୁ ତା'ର ନିଜସ୍ୱ ମତ ନୁହେଁ ତାଙ୍କ ସ୍ୱାମୀ ନିରଜ ରାୟ ଚୌଧୁରୀଙ୍କ ମତ।

ହଠାତ ତାଙ୍କ ତ୍ରିତଳ ପ୍ରାସାଦଟି ତାଙ୍କୁ ଗୋଟିଏ ପଞ୍ଜୁରୀ ପରି ମନେହେଲା। ଆଉ ସେ ବନ୍ଦୀ ପକ୍ଷୀଟିଏ ପରି ଛାଟିପିଟି ହେବାକୁ ଲାଗିଲେ। ଘରର ବାତାବରଣ ରୁନ୍ଧ ଲାଗିଲା ତାଙ୍କୁ। ବାହାରି ଯିବାର ସବୁ ବାଟ ବନ୍ଦ। ଓଃ... ନିଃଶ୍ୱାସ ବନ୍ଦ ହୋଇ ଯିବ କି ଆଉ ! !

ଛାଟିପିଟି ହୋଇ ଛାତ ଉପରକୁ ଧାଇଁଲେ ଶ୍ରାବଣୀ। କାଳେ ମୁକ୍ତ ଆକାଶ ତଳେ ମୁକ୍ତିର ସାମାନ୍ୟତମ ସ୍ୱାଦ ମିଳିଯିବ ତାଙ୍କୁ। ଛାତ ଉପରୁ ସିଧା ଅନେଇଲେ

ଟିକେ ଦୂରରେ ବସ୍ତି ଆରମ୍ଭରୁ ଦିଶେ କାଳୀର ଘର। ଶ୍ରାବଣୀଙ୍କ ଦୃଷ୍ଟି ପହଁରିଗଲା ସେ ଆଡକୁ। ଆଗରୁ ଯେ ସେ କେବେ କାଳୀର ଘରକୁ ନିରେଖି ନାହାନ୍ତି ସେ କଥା ନୁହେଁ। ନିରେଖିଛନ୍ତି ମଧ୍ୟ ଆଉ ଅପରିଷ୍କାର ଅସନା ପରିବେଶକୁ ଦେଖି ଖଣ୍ଡେ ଦୂରରେ ଥାଇ ଭ୍ରୁକୁଞ୍ଚନ କରି ନାକ ଟେକିଛନ୍ତି ମଧ୍ୟ। ଆଜି କିନ୍ତୁ ଏକ ଅଲଗା ଦୃଷ୍ଟିକୋଣରୁ ସେ ଦେଖୁଥିଲେ କାଳୀର ଘରକୁ।

କାଳୀର ଘର କହିଲେ ଆଉ କ'ଣ କି?? ନୁଆଁଣିଆ ଚାଳଘରଟିଏ। ପରଦା ନାଁରେ ଘର ଆଗରେ ଝୁଲୁଥାଏ ଜରିପାଲ ଖଣ୍ଡେ। ଲଙ୍ଗଳା ଛୁଆ ତିନିଟା। ଘର ବାହାରେ ଉଠା ଚୁଲି, ଚୁଲି ପାଖରେ ଅଧାଜଳା କାଠ, ଘସି, କୁଟା କିଛି। ଚାଳ ଉପରେ ଶୁଖୁଥିବା ମଇଳା କୋଚଟ ଲୁଗାପଟା କେତୁଟା, ଚେପାଚେପି ବାସନ କେଇଖଣ୍ଡ ଆଉ ଚାଳ ଉପରକୁ ନଇଁ ଆସିଥିବା ଗୋଟିଏ ସଜନାଗଛ ସହ ଅହରହ ବାହାରେ ପଡ଼ିଥିବା ଗୋଟିଏ ହାତ ନ ଥିବା ଦରଭଙ୍ଗା ଖଣ୍ଡେ ପ୍ଲାଷ୍ଟିକ ଚେୟାର। ଏତିକି ସୀମିତତା ଭିତରେ କେତେ ସ୍ୱାଧୀନ କାଳୀ!! ହାତେ ଚାଖେଣ୍ଡେ ତାର ଏଇ ପରିଧି ଭିତରେ ବି ଖୋଲା ଆକାଶର ମୁକ୍ତ ବିହଙ୍ଗ ପରି ସେ ନିଜ ଇଚ୍ଛାର ସାମ୍ରାଜ୍ଞୀ। ଆଉ ସେ....

କ'ଣ ନାହିଁ ତାଙ୍କ ପାଖରେ?? ଘର, ଦ୍ୱାର, ବ୍ୟାଙ୍କ ବାଲାନ୍ସ, ଚାକର, ମାଳି, କୁକ୍, ଫାର୍ମ ହାଉସ, ଗାଡ଼ି, ଡ୍ରାଇଭର, ଲକର ଭର୍ତ୍ତି ଗହଣା, ସମ୍ମାନ, କ୍ଷମତା, ପ୍ରତିପତ୍ତି...କେବଳ ଯାହା ସ୍ୱାଧୀନତା ଟିକକ ହିଁ ନାହିଁ। ହୋଇପାରନ୍ତି ସେ ସାମ୍ରାଜ୍ଞୀ ଏ ଭବ୍ୟ ଅଟ୍ଟାଳିକାର, ଏ ହାତ ପାହାନ୍ତା ସମସ୍ତ ସୁଖ ସୁବିଧାର, ଖର୍ଚ୍ଚ କରିପାରୁନଥିବା ଅପର୍ଯ୍ୟାପ୍ତ ଟଙ୍କା ପଇସାର, ପାଦତଳେ ଲୋଟୁଥିବା ଅସରନ୍ତି ପ୍ରାଚୁର୍ଯ୍ୟର, ହୋଇପାରନ୍ତି ସେ ଏ ସମସ୍ତ ଐଶ୍ୱର୍ଯ୍ୟର ଇଶ୍ୱରୀ କିନ୍ତୁ ତାଙ୍କ ଇଚ୍ଛାର ଆଉ ତାଙ୍କ ସ୍ୱାଧୀନତାର ଲଗାମ ତ କେବଳ ତାଙ୍କ ସ୍ୱାମୀଙ୍କ ହାତରେ।

ହଠାତ କାଳୀ ପ୍ରତି ଥିବା ତାଙ୍କର ଦୟାଭାବ ସବୁ ଈର୍ଷ୍ୟାରେ ପରିଣତ ହେବାକୁ ଲାଗିଲା। ସେ ଅନୁଭବ କଲେ ଯେ କାଳୀର ମୁକ୍ତ ବିଚରଣ ତାଙ୍କୁ ଅସହ୍ୟ ବୋଧ ହେଉଛି। ନିଜ ମନକୁ ନିଜେ ପଚାରିଲେ ସେ... ସେ କ'ଣ କାଳୀକୁ ଈର୍ଷ୍ୟା କରୁଛନ୍ତି ?? ଅନ୍ତରାତ୍ମା ବିଳପି ଉଠିଲା ତାଙ୍କର...ହଁ ହଁ ସେ କାଳୀକୁ ଈର୍ଷ୍ୟା କରିବାକୁ ଲାଗିଛନ୍ତି। ଦରକାର ନାହିଁ ତାଙ୍କର ଏ ପ୍ରାଚୁର୍ଯ୍ୟ, ଦରକାର ନାହିଁ ତାଙ୍କର ଏ ଐଶ୍ୱର୍ଯ୍ୟ, ତାଙ୍କର ନିଜ ଜୀବନକୁ ନିଜ ଢଙ୍ଗରେ ଜିଇଁବା ପାଇଁ ସ୍ୱାଧୀନତା ଟିକେ ଦରକାର, ମୁକ୍ତ ଆକାଶର ଆନନ୍ଦ ଟିକେ ଦରକାର।

■

ଅନନ୍ତ ପ୍ରତୀକ୍ଷା

ଫାଷ୍ଟଫୁଡ୍ ଦୋକାନରେ ପିଲାମାନଙ୍କ ପାଇଁ ପାର୍ସଲ ଅର୍ଡର କରିଦେଇ ସନ୍ଦୀପ ଆସି ବସିପଡ଼ିଲେ ସେହି ଦୋକାନ ଆଗରେ ପଡ଼ିଥିବା ନାଲି ରଙ୍ଗର ଚେୟାର ଟେବୁଲର ଗୋଟେ ସିଟରେ। ଅନ୍ୟମନସ୍କ ଭାବରେ ଟେବୁଲ ଉପରେ ଥୁଆ ହୋଇଥିବା ଟିସୁପେପରର କୁନିଡବାଟିକୁ ସେହି ଟେବୁଲ ଉପରେ ଠକ୍ ଠକ୍ କରୁକରୁ କାହାର ଖିଲିଖିଲି ହସରେ ସେ ବୁଲି ଚାହିଁଲେ ପଛକୁ। ପ୍ରେମୀ ଯୁଗଳ ହଳେ ବସିଛନ୍ତି ପଛପାଖ ଟେବୁଲରେ। କିଛି ଗୋଟାଏ ଦମଦାର ଗପ୍‌ସପ ଚାଲିଛି ବୋଧେ। ସେଆଡୁ ମୁହଁ ଫେରେଇ ଆଣି ପୁଣି ସନ୍ତର୍ପଣରେ ଆଖି ବୁଲେଇ ଆଣିଲେ ସେ ନିଜର ଚାରିପଟେ। ଯୋଡ଼ି ଯୋଡ଼ି ହୋଇ ବସିଛନ୍ତି ଆହୁରି କେତେ ଯୋଡ଼ା ପ୍ରେମୀ ଏମିତି।

ପ୍ରେମ.... ! ! !

ମନକୁମନ ଗୋଟାଏ ତାଚ୍ଛଲ୍ୟର ହସ ବାହାରି ଆସିଲା ସନ୍ଦୀପଙ୍କର ଅନ୍ତର ଭିତରୁ। ଏସବୁ ଦୃଶ୍ୟ ସନ୍ଦୀପଙ୍କ ପାଇଁ ନୂଆ ନୁହେଁ ଅବଶ୍ୟ। ପ୍ରତି ରବିବାର ସନ୍ଧ୍ୟାରେ ସେ ଆସନ୍ତି ଏଇ ଦୋକାନକୁ ପିଲାମାନଙ୍କ ପାଇଁ କିଛି ଚଟପଟା ଖାଦ୍ୟ ନେଇଯିବା ପାଇଁ। କିନ୍ତୁ ଆଜି କାହିଁକି କେଜାଣି ଏ ପ୍ରେମୀଯୁଗଳମାନଙ୍କୁ ଦେଖି ଖୁବ୍ ମନେପଡୁଛି ପୁରୁଣା କଥାସବୁ... ..ମୁଁ ବି ପୁରୁଣା ଦିନମାନଙ୍କରେ ଅମ୍ବିକା ସହ ଏମିତି କେତେ ମଜିଛି ପ୍ରେମ ଗପରେ। ରାତି ରାତି କେତେ ହଜିଛି ପ୍ରେୟସୀର ଭାବନା ଭିତରେ। କେତେ ଭିଜିଛି ବର୍ଷଣ ମୁଖର ସନ୍ଧ୍ୟାମାନଙ୍କରେ। ଆଉ ଠିକ୍ ଏଇ ଜାଗାରେ ପ୍ରତି ରବିବାର ଦିନ ଏକାଠି ହୋଇ ଗୋଟିଏ ପ୍ଲେଟରେ ଖାଇବାର ଯୋଉ ଆନନ୍ଦ.... ଆଃ....। ଯଦିଓ ଆଜିର ଦିନମାନଙ୍କ ପରି ଏଠି ଏମିତି ଭେଣ୍ଡିଂ ଜୋନ ନ ଥିଲା କିନ୍ତୁ ଠେଲାଗାଡ଼ିରୁ ମିଶିକି ଖାଇବାର ମଜା ବି କିଛି ଅଲଗା ପ୍ରକାର ଥିଲା ନିଶ୍ଚୟ।

ସନ୍ଦୀପ ମୁହଁ ବୁଲେଇଲେ ରାସ୍ତାଆଡ଼କୁ। ରାସ୍ତା ସେ ପାଖରୁ କେହିଜଣେ ସ୍ତ୍ରୀ

ଲୋକ ଗାଡ଼ିମଟର ଡେଇଁ ରାସ୍ତା ଏ ପାଖକୁ ଆସିବା ପାଇଁ ଚେଷ୍ଟାରତ। ଦୂରରୁ ଟିକେ ଚିହ୍ନା ଚିହ୍ନା ଲାଗୁଛି ଝାପ୍ସା ମୁହଁଟି।

ଅମ୍ବିକା... !!!

ଧେତ୍... ତାକୁ ଏମିତି ମଝିରେ ମଝିରେ ଅମ୍ବିକା ଦୃଶ୍ୟମାନ କାହିଁକି ହୁଏ କେଜାଣି! ଯଦିଓ ଏ ଭିତରେ ପଇଁତ୍ରିଶ ବର୍ଷରୁ କିଛି ଅଧିକା ସମୟ ବିତିଗଲାଣି ତଥାପି ଏମିତି ଗୋଟିଏ ବି ଦିନ ନାହିଁ ଯେଉଁଦିନ ସେ ଭେଟିନାହିଁ ଅମ୍ବିକାକୁ ତା'ର ଭାବନା ଭିତରେ, ଖୋଜିନାହିଁ ତାକୁ ତା'ର ଅବଚେତନ ମନ ଭିତରେ।

ରାସ୍ତା ପାରି ହୋଇ ଏପାଖକୁ ଆସି ସାରିଥିଲେ ଚିହ୍ନା ଚିହ୍ନା ଦିଶୁଥିବା ମୁହଁଟି।

ଅମ୍ବିକା!!! ସତରେ ଅମ୍ବିକା...!!! ଆଖି ଫାଡ଼ି ଫାଡ଼ି ଚାହିଁଲେ ସନ୍ଦୀପ। ହଁ ତ ଠିକ୍.... ଏ ଅମ୍ବିକା। ସେଇ ମୁହଁ, ସେଇ ଚାଲି, ସେଇ ଶାଢ଼ି ପିନ୍ଧା ଷ୍ଟାଇଲ ବି। ହାଇନେକ୍ ବ୍ଲାଉଜ ଉପରେ ୱାନ୍ ପ୍ଲିଟେଡ଼ ଶାଢ଼ିଟି ବାଁ କାନ୍ଧ ଦେଇ ପିଠି ପଟେ ବୁଲି ପୁଣି ଆସିଥିବ ବାଁ ହାତଯାଏ। ମୁହଁରେ ବି ବେଶୀ କିଛି ପରିବର୍ତ୍ତନ ନାହିଁ ଖାଲି ଚର୍ବି ଲାଗିଯାଇ ଧାରୁଆ ମୁହଁଟା ସାମାନ୍ୟ ଗୋଲ ଦିଶୁଛି ଯାହା। ମୁଣ୍ଡର କଳାଧଳା ମିଶ୍ରିତ କେଶଗୁଚ୍ଛକୁ ମେହେନ୍ଦୀର ଖଇରିଆ ରଙ୍ଗରେ ରଙ୍ଗେଇ ବୁଢ଼ାପା ଉପରେ ଟିକେ ଫ୍ୟାଶନର ରଙ୍ଗ ଢାଳିବାକୁ ଚେଷ୍ଟା କରିଛି ବୋଧେ ଅମ୍ବିକା। ହାତରେ ପଟେ ପଟେ ଚୁଡ଼ି କିନ୍ତୁ ସିନ୍ଥି ଶୂନ୍ୟ। ଅମ୍ବିକା କ'ଣ...

ଅମ୍ବିକା ବି କିଛି ଗୋଟେ ପାର୍ଶଲ ଅର୍ଡର ଦେଇ ଆସି ବସିପଡ଼ିଲା ସନ୍ଦୀପଙ୍କର ସାମ୍ନା ଚେୟାରଟିରେ ଆଉ ଭୂତ ଦେଖିଲା ପରି ଚମକିପଡିଲା ସନ୍ଦୀପଙ୍କୁ ଦେଖି।

ଚାରିଆଡ଼ କୋଳାହଳମୟ। ଜନପଥର ୱାନ୍ ୱେ ରୋଡ଼ରେ ଗାଡ଼ି ମଟରର ପେଁ ପାଁ ଶବ୍ଦ, ଭେଣ୍ଡିଂ ଜୋନର ଧାଡ଼ିକି ଧାଡ଼ି ଚାଟ୍ ଆଉ ଫାଷ୍ଟଫୁଡ଼ ଦୋକାନ ଆଗରେ ଗ୍ରାହକଙ୍କ କେଚେରେ ମେଚେରେ ସହ ପ୍ଲେଟ ଆଉ ଚାମଚର ଟୁଂ ଟାଂ ଯୁଗଳବନ୍ଦୀ ପୁଣି ଫୁଟପାଥ କଡ଼ରେ ଛୋଟିଆ କାଠ ବେଞ୍ଚ ଖଣ୍ଡେ ପକେଇ ଛତୁ ଦୋକାନୀର .. ହେ ଛତୁ ସରିଲା.... ରେଟ୍ ଖସିଲା... ଡାକ ପାରି ଗ୍ରାହକମାନଙ୍କୁ ଆକୃଷ୍ଟ କରିବାର ପ୍ରୟାସ। କୋଉଠୁ ପୁଣି ଭାସି ଆସୁଛି କାହା ହସକୁରି ପ୍ରେମିକାର ଖିଲିଖିଲି ହସ ତ ପୁଣି କୋଉଠି ଛୁଆଟାଏ ରଡ଼ି ଛାଡ଼ି କାନ୍ଦିଲାଣି ଖାଉଖାଉ ଭୁଲରେ କଞ୍ଚାଲଙ୍କାଟାଏ ଖାଇଦେଇ।

ଏତେ ଲୋକଙ୍କର ଖଚାଖଚ୍ ଭିଡ଼ ଆଉ କୋଳାହଳ ଭିତରେ କିନ୍ତୁ ଅମ୍ବିକା ଆଉ ସନ୍ଦୀପଙ୍କର ଟେବୁଲ ଉପରେ ରାଜୁତି କରୁଥିଲା ନୀରବତା ଆଉ ସେ ନୀରବତା ଭିତରେ ଖେଳି ବୁଲୁଥିଲା କିଛି ପୁରୁଣା ସ୍ମୃତି।

ସାତବର୍ଷର ସମ୍ପର୍କକୁ ଭୁଲିଯିବା ପାଇଁ ଯେଉଁଦିନ ଅମ୍ବିକା ବୁଝେଇଥିଲା ସନ୍ଦୀପଙ୍କୁ ସେଦିନ ସନ୍ଦୀପ ବାକଶୂନ୍ୟ ହୋଇ ସବୁ ଶୁଣିଥିଲା ଖାଲି। କିଛି ବି କହିପାରିନଥିଲା। ତାକୁ ଲାଗୁଥିଲା ଅମ୍ବିକା ଯେମିତି ଜାତି, ଗୋତ୍ର, ସମାଜ, ପରିବାର, ସମ୍ମାନ.... ଏମିତି କିଛି ପ୍ରେମ ବିରୋଧୀ ଶବ୍ଦମାନଙ୍କୁ ନେଇ ଖୁବ୍ ଗୋଟାଏ ବକ୍ତୃତା ଦେଉଛି ତାକୁ। ଅମ୍ବିକାର ପ୍ରତିଟି ଶବ୍ଦ ବିଦ୍ଧ କରୁଥିଲା ତା'ର କଲିଜାକୁ ଯଦିଓ ଗୋଟାଏ ଅପରାଧୀ ଅପରାଧୀ ଭାବ ନେଇ ଖୁବ୍ ନରମ ଭାବରେ ଅମ୍ବିକା ବୁଝେଇବା ପାଇଁ ଚେଷ୍ଟା କରୁଥିଲା ସନ୍ଦୀପଙ୍କୁ।

ଭିତରେ ଭିତରେ ରକ୍ତାକ୍ତ ହେଉଥିଲା ନିରୀହ ପ୍ରେମିକ ପ୍ରବରଟି। କିନ୍ତୁ କିଛି ବି ପ୍ରତ୍ୟୁତ୍ତର ଦେବା ପାଇଁ ଇଚ୍ଛା ନ ଥିଲା ତା'ର। କାହାକୁ ସେ ପ୍ରତ୍ୟୁତ୍ତର ଦେବ... ଯିଏ ବୁଝାଉଛି ତାକୁ ପ୍ରେମ ଭୋଗରେ ନୁହେଁ ତ୍ୟାଗରେ ଥାଏ!! ଯିଏ ବୁଝାଉଛି ତାକୁ ବାପା ମା'ଙ୍କ ସମ୍ମାନକୁ ଗୋଡ଼ରେ ଦଳିଦେବା ଅର୍ଥ ନିଜପାଇଁ ଗୋଟିଏ ଅଭିଶପ୍ତ ଭବିଷ୍ୟତକୁ ବରଣ କରିବା!! ଯିଏ ବୁଝାଉଛି ତାକୁ ଚାର୍ଲସ ଡିକେନ୍ସଙ୍କ ପ୍ରେମତତ୍ତ୍ୱ ଯେ "ପ୍ରେମରେ ପ୍ରତି ମୁହୂର୍ତ୍ତରେ କିଛି ନା କିଛି ହରେଇବା ପାଇଁ ପ୍ରସ୍ତୁତ ରହିବା ଦରକାର !!!" ଏଠି କିଛି ପ୍ରତ୍ୟୁତ୍ତର ଦେବା ଅପେକ୍ଷା ବରଂ ଚୁପ ରହିଯିବାଟା ଭଲ। ପ୍ରେମ ତ ଜବରଦସ୍ତି ହାସଲ କରାଯାଇ ପାରେନା କେବେ କାହାଠାରୁ।

ଅମ୍ବିକା କ'ଣ ପ୍ରେମ କଲାବେଳେ ଜାଣିନଥିଲା ଯେ ତା' ଘରଲୋକ ଖୁବ୍ ବେଶୀ ପ୍ରାଧାନ୍ୟ ଦିଅନ୍ତି ଜାତିପ୍ରଥାକୁ ବୋଲି। ଅମ୍ବିକା କ'ଣ ଜାଣିନଥିଲା ଯେ ପ୍ରେମର ରାସ୍ତାଟା ଆଗକୁ ଆଗକୁ ସବୁବେଳେ କଣ୍ଟକିତ ବୋଲି। ତା'ହେଲେ ତା' ହାତ ଧରି ଚାଲୁ ଚାଲୁ ଠିକ କଣ୍ଟକିତ ରାସ୍ତାର ଆରମ୍ଭରେ ତାକୁ ଏକାଏକା ଚାଲିବା ପାଇଁ ଛାଡ଼ି ଚାଲିଗଲା କାହିଁକି ?

ଅମ୍ବିକା ଚାଲିଗଲା ତା' ବାଟରେ ତା' ବାପାମା'ଙ୍କ ଇଚ୍ଛାକୁ ସମ୍ମାନ ଦେଇ ଆଉ ଜଣଙ୍କ ସହ ସଂସାର କରିବ ବୋଲି ସୂଚେଇ ଦେଇ। ଆଉ ଗଲାବେଳେ ସନ୍ଦୀପଙ୍କର ହାତକୁ ନିଜ ମୁଣ୍ଡ ଉପରେ ଜବରଦସ୍ତି ଥୋଇ କହିଗଲା, "ତୁମେ ବି ଆଉ କୋଉଠି ନିଶ୍ଚୟ ବାହା ହେଇଯିବ ସନ୍ଦୀପ। ନିଜ ପାଇଁ ନ ହେଲେ ନାହିଁ ମୋ ଖୁସି ପାଇଁ ଅନ୍ତତଃ ଏତିକି କରିବ ତୁମେ। ନ ହେଲେ ସାରାଜୀବନ ମୁଁ ମୋ ନିଜ ପାଖରେ ଦୋଷୀ ହୋଇ ରହିଯିବି ଆଉ ତିଳ ତିଳ ଦଗ୍ଧ ହେଉଥିବି ମୋ ଭୁଲ ପାଇଁ।"

ସାବେନା ରଙ୍ଗର ନହନହକା ପିଲାଟିଏ ଗୋଟାଏ ମଳିଚିଆ ଗାମୁଛାରେ ଟେବୁଲ ଉପରଟାକୁ ଜୋର୍ ଜୋର୍‌ରେ ଦି'ଥର ଘଷିଦେଇ ପାର୍ଶଲ ପୁଡ଼ାଟାକୁ ଥୋଇ ଦେଇ ଚାଲିଗଲା।

ନୀରବତା ଭାଙ୍ଗି ସନ୍ଦୀପ ପଚାରିଲେ, ବହୁତ ବୁଢ଼ୀ ହୋଇଗଲଣି ନା ଯା ଭିତରେ....ଆଉ ଟିକେ ମୋଟି ବି।

ନିଜର ଆଲୁଳାୟିତ କେଶକୁ କାନ ପାଖରେ ଖୋସୁ ଖୋସୁ ମୁରୁକି ହସି ଉତ୍ତର ଫେରେଇଲା ଅମ୍ବିକା, "ତୁମେ ବି କୋଉ ଜବାନ ଅଛ କି ଆଉ... ତୁମେ ବି ତ ବୁଢ଼ା ହୋଇଗଲଣି ଆଉ ମୋଟା ବି। ଯା ଭିତରେ ପଇଁତ୍ରିଶ ବର୍ଷ ବିତିଗଲାଣି ମିଷ୍ଟର ସନ୍ଦୀପ ଛୋଟରାୟ।"

ହୋ ହୋ ହୋଇ ହସି ଉଠିଲେ ଦୁହେଁ ଆଖ ପାଖର କୋଳାହଳକୁ ନଜର ଅନ୍ଦାଜ କରି।

ଆଉ.... କେମିତି ଅଛ ଅମ୍ବିକା ?

ଦେଖୁଛ ତ ମୋତେ ସାମ୍ନାରେ.... ଆଉ କ'ଣ କହିବି ମୁଁ? ଚାରିବର୍ଷ ତଳୁ ହଜବ୍ୟାଣ୍ଡ ଚାଲିଗଲେଣି ବ୍ରେନ୍ ଷ୍ଟ୍ରୋକ୍‌ରେ। ଝିଅ କାନାଡ଼ାରେ ଅଛି ତା' ପରିବାର ସହ। ପୁଅ ବୋହୁ ଦୁହେଁ ଦିଲ୍ଲୀରେ ସଫ୍ଟୱେର ଇଞ୍ଜିନିୟର। ଯାଆଁଳା ନାତି ଦୁଇଟି ପବ୍ଲିକ ସ୍କୁଲରେ ପଢୁଛନ୍ତି। ମୁଁ ପୁଅ ପାଖରେ ଦିଲ୍ଲୀରେ ରହୁଛି। ଖୁବ୍ କମ୍ ଆସେ ଭୁବନେଶ୍ୱର। ଏଇ ତିନିଦିନ ତଳେ ଆସିଥିଲି ଭାଇ ଭାଉଜଙ୍କ ପାଖକୁ। କାଲି ସନ୍ଧ୍ୟା ଫ୍ଲାଇଟରେ ପୁଣି ଦିଲ୍ଲୀ ଫେରିଯିବି।

ଏକା ନିଃଶ୍ୱାସରେ ଏତକ କହିସାରି ଅମ୍ବିକା ପଚାରିଲା...

ତୁମେ କେମିତି ଅଛ ସନ୍ଦୀପ ? ସବୁ ଭଲ ତ ? ଆଉ ପିଲାମାନେ ସବୁ କୋଉଠି ?

ହଁ ସବୁ ଭଲ। ପିଲାମାନେ ସବୁ ଏଇଠି ଅଛନ୍ତି।

ତୁମ ସ୍ତ୍ରୀ ସାଙ୍ଗେ ଥରେ ଦେଖା କରେଇବନି ମୋତେ ?

ଟିକେ ହସିଦେଇ ତଳକୁ ମୁହଁ ପୋତିଲା ସନ୍ଦୀପ ଆଉ କହିଲା...

ତୁମର ମନେଅଛି ଅମ୍ବିକା... କଲେଜ ପରେ ଯେଉଁଦିନ ମୁଁ ପ୍ରଥମ କରି ସହର ଛାଡ଼ିଲି ଅର୍ଥ ଉପାର୍ଜନର ଦାୟରେ ସେଦିନ ବହୁତ କାନ୍ଦିଥିଲ ତୁମେ। ମୁଁ ବହୁତ ବୁଝେଇଥିଲି ତୁମକୁ କିନ୍ତୁ ତୁମେ ଅମାନିଆ ମେଘ ପରି ଅଶ୍ରୁ ଢାଳି ଚାଲିଥିଲ ସେମିତି। ମୁଁ ଯିବାକୁ ବାହାରିଲି ଆଉ ତୁମେ ତୁମ ବ୍ୟାଗରୁ ତୁମର ପାସପୋର୍ଟ ସାଇଜ ଫଟୋଟିଏ କାଢ଼ି ମୋ ପର୍ସରେ ରଖି ଦେଇଥିଲ ଆଉ ତାଗିଦ କରି କହିଥିଲ ଏଇଟା ଯେମିତି ସବୁବେଳ ପାଇଁ ଏଇଠି ରୁହେ ଅନ୍ତତଃ ମୁଁ ଫେରିବା ଯାଏ। ସବୁବେଳ ପାଇଁ ମୋ ଆଖି ଆଗରେ ତୁମ ଫଟୋଟି ରହିଲେ ମୁଁ କାଳେ ଆଉ କୋଉ ଝିଅକୁ ଆଡ଼ ଆଖିରେ ବି ଚାହିଁପାରିବିନି। ମୁଁ ହସିଥିଲି ସେଦିନ ତୁମର ଏଇ ପିଲାଳିଆମୀରେ। କେମିତି ବୁଝେଇଥାନ୍ତି ସେଦିନ ଯେ କାହାକୁ ମନେରଖିବା ପାଇଁ ଫଟୋର ଆବଶ୍ୟକତା

ନାହିଁ। ଆଖିର ଲେନ୍ସ ଆଉ ମନର ଗ୍ୟାଲେରୀ ହିଁ ଯଥେଷ୍ଟ।

ମୁଁ ଫେରିଲି ବର୍ଷେ ପରେ। ଭାବିଥିଲି ସେଦିନ କାନ୍ଦି କାନ୍ଦି ମୋତେ ବିଦାୟ ଦେଇଥିବା ମୋ ଅମ୍ବିକା ଆଜି ହସି ହସି ମୋତେ ସ୍ୱାଗତ କରିବ। ଧାଇଁ ଆସି ଜଡ଼େଇ ଦେବ ତା' ତନୁ ବଲ୍ଲରୀକୁ ମୋ ଦେହରେ କୋଟନିଧି ପାଇଲା ପରି। କିନ୍ତୁ ସବୁକିଛି ଓଲଟ ପାଲଟ ହୋଇଯାଇଥିଲା ୟା ଭିତରେ। ତୁମେ ମୋତେ କାନ୍ଦିକାନ୍ଦି ସ୍ୱାଗତ କଲ। ବୁଝେଇବାକୁ ଚେଷ୍ଟାକଲ ତୁମ ମଜବୁରୀକୁ। ପଢ଼େଇବାକୁ ଚେଷ୍ଟାକଲ ମହାନ ବ୍ୟକ୍ତିତ୍ୱମାନଙ୍କର ପ୍ରେମତତ୍ତ୍ୱ। ଜବରଦସ୍ତି ମୋ ହାତକୁ ତୁମ ମୁଣ୍ଡ ଉପରେ ଥୋଇ କଥା ନେଇଗଲ ଯେ ମୁଁ ଯେମିତି ଆଉ କାହାକୁ ବାହାହୋଇ ସଂସାର ଗଢ଼େ। ଭଲ ପାଇବାର ଦ୍ୱାହି ଦେଇ ସେଦିନ କଥା ତ ନେଇଗଲ କିନ୍ତୁ ନେବାକୁ ଭୁଲିଗଲ ତୁମର ସେଇ ପାସପୋର୍ଟ ସାଇଜ ଫଟୋଟି। ଯାହା ମୋତେ ଏ ଯାଏ ବି ତୁମର ସେଇ ତାଗିଦା ଆଉ କଟକଣା ଭିତରେ ବାନ୍ଧି ରଖିଛି। ସତରେ ଅମ୍ବିକା... ମୁଁ ଆଉ କାହାକୁ ବି ଆଉ ଆଖିରେ ଚାହିଁ ପାରିଲିନି।

ଏଇ ଦେଖ.... ତୁମର ପଇଁତ୍ରିଶ ବର୍ଷ ତଳର ଫଟୋ। ମୁଁ ପର୍ସ ବଦଳେଇଲାବେଳେ ଏ ପର୍ସରୁ ସେ ପର୍ସ ହୋଇ ସେ ସ୍ଥାନ ବଦଳେଇଛି ସିନା କିନ୍ତୁ ମୂଲ୍ୟ ହରେଇନି। ଫଟୋଟି ପୁରୁଣା ହୋଇ ଝାପ୍ସା ଦିଶିଲାଣି ସତ କିନ୍ତୁ ତା' ସ୍ମୃତି ଏବେ ବି ଜୀବନ୍ତ। ମୁଁ ଆଜି ବି ସେମିତି ଏକା ଅଛି ଅମ୍ବିକା ଯେମିତି ତୁମେ ମୋତେ ଛାଡ଼ିକି ଯାଇଥିଲ।

ଫଟୋଟି ଦେଖି ଚମକି ପଡ଼ିଲା ଅମ୍ବିକା।

କିନ୍ତୁ ତୁମ ପିଲାମାନେ??

ହା ହା ହୋଇ ହସି ଉଠିଲେ ସନ୍ଦୀପ। ଆଉ କହିଲେ ପିଲାଛୁଆଙ୍କ ବାପା ହେବା ପାଇଁ କ'ଣ ବିବାହ କରିବା ନିତାନ୍ତ ଜରୁରୀ ମିସେସ ଅମ୍ବିକା ରାୟ ଚୌଧୁରୀ?? ମୁଁ ଗୋଟିଏ ଛୋଟିଆ ଅନାଥାଶ୍ରମଟିଏ ଖୋଲିଛି ମୋ ତଳଘରେ। ତିରିଶଟି ପିଲା ଅଛନ୍ତି। କେବେ ଆସିଲେ ନିଶ୍ଚୟ ଭେଟ କରେଇବି ତୁମକୁ ମୋ ପିଲାମାନଙ୍କ ସହ। ମୁଁ ଏବେବି ତୁମ ପ୍ରତୀକ୍ଷାରେ।

■

ବୁଢ଼ାଚାନ୍ଦ

ପୁଚିଖେଳ ପାଖରୁ ଏକାମୁହାଁ ହୋଇ ଘରକୁ ଧାଇଁ ଚାଲି ଆସିଛି ଗୌରୀ। ଆଜି କୁମାରପୂର୍ଣ୍ଣିମା। ନିର୍ମଳ ଅଶିଣିଆ ଆକାଶରେ ହସୁଛି ପୂର୍ଣ୍ଣମୀର ଜହ୍ନ। ସବୁବର୍ଷ ପରି ରମାଘର ଖଳାବାଡ଼ିରେ ଚାଲିଛି ପୁଚିଖେଳ ସହ ଆଉ କେତେ ରକମର ଖେଳ ଝିଅମାନଙ୍କ ଭିତରେ। ବର୍ଷରେ ଏହି ଗୋଟିଏ ଦିନ ହିଁ ସ୍ୱାଧୀନତା ମିଳେ ଝିଅମାନଙ୍କୁ ରାତି ଅଧଯାଏ ଗୀତ ଗାଇଗାଇ ନାଚିବାକୁ ଆଉ ଖେଳିବାକୁ। ସେଥିରେ ପୁଣି କିଛି ବଗୁଲିଆ ପୁଅ ପିଲା ପାଳଭୂତ ସାଜି ଝିଅମାନଙ୍କୁ ଡରେଇବାରେ ଲାଗିଛନ୍ତି ପୂର୍ଣ୍ଣମୀର ଅଧାଛାଇ ଅଧା ଆଲୁଅର ଖେଳ ଭିତରେ। ସେ ବି ଗୋଟେ ଅଲଗା ପ୍ରକାର ମଜା।

ଘରେ ପହଞ୍ଚି ସିଧା ଯାଇ ଖଟ ଉପରେ ମୁହଁ ମାଡ଼ି ଶୋଇ ପଡ଼ିଲା ଗୌରୀ। ଗୌରୀକୁ ଦେଖି ଆଶ୍ଚର୍ଯ୍ୟ ହେଲା ମାଳ। ଭାବିଲା....ରାତି ଅଧ ପୂର୍ବରୁ ସାଙ୍ଗସାଥି ଖେଳ କୌତୁକ ଛାଡ଼ି ଚାଲି ଆସିବା ପିଲା ତ ଏ ନୁହେଁ! କ'ଣ ହେଲା ପୁଣି ?

ଆଲୋ... କ'ଣ ହେଲା ? ଚାଲି ଆସିଲୁ ଯେ....

ନା ବୋଉ... ଦେହଟା ଭଲ ଲାଗିଲାନି ତ... ସେଥିପାଇଁ ଚାଲି ଆସିଲି। ଯାଉଛି ଶୋଇବି।

କ'ଣ ହେଲା ତୋ ଦେହ ? ସନ୍ଧ୍ୟା ଚଉରାପୂଜାବେଳେ ତ ଠିକ୍ ଥିଲୁ।

ନା.... ଏମିତି ଟିକେ ହାଲିଆ ଲାଗୁଛି ତ... କହି ଶୋଇବାକୁ ଚେଷ୍ଟାକଲା ଗୌରୀ।

ଆଲୋ...କିଏ କ'ଣ କହିଲା କି ତୋତେ ? ଏ ବଦମାସ ଟୋକାଗୁଡ଼ାଙ୍କୁ ଦେଖୁନୁ କେମିତି ପାଳଭୂତ ସାଜି ଝିଅମାନଙ୍କୁ ଡରେଇକି ହଇରାଣ କରୁଛନ୍ତି। ତୁ ସେମିତି ଡରିଗଲୁ କି ? ତୋର ତ ଆଇଁଶିଣିଆ ଦେହଟା। ଡରିଛୁ ଯଦି କହ...ମାଧ ନନା ପାଖରେ ନେଇ ଟିକେ ଝଡ଼େଇ ଆଣିବି ତୋତେ।

ଓହୋ.... ବୋଉ ତୁ କେତେ ଫଟେଇ ହେଉଛୁ କହିଲୁ। ତୁ ଗଲୁ ଏଠୁ। ମୁଁ ଶୋଇବି ଟିକେ।

ହଉ କହି ସେ ଘରୁ ବାହାରି ଆସିଲା ମାଳ।

ରାତିଯାକ ନିଦ ନାହିଁ ଗୌରୀକୁ। ଆଜିଯାଏ ତା'ହେଲେ କ'ଣ ସିଏ କୁହୁଡ଼ିରେ ପହଁରୁଥିଲା ? ଆକାଶ କ'ଣ ତାକୁ ସତରେ ଭଲପାଏନି ? ଏତେ ପ୍ରତିଶ୍ରୁତି କ'ଣ ସବୁ ଭଲ ପାଇବା ନାଁରେ ଥିଲା କେବଳ ମିଥ୍ୟା ପ୍ରବଞ୍ଚନା ? କେତେ କଷ୍ଟରେ ସେ ରାଜି କରେଇଥିଲା ତା' ବାପାକୁ ଆକାଶ ଘରକୁ ଯିବା ପାଇଁ। ସାଙ୍ଗସାଥିମାନେ ସମସ୍ତେ ଜାଣନ୍ତି ତା' ସହିତ ଆକାଶର ବାହାଘର ହେବବୋଲି। ଏବେ ଆଉ କୋଉ ମୁହଁ ରହିଲା ତା'ର ?

ଗାଁର ଶେଷମୁଣ୍ଡରେ ଦନେଇ ସାହୁର ତେଲଭାଜି ଦୋକାନ। ଅନ୍ଧାରିଆରୁ ଉଠି ଦନେଇ ଗାଧୋଇ ପାଧୋଇ ଦୋକାନ ପୂଜା ସାରି ବିରିବଟା ଆଉ ବରା ପକୁଡ଼ି ଛଣାରେ ଲାଗି ପଡ଼େ। ଝିଅ ଗୌରୀ ଆସି ଘୁଗୁନିଟା ତିଆରି କରି ଥୋଇ ଦେଇଯାଏ। ଦନେଇ ଦୋକାନରେ ଗୌରୀ ହାତ ତିଆରି ଘୁଗୁନିର ବେଶ ଭଲ ଡିମାଣ୍ଡ। ଗରାଖ ଖାଇ ସାରିଲା ପରେ ଯେତେବେଳେ ଆଉ ଟିକେ ଘୁଗୁନି ପାଇଁ ପ୍ଲେଟ ଦେଖାଏ ସେତେବେଳେ ଦନେଇ ଡଙ୍କିଏ ଜାଗାରେ ଦି'ଡଙ୍କି ଘୁଗୁନି ଢାଳି ଦେଇ ଦାନ୍ତକୁ ଦେଖେଇ ଦେଖେଇ କୁହେ ମୋ ଝିଅ କରିଛି ଆଜ୍ଞା। ପାଟିରୁ ଛାଡ଼ିବନି। ସକାଳ ଜଳଖିଆରେ ଏ ଦନେଇ ଦୋକାନର ବରା ପକୁଡ଼ି ସହ ଗରମ ଗରମ ଘୁଗୁନି ଆଉ ଅଦା, ଗୁଜୁରାତି, ଗୋଲମରିଚ ପକା ଚା' ଯିଏ ପିଇଛି ସେ ନିଶ୍ଚୟ ଝୁରି ହୋଇଛି ସେ ସ୍ୱାଦ ଆଉ ବାସ୍ନାକୁ।

ଦୋକାନରୁ ଯାହା ଆୟ ହୁଏ ସେଥିରେ ଚଳିଯାଆନ୍ତି ତିନି ପ୍ରାଣୀ। ଆଉ ପର୍ବପର୍ବାଣୀ, ଭଲମନ୍ଦ, ବାହା ପୁଆଣି ଭାର ତିଆରି ପାଇଁ କିଏ ବରାଦ ଦେଲେ ସେଇଟା ସେ ଦିନର ଅଧିକା ଆୟ ଦନେଇର। ସେ ପଇସାକୁ ଦନେଇ ସାଇତି ରଖେ ଝିଅ ଗୌରୀର ବାହାଘର ପାଇଁ। ଆସନ୍ତା ମାର୍ଗଶୀରକୁ ଗୌରୀକୁ କୋଡ଼ିଏ ପୁରି ଏକୋଇଶି ଚାଲିବ। ବୟସ କ'ଣ ଆଉ ବସିଛି। ଦୁଃଖେକଷ୍ଟେ ଯେଉଁଠି ଯେମିତି ଧାରକରଜ କରି ବାହାଘରଟା ଉଠେଇ ଦେଲେ ବୋଝ ଗଲା ବୋଲି ଜାଣ।

ଦନେଇ ନିଜେ ବି ବୁଢ଼ା ହେବାକୁ ବସିଲାଣି। ଅଧିକା କାମ ପଡ଼ିଲେ ଅଣ୍ଟାପିଠି କଟକଟ ଡାକୁଛି। ଆଗକୁ କେହି ନାହିଁ କି ପଛକୁ କେହି ନାହିଁ। ହାତଗୋଡ଼ ଚାଲିଛି ବୋଲି ପେଟ ଅପୋଷା ରହୁନି। ଯେଉଁଦିନ ହାତଗୋଡ଼ ଆଉ ବୋଲ ମାନିବନି ସେଦିନ ଦନେଇର ଏ ଛୋଟିଆ ଦୋକାନଟାକୁ ସମ୍ଭାଳିବାକୁ ବି କେହି ନାହିଁ। ଗୋଟିଏ

ବୋଲି ଛୁଆ ଗୌରୀ। ସେ ବି ପରଘରି। କାଲି ସକାଳୁ ବାହା ହୋଇ ପରଘରକୁ ଚାଲିଯିବ। ସେଥିପାଇଁ ଦନେଇର ଇଚ୍ଛା ଏହି ଗାଁ ପାଖାପାଖି କୋଉଠି ଦେଖି ଝିଅକୁ ହାତକୁ ଦି'ହାତ କରିଦେଲେ ବେଳ ଅବେଳରେ ଝିଅଟା ପାଖକୁ ଟିକେ ଧାଇଁକି ଆସି ପାରିବ। ତା' ଛଡ଼ା ଯଦି ଠାକୁରଙ୍କ ଦୟାରୁ ପିଲାଟା ଭଲ ପଡ଼େ ସେ ତା' କାନ୍ଧରେ କାନ୍ଧ ମିଶେଇ ତା' ଦୋକାନଟା ସମ୍ଭାଳି ନିଅନ୍ତା। ଏ ଦୋକାନ ତା' ଲକ୍ଷ୍ମୀ ପସରା। ତା' ହାତଗୋଡ଼ ଅଚଳ ହୋଇଗଲେ ତା' ଲକ୍ଷ୍ମୀ ପସରାର ହୀନିମାନ ଅବସ୍ଥା କ'ଣ ସେ ଦେଖିପାରିବ ?

ଆଠବର୍ଷ ବୟସରୁ ବାପା ସାଙ୍ଗେ ସେ ଏ ଦୋକାନରେ ବସୁଥିଲା ଯେ ଆଜି ତାକୁ ତିନିକୋଡ଼ି ଛୁଇଁବାକୁ ବସିଲାଣି। କେମିତି ଗୋଟାଏ ମୋହ ଲାଗି ଗଲାଣି ଏ ଦୋକାନ ଆଉ ଦୋକାନର ତିନି ଝିଙ୍କାବାଲା କୋଇଲା ଚୁଲି, କଳା ସରସର ଗୋଟାଏ ଡେଣା ନ ଥିବା ତେଲ ପିଇ ଯାଇଥିବା ତେଲ କଡ଼େଇ ଆଉ ଜଙ୍କ ଲଗା ଜାଲିଚଟୁ ପ୍ରତି।

ନିତିନିତି ଦନେଇ ଗୁହାରୀ କରେ ତା' ଲାଗୁଆ ଚିହ୍ନାଜଣା ଗରାଖମାନଙ୍କୁ ଗୌରୀ ପାଇଁ ବରପାତ୍ରଟିଏ ଖୋଜି ଦେବାପାଇଁ। କୋଉଠି ଦନେଇର ମନ ପାଏନି ତ କୋଉଠି ସେମାନଙ୍କ ମନ ପାଏନି।

ଏମିତି ଭିତରେ କେହି ଜଣେ ପ୍ରସ୍ତାବ ଦେଲା ପାଖ ଗାଁ ଅନାମ ବିଷୟରେ। କୋଇଲା ଆଞ୍ଚ ତିଆରି କରୁ କରୁ ଦନେଇ ଭାବିଲା.... ଅନାମ ପ୍ରସ୍ତାବଟା ତ କିଛି ମନ୍ଦ ନୁହେଁ। ଏଯାଏ ତା' ଆଖିରେ ପଡ଼ିନଥିଲା କେମିତି ? ଝିଅଟା ପାଖରେ ରହିବ। ଏ ଗାଁରୁ ସେ ଗାଁ ଡାକେ ବାଟ। ଅନାମଟା କିଛି ଖରାପ ପିଲା ବି ନୁହେଁ। ମା' ନାହିଁ କି ବାପା ନାହିଁ। ଚାରି ଦଉଡ଼ିକଟା। ଗୌରୀକୁ କଥା କହିବାକୁ ବି କେହି ନାହିଁ ତା' ଶାଶୁଘରେ। ଖୁବ୍ ଭଲ ହୁଅନ୍ତା କିନ୍ତୁ ଗୌରୀର ରଙ୍ଗ ଠିକ୍ ସୁନାର ରଙ୍ଗ ପରି ହେଲାବେଳକୁ ଅନାମର କଳା ମୁଗୁନି ଚେହେରା। ହଁ...ମ..., ସେଥିରେ କ'ଣ ଅଛି। ପୁରୁଷ ପିଲାର ପୁଣି ରଙ୍ଗ ଗୋଟାଏ କ'ଣ ? ଦେହରେ ବଳ ଥିଲେ ପେଟ ଅପୋଷା ରହିବନି।

ଘରେ ଆସି ଦନେଇ କହିଲା ଏକଥା ମାଳକୁ। କିନ୍ତୁ ଗୌରୀର ଏକା ଜିଦ୍ ମୁଁ ସେ ଅନାମକୁ ବାହା ହେବିନି ଆଉ ଦନେଇର ଏକା ଜିଦ୍ ମୁଁ ସେ ଆକାଶ ଘରକୁ ପ୍ରସ୍ତାବ ନେଇକି ଯିବିନି। ଏ ବାପ ଝିଅଙ୍କ ଭିତରେ ମାଳ ଖାଲି ଧନ୍ଦି ହେଉଛି ଯାହା। ତଥାପି ରହି ରହି ସାହସ ଜୁଟେଇ ମାଳ କହିଲା....

ହେଇଟି... ଥରେ ଯାଇ ସେ ଆକାଶର ବାପା ମା' ଙ୍କ ସହ କଥା ହୋଇଗଲେ

କ'ଣ ବେଦ ଅଶୁଦ୍ଧ ହେଇଯାଉଛି। ଭଲଘର, ଭଲବର, ଦେଖିବାକୁ ରାଜାଛୁଆ ପରି ଚେହେରା ପୁଣି ସହରରେ ଚାକିରୀ କରୁଛି। ବର୍ଷକୁ ଥରେ ଅଧେ ଖାଲି ଗାଁକୁ ଆସୁଛି ଯାହା। ଆମ ଝିଅ ସେଠି ରାଣୀ ହୋଇ ଚଳିବ। ଆଉ ତୁମେ ଯେଉଁ ଠିକ୍ କରିଛ.... ସେ ଅନାମ.... ଛିଃ ଛିଃ... ଯୋଉ ତ ଘରଦ୍ୱାର ଛାଡ଼। ଭଙ୍ଗା ଆଜବେଷ୍ଟସ ଦି ଖଣ୍ଡ ଗଡ଼େଇକି ଘର କରିଛି। ସେଥିରେ ପୁଣି ଯୋଉ କାଳିଆପୋଡ଼ା ରୂପ। ଆହୁରି ମୋ ଝିଅଠାରୁ ପାଖାପାଖି ଦଶବର୍ଷ ଉପରେ ବଡ଼। କ'ଣ ଦେଖି ତା'ର ତୁମେ ଏତେ ରସି ଯାଇଛ ବୁଝିପାରୁନି ମୁଁ। ତୁମେ ଜନ୍ମ କଲା ବାପ ଟି!! ମୋ ଝିଅ କ'ଣ କାଣୀ ନା କୁଜି ହୋଇଛି ଯେ ଗୋଟେ କାଳିଆ ଭୁଶୁଣ୍ଡା ହାତରେ ଛନ୍ଦିଦେବି ତାକୁ। ଏ ଗାଁରେ ଆମ ଗୌରୀ ପରି ସୁନ୍ଦର ଗୁଣର ଝିଅ ଆଉ କିଏ ଅଛି ଭଲା। ସମାନ ବୟସର ଆଉ ଗୋରା ପିଲାଟିଏ ହେଲେ ଆମ ଗୌରୀକୁ ଭାରି ସାଜନ୍ତା। ଅତିବେଶୀରେ ତିନି ଚାରିବର୍ଷ ବଡ଼ ହେଲେ ଠିକ୍ ହୁଅନ୍ତା।

ଆମ ଝିଅ ଯେତେ ସୁନ୍ଦର ଗୁଣର ହେଲେ ବି ସେ ଗୋଟେ ଗରିବ ବାପାର ଝିଅ। ଏକଥା ସବୁବେଳେ ମନେ ରଖିଥା ମାଳ। ସେମାନେ ଆମଠାରୁ ଟଙ୍କା, ପଇସା, ମାନ ସମ୍ମାନ, ଜାତି ସବୁଥିରେ ଉଚ୍ଚରେ। ଏ ଆତ୍ମସମ୍ମାନ ଟିକକକୁ ଛାଡ଼ିଦେଲେ ଆଉ କ'ଣ ଅଛି ଆମ ପାଖରେ। ଏବେ ବାହାଘର ପ୍ରସ୍ତାବ ନେଇକି ଗଲେ ସେମାନେ ରାଜି ତ ହେବେନି ଓଲଟା ଅପମାନ ଦେଇ ବିଦା କରିବେ ମୋତେ। ମୋ ଗରିବୀକୁ ଉପହାସ କରିବେ। ମୋ ଆଖିରେ ଆଙ୍ଗୁଠି ଗେଞ୍ଜି ମୋତେ ମୋ ଔକାତ ଦେଖେଇବେ। ମୁଁ ଜାଣି ଜାଣି ମୋ ଆତ୍ମସମ୍ମାନକୁ ହରେଇ ପାରିବିନି। ଏତେ ଯଦି ବଡ଼ ଘରେ ବନ୍ଧୁ ବାନ୍ଧିବାକୁ ଇଚ୍ଛା ତା'ହେଲେ ନିଜେ ଚାଲି ଯାଆ। ଆଉ ଗୋଟେ କଥା ସବୁବେଳେ ମନେରଖିବୁ ମାଳ। ଧନୀଘରେ ମୁଣ୍ଡ ନୁଆଇଁ ବଞ୍ଚିବା ଅପେକ୍ଷା ଗରିବ ଘରେ ମୁଣ୍ଡ ଟେକି ଆତ୍ମସମ୍ମାନର ସହ ବଞ୍ଚିବାଟା ଶ୍ରେୟସ୍କର ବୋଲି ମୁଁ ଭାବେ। ହୋଇପାରେ ଆକାଶ ଧନୀ କିନ୍ତୁ ସେ ଧନ ଆମ ଗୌରୀକୁ କେବେ ସୁଖ ଦେଇପାରିବନି।

ଗୌରୀ କ'ଣ କରିବ କିଛି ଜାଣିପାରିଲାନି। ଶେଷକୁ ଭାବିଲା ବାପା ସିନା ଆକାଶ ଘରକୁ ଯିବେନି କିନ୍ତୁ ଆକାଶ ଯଦି ତାଙ୍କ ଆଗୁ ଏକଥା ଉଠାନ୍ତି ତା'ହେଲେ ତ ଆଉ କିଛି ଅସୁବିଧା ନାହିଁ। ଏବେ ଆକାଶ ହିଁ ଗୌରୀର ଶେଷ ଭରସା। ଆକାଶ ନିଶ୍ଚୟ ଏ ସମସ୍ୟାର ସମାଧାନ କରିବ ଭାବି ଗୌରୀର ମଉଳା ମନରେ ପୁଣି ଆଶା କଅଁଳିବାକୁ ଲାଗିଲା।

ସବୁବର୍ଷ କୁମାରପୂର୍ଣ୍ଣିମାକୁ ଆକାଶ ସହରରୁ ନିଶ୍ଚୟ ଆସେ ଆଉ ଗାଁ ପିଲାଙ୍କ ସହ ଛୁଟି କାଟିବାକୁ। ସାଙ୍ଗମାନଙ୍କ ସହ ମିଶି ପାଳଭୂତ ସାଜି ଡରାଏ ଝିଅମାନଙ୍କୁ।

ମୁଣ୍ଡରେ ଗୋଟିଏ ଆଖି, ନାକ, ପାଟି କରା ଚିତ୍ରିତ ମାଟିହାଣ୍ଡି ସହ ହାତ, ଗୋଡ଼, ପେଟରେ କେରାଏ ଦିକେରା ଲେଖା ଛଣ ବାନ୍ଧି କିଳିକିଳା ନାଦ କରି ଯେତେବେଳେ ଟୋକା କେତେଟା ଖଳାବାଡ଼ିର ଧାନଗଦା ପଛପଟୁ ଡେଇଁ ପଡ଼ନ୍ତି ସେତେବେଳେ ସାହିର ସବୁ ଝିଅ ଆଲୋ ବୋଉଲୋ ବୋଲି କହି ଛତ୍ରଭଙ୍ଗ ଦିଅନ୍ତି ଯିଏ ଯୁଆଡ଼େ ପାରିଲା। ଏଇ ମଉକାରେ କିନ୍ତୁ ଆକାଶ ଧରିନିଏ ଗୌରୀର ହାତକୁ ଆଉ ଭିଡ଼ିନିଏ ଗୋଟାଏ କଣକୁ। ପୂର୍ଣ୍ଣମୀର ଜହ୍ନକୁ ସାକ୍ଷୀ ରଖି କେତେ ପ୍ରତିଶ୍ରୁତିର ଆଦାନ ପ୍ରଦାନ ହୁଏ।

ଏଥର କିନ୍ତୁ ଗୌରୀ ଭାବିଛି ଯେ ସେ ନିଜେ ପାଳଭୂତ ହୋଇ ଡରେଇଦେବ ଆକାଶକୁ। ଆଉ ତା'ପରେ ପାଳଗଦା ପଛକୁ ଟାଣିନେଇ କହିବ ସବୁ କଥା।

ସନ୍ଧ୍ୟାରେ ଚାନ୍ଦପୂଜା ସାରି ନୂଆଶାଢ଼ୀ ପିନ୍ଧି ଖୁବ୍ ଗୋଟାଏ ସଜବାଜ ହୋଇ ଗୌରୀ ଘରୁ ବାହାରି ଯାଉଯାଉ ମାଳ ଡାକ ପକେଇଲା....

ଆଲୋ ହେ... ଗୌରୀ.... ଆଲୋ ଏ ଚାନ୍ଦ ଭୋଗଟା ଏ ଯାଏ ଖାଇନୁ ଆହୁରି।

ଶାଢ଼ୀ ପିନ୍ଧିବା ତରତରରେ ଭୁଲି ଯାଇଥିଲି ବୋଉ। ଏବେ ଖାଇଦେବି।

ଜଲଦି ଯା' ଖାଇଦେ.... ନ ହେଲେ ବେଶି ଡେରି କଲେ ଚାନ୍ଦ ବୁଢ଼ା ହୋଇଯିବ ଆଉ ତୁ ବୁଢ଼ାବର ପାଇବୁ ଯେ ଅନାମ ଭଳିଆ। କହି ହସି ପକେଇଲା ମାଳ।

ଦନେଇ କହିଲା, "ଅନାମ ଯଦି ବୁଢ଼ାବର ତେବେ ମୁଁ କ'ଣ ଥିଲି ? ମୁଁ ତ ତୋ ଠାରୁ ପାଖାପାଖି ପନ୍ଦର ବର୍ଷ ବଡ଼।"

ହୁଁ... ସେ କାଳ ଅଲଗା ଥିଲା, ବୁଝିଲ ? କହି ଦନେଇକୁ ମୁହଁ ମୋଡ଼ିଲା ମାଳ।

ସତରେ ବୋଉ କ'ଣ ଚାନ୍ଦ ବୁଢ଼ା ହୁଏ ? ? ଆଉ ବୁଢ଼ା ଚାନ୍ଦ ଖାଇଲେ ବୁଢ଼ାବର ମିଳେ ! !

ନୁହେଁ ତ ଆଉ କ'ଣ ? ମୋ ବୋଉତ ଏଇଆ କହୁଥିଲା ମୋତେ। କହିଲା ମାଳ।

ଖିଲିଖିଲି ହୋଇ ହସିଉଠିଲା ଗୌରୀ। କହିଲା, "ଦେଖିବୁ ରହ ବୋଉ... ମୋ ଭାଗ୍ୟରେ ଜମା ବି ବୁଢ଼ାବର ନାହିଁ। ତୁ କ'ଣ ଭାବୁଛୁ ମୁଁ ସେ ଅନାମକୁ ବାହାହେବି। ଜମା ନୁହେଁ। ମରିଯିବି ପଛେ ତାକୁ ବାହା ହେବିନି ମୁଁ। ତୁ ଆଉ ଥରେ ଟିକେ ବାପାଙ୍କୁ କହ ବୋଉ... ସେ ନିଶ୍ଚୟ ରାଜି ହେବେ କହି ମାଳ ପାଖରେ ଅଳି କଲା ଗୌରୀ।

ରମାଘର ଖଳାବାଡ଼ିରେ ପାଳଭୂତ ହୋଇ ଲୁଚିଛି ଗୌରୀ। କେତେବେଳେ ଆକାଶ ଆସିବ କେଜାଣି? କିଛି ସମୟ ଅପେକ୍ଷା କଲାପରେ କିଛିଦୂରରେ ଥିବା ଆଉ ଗୋଟାଏ ପାଳଗଦା ପାଖକୁ ଛପିଛପି ଗଲା ଗୌରୀ। ଦେଖିଲା ସେଠି ତା'ପରି ଆଉ ଦି'ଟା ପାଳଭୂତ ବସି ଗପସପ ହେଉଛନ୍ତି। ଗୌରୀ କାନଡେରି କଣ୍ଠସ୍ୱର ବାରିବାକୁ ଚେଷ୍ଟା କଲା। କିଏ ଏମାନେ??? ଆଛା... ଆକାଶ ତା'ହେଲେ ତା' ଆଗରୁ ଆସି ଏଠି ଲୁଚିଛି। ଆଉ ଆରଟା ଘନିଆକକା ପୁଅ ମକରା ବୋଧେ। ଗୌରୀ ଭାବିଥିଲା ଖପ୍ କରି ଡେଇଁ ସେମାନଙ୍କୁ ଡରେଇ ଦେବ କିନ୍ତୁ କିଛି ଗୋଟେ ଶୁଣି ରହିଗଲା ଟିକେ ଆଉ ପୁଣି କାନ ଡେରିଲା।

ମୋ ବାହାଘର!!! ତୋତେ କିଏ କହିଲା?

ତୁ ସତରେ ଜାଣିନୁ ନା କ'ଣ? ମାଳ ଦେଠେଇ ଆଜି ମୋ ବୋଉ ଆଗରେ କହୁଥିଲା। ଦନେଇ ଦା' କୁଆଡ଼େ ଯିବେ ତୁମ ଘରକୁ ପ୍ରସ୍ତାବ ନେଇକି ବୋଲି।

ଦନେଇ ସାହୁ ଆମ ଘରକୁ ଯିବ!!

ଆରେ ଏମିତି ନାଁ ଧରି କ'ଣ କହୁଛୁ। ଯେତେହେଲେ ଗୌରୀ ତୋ ସ୍ତ୍ରୀ ହେଲେ ଦନେଇ ଦା' ତୋ ଶଶୁର ହେବେ ନା... ସେ ଯାହାହେଉ ଗୌରୀଟା ଆମର ବଡ଼ କପାଳିଆ ଝିଅଟା। ତୋତେ ବାହାହେଲେ ସହରରେ ରହି ରାଣୀ ଭୋଗ କରିବ।

ହୁଁ.... ରାଣୀ ନା ଚାକରାଣୀ। ବାମନ ହୋଇ ବାପା ଝିଅ ଦି'ଟା ଯାକ ଚାନ୍ଦକୁ ହାତ ବଢ଼ଉଛନ୍ତି ମୁଁ ଦେଖୁଛି। ଆରେ ଏମିତି ଟିକେ ଖୁସି ମଜା ହୋଇଯାଏ ବୋଲି କ'ଣ ମୁଁ ଗୌରୀକୁ ଭଲପାଏ? ମୁଁ ଯାହାକୁ ବାହାହେବି ଏ ଗୌରୀ ତା' ଦେହର ମଳିକୁ ବି ସରି ହେବନି। ଏ ନିପଟ ମଫସଲି, ଗାଉଁଲି, ମୂର୍ଖ ଗୌରୀକୁ ବାହାହୋଇ ମୁଁ କ'ଣ ସହରର ସାଙ୍ଗସାଥୀଙ୍କ ଆଗରେ ଲୋକହସା ହେବି ନା କ'ଣ...।

କେଜାଣି.... ମୁଁ ଆଜି ସକାଳେ ଯାହା ଶୁଣିଥିଲି ତୋ ଆଗରେ କହିଦେଲି ସାଙ୍ଗ ବୋଲି।

ଆବେ ସେ ଦନେଇ ସାହୁ ମୋ ଘରକୁ ପ୍ରସ୍ତାବ ନେଇ ଯିବନି ବେ... ମୋ ବାହାଘର ହେଲେ ବାପାଝିଅ ଦି'ଟା ଯାକ ଆମ ଘରକୁ ଭାର ତିଆରି କରିବାକୁ ଯିବେ କହି ହୋ ହୋ ହୋଇ ହସି ଉଠିଲା ଆକାଶ।

ଆଉ କିଛି ଶୁଣି ପାରିଲାନି ଗୌରୀ। ଦୁଇକାନକୁ ହାତରେ ଚାପି ଧରିଲା। ହାତରୁ ଗୋଡ଼ରୁ ଛଣ ଖୋଲିଦେଇ ଚୁପଚାପ ଚାଲିଆସିଲା ଘରକୁ। ବୋଉକୁ ମିଛସତ କହିଦେଇ ଭିତରୁ କବାଟ କିଳି ମନଭରି ରାତିଯାକ କାନ୍ଦିଲା ଗୌରୀ।

ସକାଳ ହେଲାରୁ କବାଟ ଖୋଲି ବାହାରକୁ ଆସିଲା ଗୌରୀ। ଦେଖିଲା ମାଳ

କହୁଛି ଦନେଇଙ୍କୁ, "କିଛି ଅସୁବିଧା ହେବନି। ତୁମେ ଆଜି ଯାଇ କଥା ଛିଣ୍ଡେଇ ଦେଇ ଆସ। ଏବେ ଆକାଶ ଘରେ ଅଛି। ଯଦି ଠାକୁରଙ୍କ ଦୟାରୁ ସବୁ ଠିକଠାକ୍ ହୋଇଯାଏ ତା'ହେଲେ ଏଇ ମଗୁଶୀର ମାସରେ ବାହାଘରଟା ସାରିଦେଲେ ଗଲା।"

ସମସ୍ତଙ୍କୁ ଆଶ୍ଚର୍ଯ୍ୟ କରି ଗୌରୀ କହିଲା, "କେହି କୁଆଡ଼େ ଯିବା ଦରକାର ନାହିଁ। ମୁଁ ଠିକ୍ କରି ସାରିଛି ମୁଁ ଅନାମକୁ ବାହା ହେବି।"

କିଛି ବୁଝିନପାରି ମାଳ ଆଉ ଦନେଇ ଚାହିଁଲେ ଗୌରୀ ମୁହଁକୁ। ଗୌରୀ ଯାଇ ଠିଆ ହେଲା ଦନେଇ ପାଖରେ ଆଉ ମାଳକୁ ଚାହିଁ କହିଲା...

ମୁଁ ତ ଆକାଶକୁ ବାହାହୋଇ ସହରରେ ରହିବି ଆଉ ଏଠି ଆମ ଦୋକାନ କଥା ବୁଝିବ କିଏ? ସକାଳେ ଦୋକାନ ପାଇଁ ଘୁଗୁନି ତିଆରି କରିବ କିଏ?? ତୁ!! ତୁ ଘୁଗୁନି କଲେ ବରା ସବୁ ଭାସିଯିବେ ସେ ପାଣିରେ ପ୍ଲେଟ ଭିତରୁ ଆଉ କେହି ବି ଆସିବେନି ଆମ ଦୋକାନକୁ। ବୁଝିଲୁ? ହଉ... ବୋଉ ତୁ ଏବେ ଭାବିନେ ଯେ ମୋ ଚାନ୍ଦ ବୁଢ଼ା ହୋଇଯାଇଥିଲା ବୋଲି।

ହା ହା ହୋଇ ହସି ହସି ଗଡ଼ି ଯାଉଥିଲେ ବାପ ଝିଅ ଦୁଇଜଣଯାକ। ମାଳ ଚାହିଁଥିଲା ସେମିତି ଡବଡବ ହୋଇ ଗୌରୀକୁ ଆଉ ଭାବୁଥିଲା ସତରେ ଚାନ୍ଦ ବୁଢ଼ା ହୋଇ ଯାଇଥିଲା ନା କ'ଣ!!

■

ବଦଳି ଯାଉଥିବା ଦୃଶ୍ୟପଟ

ପାହାଡ଼ ଉପରେ ନୈନାର ଘର। ପାହାଡ଼ଠାରୁ ଟିକେ ଦୂରରେ ତଳେ ଧାଡ଼ି ଧାଡ଼ି ହୋଇ ଚିତ୍ର ଆଙ୍କିଦେଲା ପରି କଅଁଳିଆ ସବୁଜ ରଙ୍ଗର ଚା' ବଗିଚା। ଆଉ ଟିକେ ଦୂରକୁ ବହିଯାଇଛି ତିସ୍ତା ନଦୀ। ଏଇ ପାହାଡ଼ ଆଉ ଚା' ବଗିଚା ଭିତରେ ଯେଉଁ ପିଚୁ ରାସ୍ତାଟି ଯାଇଛି ସେଇଟା ହେଉଛି ସବୁଦିନିଆ ସ୍କୁଲ ଯିବା ଆସିବା ରାସ୍ତା ନୈନାର।

ସେଦିନ ସ୍କୁଲ ଯିବାକୁ ଆଦୌ ଇଚ୍ଛା ନ ଥିଲା ତା'ର। ସକାଳୁ ସକାଳୁ ଚା' ପତ୍ର ତୋଳି ଘରେ ଦେଇସାରିଲା ପରେ ନିଜ ବହିପତ୍ର ସହ ଘରୁ ବାହାରି ଆସିଥିଲା ସିନା କିନ୍ତୁ ମନରେ ତା'ର ଅନେକ ଅଭିଯୋଗ, ଅନେକ ରାଗ ଆଉ କ୍ଷୋଭ ତା' ମା' ଉପରେ। ମା' କ'ଣ ଯେ!! ସାବତ ମାଆ ତ। ବାପା ଥିଲାଯାଏ ସିନା କିଛି ଜଣାପଡୁନଥିଲା। କିନ୍ତୁ ବାପା ଗଲା ପରେ ମାଆର ବ୍ୟବହାରରେ ଅନେକ ପରିବର୍ତ୍ତନ ଲକ୍ଷ୍ୟ କରୁଛି ନୈନା। ସ୍ପଷ୍ଟ ଭାବରେ ସେ ଦେଖି ପାରୁଛି ତା' ଦିଦି ଆଉ ତା' ଭିତରେ ତା' ମା' କରୁଥିବା ପକ୍ଷପାତିତାକୁ। ତାକୁ ଜଳଜଳ ଦିଶୁଥିଲା ତା' ବାପାଙ୍କର ଶେଷ ମୁହୂର୍ତ୍ତ ଆଉ ମନେପଡୁଥିଲା ତା' ବାପାଙ୍କର ସେଇ ଶେଷ ଦୁଇଧାଡ଼ି।

ନୈନା ଠିକ କଲା ଯେ ସେ ସବୁଦିନ ପାଇଁ ଚାଲିଯିବ ତା' ଆଈ ପାଖକୁ ମା' କୁ ଛାଡ଼ି। ସେ ଜାଣିବାରେ ତା' ବାପା ଗଲାପରେ ଏ ଦୁନିଆରେ ଯଦି ତାକୁ କିଏ ବେଶୀ ଭଲ ପାଉଥାଏ ତେବେ ସେ ହେଉଛି ତା' ଆଈ। ଭଲମନ୍ଦ ଯାହା ଜିନିଷ ହୁଏ ତା' ଆଈ ତା' ହାତରେ ଗୁଞ୍ଜିଦିଏ ଟିକେ ବେଶିକି ସମସ୍ତଙ୍କ ନଜର ଆଢୁଆଳରେ। କିନ୍ତୁ ତା' ଅଜା, ମାମୁଁ, ମାଆ, ସମସ୍ତଙ୍କର ବେଶୀ ପ୍ରେମ ତା' ଦିଦି ପାଇଁ। ଘର ଛାଡ଼ି ଯିବା ଆଗରୁ ନିଜ ମନର ଅଭିମାନଗୁଡ଼ାକ ସବୁ ଚିଠିରେ ଲେଖି ତା' ମାଆ ଉଦ୍ଦେଶ୍ୟରେ ଛାଡ଼ି ଦେଇ ଯିବ ବୋଲି ଭାବିଲା ସେ। ଅନ୍ତତଃ ମା' ଜାଣୁ ଯେ ତା' ବ୍ୟବହାର ମୋତେ ଦୁଃଖ ଦେଇଛି ବୋଲି।

ଚିଠି ଲେଖିବା ପାଇଁ ବସିଲା ନୈନା। କିନ୍ତୁ ଚିଠି ପ୍ରକୃତରେ ଲେଖନ୍ତି କେମିତି !! ସେ ତ କେବେ କାହାକୁ ଚିଠି ଲେଖିନି। ଥରେ ଲେଖିଥିଲା ପରୀକ୍ଷାରେ ଯେ ଭୁଲଭାଲ ଲେଖିଥିଲା ବୋଲି ଶୁନ୍ ପାଇଥିଲ । ଚଳିବ....ଏଠି ତ ପରୀକ୍ଷା ହେଉନି ନା, ଖାଲି ତା' ମା' ଜାଣିବା ଦରକାର। ଲେଖିବା ଆରମ୍ଭ କଲା ସେ।

ମାଆ,

ମୁଁ ଆଉ ତୋର ପକ୍ଷପାତିତା ସହିପାରୁନି। ତୋ ପାଖରେ ମୋର ବହୁତ ଅଭିଯୋଗ କିନ୍ତୁ ଦିନେ ବି ମୁହଁ ଖୋଲି କହିପାରିନି ମୁଁ। ସେଥିପାଇଁ ସବୁକଥା ଚିଠିରେ ଲେଖି ମୁଁ ସବୁଦିନ ପାଇଁ ଘର ଛଡ଼ି ଚାଲିଯାଉଛି ଆଈ ପାଖକୁ। ସେଠି ପଛେ ଆଈ ସହ ପାହାଡ଼ ତଳେ ମେଣ୍ଢା ଚରେଇବି କିନ୍ତୁ ତୋ ପାଖକୁ ଆଉ ଫେରିବିନି। ତୁ ବି ମୋତେ କୋଉ କମ୍ କାମ କରାଉଥିଲୁ କି? ଦିଦି ଘରେ ରହି ତୋତେ ସାହାଯ୍ୟ କରିବ ଆଉ ମୁଁ ଦିଦିଠାରୁ ସାନ ହୋଇ ସବୁଦିନ ସକାଳୁ ଉଠି ଥଣ୍ଡାରେ ଯିବି ଚା' ବଗିଚାକୁ। କାହିଁକି ??

ସେଦିନ ଦିଦି ଆଉ ମୁଁ ଦୁଇଜଣଯାକ ଖେଳୁଖେଳୁ ଅଜାଣତରେ ସେ ଛୋଟିଆ ନାସପାତି ଗଛଟିକୁ ଉପାଡ଼ି ଦେଇଥିଲୁ। ତୁ କାମରୁ ଫେରି ଦିଦିକୁ କମ୍ ଗାଳି କଲୁ ଆଉ ମୋତେ ବହୁତ। ଆଉ ମନେପକା... ସେଦିନ ତୁ ମୋତେ ଗୋଟେ ବାଡ଼େଇଛୁ ବି। କ'ଣ ପାଇଁ ??

ମୋର କାଲି ରାତିରେ ବହୁତ ମନେପଡ଼ିଲା ମୋ ବାବାଙ୍କ କଥା। ରୋଗ ଶେଯରେ ପଡ଼ିଥିଲେ ସେ। ପାଟିରେ ପାଣି ଗଳୁନଥିଲା ଆଉ ତାଙ୍କର। ତୋତେ ଏକୁଟିଆ ଡାକି ଖନେଇ ଖନେଇ ବଡ଼ କଷ୍ଟରେ ଏଇ ଶେଷ ଦୁଇଧାଡ଼ି ହିଁ କହିପାରିଥିଲେ ସିଏ।

"ଦି ଝିଅଙ୍କୁ ମୋର ସମାନ ଭାବରେ ଦେଖିବୁ। ଭୁଲିଯିବୁ ସବୁଦିନ ପାଇଁ ଯେ ଏମାନଙ୍କ ଭିତରୁ କାହାକୁ ଦିନେ ତୁ ବୁଦା ମୂଳରୁ ଗୋଟେଇ ଆଣିଥିଲୁ ବୋଲି।" ଅଳ୍ପଦୂରରେ ଥାଇ କଥାଟା କିନ୍ତୁ ଶୁଣି ଦେଇଥିଲି ମୁଁ। ମୋ ପିଲା ମନରେ କଥାଟା ଛାପି ହୋଇଗଲା ଯେମିତି। ବାବା ଚାଲିଗଲେ। ତୁ ଆମ ଦୁଇ ଭଉଣୀଙ୍କୁ ଧରି ଖୁବ୍ କାନ୍ଦିଲୁ। କିନ୍ତୁ ତା'ପରେ କ'ଣ କଲୁ? ବାପା ଯିବାର ଚାରିମାସ ହୋଇଛି କି ନାହିଁ ମୋତେ ଚା' ପତ୍ର ତୋଳିବା କାମରେ ଲଗେଇ ଦେଲୁ। ବାବା ଥିଲାବେଳେ ତ ମୋ ଦେହରେ ଧୂଳି ଟିକେ ବସିବାକୁ ଦେଉନଥିଲେ। ତଥାପି ଦିନେ ତୋତେ ପଚାରିଥିଲି ସାହସ କରି... ମା', ଆମ ଭିତରୁ କାହାକୁ ତୁ ବୁଦା ମୂଳରୁ ପାଇଥିଲୁ? ତୁ ଚମକି ପଡ଼ିଲୁ ଆଉ ମୋତେ ଆଖି ଦେଖେଇ ଚୁପ୍ କରିଦେଲୁ।

ସେଦିନ ରୁହୀ ବି ମୋତେ ସ୍କୁଲରେ କହୁଥିଲା ଯେ ତୁ ବୋଧେ ତୋ ମା'ର ସାବତ ଝିଅ। ସେଥିପାଇଁ ତୋ ମାଆ ତୋ ଦିଦିକୁ ବେଶୀ ଭଲ ପାଉଛି ଆଉ ତୋତେ କାମ କରାଉଛି। ସେ ଠିକ କହୁଥିଲା ବୋଲି ମୁଁ କାଲି ରାତିରେ ପ୍ରମାଣ ପାଇଲି। ତୁ ମୋତେ କାଲି ରାତିରେ କାହିଁକି ମାରିଲୁ? ଦିଦି ଭାଗ ପିଠାଟା ମୁଁ ଖାଇଦେଲି.... ଏଇୟା ତ? ଖାଇଦେଲି ତ କ'ଣ ହେଲା ସେଠୁ? ଭୋକ ଲାଗୁଥିଲା, ଖାଇଦେଲି... ବାସ୍...। ମାରିଲୁ କାହିଁକି? ଯଦି ମାରିଲୁ ତେବେ ସେଦିନ ଦିଦିକୁ ତ ବାଡ଼େଇ ନ ଥିଲୁ ଯେଉଁଦିନ ସେ ମୋ ଭାଗ ଚକୋଲେଟଟା ଖାଇ ଦେଇଥିଲା। ମୁଁ କାନ୍ଦିଲାରୁ ମୋତେ ବୁଝେଇ ଦେଲୁ କ'ଣ ନା ମୁଁ ଆଉଥରେ କିଣି ଆଣିବି। ତା' ପାଇଁ ସେମିତି ଆଉଥରେ ପିଠା କରି ଦେଲୁନି? ମୋତେ ମାରିଲୁ କାହିଁକି?

ବହୁତ ସହିଲି.... ଆଉ ନୁହେଁ। ଏ ଚିଠି ଲେଖି ମୁଁ ଘର ଛାଡ଼ି ଯାଉଛି। ଆଈ ପାଖରେ ରହିବି ସବୁଦିନ। ତୋ ପାଖକୁ ଆଉ ଫେରିବିନି। ମୁଁ ଜାଣିଛି ତୁ କାମରୁ ଫେରିଲେ ଆଗ କଡ଼ା ଚା' କପେ କରିକି ପିଉ। ସେଥିପାଇଁ ଚିଠିଟାକୁ ମୁଁ ତୋ ଚା' ଡବା ଭିତରେ ରଖିଦେଇ ଯାଉଛି। ମୋତେ ଆଣିବାକୁ ଆଈ ଘରକୁ ଯିବୁନି କହି ଦେଉଛି।

ଇତି

ତୋର ସାବତ ଝିଅ

ଚିଠିଟାକୁ ମୋଡ଼ିମାଡ଼ି ବ୍ୟାଗ ଭିତରେ ପୁରେଇ ଦେଇ ଘରକୁ ଫେରିଲା ନୈନା। ସକାଳୁ ସକାଳୁ ସେଇଟାକୁ ଚା' ଡବା ଭିତରେ ପୁରେଇ ଦେଇ ସେ ବାହାରିଯିବ ଚା' ବଗିଚା ନାଁରେ ଆଈ ଘରକୁ। ଆଈ ଘର ଏଠୁ ମାତ୍ର ଦୁଇ କିଲୋମିଟର ଦୂର। ଅନେକ ଥର ସେ ମାଆ ଆଉ ଦିଦି ସହ ଚାଲିଚାଲି ମଧ୍ୟ ଯାଇଛି ସେଠାକୁ। ଏବେବି ଯାଇପାରିବ ସେ ଏକାଏକା। ଖାଲି ମଝିରେ ଛୋଟିଆ ପାହାଡ଼ଟିଏ ଅଛି ଯାହା।

ସକାଳୁ ଟିକେ ଜଲ୍‌ଦି ନିଦ ଭାଙ୍ଗିଗଲା ନୈନାର। ଆସ୍ତେ କି ଝରକା ଖୋଲି ବାହାରକୁ ଚାହିଁଲା ସେ। ବାହାରର ଗଛପତ୍ର ଉପରେ ଦିଶୁଛି ରାତିରେ ହୋଇଥିବା ତୁଷାରପାତର ଚିହ୍ନ। ଘରସାମ୍ନାର ପାଇନ୍ ଗଛର ପତ୍ର ଫାଙ୍କରୁ ଲମ୍ବି ଆସିଛି ଧୂଆଁଳିଆ ଧୂଆଁଳିଆ ହୋଇ ଧାରେ ସୂର୍ଯ୍ୟ କିରଣ। ତଳେ ଓଦାଳିଆ ଭୂଇଁ ଉପରର ଘାସବୁଦା ମାନଙ୍କ ଉପରେ ଚିକଚିକ୍ କରୁଛନ୍ତି ଠୋପା ଠୋପା କାକର ବିନ୍ଦୁମାନ। ଦଲକାଏ ଥଣ୍ଡା ପବନ ପଶି ଆସିଲା ହଠାତ୍ ଝର୍କା ବାଟଦେଇ। ଶୀତେଇ ଗଲା ନୈନାର ଦେହ। ସବୁଦିନ ପରି ନିଜର ଗୋଲାପୀ ରଙ୍ଗର ଲମ୍ବା କୋଟଟିକୁ ଦେହରେ ଗଳେଇ ହୋଇପଡ଼ିଲା ସେ।

ମା' ଉଠି ସାରିଲାଣି ନିଜ କାମକୁ ଯିବା ପାଇଁ। ଦିଦି ଶୋଇଛି ଆହୁରି। ସମସ୍ତେ ଗଲାପରେ ଉଠିକି କ'ଣ ଟିକେ ରାନ୍ଧିଦେଇ ସ୍କୁଲ ବାହାରି ପଡ଼ିବ। ଆଉ ମା'କୁ ଲାଗିବ ଦିଦି ଯେମିତି ପୁରା ସଂସାର ଜଞ୍ଜାଳଟାକୁ ମୁଣ୍ଡେଇଛି।

- ଆରେ!! ଆଜି ଜଲ୍‌ଦି ଟିକେ ଉଠିପଡ଼ିଲୁ ଯେ?

ନୈନା ନିରୁତ୍ତର।

- କାଲି ରାତିର ଘଟଣା ପାଇଁ ମୋ ଉପରେ ଏବେବି ରାଗିଛୁ?? ନୈନାର ମୁଣ୍ଡ ଉପରେ ହାତ ବୁଲେଇ ଆଣିଲେ ତା' ମା'।

ନୈନା ତଥାପି ଚୁପ୍। ହୁଁଃ.... ଯେତେ ସବୁ ମିଛ ଭଲପାଇବା। ମନେ ମନେ ମୁହଁ ମୋଡ଼ିଲା ନୈନା।

ମାଆ ଚାଲିଗଲା ପରେ ଚିଠିଟାକୁ ଚାରିଭାଙ୍ଗ କରି ତା' ଡବା ଭିତରେ ପୁରେଇ ଦେଇ ସେ ବାହାରିଗଲା ତା' ଗନ୍ତବ୍ୟ ସ୍ଥଳକୁ।

ଚାଲୁଚାଲୁ ପାହାଡ଼ ଧାରରେ ବସି ପଡ଼ିଲା ଟିକେ ସେ ହାଲିଆ ମାରିବା ପାଇଁ। ଏଇ ପାହାଡ଼ଟା ଡେଇଁଗଲେ ଆଈର ଘର। ସୁଲୁସୁଲିଆ ଥଣ୍ଡା ପବନ ସହ କାନରେ ବାଜୁଛି ତିସ୍ତା ନଦୀର କୁଳୁକୁଳୁ ଶବ୍ଦ। ଦୂରକୁ ଚାହିଁଲା ସେ। ଏଇ ଯେଉଁ ଦିଶୁଛି ଶାଳ, ପାଇନ ଆଉ ଓକ୍ ଗଛ ସବୁ ଦୂରରୁ.... ସେଇ ଧାରେ ଧାରେ ବହି ଯାଇଛି ତିସ୍ତା ନଦୀ...ଆଈ କହେ ଏଇଟା ଆମ ସିକ୍କିମ ଅଧିବାସୀମାନଙ୍କର ଜୀବନ ରେଖା। ଅନେକ ଥର ମା' ସହ ଆସିଛି ସେ ଏ ନଦୀ କୂଳକୁ। ନଦୀ କୂଳରୁ ବାଲି ଗରଡ଼ା ଗୋଟେଇଛି, ପକ୍ଷୀମାନଙ୍କର କିଚିରିମିଚିରି ଶବ୍ଦ ସହ ତାଳ ମିଳେଇ ଗୁଣୁଗୁଣେଇ ହୋଇଛି, ଲକ୍ଷ୍ୟ କରିଛି ମାଛ ଧରାଳିମାନଙ୍କୁ ନଦୀର ଈଷତ୍ ସବୁଜ ଆଉ ନୀଳ ରଙ୍ଗ ମିଶା ଜଳରାଶିରୁ ଝୁଡ଼ି ଝୁଡ଼ି ମାଛ ସଂଗ୍ରହ କରିବାର।

ଶୋଷ ଲାଗିଲା ନୈନାକୁ। ପାଣିବୋତଲ କାଢ଼ିବା ପାଇଁ ନିଜ ବ୍ୟାଗ ଖୋଲିଲା ସେ। ବୋତଲ କାଢୁ କାଢୁ ଦେଖିଲା ଯେ ଚିଠି ଖଣ୍ଡକ ତା' ବ୍ୟାଗରେ ପଡ଼ି ରହିଛି ସେମିତି।

ଆରେ.... ଏ ଚିଠି??? ଏବେ ଏବେ ତ ମୁଁ ରଖିକି ଆସିଥିଲି ଯାକୁ ତା' ଡବା ଭିତରେ!! ଏଠି ପୁଣି!! ମୁଣ୍ଡ ଗୋଳମାଳ ହୋଇଗଲା ନୈନାର। ଚିଠିଟାକୁ ଖୋଲି ଏପାଖ ସେପାଖ ଦେଖିଲା ସେ। ଆରେ.... ଏଇଟା ତ ତା' ଚିଠି ନୁହେଁ!! ଏ ତ ମା'ର ହାତଲେଖା!!

ନୈନା...

ମୋ ଉପରେ ରାଗିଛୁ? ମୁଁ ଜାଣେ ତୁ ମୋ ଉପରେ ରାଗିଛୁ, ମୁଁ ତୋତେ

କାଲି ମାରିଲି ବୋଲି । କିନ୍ତୁ ତୋତେ ମାରିଲି ବୋଲି ମୁଁ କ'ଣ ଭଲ ପାଏନି ତୋତେ ? ତୁ ତ ମୋର ସବୁଠୁ ଗେହ୍ଲା ଝିଅ । ମୁଁ ଜାଣିଛି, ତୋ ବାବା ଯିବା ଦିନରୁ ତୋ ମନରେ ସେଇ ଗୋଟାଏ ପ୍ରଶ୍ନ ଗୁଡ଼େଇ ତୁଡ଼େଇ ହେଉଛି । ତୋ ଦିଦିକୁ ମୁଁ ଟିକେ ବେଶୀ ଭଲ ପାଇ ବସିଛି ଆଜିକାଲି । ସେଥିପାଇଁ ତୁ ଭାବିସାରିଛୁ ଯେ ତୋତେ ହିଁ ମୁଁ ବୁଦା ମୂଳରୁ ଗୋଟେଇ ଆଣିଥିଲି ବୋଲି । କିନ୍ତୁ ନା... ତୋ ଦିଦିକୁ ହିଁ ମୁଁ ଗୋଟେଇ ଆଣିଥିଲି ବୁଦା ମୂଳରୁ । ଏ କଥା ମୁଁ କାହାକୁ ବି ଜଣେଇବାକୁ ଚାହୁଁନଥିଲି । କିନ୍ତୁ ତୋର ସନ୍ଦେହ ଧୀରେ ଧୀରେ ଘୃଣାରେ ବଦଳି ସାରିଲାଣି । ସେଥିପାଇଁ ତୁ ସତଟା ଜାଣିବା ନିହାତି ଦରକାର ବୋଲି ଭାବିଲି ମୁଁ । କିନ୍ତୁ ତୋତେ ମୋ ରାଣ ନୈନା... ତୋ ସ୍ୱର୍ଗତଃ ବାବାଙ୍କ ରାଣ ବି, ତୁ ତୋ ଦିଦିକୁ ଏ କଥା କେବେବି କହିବୁନି ।

ତୁ ସେତେବେଳେ ଜନ୍ମ ହୋଇନଥିଲୁ । ଗୋଟେ ଏକଦମ ଶୀତୁଆ ସକାଳରେ ତୋ ବାବା ଆଉ ମୁଁ ଯାଇଥିଲୁ ଆମ ବାଜରା କ୍ଷେତକୁ । କ୍ଷେତ ମଝିରେ ଗୋଟେ କମ୍ବଳ ଭିତରେ ଗୁଡ଼େଇ ଗାଡ଼େଇ ଦେଇ କିଏ ଜଣେ ଥୋଇ ଦେଇ ଯାଇଥିଲା ତୋ ଦିଦିକୁ । କମ୍ବଳରେ ଗୁଡ଼ା ହୋଇଥିଲେ ମଧ୍ୟ ଏତେ ଥଣ୍ଡାରେ ନେଳି ପଡ଼ି ଯାଇଥିଲା ସେ । କାନ୍ଦି କାନ୍ଦି ନିସ୍ତେଜ ହୋଇ ଯାଇଥିଲା ତା' ଦେହ । ତୋ ବାପା ତାକୁ କୋଳକୁ ନେଲେ ଆଉ ଛାତିରେ ଲଗେଇ କହିଲେ ଯେ ବଞ୍ଚିଛି ଛୁଆଟା... ଚାଲ ଘରକୁ ନେଇଯିବା ୟାକୁ । ନ ହେଲେ ମରିଯିବ ଏ । ସେଦିନ ଆଉ ବାଜରା ସଂଗ୍ରହ ନ କରି ଘରକୁ ଫେରି ଆସିଲୁ ଆମେ । ଛୁଆଟାକୁ ଯେ ଆଉ ବଞ୍ଚେଇ ପାରିବୁ ସେ ଆଶା ଆଉ ନ ଥିଲା । ତଥାପି ରଡ଼ ନିଆଁ କରି ବହୁତ ସେକାସେକି କଲା ପରେ ଆଖି ଖୋଲିଲା ସେ । ତା' ପରେ ବି ତାକୁ ସାଷ୍ଟାଙ୍ଗ କରିବା ପାଇଁ କେତେ କଷ୍ଟ କରିବାକୁ ପଡ଼ିଛି ସେ ସବୁ ଗୋଟେ ଲମ୍ବା କାହାଣୀ । କହି ହେବନି ଏବେ ସବୁ ।

ଏ ଘଟଣାର ତିନିବର୍ଷ ପରେ ତୋର ଜନ୍ମ । ଆଚ୍ଛା ଏବେ ଟିକେ ଭାବିଲୁ ଦେଖି... ତା'ର ଏ ସଂସାରରେ ନିଜ ରକ୍ତର ବୋଲି କିଏ ଅଛି । ତୋର ତ ସମସ୍ତେ ଅଛନ୍ତି । ତୋ ବାବା ଗଲାବେଳେ ମୋତେ କଣ କହିଯାଇଥିଲେ ତୁ ତ ଶୁଣିଛୁ ସବୁ । ମୁଁ ଯଦି ତାକୁ ନିଜର ନ କରିବି, ତେବେ ଠାକୁର ରାଗିବେନି ମୋ ଉପରେ ? ସେ ଯଦି କେବେ ଅନୁଭବ କରିବ ଯେ ସେ ମୋର ନିଜର ଜନ୍ମିତ ଝିଅ ନୁହେଁ ବୋଲି, ତେବେ ତାକୁ କେତେ କଷ୍ଟ ହେବ ଭାବି ପାରୁଛୁ ?

ତୋ ଦିଦି ତୋତେ କେତେ ଭଲପାଏ କହିଲୁ ? ତୋ ବେଣୀ ବାନ୍ଧିଦିଏ । ଖେଳୁ ଖେଳୁ ଝୁଣ୍ଟି ପଡ଼ିଲେ ମୋ ଆଗରୁ ସେ ଧାଇଁଯାଏ ତୋ ପାଖକୁ । ନିଜ ଫ୍ରକରେ ଝାଡ଼ି ପକାଏ ତୋତେ । ନିଜେ ତାତିଲା ଭାତ ତରକାରୀ ଭିତରେ ହାତ ପୁରେଇ ଫୁଙ୍କି

ଫୁଙ୍କି ଥଣ୍ଡା କରି ତୋତେ ଖୁଆଇଦିଏ। ତୋର ଅନେକ ଦୁଷ୍ଟାମୀକୁ ଲୁଚେଇ ଦିଏ ମୋ ପାଖରୁ। ତୋ କାନ୍ଧକୁ ହାଲ୍କା କରିବା ପାଇଁ ତୋ ସ୍କୁଲ ବ୍ୟାଗ ବି ବୋହିଆଣେ ବେଳେବେଳେ ସ୍କୁଲ ପାଖରୁ। ଆଉ ତୁ??

ତୁ ତୋ ଦୁନିଆର କେବଳ ଗୋଟିଏ ପାଖକୁ ଦେଖୁଛୁରେ ମା'। ଆରପାଖଟିକୁ ବି ଟିକେ ଦେଖିବାକୁ ଚେଷ୍ଟାକର। ସବୁ ବୁଝିଯିବୁ ଖୁବ୍ ସହଜରେ। ଦେଖିବୁ ସବୁ ରାଗ ଅଭିମାନ ତୋର ମିଳେଇଯିବ କୁଆଡ଼େ। ତୋ ଦିଦି ତୋ ଭାଗର ସ୍ନେହ ମମତାରୁ କିଛି ବି ଭାଗ ବସେଇନି ବରଂ ତା' ଭିତରର ସବୁ ସ୍ନେହ ମମତାକୁ ଅଜାଡ଼ି ଦେଇଛି ତୋ ପାଖରେ। ମୁଁ ଠିକ କହୁଛି ନା ଭୁଲ? ଟିକେ ଭାବିଲୁ ଦେଖି।

ହଠାତ ଯେମିତି ଦୃଶ୍ୟପଟ ବଦଳିଗଲା ନୈନା ଆଖି ସାମ୍ନାର। ସେ ଏକା ମୁହାଁ ହୋଇ ଧାଇଁଲା ଘରକୁ କେଉଁଠି ଆଉ ଟିକେ ବି ନ ରହି। ଘରେ ପହଞ୍ଚି ଦେଖିଲା ଯେ ମା' କାମରୁ ଫେରିନି ଆହୁରି। ଚଟ୍ କିନା ତା' ଡବା ଭିତରୁ ଚିଠିଟାକୁ କାଢ଼ି ଆଣିଲା ସେ। ହାତରେ ମୁଠେଇଧରି ନିଃଶ୍ୱାସ ନେଲା ଟିକେ ସେ ଏଥର। ଏତେ ଥଣ୍ଡାରେ ବି ତା' କପାଳରେ ଚିକ୍‌ଚିକ୍ କରୁଥିଲା ବିନ୍ଦୁବିନ୍ଦୁ ଝାଳ। ଦିଦି ଚୁଲି ଜାଳି ରୋଷେଇ କରୁଛି ଗୋଟେ କିଛି। ଧାଇଁଯାଇ ଦିଦି ପିଠିରେ ଲାଉ ହୋଇପଡ଼ିଲା ନୈନା ଆଉ ଚିଠିଟାକୁ ଫିଙ୍ଗି ଦେଲା ଚୁଲି ଭିତରକୁ ଲକ୍ଷ୍ୟ କରି ଦିଦି କିଛି ପଚାରିବା ଆଗରୁ। ଚିଠି ସହ ଜଳି ଜଳି ଯାଉଥିଲା ନୈନା ମନ ଭିତରର ଯେତେ ସବୁ ସନ୍ଦେହ, ଈର୍ଷ୍ୟା, ରାଗ ଆଉ ଅଭିମାନ।

■

ମାୟାମୃଗ

ଯେତେଦୂର ଯାଏ ଦୃଷ୍ଟି ଲମ୍ବିପାରିବ, ସେତେଦୂର ଯାଏ ଦୃଷ୍ଟିକୁ ଲମ୍ବାଇ ଚାହିଁଲା ଲୋକଟି। ଆଗକୁ ଆଗକୁ ଖାଲି ଦିଗନ୍ତ ବିସ୍ତାରି ବିସ୍ତୀର୍ଣ୍ଣ ବାଲୁକା ରାଶି। ଚାରିଆଡ଼ କେମିତି ଗୋଟାଏ ଧୂସର ଧୂସର। ସବୁଜିମାର ଚିହ୍ନବର୍ଣ୍ଣ ବି ଦିଶୁନି କେଉଁଠି ଟିକେ। ଚାରିଆଡ଼େ ଠୋ ଠୋ ଖରାର ରାଜୁତି। ଧାପେ ହେଲେ ଛାଇ ଟିକେ କେଉଁଠି ବି ନଜରରେ ପଡୁନି। ସୂର୍ଯ୍ୟଦେବତା ମୁଣ୍ଡ ଉପରେ ଯେମିତି ରଡ଼ନିଆଁ ଗୁଡ଼ା ଅଜାଡ଼ି ପକାଉଛନ୍ତି। ଉତ୍ତପ୍ତ ବସୁଧାର ଉତ୍ତାପରେ ପୋଡ଼ି ଯାଉଛି ପାଦ। ଅଗତ୍ୟା ଆଉକିଛି ଉପାୟ ନ ପାଇ ଆଗକୁ ପାଦ ବଢ଼େଇଲା ସେ। ପଛେ ପଛେ ତାକୁ ଅନୁସରଣ କଲା ସ୍ତ୍ରୀ ଲୋକଟିଏ କାଖରେ ଛୁଆଟିଏ ଜାକି।

ଖରା, ଗରମ ଆଉ ଶୋଷରେ ଛୁଆଟା ନିସ୍ତେଜିଆ ପଡ଼ି ଧକେଇଲାଣି। ଗୋଡ଼ ହାତ ଚାଲୁନି ଆଉ କାହାରି। କେଉଁଠି ଗଛଟିଏ ଦେଖିଲେ ତା' ମୂଳରେ ବସିପଡ଼ି ହାଲିଆ ଟିକେ ମାରନ୍ତେ କି ପାଣି ଢୋକେ ପିଅନ୍ତେ। ଏଠି ତ ଦୂରଦୂରାନ୍ତ ଯାଏ ଖାଲି ବାଲି ହିଁ ବାଲି। ଠାଏ ଠାଏ କାକ୍‌ଟସ କି ଖଜୁରୀ ଗଛଟାଏ। ସେଥିରେ କି ଛାଇ ମିଳେ!! ତଣ୍ଟି ପାଟି ଶୁଖି ଅଠା ଧରି ଗଲାଣି। ଲୋକଟି ନିଜ ବ୍ୟାଗରୁ ପାଣି ବୋତଲଟି ବାହାର କଲା। ପରିବେଶ ଆଉ ପରିସ୍ଥିତିର ଚାପରେ ପାଣି ବୋତଲ ବି ତା' ଶୀତଳତା ହରେଇ ସାରିଥିଲା। ହେଉ... ଚଳିବ... ଶୋଷ ପଛେ ନ ମେଣ୍ଟୁ, ତଣ୍ଟି ଟିକେ ତ ଓଦା ହେବ। ଠିପି ଖୋଲି ପାଣି ଦି'ଢୋକ ପିଇଲା ସେ। ଆଉ ବୋତଲଟାକୁ ବଢ଼େଇ ଦେଲା ସ୍ତ୍ରୀ ଲୋକଟିର ହାତକୁ। ସ୍ତ୍ରୀ ଲୋକଟି ତା' ଚାରିବର୍ଷର ଛୁଆକୁ କାଖରେ ଜାକି ଚାଲୁଥିଲା ଗୋଡ଼କୁ ଘୋଷାଡ଼ି ଘୋଷାଡ଼ି। ବଡ଼ କଷ୍ଟରେ କୁନ୍ଥେଇ କନ୍ଥେଇ କହିଲା, "ଆଉ ଚାଲି ପାରିବିନି ମୁଁ। ମୋ ଦେହ ହାତ କ'ଣ ହୋଇ ଯାଉଛି। କୋଉଠି ଟିକେ ବସି ପଡ଼ନ୍ତେନି?"

ହଁ, ହଁ.... ଆଉ ଅଳ୍ପବାଟ। ତୁ ଛୁଆଟାକୁ ଢୋକେ ପାଣି ପିଆଇ ଦେ।

ଛୁଆଟା ମୁହଁ ମାଡ଼ି ପଡ଼ିଥିଲା ମା' କାନ୍ଧରେ। ତାଲୁରୁ ତା'ର ଉଠୁଛି ଖଇଫୁଟା ତାତି। ଛୁଆ ପାଟିରେ ପାଣି ଢେକେ ଦେଲା ସେ। ପାଣିତକ ପାଟିରୁ ଗାଳିଦେଇ ଗୋଟେ ଲମ୍ବା ନିଃଶ୍ୱାସ ଛାଡ଼ିଲା ଛୁଆଟି। ତାତିଲା ନିଃଶ୍ୱାସ ସହ ବାହାରି ଆସିଲା ଦୁଇଧାର ଉଷୁମ ରକ୍ତ ତା' ନାକର ଦୁଇ ପୁଡ଼ା ଦେଇ। ବେକକୁ ଝୁଙ୍କେଇ ମା'ର ଛାତି ଉପରକୁ ଢଳି ପଡ଼ିଲା ସେ ଧୀରେ ଧୀରେ ଆଉ ଆଖି ପତା ମୁଦି ହୋଇ ଆସିଲା ତା'ର।

ବିକଳ ହୋଇ କାନ୍ଦିଲା ସ୍ତ୍ରୀ ଲୋକଟି। କିନ୍ତୁ ଏ କ'ଣ ? ? ତା' ଆଖିରୁ ତ ଠୋପେ ବି ଲୁହ ବାହାରୁନି। ସେ ଖାଲି ରଡ଼ି ଛାଡୁଛି ଯାହା। ଗରମ ବାଲିରେ ଆଉ ବେଶୀ ସମୟ ବସି ପାରିଲେନି ସେମାନେ। ଯେଉଁଠି ନିଜେ ଚାଲିବା ନିଜକୁ ଅସମ୍ଭାଳ, ସେଠି ମଲା ଛୁଆଟାକୁ ବୋହିବ କିଏ ! ! ଛୁଆକୁ ସେଇ ବାଲିରେ ପୋତିଦେଇ ଆଗକୁ ଚାଲିଲେ ସେମାନେ।

ଅଳ୍ପବାଟ ଯିବା ପରେ ହଠାତ କିଛି ଗୋଟେ ଝୁଣ୍ଟିପଡ଼ି ତଳେ ପଡ଼ିଗଲା ସ୍ତ୍ରୀ ଜଣକ। କ'ଣ ବୋଲି ଆଡ଼େଇ ଦେଖିଲାବେଳକୁ କାହାର ଗୋଟେ ପଞ୍ଜରା ହାଡ଼। କିଏ ଗୋଟେ ଜୀବଜନ୍ତୁ ବୋଧେ ମରି ଯାଇଛି ଏ ଅସହ୍ୟ ଗରମ ସହିନପାରି। ଠିକ୍ ତା' ଛୁଆ ପରି।

ମୁଁ ଆଉ ଚାଲି ପାରିବିନି। ମୋତେ ଏଠି ମରିବା ପାଇଁ ଛାଡ଼ିଦେଇ ତୁମେ ଚାଲିଯାଅ ଏଠୁ... କହିଲା ସ୍ତ୍ରୀ ଲୋକଟି ବିକଳ ହୋଇ।

ଉଠ୍... ଆଉ ଅଳ୍ପ ବାଟ। ହେଇ ଦେଖ ସେ ଦୂରକୁ। କିଛି ଗୋଟେ ସବୁଜ ସବୁଜ ଦେଖାଯାଉଛି। ନିଶ୍ଚୟ ସେଠି ଗଛପତ୍ର କି ଘରଦ୍ୱାର କିଛି ଥିବ। ଆଉ ଟିକକକୁ ଏ ଖରା ବି ମଉଳି ଯିବ। ରାତିବେଳା ଖୁବ୍ ଥଣ୍ଡା ଏଠି। ଆଉ ଏତେ କଷ୍ଟ ହେବନି। ଉଠ୍....

ସେ କିନ୍ତୁ ଆଉ ଉଠିଲାନି। ଡଙ୍କ ମୋଡ଼ି ପଡ଼ି ରହିଲା ସେଇଠି। ତାକୁ ଡାକି ଡାକି ହାଲିଆ ହୋଇଗଲାଣି ଲୋକଟି। ଆଉ ଡାକିବାକୁ ବଳ ପାଉନି ତା'ର। ଯେତେ ଚେଷ୍ଟା କଲେ ବି ପାଟିରୁ ଆଉ ଶବ୍ଦ ବାହାରୁନି ତା'ର। ଜିଭ ଓଟାରି ହୋଇଯାଉଛି ଭିତରକୁ। ମୁଣ୍ଡ ଭିତରେ କିଏ ଯେମିତି ଗୋଟାଏ ହାତୁଡ଼ି ପିଟୁଛି। ଛେପ ଟିକେ ଢୋକିବାକୁ ଚାହିଁଲେ ବି ହୋଇପାରୁନି।

ଧୂଳିଝଡ଼ ଆସି ଅଧା ପୋତି ସାରିଲାଣି ସ୍ତ୍ରୀଟିକୁ। ଚାହିଁକି ବି କିଛି କରିପାରୁନି ଲୋକଟି। ହଠାତ୍ ସେ ଅନୁଭବ କଲା ଯେ ତା' ପାଦ ତଳୁ ବାଲି ଖସି ଖସି ଯାଉଛି।

ଧୀରେ ଧୀରେ ତଳକୁ ଦବି ଯାଉଛି ସେ। ବାଲି ଝଡ଼ର ଗୋଟାଏ ପ୍ରକାଣ୍ଡ ଭଉଁରୀ ମାଡ଼ି ଆସୁଛି ତା' ଆଡ଼କୁ ରାକ୍ଷସ ପରି କାୟା ମେଲେଇ। ଟାଣି ନେଉଛି ତାକୁ ତା' ନିଜଆଡ଼କୁ ନିର୍ମମ ଭାବରେ। ଭଉଁରୀ ଭିତରେ କ୍ଷିପ୍ର ଗତିରେ ବୁଲୁବୁଲୁ ସେ ବି ଧୀରେ ଧୀରେ ପାଲଟି ଯାଉଛି ବାଲି କଣିକାଟିଏ। ଆଉ ଖସି ପଡୁଛି କାଳର ଅତଳ ଗହ୍ୱର ଭିତରେ।

କ୍ଷୀଣ ଚିତ୍କାର ସହ ଉଠି ପଡ଼ିଲେ ଦିବାକର ବାବୁ। ଦୁଇ ଆଖିରୁ ବହି ଆସିଛି ଦୁଇଧାର ଲୁହ। ମୁଣ୍ଡ ଭାରି ଭାରି ଲାଗୁଛି। ଛାତି ରୁନ୍ଧି ଲାଗୁଛି। ପାଟି ଭିତର ଅଠା ଅଠା... ଓଃ... କି ଦୁଃସ୍ୱପ୍ନ!!! କିଏ ଥିଲେ ସେମାନେ?? ମନେ ପକେଇବାକୁ ଚେଷ୍ଟାକଲେ ଦିବାକର ବାବୁ। ନାଃ.... ମନେପଡୁନି ମୁହଁଗୁଡ଼ା ସ୍ପଷ୍ଟ ଭାବରେ। ସ୍ୱପ୍ନରେ ଚିହ୍ନା ଚିହ୍ନା ଲାଗୁଥିଲେ କିନ୍ତୁ ଏବେ ଆଉ ମୁହଁଗୁଡ଼ା ମନେପଡୁନି ତାଙ୍କର। ଜଗରୁ ପାଣି କାଢ଼ି ଢକଢକ କରି ପିଇଗଲେ ଗ୍ଲାସଟେ ସେ। ସୁଷମା କହିଲେ, "ଛଅଟା ଉପରେ ବାଜିଲାଣି ପରା। ଆଜି କ'ଣ ଏତେ ଡେରି ଉଠିବାରେ!! ଏଇଲେ ପରା ଆସିଯିବ ସେ ବିଲ୍ଡର ତା' କଣ୍ଟ୍ରାକ୍ଟରକୁ ଧରି। ଯାଅ ଫ୍ରେଶ୍ ହୋଇଯାଅ।

ଦିବାକର ବାବୁ ଉଠି ନିତ୍ୟକର୍ମ ସବୁ ସାରି ବାଲକୋନିରେ ବସିଲେ ଟିକେ। ବୋହୁ ମାଧବୀ ଆଣି ଚା' କପେ ଧରେଇ ଦେଲା। ଚା' ପିଉ ପିଉ ପୁଅ ସୁଶାନ୍ତ ଆସି କହିଲା, "ବାପା... ଆମ ମୂଳଚାଲରୁ ଇଞ୍ଚେ ବି ଘୁଞ୍ଚିବନି ତୁମେ। ସେ ବିଲ୍ଡର ଭାବିଛି ଏମିତି ଚିକ୍କଣ କଥା କହି ଶାଗମାଛ ଦରରେ ଆମ ଜାଗାଟା ହାତେଇ ନେବ ବୋଲି।" ପୁଅ କଥାର କିଛି ବି ଉତ୍ତର ନ ଦେଇ ନିଜ ଜାଗା ଉପରକୁ ଗଲେ ଦିବାକର ବାବୁ।

ସହରର ଶେଷଭାଗ ଆଡ଼କୁ ଦିବାକର ବାବୁଙ୍କର ସୁନ୍ଦର ତିନି ମହଲା ଘରଟିଏ। ଘର ପାଖକୁ ଲାଗି ଗୋଟେ ଏକର ପରିମିତ କଣ୍ଟାବାଡ଼ ଘେରା ଜାଗାଟିଏ। ଏସବୁ ତାଙ୍କର ପୈତୃକ ସମ୍ପତ୍ତି। କାହିଁ କେଉଁ ବାପା ଜେଜେବାପା ଅମଳର। ଅବଶ୍ୟ ତାଙ୍କ ବାପା ଥିବାବେଳେ ଘରଟି ଏମିତି ବାଗରେ ନ ଥିଲା। ସେ ଦେଖିବାରେ ଏଇ ଜାଗାରେ ତିନି ବଖରା ଆଜବେଷ୍ଟସ ଘର ଥିଲା। ସେ ବଡ଼ ହୋଇ ଚାକିରୀ କଲା ପରେ ଏଠି ଏଇ ତିନିମହଲା ଘରଟିକୁ ତିଆରି କରିଥିଲେ ଆଉ ତାଙ୍କ ପୁଅ ସୁଶାନ୍ତ ଚାକିରୀ କଲାପରେ ଇଣ୍ଟେରିଅର ଡେକୋରେଟରକୁ ଡାକି ଘରଟିକୁ ଆଉ ଟିକେ ସୁନ୍ଦର ସୁଦୃଶ୍ୟ ବନେଇ ଦେଇଛି।

ଆଉ ଏଇ ଯେଉଁ ଘର ସଂଲଗ୍ନ ବାଡ଼ ଘେରା ଜାଗା ଖଣ୍ଡକ, ଛୁଆବେଳୁ ସେ ଦେଖି ଆସିଥିଲେ ତାଙ୍କ ଜେଜେବାପାଙ୍କୁ ମାଟି ସହ ମାଟି ହୋଇ ଏଠି କେତେ ରକମର ଗଛ ଲଗେଇବାର। ଖରା, ବର୍ଷା, ଶୀତ, କାକରକୁ ନ ମାନି ଦିନକୁ ଦୁଇବେଳା ବାଡ଼ି ଖଣ୍ଡେ ଧରି ଏ ମୁଣ୍ଡରୁ ସେମୁଣ୍ଡ ବୁଲି ଆସିବାର। ଏଇ ହେଉଛି ସେଇ ପିଜୁଳି

ଗଛ ଯାହାକୁ ଦିନେ ତାଙ୍କ ବୋଉ ଲଗେଇଥିଲା ଗୋଟାଏ ବର୍ଷଣ ମୁଖର ଅପରାହ୍ଣରେ। ପାଣି ମୁନ୍ଦେ ଛଡ଼ା ଆଉ ସେମିତି ବେଶୀ କିଛି ଦେଇ ନାହାନ୍ତି ସେ ଏ ଗଛଟାକୁ। କିନ୍ତୁ ପ୍ରତିଦାନରେ ବର୍ଷ ବର୍ଷ ଧରି ସେ ଅଜାଡ଼ି ଚାଲିଛି ଡାଳ ଭର୍ତ୍ତି ଫଳ ତାଙ୍କ ପରିବାର ସମେତ ଆଖପାଖର ଯେତେକ ପକ୍ଷୀ, ଗୁଣ୍ଡୁଚିମୂଷା ଆଦିଙ୍କୁ। ପିଜୁଳି ଗଛ ପାଖକୁ କଦଳୀ ଗଛ ଦି'ବୁଦା। ପାଚେରୀକୁ ଲାଗି ବର୍ଷଯାକ ଫଳ ଯୋଗାଉ ଥିବା ଅମୃତଭଣ୍ଡା ଗଛ ଦି'ଟା। ବୋଉ ହାତଲଗା ଆହୁରି ଏମିତି ଅନେକ ଗଛ.... ସଜନା, ସପେଟା, ପଣସ, ଦି' ଚାରି କିସମର ଆମ୍ବ ମଧ୍ୟ, ଆଜି ଯାଏ ଫଳ ଯୋଗାଇ ଚାଲିଛି ତାଙ୍କୁ। କଣ୍ଟାବାଡ଼ ଘେରା ପାଚେରୀକୁ ଲାଗି ସେ ଖଜୁରୀ ଗଛଟି ଏବେ ମଧ୍ୟ ସେମିତି ଢଳିକି ରହିଛି ଗୋଟାଏ ପାଖକୁ। ଆଉ ତା' ପିଠି ଉପରେ ଦୌଡ଼ାଦୌଡ଼ି କରୁଛନ୍ତି ଗୁଣ୍ଡୁଚିମୂଷା କେତୋଟି। ବଉଳକୋଳି ଗଛମୂଳେ ଡେଇଁ ଡେଇଁ ନିଜ ଖାଦ୍ୟର ସନ୍ଧାନ କରୁଛି କୁଣ୍ଡାଖାଇ ଚଢ଼େଇଟିଏ। ପିଜୁଳି ଗଛର ସବା ଅଗ ଡାଳରେ ବସି ପାଚିଲା ପିଜୁଳିଟିଏକୁ ଖୁମ୍ପି ଖୁମ୍ପି ଅଧା ଖାଇ ସାରିଲାଣି ହଳଦୀବସନ୍ତଟି।

ଆଉ ଟିକେ ଦୂରକୁ ଚାହିଁଲେ ଦିବାକର ବାବୁ। କେତୁଟା ଗୁଆଗଛ ସହ ଧାଡ଼ିଏ ଫଳନ୍ତି ନଡ଼ିଆ ଗଛ। ବସ୍ତା ବସ୍ତା ନଡ଼ିଆ ବାହାରେ ଏଠୁ। ଜାଗାର ଶେଷ ମୁଣ୍ଡଆଡ଼କୁ ବଡ଼ ବଡ଼ ଚାକୁଣ୍ଡା, ଶାଳ, ଦେବଦାରୁ, ଅର୍ଜୁନ, ତାଳ ଏମିତି କେତେ କ'ଣ। ଅବଶ୍ୟ ଏସବୁ ଗଛ ସେ ନିଜେ ଲଗେଇ ନାହାନ୍ତି କି ଯତ୍ନ ନେଇ ନାହାନ୍ତି। ଏ ସବୁ ତାଙ୍କ ପିତୃ ପୁରୁଷଙ୍କର ଦାନ ତାଙ୍କ ପାଇଁ।

ପିଲାଦିନରୁ ସେ ଦେଖି ଆସୁଛନ୍ତି ଏ ସବୁକୁ। କିନ୍ତୁ ଆଜି ଆଉ ଟିକେ ନିରେଖି ନିରେଖି ଦେଖିଲେ ସେ ଆଉ ମୋହାଚ୍ଛନ୍ନ ହୋଇପଡ଼ିଲେ ଯେମିତି। ଆଃ... ହାତ ପାହାନ୍ତାରେ ଥିବା ଏତେ ସବୁଜିମା ଆଉ ଏତେ ଶୀତଳତାକୁ କ'ଣ ଅନ୍ୟ ହାତକୁ ଟେକି ଦେଇ ହୁଏ!!

ବିଲ୍ଡର ଆଉ କଣ୍ଟ୍ରାକ୍ଟର ଆସି ପହଞ୍ଚି ସାରିଥିଲେ। ଖାଲି ମୂଲଚାଲକୁ ନେଇ କଥାଟା ଅଟକିଛି ଯାହା। ପୁଅ ସୁଶାନ୍ତର ତାଗିଦ ନିଜ ଦାମରୁ ଟିକେ ବି ହଲିବାର ନାହିଁ ଆମେ। କଥାଟା ଛିଡ଼ିଗଲେ ଆଜି ହିଁ କାମ ଆରମ୍ଭ କରିଦେବ ବୋଧେ ସେଇ ବିଲ୍ଡର। ଏଠୁ ସବୁ ଗଛ କଟା ହୋଇ କାଠ ସବୁ ଚଢ଼ା ଦରରେ ବିକ୍ରୀ ହେବ। ଏଠି ଠିଆ ହେବ ବଡ଼ ବଡ଼ ଆପାର୍ଟମେଣ୍ଟ ଆଉ ମଲ୍ ସବୁ। ତାଙ୍କ ହାତକୁ ଆସିବ ମୋଟା ଅଙ୍କର ବିଡ଼ା ବିଡ଼ା ଟଙ୍କା।

ଆଜ୍ଞା, ଆମେ ଆପଣଙ୍କ କଥାରେ ରାଜି। ଆପଣ ଯେତିକି କହିଥିଲେ ସେତିକି ଟଙ୍କା ମୁଁ ଆପଣଙ୍କୁ ଦୁଇଟା କିସ୍ତିରେ ଦେଇଦେବି। ଆପଣ ଖାଲି ଏଇ କାଗଜ ପତ୍ର

କିଛିରେ ଦସ୍ତଖତ କରି ଦିଅନ୍ତୁ। ମୁଁ କାଲି ଭିତରେ ଏଠୁ ଗଛ କଟା ଆରମ୍ଭ କରିଦେବି।

ବିଲ୍ଡର କଥା ଶୁଣି ଚମକି ପଡ଼ିଲେ ଦିବାକର ବାବୁ। ହଠାତ୍ ତାଙ୍କ ଆଖି ଆଗରୁ ଗଛପତ୍ର ଉଭେଇ ଗଲା ସବୁ। ଦୂରଦୁରାନ୍ତ ଯାଏ ଦିଶିଲା ଖାଲି ବାଲିଚର ଭୂମି। ଆଉ ସେ ବାଲିଚର ଭିତରେ ଚାଲି ଚାଲି ଯାଉଛି ତାଙ୍କ ପୁଅ ସୁଶାନ୍ତ, ତାଙ୍କ ବୋହୂ ଆଉ ଆଦରର ନାତିକୁ ଧରି। ଛାତି ଭିତରେ କିଛି ଗୋଟାଏ ଘଟିଲା ଦିବାକର ବାବୁଙ୍କର। ମନେପଡ଼ିଗଲା ତାଙ୍କର ରାତିର ଦୁଃସ୍ୱପ୍ନ କଥା। ପାଟିରୁ ସ୍ୱତଃ ବାହାରି ଆସିଲା, "ନା, ମୁଁ ପାରିବିନି।"

ସୁଶାନ୍ତ ପଚାରିଲା....କ'ଣ ହେଲା ବାପା ? ?

ମୁଁ ଏ ଜାଗା ବିକ୍ରି କରିବାକୁ ଚାହୁଁନି ଏବେ। ସେମାନଙ୍କୁ ତୁ ମନା କରି ଦେ।

ତୁମେ କ'ଣ ପାଗଳ ହୋଇ ଯାଇଛ ବାପା ! ! ଏମିତି ସୁଯୋଗ କିଏ ହାତଛଡ଼ା କରେ ? ? ଦୁଆର ମୁହଁରେ ଠିଆ ହୋଇଥିବା ଲକ୍ଷ୍ମୀଙ୍କୁ କିଏ ବାହାରୁ ବାହାରୁ ବିଦା କରିଦିଏ ? ? ଚୁକ୍ତି ଅନୁସାରେ ଜମି ପଇସା ବାଦ୍ ଏ ଗଛ ବିକ୍ରି ପଇସାରେ ବି ଆମର ଫୋର୍ଟି ପର୍ସେଣ୍ଟ ସେୟାର ରହିବ। ଲକ୍ଷ ନୁହେଁ ଏବେ କୋଟିରେ କାରବାର ହେବ ବାପା। ଆଉ ତୁମେ ହାତ ପାହାନ୍ତାରେ ଥିବା ଧନକୁ ଆଡ଼େଇ ଯାଉଛ ! !

ଧନ ! ! କି ଧନ ? ? ନିଜ ହାତ ମୁଠାରେ ଥିବା ଅସଲି ଅମୂଲ ମୂଲ ଧନକୁ ପର ହାତକୁ ଟେକି ଦେଇ ମୁଁ ସୁନାର ମାୟାମୃଗ ପଛରେ ଧାଇଁ ପାରିବିନି ଆଉ ତୋତେ ବି ଧାଇଁବାକୁ ଦେବିନି। ଅନ୍ତତଃ ମୁଁ ବଞ୍ଚିଥିବା ଯାକେ ତ ଆଦୌ ନୁହେଁ।

■

ନୀରବ ସମ୍ପର୍କ

ନିଜର ଝାଲ୍ ମୁଢ଼ି ପସରାଟି ଧରି ପିଲାଟି ଠିଆ ହୋଇଗଲା ଆସି ମୋ ସିଟ୍ ପାଖରେ। ସବୁଥର ଭଳି ରାଗ, ଲୁଣି, ଆଚାର, ଲେମ୍ବୁ ସବୁର ଗୋଟେ ଗୋଳିଆଗୋଳି ବାସ୍ନା ଖେଳେଇ ହୋଇଗଲା ଆଖପାଖରେ। ଅଭ୍ୟାସ ବଶତଃ ତା' ପସରା ଉପରେ ଆଖି ପହଁରେଇ ଆଣିଲି ମୁଁ ଥରେ। ସେଇ ଚିରାଚରିତ ଜିନିଷ... ସାମାନ୍ୟ ତେଲ ଚିକିଟା ଧରି ଆସିଥିବା ଛୋଟବଡ଼ ହୋଇ ପ୍ଲାଷ୍ଟିକ ଡବା କେତୁଟା। କେଉଁଥିରେ ମୁଢ଼ି, କେଉଁଥିରେ ମିକ୍ସଚର, କେଉଁଥିରେ ସେଉ ପୁଣି କେଉଁଥିରେ ତେଲଭଜା ବାଦାମ ମଞ୍ଜି କିଛି। ଛୋଟିଆ ଛୋଟିଆ ପ୍ଲାଷ୍ଟିକ ଗିନା କିଛିରେ କଟା ପିଆଜ, କଟା କଞ୍ଚାଲଙ୍କା, କଟା ଲେମ୍ବୁ। ପାଖରେ ଛୋଟିଆ ଛୁରୀଟେ, ବିଟ୍ ଲୁଣ ଡବା, ଲଙ୍କାଗୁଣ୍ଡ ଡବା, ଆଚାର ଡବା, ସିଝା ବୁଟ, ମଟର ସହ ଆହୁରି ଏମିତି କେତେ କ'ଣ। ପାଖରେ ସାଇଜ ସାଇଜ ହୋଇ କଟା ହୋଇଥିବା କିଛି ଖବରକାଗଜ। ଏସବୁ ବାଦ୍ ଗୋଲାପୀ ରଙ୍ଗର ମଗଟାଏ। ମୁଢି ସହ ସବୁ ମସଲା ମସଲି ମିଶେଇ ଫେଣ୍ଟିବା ପାଇଁ।

ଏମିତି ନୁହେଁ ଯେ ମୁଁ ଏସବୁ ନୂଆ ଦେଖିଲି। ସବୁଦିନେ ଦେଖେ। ସବୁଦିନ ସନ୍ଧ୍ୟାରେ ଅଫିସ ଫେରନ୍ତା ଟ୍ରେନରେ ତା'ର ମୋର ଦେଖା ହୁଏ। ସେ କେଉଁଠି ରହେ, ଦିନଯାକ କୁଆଡ଼େ ଯାଏ ମୋତେ କିଛି ଜଣାନାହିଁ। କିନ୍ତୁ ଏଇ ସନ୍ଧ୍ୟା ଟ୍ରେନରେ ଯାଇ ସେ ଭୁବନେଶ୍ୱର ଷ୍ଟେସନରେ ଓହ୍ଲାଏ। ଆମେ ସେଇ ଗୋଟିଏ ଷ୍ଟେସନରୁ ହିଁ ଚଢୁ ଗୋଟିଏ ଟ୍ରେନରେ। କେତେବେଳେ ସେ କେଉଁ ବଗିରେ ଚଢ଼ିଯାଏ ତା'ର କିଛି ଠିକଣା ନାହିଁ କିନ୍ତୁ ଟ୍ରେନରୁ ଓହ୍ଲେଇବା ଭିତରେ ତା'ର ମୋର ଥରେ ଦୁଇଥର ତ ନିଶ୍ଚୟ ଦେଖା ହୋଇସାରିଥାଏ।

ଝାଲ୍ ମୁଢ଼ି... ଏ.... ଝାଲ୍ ମୁଢ଼ି... ଡାକି ଡାକି ସେ ଯେତେବେଳେ ମୁଁ ବସିଥିବା ବଗି ଭିତରକୁ ପଶେ, ମୁଁ ତା' କଣ୍ଠସ୍ୱରରୁ ହିଁ ଠଉରେଇ ନିଏ ତାକୁ। ବହୁତ

ଲୋକ ତା'ଠାରୁ ଝାଲ୍ ମୁଢ଼ି କିଣିକି ଖାଆନ୍ତି। ଆମ ଅଫିସ ଷ୍ଟାଫ ସାହୁବାବୁ ତ ଏ ଝାଲ୍ ମୁଢ଼ିର ଗୋଟେ ବଡ଼ ଫ୍ୟାନ। ସାହୁବାବୁ ଆଉ ମୁଁ ଅଫିସରୁ ଗୋଟିଏ ସମୟରେ ବାହାରୁ, ଏଇ ଗୋଟିଏ ଟ୍ରେନରେ ଚଢୁ, ପାଖାପାଖି ବସି ଗପସପ ଟିକେ ହୋଇ ହୋଇ ଏଇ ଭୁବନେଶ୍ୱର ଷ୍ଟେସନରେ ଓହ୍ଲେଇ ଯିଏ ଯାହା ଗୃହାଭିମୁଖୀ ହେଉ। ଲଞ୍ଚ ପରେ ଅଫିସରେ ଖାଲି ପାଣି ଢୋକେ ଢୋକେ ପିଇ ପାଟିକି ଚିପିକି ରଖିଥିବା ସାହୁବାବୁଙ୍କ ଟକରା ପାଟିକୁ ଏଇ ଚଟପଟା ଝାଲ୍ ମୁଢ଼ିଟା ଭାରି ସୁହାଏ। ସିଟ୍‌ରେ ବସୁ ବସୁ ଆଗ ଖୋଜି ପକାନ୍ତି ସେଇ ପିଲାଟିକୁ। ଝାଲ୍ ମୁଢ଼ି ଖାଆନ୍ତି, ତା' ସହ ଦୁଃଖସୁଖ ବି ହୁଅନ୍ତି ଆଉ ବେଳେବେଳେ ସୁବିଧା ମିଳିଲେ ତା'ସହ ଲମ୍ବା ଗପ ବି ଯୋଡ଼ି ଦିଅନ୍ତି। ମୁଁ ଲକ୍ଷ୍ୟ କରେ ଯେ ଆହୁରି ବହୁତ ଲୋକ ବି ତା'ଠାରୁ କିଣିକି ଖାଇବାକୁ ପସନ୍ଦ କରନ୍ତି। ବୋଧେ ଭଲ ସୁଆଦିଆ କରି ବନେଇକି ଦିଏ। ମୁଁ କିନ୍ତୁ ଖାଇନି କେବେବି। ଟ୍ରେନ ଭିତରେ କିଛି ବି ଖାଦ୍ୟ ପାନୀୟ ମୋତେ ଭାରି ଅପରିଷ୍କାର ଲାଗେ। ସାହୁବାବୁ ସେଠି ଯେମିତି ଟାଉଟାଉ କରି ଖାଇ ଯାଆନ୍ତି ଆଉ ଖାଇସାରି ହାତକୁ ନିଜ ପିନ୍ଧା ପ୍ୟାଣ୍ଟରେ ଯେମିତି ଝାଡ଼ି ଦିଅନ୍ତି, ମୋତେ ଦେଖିଲେ ଭାରି ଆଶ୍ଚର୍ଯ୍ୟ ଲାଗେ।

ଏଇ ଛଅ ସାତମାସର ଦେଖା ଚାହାଁ ଭିତରେ ମୁଁ ଏତିକି ଜାଣିପାରିଛି ଯେ ଭାରି ହସଖୁସିଆ ଆଉ ସ୍ୱାଭିମାନୀ ପିଲାଟି। କାହାକୁ ଠକିବା କିମ୍ବା ଚିକ୍କଣ କଥା କହି କିଛି ବିକେଇ ଦେବା ତା'ର ପ୍ରବୃତ୍ତି ନୁହେଁ। କେହି ମାଗିଲେ ତାକୁ ଝାଲ୍ ମୁଢ଼ି ବନେଇକି ଦିଏ ନ ହେଲେ ଚାଲିଯାଏ ଆଗକୁ ଆଗକୁ ତା' କାଠ ଟ୍ରେର ପସରାକୁ ବେକରେ ଝୁଲେଇ ଆଉ ସେଇ ରାଗଲୁଣିର ବାସ୍ନାକୁ ଆଖପାଖରେ ଚହଟେଇ ଦେଇ।

XXX

ପିଲାଟି ସହ ମୋର ଦେଖା ହୋଇଥିଲା ଏମିତି ଭାବରେ। ମୁଁ ମୋବାଇଲରେ ଗେମ୍ ଖେଳିବାରେ ମସଗୁଲ ଥିଲି। ଟ୍ରେନ ଭିତରେ ବୋର୍ ହୋଇଗଲେ ମୁଁ ଏଇଆ ହିଁ କରେ ସବୁବେଳେ। କେତେବେଳେ ଲୁଡ୍ରୋ ତ କେତେବେଳେ କ୍ୟାଣ୍ଡିକ୍ରସ୍। ମୋ ସାମ୍ନା ସିଟ୍‌ର ଲୋକଟା ପିଲାଟିକୁ କହିଲା, "ଏ ବାବୁ....ଝାଲ୍ ମୁଢ଼ି ଗୋଟେ ଦେ ତ।" ପିଲାଟି ଚଟାପଟ ତିଆରି କରି ବଢ଼େଇ ଦେଲା।

ଆଜ୍ଞା.... ପନ୍ଦର ଟଙ୍କା।

ପନ୍ଦର ଟଙ୍କା!! ଦଶ ଟଙ୍କା ପରା ସବୁଠି।

ମୋର ସ୍ପେଶାଲ୍ ଝାଲ୍ ମୁଢ଼ି ଆଜ୍ଞା। ମୁଁ ଅନ୍ୟମାନଙ୍କଠାରୁ ଅଧିକ ବି ଦିଏ। ଗୋଟାଏ ଖାଇଲେ ପେଟ ପୁରିଯିବ। ଖାଇକି ଦେଖୁ ନାହାଁନ୍ତି।

କୋଡ଼ିଏ ଟଙ୍କିଆ ନୋଟ ଖଣ୍ଡେ ବଢ଼େଇ ଦେଲେ ସାମ୍ନା ସିଟ୍‌ର ଲୋକ ଜଣଙ୍କ।

ମୋ ପାଖରେ ଏବେ ଚେଞ୍ଜ ନାହିଁ ଆଜ୍ଞା।

ମୋ ପାଖରେ ବି ନାହିଁ। ଆଉ ତୁ ରଖି ନେ ସେ ପାଞ୍ଚ ଟଙ୍କା।

ପିଲାଟି ନିଜ ପ୍ୟାଣ୍ଟ ପକେଟ, ସାର୍ଟ ପକେଟ, ଅଣ୍ଟାରେ ଝୁଲେଇ ଥିବା ଗୋଟେ କୋଚଟ ତେଲିଆ ମୁଣି... ସବୁ ଦରାଣ୍ଡି ହେଲା। ତା' ପରେ ଆଗ ବର୍ଥକୁ ଯାଇ ସେଠି କିଛି ବେପାର କଲା ଆଉ ପାଞ୍ଚ ଟଙ୍କିଆ କଏନଟିଏ ଧରି ପୁଣି ଫେରିଲା ସେଇ ବାବୁଙ୍କ ପାଖକୁ।

କିନ୍ତୁ ସାମ୍ନା ସିଟ୍‌ର ବାବୁ ଜଣଙ୍କ ପିଲାଟିର ସଚ୍ଚୋଟତାକୁ ପ୍ରଶଂସା କରିବା ପରିବର୍ତ୍ତେ ଟିକେ ଗମ୍ଭୀର ହୋଇ କହିଲେ, "କହିଲି ପରା ଦରକାର ନାହିଁ.... ତୁ ରଖିନେବୁ ବୋଲି...।"

ପିଲାଟି ମଧ୍ୟ ସମାନ ଗମ୍ଭୀର ସ୍ୱରରେ ଦମ୍ଭର ସହ ଉତ୍ତର ଫେରେଇଲା... ମୋର ମଧ୍ୟ ଦରକାର ନାହିଁ। ମୁଁ ମୋ ପାଉଣାଠାରୁ ଟଙ୍କାଟିଏ ବି ଅଧିକ ପଇସା କାହାଠାରୁ ରଖେନି।

ମେଞ୍ଚଡ଼ ଟୋକା ଖଣ୍ଡେ.... କିନ୍ତୁ ଭାଉ ଦେଖ। ତୁମେମାନେ ସବୁ କେତେ ସଚ୍ଚୋଟ ମୁଁ କ'ଣ ଜାଣିନି। ବେଳେ ଖାଇଲେ ବେଳେ ପେଟରେ ଓଦା କନା ପକେଇ ଶୋଉଥିବେ କିନ୍ତୁ ଫୁଟାଣି ଦେଖ ଶଳାର... ଗୁଣୁଗୁଣୁ ହୋଇ ଏତକ କହି ପକେଇଲେ ବାବୁ ଜଣଙ୍କ।

ଏତେବେଳ ଯାଏ ମୁଁ କେବଳ କଥୋପକଥନ ଶୁଣୁଥିଲି ବସି ଯାହା। ଆଉ ଉପର ଠାଉରିଆ ଭାବରେ ଏପାଖ ସେପାଖ ଆଖି ବୁଲାଉଥିଲି। ଏଥର କିନ୍ତୁ ମୁଁ ପିଲାଟିକୁ ଲକ୍ଷ୍ୟ କଲି ଭଲରେ ତା' ଉପରେ ଦୃଷ୍ଟି ନିବଦ୍ଧ କରି। ସାବନା ରଙ୍ଗର ନହନହକା ପିଲାଟି। ବୟସ ତେର କି ଚଉଦ ହେବ କିମ୍ବା ପନ୍ଦର ଭିତରେ। ଦେହରେ ଗଳେଇଛି ଗୋଲାପୀ ରଙ୍ଗର ରଙ୍ଗଛଡ଼ା ଟିସାର୍ଟ ଖଣ୍ଡେ। ବେକରେ ବାନ୍ଧିଛି ମୋଟା କଳା ସୂତାରେ ତାବିଜଟିଏ। ଡାହାଣ ହାତର କଚଟି ପାଖରେ ନାଲି ହଳଦିଆ ହୋଇ ଗୁଡ଼ାଏ ଅନାବନା ସୂତା। ହାତ ଗୋଡ଼ ନଳୀ ନଳୀ। ଆଉ ତା' ବଗ ଭଳିଆ ସରୁଆ ବେକରେ ସେ ଝୁଲେଇଛି ତା' ଅଭାବୀ ସଂସାରକୁ ଦାନାପାଣି ଯୋଗାଉଥିବା ତା' ଲକ୍ଷ୍ମୀ ପସରା.... ତା' ଝାଲ୍ ମୁଢ଼ିର ସାଜ ସରଞ୍ଜାମର ବୋଝ। ସେ ବୋଝ ତା' ନହକା ଅଣ୍ଟା ଆଉ ବେକକୁ ମଝିରେ ମଝିରେ ନୁଆଇଁ ଦେଉଛି ସିନା କିନ୍ତୁ ମୁହଁରେ ତା'ର ଅପୂର୍ବ ଦାମ୍ଭିକତା... ଆଖିରେ ତା'ର ତେଜୋଦୀପ୍ତ ଠାଣି। ତା' ଚାହାଣୀ କହୁଛି

ହୋଇପାରେ ମୁଁ ଗରିବ କିନ୍ତୁ ଭିକାରୀ ନୁହେଁ। ଜୀବନ ଥିବା ଯାଏ ଏ ଜୀବନ ସଂଗ୍ରାମ ଜାରି ରହିବ ମୋର କିନ୍ତୁ ହାତ ପତେଇବିନି କାହାକୁ କି କାହା ଦୟାର ପାତ୍ର ହେବିନାହିଁ।

ସେବେଠାରୁ ତା' ପାଟି ଶୁଣିଲାମାତ୍ରେ ତା' ଉପରେ ମୋ ଆଖିଟା ଆପେଆପେ ଘୁରି ଆସେ ଥରେ।

XXX

ହଠାତ୍ ଦିନେ ପିଲାଟି ଆସିଲାନି। ମୁଁ ମୋ ଖୋଜିଲା ଖୋଜିଲା ଆଖିକୁ ବୁଲେଇ ଆଣିଲି ଚାରିଆଡ଼େ। ତା'ପର ଦୁଇଦିନ ବି ଆସିଲାନି। ଉପରେ କିଛି ନ କହିଲେ ବି ମନଟା ଭିତରେ କେଉଁଠି ନା କେଉଁଠି ଗୋଳେଇଘାଣ୍ଟି ହେଉଥିଲା ଟିକେ। କିଛି ଅସୁବିଧା ହୋଇନି ତ!! ଏମିତିରେ ଆଉ ଦି ଦିନ ଚାଲିଗଲା। ପିଲାଟିର ଦେଖା ନାହିଁ। ସାହୁବାବୁ ପ୍ରକାଶ୍ୟରେ ଖୋଜୁଥିଲେ ତାକୁ। "ଆରେ ପିଲାଟା ଆସୁନି କାହିଁକି" ବାରମ୍ବାର କହି ହେଉଥିଲେ ଏଇ କଥାଟିକୁ। ମୁଁ ଅନୁଭବ କଲି ଯେ ମୁଁ ବି ନୀରବରେ ଖୋଜୁଛି ତାକୁ। କିନ୍ତୁ କାହିଁକି!! ସାହୁବାବୁ କିମ୍ବା ଅନ୍ୟ କିଛିଜଣ ପାସେଞ୍ଜର ସିନା ତା'ର ନିୟମିତ ଗରାଖ ଯେ ତାକୁ ଝାଲ୍ ମୁଢ଼ି ଖାଇବା ପାଇଁ ଖୋଜୁଛନ୍ତି କିନ୍ତୁ ମୁଁ ତ ତା' ସହ ଦିନେମାତ୍ର କଥା ବି ହୋଇନି। ଖାଇବା ଦୂରର କଥା। ଏଇ କିଛିଦିନର ଦେଖାଚାହାଁ ଭିତରେ ଆମ ଭିତରେ କେଉଁଠି ଅଦୃଶ୍ୟ ନୀରବ ସମ୍ପର୍କଟିଏ ଗଢ଼ି ଉଠିଥିଲା ବୋଧେ ମୋ ଅଜାଣତରେ।

ସପ୍ତାହେ ପରେ ପିଲାଟିର ଆବିର୍ଭାବ ହେଲା ପୁଣି। ମୁଁ ବସିକି ମୋବାଇଲ ଦେଖୁଛି ତ ଚିହ୍ନା ଚିହ୍ନା ବାସ୍ନାଟାଏ ଖେଳିଗଲା ଚାରିଆଡ଼େ। ମୁହଁ ଉଠେଇ ଚାହିଁଦିଏ ତ ସେ ଆସି ଆମ ବର୍ଥ ପାଖରେ। ତାକୁ ଦେଖିଦେଇ ଟିକେ ଆଶ୍ୱସ୍ତ ଲାଗିଲା ମୋତେ। କାହିଁକି ଜାଣେନି ମୁଁ। ସେ କିନ୍ତୁ ଦୁର୍ବଳ ଦିଶୁଥିଲା ବହୁତ। ଝଡ଼ି ଯାଇଥିଲା ଖୁବ୍ ମାତ୍ରାରେ। ତା' ସାବନା ରଙ୍ଗର ଦେହଟା ମଳିଚିଆ ଦିଶୁଥିଲା। ମୁହଁ ଶୁଖି ଯାଇଥିଲା। ତା' ବାଉଁଶ ନଳୀ ପରି ହାତଗୋଡ଼ ସବୁ ଆହୁରି କଣି କଣି ଦିଶୁଥିଲା। ଦେହ ଖରାପ ହୋଇଥିବ ବୋଧେ... ଏମିତି କିଛି ଭାବି ଦେଇ ଚୁପ୍‌ଚାପ ବସି ରହିଲି ମୁଁ।

ସାହୁବାବୁ କିନ୍ତୁ ଫଟେଇ ହୋଇ ସବୁ ପଚାରିବା ଲୋକ। ପଚାରିଲେ.... ତୋର କ'ଣ ଦେଖାନଥିଲାରେ ବାବୁ.... ଏତେ ଦିନ କୁଆଡ଼େ ଯାଇଥିଲୁ?

ସପ୍ତାହେ ହେବ ଜ୍ୱରରେ ପଡ଼ିଥିଲି ଆଜ୍ଞା। ସେଥିପାଇଁ ଆସି ପାରୁନଥିଲି। ବୋଉ ତ ଆଜି ବି ମୋତେ ଛାଡୁନଥିଲା ଜମାରୁ। କିନ୍ତୁ ଏତେଦିନ ଘରେ ଶୋଇଲେ ଆମେ ଖାଇବୁ କ'ଣ? ଆମର ତ ଦାଣ୍ଡରୁ ଗଲେ ହାଣ୍ଡିରେ ପଶେ। ଏତିକି ଦିନ

ଘରେ ରହିଲି ଯେ ଘରେ ହାଣ୍ଡି ଡେକଚିଠାରୁ ଆରମ୍ଭ କରି ଡବାଡବି ଯାଏ ସବୁ ମାଙ୍କଡ଼ଚିତ୍ ମାରିଲାଣି।

ଏବେ ଦେହ ଭଲ ତ?

- ହଁ... ଜ୍ୱର ଛାଡ଼ ଗଲାଣି ଯେ ଭାରି ଦୁର୍ବଳ ଲାଗୁଛି କିନ୍ତୁ। ଧୀରେ ଧୀରେ ଠିକ ହେବି।

- ଆରେ, ଆଉ ଟିକେ ଡାକ୍ତରଙ୍କୁ ଦେଖେଇ ଦେଲୁନି?

- ହଁ ଦେଖେଇ ଥିଲି ଯେ.... ଡାକ୍ତର କହିଲେ ସବୁଦିନ କ୍ଷୀର ସହ ପ୍ରୋଟିନ ପାଉଡ଼ର ଗୋଳେଇ ଦୁଇମାସ ପିଇବା ପାଇଁ। ପ୍ରୋଟିନ ପାଉଡ଼ର କିଏ, ଆମେ କିଏ?? ଆମର ରାତି ପାହିଲେ ଗୁଡ଼ପକା ମାଣ୍ଡିଆଜାଉ ନ ହେଲେ ଦି'ମୁଠା ପଖାଳ ସହ ବେଳାଏ ତୋରାଣି। ତା' ସାଙ୍ଗକୁ ପୋଡ଼ାପୋଡ଼ି କି ସିଝାସିଝି ଟିକେ ହୋଇଗଲେ ସେଇ ଢେର୍...। ବଡ଼ ଦେଇ ତା' ଛଅମାସର ପୁଅକୁ ଧରି ଶାଶୁଘରୁ ଆସିଛି ଯେ ପନ୍ଦର ଦିନ ରହିକି ଯିବ ବୋଲି, ତା' ପୁଅ ପାଇଁ ଡବାକ୍ଷୀରଟେ ଆଣିବାକୁ ଆମ ଘରେ ପଇସା ଭିଡ଼ାଓଟରା। ଆଉ ମୁଁ ପ୍ରୋଟିନ ପିଇବି!! ଏତିକି କହିସାରି ହିଁ ହିଁ ହୋଇ ହସିଲା ପିଲାଟି ନିଜର କଳପାଣି ଖିଆ କଳା କଳା ଦାନ୍ତକୁ ଦେଖେଇ।

- ତୋ ବାପା କିଛି କରେନି କି?

- ବାପା ନାହିଁ। ମା' ଅଛି ଯେ....ସେ ଆଣ୍ଠୁବାତ ରୋଗୀ। ତଥାପି ଦି ଚାରିଘର କାମ ଧରିଛି। ସେ ବି ଦି' ପଇସା ଘରକୁ ଯୋଗାଏ। ବଡ଼ ଭଉଣୀକୁ ବାହାଘର କରି ଦେଇଛି। ସାନଟା ଅଛି ଖାଲି।

- ଏଁ... ତୁ ବାହା କରିଦେଇଛୁ??

- ହଁ, ବାପା ଯେଉଁ ଲୋକର ଗାଡ଼ି ଧକ୍କାରେ ମରିଗଲା, ସେ ଲୋକ ତା' ନାଁରେ କେସ୍ ନ କରିବାକୁ କହି କିଛି ପଇସା ମା' ହାତରେ ଗୁଞ୍ଜିଦେଲା। ମା' କିନ୍ତୁ ଜିଦି ଧରିଥିଲା ଯେ ପଇସା ଫେରେଇ ଦେବି ଆଉ କେସ୍ କରିବି। ମୁଁ ବୁଝେଇଲି ତାକୁ... କହିଲି ଦେଖେ ମା'.... କେସ୍ କଲେ ଆମକୁ ମିଳିବ କ'ଣ? ବାପା କ'ଣ ଆଉ ଫେରିବ? ଏ ବାବୁଭାୟାମାନଙ୍କ ବିରୁଦ୍ଧରେ ଲଢ଼େଇ କରି ତୁ କ'ଣ ପାରିବୁ? ଓଲଟା ନିଜ ପେଟରୁ କାଟି ନିଜ ପିଲାଙ୍କ ପେଟରୁ କାଟି ଓକିଲକୁ ପଇସା ଗଣିବୁ। ସବୁ ବିକିଭାଙ୍ଗି ସର୍ବସ୍ୱାନ୍ତ ହୋଇଗଲେ ବି ପାରିବୁନି। ହାରିଯିବୁ। ଦରକାର ପଡ଼ିଲେ ତୋ ଛୁଆ ତିନିଟାକୁ ନେଇ ଦାଣ୍ଡରେ ବସିବୁ। ବରଂ ଏ ପଇସା ରଖ ଆଉ ଦେଇ ବାହାଘର କରି ଦେ। ମା' ବୁଝିଗଲା। ମୁଁ ବି ଦି' ପଇସା ସଞ୍ଚିଥିଲି। ବାପା ଥିଲାବେଳେ ମୋ ପାଇଁ ସାଇକେଲ ଖଣ୍ଡେ କିଣି ଦେଇଥିଲା। ତାକୁ

ବିକିଦେଲି। ଏମିତି ପଇସା ଯୋଡ଼ିଯାଡ଼ି ବାହାଘରଟା ସାରିଦେଲି। ଆଉ ସାନ ଭଉଣୀଟା ରହିଲା ଖାଲି।

କଟକ ଷ୍ଟେସନରେ କିଛି ଲୋକ ଫାଙ୍କା ହୋଇଯିବା ପରେ ପିଲାଟା ଖାଲି ସିଟ ଦେଖି ଥକ୍କା ମାରି ବସି ପଡ଼ିଥିଲା ଘଡ଼ିଏ। ଆଉ ଏଇ ମଉକାରେ ସାହୁବାବୁ ଗପ ଯୋଡ଼ି ଦେଇଥିଲେ ତା' ସହ। ଆଖିବୁଜି ଘୁମେଇବା ମୁଦ୍ରାରେ ବସି ସବୁ ଶୁଣୁଥିଲି ମୁଁ। ମନଟା ଭାରି ଭାରି ଲାଗୁଥିଲା। ଏ ଜୀବନର ରଙ୍ଗ କେଉଁଠି କେମିତି!! କିଏ ସୁଖ ସାଉଁଟି ସାଉଁଟି ଥକି ପଡ଼ିଲାଣି ତ କିଏ ଦୁଃଖ ସହି ସହି ଥକି ଗଲାଣି। ଇଚ୍ଛା ହେଉଥିଲା ହାତରେ ତା'ର କିଛି ଟଙ୍କା ଗୁଞ୍ଜି ଦିଅନ୍ତି କି। ଆଉ କୁହନ୍ତି, "ନେ ରଖ, ପ୍ରୋଟିନ ପାଉଡ଼ର କିମ୍ବା ଭିଟାମିନ କିଣି ଖାଇବୁ। ଦେହରେ ଟିକେ ବଳ ଆସିବ।" କିନ୍ତୁ ନା.... ପ୍ରଥମ ଦିନର କଥା ମନେପଡ଼ିଗଲା। ଏ ପିଲା କେବେବି ମୋ ସାହାଯ୍ୟ ଗ୍ରହଣ କରିବନି। ତା' ଗରିବୀ ଚେହେରା ତଳୁ ତା'ର ପ୍ରଚଣ୍ଡ ସ୍ୱାଭିମାନୀ ମନଟା ମୋତେ ଜଳଜଳ ଦିଶୁଥିଲା। କିନ୍ତୁ ତା' ପାଇଁ କିଛି କରିବାକୁ ଇଚ୍ଛା ହେଉଥିଲା ମୋତେ। ହଠାତ୍ ମନେପଡ଼ିଗଲା ମୋର.... ମୋ ସ୍ତ୍ରୀଙ୍କ ଶାଢ଼ୀ ଶୋରୁମ୍ ପାଇଁ ପିଲାଟିଏ ଦରକାର ଥିଲା ବୋଲି। ଧୀରେ ହସ ଖେଳିଗଲା ମୋ ଓଠରେ। ଆଜି ନିଶ୍ଚୟ ସ୍ତ୍ରୀଙ୍କ ସହ ଏ ବିଷୟରେ କଥା ହେବି ଭାବି ମନ କଥାକୁ ମନରେ ରଖିଲି। ପୁଣି ପିଲାଟି ସହ ବି କଥା ହେବାକୁ ପଡ଼ିବ ତା' ସ୍ୱାଭିମାନରେ ଆଞ୍ଚ ନ ଆସିବା ପରି। ହୁଏତ ମୋ ସ୍ତ୍ରୀଙ୍କୁ ଏ ପିଲା ପସନ୍ଦ ନ ଆସିପାରେ। ତାଙ୍କ ଆଖିରେ ତାଙ୍କ ବିଜିନେସ ପାଇଁ ଏ ଅଯୋଗ୍ୟ ହୋଇପାରେ। କିନ୍ତୁ ମୁଁ ତାଙ୍କୁ ନିଶ୍ଚୟ ବୁଝେଇ ଦେଇପାରିବି ଯେ, "ସମସ୍ତେ ଜନ୍ମରୁ ଯୋଗ୍ୟ ହୋଇ କିମ୍ବା ଯୋଗଜନ୍ମା ହୋଇ ଜନ୍ମ ହୋଇନଥାନ୍ତି। କିଛିଙ୍କୁ ଯୋଗ୍ୟ ବନେଇବାକୁ ପଡ଼େ। ଆଉ ତୁମେ ନିଶ୍ଚୟ ପାରିବ।" ଏ ଆତ୍ମବିଶ୍ୱାସଟି ମୋ ଭିତରେ ଥିଲା।

ଷ୍ଟେସନ ଆସି ଯାଇଥିଲା। ସମସ୍ତେ ଆମେ ଓହ୍ଲେଇଲୁ। ସେ ପିଲା ବି। ପିଲାଟି ତା' ପସରାକୁ ଗୋଟେ ଜାଗାରେ ଥୋଇଦେଇ ଅଣ୍ଟା ପିଠିକୁ ଟିକେ ସଳଖିଲା ଆଉ ଦୀର୍ଘଶ୍ୱାସଟିଏ ଛାଡ଼ିଲା। ସତେ ଅବା ଦିନଯାକର ପରିଶ୍ରମ ଆଉ କ୍ଲାନ୍ତିକୁ ଫୁଃ କରି ଉଡ଼େଇ ଦେଲା ସେ ତା' ନିଃଶ୍ୱାସରେ ଆଉ ପ୍ରଶ୍ୱାସରେ ଗ୍ରହଣ କରିନେଲା ଆସନ୍ତା କାଲି ପାଇଁ କିଛି ନୂଆ ଉତ୍ସାହ, କିଛି ନୂଆ ଆଗ୍ରହ ଆଉ ଶରୀର ପାଇଁ କିଛି ନୂଆ ତାକତ।

ପିଲାଟିକୁ ଆହୁରି ନିରେଖିବାକୁ ଇଚ୍ଛା ହେଉଥିଲା ମୋତେ। ଏଇ କିଛିଦିନ ଭିତରେ ତା' ଆଉ ମୋ ଭିତରେ ଗଢ଼ି ଉଠିଥିବା ନୀରବ ସମ୍ପର୍କଟିକୁ ମୁଁ ଏଡ଼େଇ ଯାଇ ପାରୁନଥିଲି ଆଦୌ।

ଆଶ୍ଚର୍ଯ୍ୟ ଲାଗୁଥିଲା.... ଏତେ ନଡ଼ନଡ଼ିଆ ଚେହେରା ଭିତରେ ଏତେ ଦମ୍ଭ କେମିତି !! ଏତେ କମ ବୟସରୁ ଏତେ ପରିପକ୍ୱତା କେମିତି !! ଏ ଅବୁଝା ଚପଳ ବୟସରେ ସେ ଯେ ଅନେକ ବୁଝାମଣା କରିନେଇଛି ଜୀବନ ସହ !!

କିଛି ସମୟ ପାଇଁ ଅଟକି ଗଲି ମୁଁ ସେଠି। ପିଲାଟି ତା’ ପସରାକୁ ସେଇଠି ଥୋଇଦେଇ ପାଖ ବିସ୍କୁଟ ଦୋକାନ ଆଡ଼କୁ ଗଲା। ମୁଁ ଧୀରେ ଧୀରେ ତା’ ପସରା ପାଖରେ ଯାଇ ଠିଆ ହେଲି। ଆଉ ସତର୍କତାର ସହ ତା’ ମୁଢ଼ି ଡବା ଖୋଲି ସେଥିରେ ପାଁଶହ ଟଙ୍କା ଦିଖଣ୍ଡ ଗଳେଇ ଦେଇ ଢାଙ୍କୁଣୀ ଦେଇଦେଲି। ଆଉ ଖୁବ୍ ସନ୍ତର୍ପଣରେ ବାହାରି ଆସିଲି ସେଠୁ। ଯଦିଓ ମୁଁ ଭଲଭାବେ ଜାଣିଥିଲି ଯେ ପିଲାଟି କେବେବି ଏ ପଇସାରେ ନିଜ ପାଇଁ ପ୍ରୋଟିନ ପାଉଡ଼ର କିଣିବନି ବରଂ ଘରକୁ କିଛି ସଉଦା ନେଇଯିବ କିମ୍ବା ତା’ ଦେଇ ପୁଅ ପାଇଁ ଡବାକ୍ଷୀର।

■

ଭିଟାମାଟି

ଭାଗବତ ଟୁଙ୍ଗୀର ବାରଣ୍ଡାରେ ବସିଛନ୍ତି ସୁରଞ୍ଜନ। ଯିଏ ଯାହା ବାଟରେ ଚାଲିଗଲେଣି ସବୁ। ଘରକୁ ଯିବାକୁ ଇଚ୍ଛା ନାହିଁ ତାଙ୍କର। ଘରକୁ ଗଲେ ଏବେ ପୁଣି ସେଇ ଆଲୋଚନା। ବୋଉର ପୁଣି ସେଇ ଜିଦ୍ ଆଉ ଅନୁପମାଙ୍କର ସେଇ ଶୁଖିଲା ହତାସିଆ ଆଉ ବିକଳିଆ ଚାହାଣୀ। ଏସବୁ ଭିତରେ ପେଷି ହୋଇଗଲେଣି ସିଏ ଏଇ କିଛିଦିନ ଭିତରେ। କାହା ମୋହ ରଖିବେ ଆଉ କାହା ମୋହ ତୁଟେଇବେ ? ? ଏଣୁ ମାରିଲେ ବ୍ରହ୍ମ ହତ୍ୟା ଆଉ ସେଣୁ ମାରିଲେ ଗୋହତ୍ୟା। କିନ୍ତୁ ଘରକୁ ତ ଫେରିବାକୁ ପଡିବ। ଆଉ କିଛି ଉପାୟ ନାହିଁ।

ସୁରଞ୍ଜନଙ୍କ ବାପା ଶଙ୍କର୍ଷଣ ଚୌଧୁରୀ ଥିଲେ ଜମିଦାରିଆ ଲୋକ। ବାଟି ବାଟି ସମ୍ପତ୍ତି ଥିଲା ହାତରେ। ବଞ୍ଚିଥିଲାବେଳେ ଜମିଦାରୀ ଠାଣିରେ ଖର୍ଚ୍ଚବାର୍ଚ୍ଚ ଦାନଧର୍ମ କରି ବହୁତ ସମ୍ପତ୍ତି ଉଡ଼େଇଛନ୍ତି। ଆଉ ଯାହା ଥିଲା ସବୁ ଭାଇ ଭାଗବଣ୍ଟାରାରେ ଯାଇଛି। ଏବେ ଯେତିକି ବଞ୍ଚିଛି ତାହା ସମୁଦ୍ରରୁ ଶଙ୍ଖେ। ମଲାବେଳେ ସେତିକିକୁ ଶଙ୍କର୍ଷଣ ଚୌଧୁରୀ ନିଜ ଧର୍ମପତ୍ନୀ କମଳା ଦେବୀଙ୍କ ହାତରେ ଦାୟିତ୍ୱରେ ଦେଇ କହିଥିଲେ, "ଯାହା ଯାଇଛି ଯାଇଛି ଆଉ ଯାହା ଅଛି ସବୁ ତୁମକୁ ଲାଗିଲା। ମୋ ବାପା ଗୋସେଇଁବାପା ଅମଳର ଭିଟାମାଟି ଯେମିତି ଭଗାରୀଙ୍କ ହାତକୁ ନ ଯାଏ। ଘରର ଜ୍ୟେଷ୍ଠପୁତ୍ର ବୋଲି ଜ୍ୟେଷ୍ଠଭାଗ ହିସାବରେ ଏ ଘରଟି ମୁଁ ଉତ୍ତରାଧିକାରୀ ସୂତ୍ରରେ ପାଇଛି।"

ଶଙ୍କର୍ଷଣ ଚୌଧୁରୀ ମଲାବେଳକୁ ସୁରଞ୍ଜନର ବୟସ ମୋଟେ ତେର ବର୍ଷ। କମଳାଦେବୀ ଘରବାହାର ଆଉ ଛୁଆର ପାଠପଢ଼ା ସବୁ ବୁଝି ଆସିଛନ୍ତି ଆଜି ଯାଏ। ସେଦିନର ସେ ଜମିଦାରୀ ଥାଟ ଆଉ ନାହିଁ କିନ୍ତୁ ନିଜ ଦାୟିତ୍ୱରୁ କେବେ ପଛଘୁଞ୍ଚା ଦେଇ ନାହାନ୍ତି କମଳା ଦେବୀ। ସେଥିପାଇଁ କୌଣସି ଦିନ ମାତୃଆଜ୍ଞାକୁ ଅବଜ୍ଞା କରି ପାରନ୍ତି ନାହିଁ ସୁରଞ୍ଜନ।

ସୁରଞ୍ଜନର ବାହାଘର ପରେ ବୋହୂ ଅନୁପମା ହାତରେ ଘରର ଦାୟିତ୍ୱ ଦେଇ କିଛି ମାତ୍ରାରେ ନିଶ୍ଚିତ ହୋଇଥିଲେ କମଳା ଦେବୀ। ଯେଉଁଦିନ ଜାଣିଲେ ତାଙ୍କର ଆଗାମୀ ବଂଶଧର ଆଉ କେତୁଟା ମାସ ପରେ ତାଙ୍କ ଅଗଣାରେ ପାଦ ଦେବାକୁ ଯାଉଛି ସେଦିନ ଆଉ ତଳେ ପାଦ ଲାଗିନଥିଲା ତାଙ୍କର ଖୁସିରେ। ଅନୁପମାଙ୍କୁ ଆଉ କୁଟା ଖଣ୍ଡକ ଦି ଖଣ୍ଡ କରିବାକୁ ଦେଇନଥିଲେ ସେ।

ଆୟୋଜନ ଆରମ୍ଭ କରିଦେଇଥିଲେ କମଳା ଦେବୀ। ନାତି ପାଇଁ ସୁନାର ଖଡ୍ଡୁ, ଚେନ, ମୁଦି, ଅଣ୍ଟାବିଛା ସବୁ ବରାଦ ଦେଇ ତିଆରି କରେଇ ଆଣିଲେ। କେବେଠାରୁ ସାଇତି ରଖିଥିବା ଗୋଟିଏ ବାଘନଖରେ ସୁନାର ପାତ ମାନ ବସେଇ ସୁନ୍ଦର ପଦକଟିଏ ମଧ୍ୟ ତିଆରି କରିଥିଲେ ନାତି ପାଇଁ।

କିନ୍ତୁ ବିଧିର ବିଧାନ ଥିଲା କିଛି ଅଲଗା। ଅନୁପମାଙ୍କର ଝିଅଟିଏ ହେଲା। ସବୁ ସରାଗ ପାଣି ଫୋଟକା ପରି ମିଳେଇଗଲା କମଳା ଦେବୀଙ୍କର। ସବୁ ଆୟୋଜନ ପାଣିରେ ପଡ଼ିଗଲା ପରି ଲାଗିଲା ତାଙ୍କୁ। ସୁରଞ୍ଜନଙ୍କର ବି ମନରେ ସରାଗ ନାହିଁ। ଯେଉଁଠି ବସିଲେ ଚୁପ୍‌ଚାପ। ଆଗପରି ପ୍ରଗଳ୍ଭତା ନାହିଁ କଥାବାର୍ତ୍ତାରେ।

ଏମିତିରେ ଚାଲିଲା କିଛିଦିନ। କମଳା ଦେବୀ ଅନୁପମାଙ୍କୁ ପାଖରେ ବସି ବୁଝାଇଲେ ଗୋଟେଦିନ। କହିଲେ "ଶୁଣ ମା', ମୋ ବାହାଘରର କେତେବର୍ଷ ଯାଏ ବି ପିଲାପିଲି କିଛି ହେଲାନି ମୋର। ଡାକ୍ତର ଔଷଧ ଆଉ ଟୁଣୁକା ଟୁଣୁକି କିଛି କାମ କଲାନି। ଆଉ ପିଲାଛୁଆ ହେବନି ଭାବି ତୋ ଗୋସେଇଁ ଶାଶୁ ତୋ ଶ୍ୱଶୁରଙ୍କୁ ଆଉ ଥରେ ବାହା କରିବା ପାଇଁ ବାହାରିଥିଲେ। ତା' ପରେ ମୁଁ ମା' ମଙ୍ଗଳାଙ୍କ ବ୍ରତ ରଖିଥିଲି। ମା'ଙ୍କ ଦୟାରୁ ବାହାଘରର ପାଞ୍ଚବର୍ଷ ପରେ ସୁରର ଜନ୍ମ। ସେହି ମା' ମଙ୍ଗଳା ତୋତେ ସାହା ହେବେ। ତୁ ତାଙ୍କରି ବ୍ରତ ରଖ। ଦେଖିବୁ ଆରଥରକୁ ନିଶ୍ଚୟ ତୋ କୋଳରେ ପୁଅଟିଏ ଦେବେ ମା'। ଝିଅ ତ ପରଘରକୁ ଚାଲିଯିବ। ପୁଅଟିଏ ନ ଥିଲେ ପୂର୍ବପୁରୁଷର ଏ ଭିଟାମାଟିକୁ ବଞ୍ଚେଇ ରଖିବ କିଏ। ମୋର କୋଉ ଛଅଟା ନା ନଅଟା। ସୁର ତ ଗୋଟିଏ ବୋଲି ପୁଅ। ସବୁ ଆଶା ମୋର ତା'ରି ପାଖରୁ।"

ଚୁପ୍‌ଚାପ ପଥର ପରି ବସିଥିଲେ ଅନୁପମା ଶାଶୁଙ୍କ କଥାର କିଛି ଉତ୍ତର ନ ଦେଇ। ସୁରଞ୍ଜନ କହିଲେ ଏଇଟା ଆଉ ସମ୍ଭବ ନୁହେଁ ବୋଉ। ଝିଅ ଜନ୍ମବେଳେ କେତେଗୁଡ଼ିଏ ଅସୁବିଧା ପାଇଁ ଅନୁପମାର ଗର୍ଭାଶୟକୁ କାଢ଼ି ଦିଆଯାଇଛି। ନ ହେଲେ ତା'ର ଜୀବନ ପ୍ରତି ବିପଦ ଥିଲା। ତୋତେ ଜଣେଇବା ପାଇଁ ସାହସ ଜୁଟେଇ ପାରୁନଥିଲି ଆଜିଯାଏ।

ପାଦତଳୁ ମାଟି ଖସିଗଲା କମଳା ଦେବୀଙ୍କର। ଏ ଚୌଧୁରୀ ବଂଶ ଉପରେ

କାହିଁକି ଏମିତି କୋପ କଲେ ଭଗବାନ। ଏ ବଂଶ ଆଗକୁ ବଢ଼ିବ କେମିତି ?? ମୋ କୁଳ ଦେବତା କ'ଣ ଅପୂଜା ରହିଯିବେ ?? ମୋ ପିତୃପୁରୁଷଙ୍କୁ ପିଣ୍ଡ କିଏ ବାଢ଼ିଦେବ ?? ଝିଅ ତ ବାହାହୋଇ ପରଗୋତ୍ରୀ ହୋଇଯିବ, ଆଉ ସୁର ପରେ...... ଏ ଡିହରେ କ'ଣ ବିଲୁଆ କୁକୁର ଡେଇଁବେ ?? ନା...ନା... ମୁଁ ବଞ୍ଚି ଥାଉ ଥାଉ ତା' ହେବାକୁ ଦେବିନି।

ତା' ପରଠାରୁ କମଳା ଦେବୀଙ୍କର ଦିନରାତି ଗୋଟିଏ ଜିଦ୍। ସୁର ଆଉଥରେ ବାହା ହଉ। ପୁଅଟିଏ ନ ଥିବାର ଅଭାବବୋଧ ଯେ ବେଳେବେଳେ ସୁରଞ୍ଜନଙ୍କୁ ଉଦାସ ନ କରିଦିଏ ସେ କଥା ନୁହେଁ କିନ୍ତୁ ଅନୁପମାଙ୍କ ପ୍ରତି ଅନ୍ୟାୟ କରିବା ପାଇଁ ବିବେକ ବାଧା ଦିଏ ତାଙ୍କୁ। ଅନୁପମା ବି ଅନୁଭବ କରନ୍ତି ଯେ କୋଉଠି ନା କୋଉଠି ସୁରଞ୍ଜନଙ୍କ ମନର ନିଭୃତ କୋଣରେ ଦୁଃଖ ରହିଯାଇଛି ଟିକେ। କିନ୍ତୁ ସେ ଦୁଃଖ ଦୂରେଇବା ପାଇଁ ସେ ଅସମର୍ଥ।

ଘର ଅପେକ୍ଷା ଗାଁ ମଝିରେ ଥିବା ଭାଗବତ ଟୁଙ୍ଗିଟା ଆଜିକାଲି ବେଶୀ ଶାନ୍ତିପ୍ରଦ ଲାଗେ ସୁରଞ୍ଜନଙ୍କୁ। ରାତି ବହୁତ ହେଲାଣି। ଘରକୁ ଯିବାକୁ ପଡ଼ିବ ଏବେ। ବସିବା ଜାଗାରୁ ଉଠିଲେ ସୁରଞ୍ଜନ। ଘରେ ପହଞ୍ଚି ଗୋଡ଼ହାତ ଧୋଇ ଖାଇବାକୁ ବସିଛନ୍ତି ପାଖରେ ଆସି ବସିଲେ କମଳା ଦେବୀ।

- ତୁ କ'ଣ ଚିନ୍ତା କଲୁ ସୁର ?

ସୁରଞ୍ଜନ କିନ୍ତୁ ସମ୍ପୂର୍ଣ୍ଣରୂପେ ନୀରବ।

- ଚୁପ୍ ରହି ତୁ କ'ଣ ଜଣେଇବାକୁ ଚାହୁଁଛୁ ମୋତେ। ତୁ କ'ଣ ଚାହୁଁଛୁ ତୋ ପରେ ଏ ବଂଶର ଉତ୍ତରଦାୟାଦଭାବେ ଏ ଘରେ କେହି ନ ରହନ୍ତୁ ବୋଲି!! କି ଉତ୍ତର ଦେବି ମୁଁ ତୋ ବାପାଙ୍କର ଦିବଂଗତ ଆତ୍ମାକୁ ?

- କିନ୍ତୁ ବୋଉ....

- କିଛି ଶୁଣିବିନି ମୁଁ। ଆସନ୍ତା ତିଥିରେ ତୋର ବାହାଘର ହେବ। ଝିଅ ମୁଁ ଠିକ୍ କରିସାରିଛି। ଅନୁପମା ଏ ଘରେ ଯେମିତି ରହୁଛି ସେମିତି ରହିବ। କେହି ତା' ଅଧିକାରରେ ହସ୍ତକ୍ଷେପ କରିବେନି। ଆଉ ଯଦି ତୁ ମୋ କଥାରେ ରାଜି ନ ହେଉ ତା'ହେଲେ ମୁଁ ଆଜିଠାରୁ ଠାକୁରଙ୍କ ପାଖରେ ନିର୍ଜ୍ଜଳା ଉପବାସ ରହି ଅଧିଆ ପଡ଼ିବି ପ୍ରାଣତ୍ୟାଗ କରିବା ଯାଏ।

ନିର୍ଦ୍ଦିଷ୍ଟ ତିଥିରେ ବାହାଘର ସରିଗଲା ସୁରଞ୍ଜନଙ୍କର ଚାରୁଲତାଙ୍କ ସହ। ବାହାଘରର ମାତ୍ର ଦୁଇ ବର୍ଷରେ ଚାରି ମାସର ଛୁଆକୁ କୋଳରେ ଧରି ଅଲଗା ରହିବାକୁ ପଡ଼ିଲା ଅନୁପମାଙ୍କୁ। ସେ ଆଗ ପରି ଘରର ସବୁ କାମ କରୁଥିଲେ, ଖାଉଥିଲେ,

ଶୋଉଥିଲେ କିନ୍ତୁ ଗୋଟେ ନାରୀର ଅଧିକାର କ'ଣ ଏତିକିରେ ସୀମିତ ! ଗୋଟେ ନାରୀର ସିନ୍ଦୁର ଦୁଇଭାଗ ହୋଇଯିବାଟା ଯେ କେତେ କଷ୍ଟଦାୟକ ସେ କଷ୍ଟ ତାଙ୍କର କେହି ବୁଝିଲେନି। ତାଙ୍କ ଅନ୍ତରର ଦୁଃଖକୁ କେହି ଦେଖିପାରିଲେନି।

ଧୀରେ ଧୀରେ ସୁରଞ୍ଜନ ଆଉ ଅନୁପମାଙ୍କ ଭିତରେ ଦୂରତ୍ୱ ଏତେ ବଢ଼ିଗଲା ଯେ ଅନୁପମାଙ୍କୁ ଲାଗେ ସୁରଞ୍ଜନ ତାଙ୍କ ପାଇଁ ଗୋଟେ ପରପୁରୁଷ, ଗୋଟେ ଅପରିଚିତ ମଣିଷ। ଏ କ'ଣ ସେଇ ସୁରଞ୍ଜନ ଯାହାଙ୍କ ଔରସର ସନ୍ତାନକୁ ସେ କୋଳରେ ଧରିଛନ୍ତି ! ଭାବିଲେ ଆଶ୍ଚର୍ଯ୍ୟ ଲାଗେ ତାଙ୍କୁ। କାନ୍ଦିକାନ୍ଦି ରାତିରେ ତକିଆ ଭିଜେଇ ଦିଅନ୍ତି ଅନୁପମା। ଦିନକୁ ଦିନ ଅସହ୍ୟ ହୋଇଉଠେ ସମସ୍ତଙ୍କ ଅବହେଳା ଆଉ ଅଣଦେଖା ତାଙ୍କ ପାଇଁ। ସେ କ'ଣ ଖାଲି ଗଣ୍ଡାଏ ଖାଇବା ପାଇଁ ପଡ଼ି ରହିଛନ୍ତି ଏଠି ? ଏ ଘରେ ସେ କିଏ ? ତାଙ୍କର ଅସ୍ତିତ୍ୱ କ'ଣ ?

ପାଞ୍ଚବର୍ଷରେ ତିନିଟି ପୁତ୍ର ସନ୍ତାନର ଜନନୀ ହୋଇ ଗର୍ବରେ ଫାଟି ପଡୁଥିଲେ ଚାରୁଲତା। ଶାଶୁଙ୍କର ସବୁ ସ୍ନେହ ଆଶୀର୍ବାଦ ଅଜାଡ଼ି ହୋଇ ପଡୁଥିଲା ଚାରୁଲତା ଆଉ ତାଙ୍କ ପୁତ୍ରମାନଙ୍କ ଉପରେ। ଅନୁପମା ଯେମିତି ସେ ଘରେ ଗୋଟିଏ ଅଲୋଡ଼ା ବସ୍ତୁ।

ଦିନେ ସକାଳୁ କମଳା ଦେବୀ ଉଠି ଦେଖିଲେ ଦାଣ୍ଡ ଦୁଆର ଖରକା ହୋଇନି। ବାସି ପାଇଟି ସେମିତି ପଡ଼ିଛି ସବୁ। ଅନୁ କ'ଣ ଆଜି ଉଠିନି କି ? ଆଉଜା ହୋଇଥିବା ଘର ଦରଜାକୁ ଠେଲି ଘର ଭିତରେ ପଶି ଦେଖିଲେ ଚାରି ଚଉତା ହୋଇଥିବା କାଗଜ ଖଣ୍ଡିଏ ସୁରଞ୍ଜନଙ୍କ ଉଦ୍ଦେଶ୍ୟରେ। କାଗଜ ଖୋଲି ପଢ଼ିଲେ, "ମୁଁ ଜାଣେ ତୁମେ ବହୁତ ଅଶାନ୍ତି ମୋ ଉପରେ। କି ବେଳାରେ ଏ ଘରକୁ ବୋହୂ ହୋଇ ଆସିଥିଲି କେଜାଣି, କାହାକୁ ବି ଖୁସି କରିପାରିଲିନି। ବୋଉ ତ ପ୍ରକାଶ୍ୟରେ ଅଶାନ୍ତି ମୋ ଉପରେ। କିନ୍ତୁ ତାଙ୍କ କଥା ମୋତେ ଯେତିକି କଷ୍ଟ ନ ଦେଉଛି ତା'ଠାରୁ ଢେର ଗୁଣରେ ଅଧିକା କଷ୍ଟ ଦେଉଛି ମୋତେ ତୁମ ନୀରବତା। କେତେ ସହିବି !!! ମୋତେ ଲାଗୁଛି ଏ ଘରେ ମୁଁ ଗୋଟିଏ ଅଲୋଡ଼ା ବସ୍ତୁ। ଗୋଟିଏ ଅଦରକାରୀ ଜିନିଷ ପରି ଘର ଭିତରେ ଏଠି ସେଠି ପଡ଼ି ରହି ଘରର ଆବର୍ଜନା ବଢ଼େଇବା ଅପେକ୍ଷା ମୁଁ ବରଂ ଚାଲିଯାଉଛି ଏ ଘରୁ ସବୁଦିନ ପାଇଁ। ଭାଗ୍ୟରେ ଥିଲେ ଏ ଜନ୍ମରେ ନିଶ୍ଚୟ ଆଉଥରେ ଦେଖା ହେବ।"

ଅନୁପମାଙ୍କ ଉପସ୍ଥିତିରେ କାହାକୁ କିଛି ଫରକ ପଡୁନଥିଲା। ଆଉ ଏବେ ଅନୁପମାଙ୍କ ଅନୁପସ୍ଥିତିରେ ବି କେହି ଦୁଃଖୀ ହେଲେ ନାହିଁ। ହଁ.... ଯାଇଥିବ କୋଉ ବନ୍ଧୁ ଘରକୁ କହି କଥାଟାକୁ ହାଲକା କରିଦେଲେ କମଳା ଦେବୀ।

ସକାଳୁ ସକାଳୁ ଗାଁ ବସଷ୍ଟାଣ୍ଡରୁ ବସ୍‌ରେ ଚଢ଼ି ସେ କୋଉ ଜାଗାରେ ଓହ୍ଲେଇଲେ ପୁଣି ସେଠୁ କୁଆଡ଼େ ଗଲେ କିଛି ଜଣାନାହିଁ ଅନୁପମାଙ୍କୁ। ଗୋଟେ ଲକ୍ଷ୍ୟହୀନ ଭାବରେ ଗୁଡ଼ାଏ ବାଟ ଚାଲି ଆସିଲେ ଘରଠାରୁ ଦୂରକୁ। ବାହାଘରର କିଛି ବର୍ଷ ହୋଇଛି ମାତ୍ର। ଶାଶୁଘରର ଦାଣ୍ଡ ବାରଣ୍ଡା ବି ଭଲରେ ଦେଖିନଥିଲେ ସିଏ ଆଉ ରାସ୍ତାଘାଟ କଥା କେମିତି ବା ଜାଣିବେ।

ମନ୍ଦିର ବେଢ଼ାରେ ବସିଛନ୍ତି ଅନୁପମା। ବୁଢ଼ୀଟିଏ ଆସି ପଚାରିଲା, "ଆଲୋ ମା' ଏଠି ଏ କଅଁଳା ଛୁଆଟାକୁ ଧରି କାହିଁକି ବସିଛୁ। ଆଗରୁ ତୋତେ ତ ଏ ଗାଁରେ ମୁଁ ଦେଖିନି କେବେ। କାହା ଘରକୁ ବୁଲି ଆସିଛୁ କି ମା?" କାନ୍ଦି କାନ୍ଦି ସବୁକଥା କହିଲେ ଅନୁପମା। କହିଲେ, "ଏ କୋଉ ଜାଗା, ମୁଁ କୁଆଡ଼େ ଯିବି, କ'ଣ କରିବି କିଛି ଜାଣିପାରୁନି ମାଉସୀ।"

ସବୁ ଶୁଣିସାରି ବୁଢ଼ୀ ଜଣଙ୍କ ଅନୁପମାଙ୍କୁ ସାନ୍ତ୍ୱନା ଦେଇ କହିଲେ, "ହଉ ମା' ବ୍ୟସ୍ତ ହୁଅନା। ମୋର ବି କେହି ନାହାନ୍ତି। ବୁଢ଼ୀଲୋକଟାଏ ମୁଁ। କାମଧନ୍ଦାକୁ ପାରୁନି। ବଡ଼ ହଇରାଣ ହଉଛି ରୋଷେଇ ଗଣ୍ଡେ ପାଇଁ। ତୁ ଚାଲ ମୋ ପାଖେ ରହିବୁ। ଭାତ ମୁଠାଟେ ଆଉ ଶାଗମୁଗ ଯାହା ଗଣ୍ଡେ ଫୁଟେଇଦବୁ ସବୁଦିନ। ତୋର ମୋର ସୁଖେ ଦୁଃଖେ ଚଳିଯିବା।"

ବୁଡ଼ିଗଲା ଲୋକ କୁଟାଖିଅକୁ ଆଶ୍ରା କଲା ପରି ଟିକେ ସାହସ ପାଇଲେ ଅନୁପମା। ବୁଢ଼ୀ ସହ ଚାଲିଗଲେ ତା' ଘରକୁ। ଛୋଟିଆ ଚାଳ ଛପର ଘରଟିଏ। ଘରର ଚାରିପଟେ ସୁନ୍ଦର ସୁନ୍ଦର କିଛି ଫୁଲଗଛ। ଅନୁପମା ଜାଣିବାକୁ ପାଇଲେ ଯେ ବୁଢ଼ୀ ମାଉସୀ ସବୁଦିନ ମନ୍ଦିରରେ ଫୁଲ ଆଉ ତୁଳସୀମାଳା ବିକ୍ରି କରି ଚଳନ୍ତି। ଧୀରେ ଧୀରେ ସେ ଘରକୁ ନିଜର କରିନେଲେ ଅନୁପମା। ଆହୁରି ଫୁଲଗଛ ଆଉ ତୁଳସୀ ଗଛ ଲଗାଇଲେ। ଘର ପଛପଟେ ପରିବା ଚାଷ ବି ଆରମ୍ଭ କରିଦେଲେ। ତା' ସହ ତୁଳାବଳିତା ତିଆରି କରି ମଧ୍ୟ ବୁଢ଼ୀ ମାଉସୀଙ୍କୁ ଦେଲେ ବିକ୍ରି କରିବା ପାଇଁ। ବେଶ୍ ଦି' ପଇସା ରୋଜଗାର ହୋଇପାରିଲା ତିନି ପ୍ରାଣୀ ଚଳିବା ପାଇଁ। ଅନୁପମାଙ୍କର ରୂପ, ଗୁଣ, ବ୍ୟବହାର ଆଉ ଘରକରଣା ବୁଦ୍ଧିରେ ଖୁସି ହୋଇ ବୁଢ଼ୀ ମାଉସୀ କୁହନ୍ତି, "କେଡ଼େ ଗୁଣର ଝିଅଟିଏ! ଯାକୁ ପୁଣି ଶାଶୁଘର ଲୋକ ଅଣଦେଖା କରିପାରିଲେ!! ଧର୍ମ ନ ସହୁ ସେ ଚୌଧୁରୀ ବଂଶକୁ।"

ଇତି ମଧ୍ୟରେ ବିତିଗଲାଣି ପନ୍ଦର ବର୍ଷ। ବୁଢ଼ୀ ମାଉସୀ ଚାଲିଗଲେଣି ଆରପାରିକୁ। ଅନୁପମାଙ୍କ ଝିଅ ଶେଫାଳି ଏବେ ଏକୋଇଶି ବର୍ଷରେ ପାଦ ଦେଇଛି ଦେଖିବାକୁ ଯେମିତି ସୁନ୍ଦର ପାଠପଢାରେ ବି ସେମିତି ବିଚକ୍ଷଣ। ହଷ୍ଟେଲରେ ରହି

ଡାକ୍ତରୀ ପାଠ ପଢୁଛି। ପାଠପଢ଼ା ଆହୁରି ଦୁଇବର୍ଷ ବାକି ଅଛି। ଅରକ୍ଷିତକୁ ଦଇବ ସାହା ପରି ସ୍କୁଲ ଶିକ୍ଷକମାନଙ୍କ ସହାୟତା ଆଉ ନିଜେ ପାଉଥିବା ବୃତ୍ତି ଟଙ୍କାରେ ଏତେ ବାଟ ଆସି ପାରିଛି ଶେଫାଳି। ଟଙ୍କା ପଇସା ପାଇଁ ବେଶୀ କିଛି ହଇରାଣ ହେବାକୁ ପଡ଼ିନି ଅନୁପମାଙ୍କୁ।

ନିଜ ଦୁଃଖ କାହାଣୀକୁ ଗୋଟିଗୋଟି କରି ସବୁ କହିଛନ୍ତି ଅନୁପମା ନିଜ ଝିଅ ଆଗରେ। ତା' ପାଇଁ ଯେ ତା' ମା' ଏତେ କଷ୍ଟ କରିଛି ଆଉ ଚୌଧୁରୀ ଘରର କୂଳବଧୂ ଏ ଚାଳ ଘରେ ରହି ଫୁଲବିକ୍ରି କରିଛି କେବଳ ତାକୁ ମଣିଷ କରିବା ପାଇଁ ଭାବିଦେଲେ ଶେଫାଳିର ମନଟା ଭକ୍ତି, କରୁଣା ଆଉ ଦୁଃଖରେ ବିଗଳିତ ହୋଇ ଉଠେ।

ସମୟର କାଳଚକ୍ରରେ ସମସ୍ତେ ବନ୍ଧା। ସେଠି କାହାରି ଇଚ୍ଛା ଅନିଚ୍ଛାର କୌଣସି ସ୍ଥାନ ନାହିଁ। ସମୟ ସହ ତାଳ ଦେଇ ଜୀବନର ଏ ଅଙ୍କାବଙ୍କା ବନ୍ଧୁର ରାସ୍ତାକୁ ଅତିକ୍ରମ କରିବାକୁ ପଡ଼ିବ ସମସ୍ତଙ୍କୁ। ପ୍ରତ୍ୟେକଙ୍କର ଲକ୍ଷ୍ୟସ୍ଥଳ ସେଇ ଗୋଟିଏ... କାହାପାଇଁ ମୃତ୍ୟୁ ତ କାହା ପାଇଁ ମୋକ୍ଷ।

କମଳା ଦେବୀ ଚାଲିଗଲେଣି ଆରପାରିକୁ। ସୁରଞ୍ଜନଙ୍କର ତିନିଟି ଯାକ ପୁଅ ସହରରେ ଚାକିରୀ କରୁଛନ୍ତି। ଗାଁର ଚାଷବାସ ଜମିବାଡ଼ିକୁ ନାପସନ୍ଦ କରି ଆଦରି ନେଇଛନ୍ତି ସେମାନେ ସହରର ଚାକଚକ୍ୟକୁ। ସୁରଞ୍ଜନଙ୍କର ଆକଟ, ଚାରୁଲତାଙ୍କର ମମତା ଆଉ ଚୌଧୁରୀ ବଂଶର ଭିଟାମାଟିର ମୋହ ଅଟକେଇ ପାରିନି ସେମାନଙ୍କୁ।

ଶେଫାଳି ପାଠପଢ଼ା ସାରି ଯୋଗ ଦେଇଛି ଏକ ସରକାରୀ ଡାକ୍ତରଖାନାରେ ନ୍ୟୁରୋ ବିଶେଷଜ୍ଞ ଭାବରେ। ତା' ସହ କ୍ଲିନିକଟିଏ ମଧ୍ୟ ଖୋଲିଛି। ଡାକ୍ତରଖାନା ପାଖରେ ଭଲ ଘରଟିଏ ନେଇ ରହୁଛନ୍ତି ମା' ଝିଅ। ଆର୍ଥିକ ଅବସ୍ଥାରେ ବି ବହୁତ ସ୍ୱଚ୍ଛଳତା ଆସିଛି।

ଶେଫାଳି ଡାକ୍ତରଖାନାକୁ ଚାଲିଗଲା ପରେ ଅନୁପମା ପୁରା ଏକା ଘର ଭିତରଟାରେ। ଆଗରୁ ସିନା ବାଡ଼ିବଗିଚା, ପରିବା ଚାଷ ଆଉ ଫୁଲବିକ୍ରି କାମରେ ଦିନଟା କଟି ଯାଉଥିଲା। ଏବେ ତ ଆଉ ସେ ଧନ୍ଦା ନାହିଁ। ଏକା ଏକା ବସିଲେ ପୁରୁଣା ଅତୀତ ସବୁ ଧସେଇ ପଶନ୍ତି ମନ ଭିତରକୁ। ବହୁତ ମନେପଡ଼ନ୍ତି ସୁରଞ୍ଜନ। କେମିତି ଥିବେ କେଜାଣି ? ପୁଅମାନେ ବଡ଼ବଡ଼ ହୋଇଯିବେଣି। ବାହାସାହା ହେଲେଣି କି ନାହିଁ ? ଚାରୁଲତା କ'ଣ ଆଉ ତାଙ୍କୁ ମନେ ରଖିଥିବେ ? ଶାଶୁ କ'ଣ ଆଉ ଏତେ ଦିନ ବଞ୍ଚିଥିବେ ? ବୋହୁ ହିସାବରେ ତାଙ୍କ ପାଇଁ କିଛି କରିପାରିଲିନି ମୁଁ। ଏ ଜନ୍ମରେ କ'ଣ ଆଉ ସୁରଞ୍ଜନଙ୍କ ସହ ଦେଖା ହବନି ମୋର ? ଦେଖିଲେ କ'ଣ ସେ ଆଉ

ଚିହ୍ନିପାରିବେ ମୋତେ ? ମୋ ଝିଅଟା କ'ଣ ତା ଜନ୍ମଦାତାଙ୍କୁ ଦେଖିବାର ସୁଯୋଗ ପାଇବନି ଆଉ ? ଏମିତି ବହୁତ ଚିନ୍ତା ତାଙ୍କୁ ବ୍ୟାକୁଳିତ କରେ। କିନ୍ତୁ କାହାଠାରୁ କିଛି ଖବର ପାଇବାର ସୁଯୋଗ ସେ ପାଆନ୍ତି ନାହିଁ। ସବୁଦିନ ସନ୍ଧ୍ୟାବେଳେ ଠାକୁରଙ୍କ ଆଗରେ ହାତ ଟେକି ଦିଅନ୍ତି ସମସ୍ତଙ୍କର ସର୍ବମଙ୍ଗଳ ଉଦ୍ଦେଶ୍ୟରେ।

ଚାରୁଲତା ଭୀଷଣ ଅସୁସ୍ଥ। ମୁଣ୍ଡ ବୁଲେଇ ଚେତାଶୂନ୍ୟ ହୋଇ ପଡୁଛନ୍ତି ମଝିରେ ମଝିରେ। ଘରେ ଆହା ସାହା କେହି ନାହିଁ। ଏକା ସୁରଞ୍ଜନ। ପିଲାମାନେ ତ ସବୁ ବାହାରେ। ପିଲାମାନଙ୍କୁ ଅପେକ୍ଷା କଲେ ଚାରୁଲତାଙ୍କ ଜୀବନ ପ୍ରତି ବିପଦ ଆସିପାରେ। କ'ଣ କରିବେ ନ କରିବେ ଭାବି ଭାବି ଡାକ୍ତରଖାନାକୁ ନେଇ ଆସିଲେ ଚାରୁଲତାଙ୍କୁ ସୁରଞ୍ଜନ। ବାହାରେ ବେଞ୍ଚରେ ଚାରୁଲତାଙ୍କୁ ବସେଇ ଦେଇ ଅପେକ୍ଷା କଲେ ସୁରଞ୍ଜନ ନିଜ ନମ୍ବର ପଡ଼ିବା ଯାଏ।

ଶେଫାଳି ରୋଗୀ ଦେଖାରେ ବ୍ୟସ୍ତ। ସୁରଞ୍ଜନ ଭିତରକୁ ଗଲେ ଚାରୁଲତାଙ୍କୁ ନେଇ। ଶେଫାଳି ଉପରେ ନଜର ପଡୁ ପଡୁ କେମିତି ଗୋଟେ ମୋହାବିଷ୍ଟ ହୋଇଗଲେ ସୁରଞ୍ଜନ କିଛି ସମୟ ପାଇଁ।

- ମାଉସୀ କ'ଣ ହେଉଛି ତୁମର ? ଶେଫାଳି ପଚାରିଲା ଚାରୁଲତାଙ୍କୁ। ଗୋଟି ଗୋଟି କରି ସବୁ ଅସୁବିଧା କହିଲେ ଚାରୁଲତା।

- ଠିକ୍ ଅଛି ମାଉସୀ। କିଛି ଟେଷ୍ଟ କରିବାକୁ ପଡ଼ିବ। ମୁଁ ପ୍ରେସକ୍ରିପ୍ସନ ଲେଖିଦେଉଛି। ତୁମ ନାଁ ଟା କଣ ?

- ଚାରୁଲତା ଚୌଧୁରୀ।

ଚମକି ପଡ଼ିଲା ଶେଫାଳି। ଏ ନାଁଟା ବହୁତ ଥର ଶୁଣିଛି ତା' ମା' ମୁହଁରୁ ସେ। ସଂସାରରେ ତ ଏଇ ନାଁରେ ବହୁତ ଲୋକ ଥିବେ କିନ୍ତୁ ଏ ଆଉ ସେ ଚାରୁଲତା ନୁହେଁ ତ ? ? କେମିତି ଜାଣିବ ସିଏ ? ?

– ଆଚ୍ଛା, ମଉସା ଆପଣଙ୍କ ନାଁ ଟା ଟିକେ କହିବେ କି ?

– ସୁରଞ୍ଜନ ଚୌଧୁରୀ।

– ଘର ? ?

– ପାଟଣାଗଡ଼।

ଆଉ କିଛି ଅଧିକା ପରିଚୟ ଜାଣିବା ଦରକାର ନ ଥିଲା ଶେଫାଳିର। ଆଖି ପୁରେଇ ଦେଖିନେଲା ସେ ତା ଜନ୍ମଦାତାଙ୍କୁ।

ଆଗରୁ ମା'ଠାରୁ ଘର କଥା ଶୁଣିଲାବେଳେ ତା'ର ପ୍ରବଳ ରାଗ ହୁଏ ସୁରଞ୍ଜନଙ୍କ ଉପରେ। ପ୍ରତିଶୋଧର ଭାବନା ଜାଗିଉଠେ ମନରେ। ଆଜି ସେଇ ସୁରଞ୍ଜନ

ଚୌଧୁରୀ ତା' ସାମ୍ନାରେ କିନ୍ତୁ ତା' ରାଗ ଅଭିମାନ ସବୁ କୁଆଡ଼େ ଉଭେଇ ଗଲା ? ଇଚ୍ଛା ହଉଛି ପାଦ ଛୁଇଁ ପ୍ରଣାମ କରିବା ପାଇଁ, ଆଶୀର୍ବାଦ ନେବା ପାଇଁ।

– ନା... ନା... ଆଜି ନୁହେଁ .. ହଠାତ ଏମିତି ପରିଚୟ ଦେବାଟା ଠିକ୍ ଲାଗୁନି।

– ଠିକ୍ ଅଛି ମାଉସୀ ଏ ପ୍ରେସକ୍ରିପ୍ସନଟା ନିଅନ୍ତୁ। ସବୁ ଟେଷ୍ଟ କରି କାଲି ଆସି ଦେଖା କରିବେ।

ଖୁସିରେ ଫାଟି ପଡୁଛନ୍ତି ଅନୁପମା। ଶେଫାଳିଠାରୁ ସବୁ ଶୁଣିଲା ପରେ ଆନନ୍ଦରେ ଆତ୍ମହରା ହୋଇ ଉଠିଛନ୍ତି। ଆନନ୍ଦାଶ୍ରୁ ବୋଲ ମାନୁନି ଆଉ। ବୋହି ଯାଉଛି ଛାଁ କୁ ଛାଁ। କେମିତି ରାତି ପାହିବ ଆଉ ସେ ସୁରଞ୍ଜନଙ୍କୁ ଟିକିଏ ଦେଖିବେ।

ଡାକ୍ତରଖାନାରେ ବସିଛନ୍ତି ଅନୁପମା। ସୁରଞ୍ଜନ ପହଞ୍ଚିଲେ ଚାରୁଲତାଙ୍କୁ ଧରି। ସୁରଞ୍ଜନଙ୍କ ଦୃଷ୍ଟି ଆଢୁଆଳରେ ରହି ମନ ଭରି ଆଖି ପୁରେଇ ଦେଖିନେଲେ ଅନୁପମା ତାଙ୍କର ସ୍ୱାମୀଙ୍କୁ।

ଭିତରକୁ ଟେଷ୍ଟ ରିପୋର୍ଟ ଧରି ଗଲେ ସୁରଞ୍ଜନ। ରିପୋର୍ଟ ଦେଖି ଦୁଃଖରେ ଭାଙ୍ଗିପଡ଼ିଲା ଶେଫାଳି। ଚାରୁଲତାଙ୍କର cerebral artery ରେ blockage ଅଛି। Angioplasty ଦରକାର। ଆଉ କିଛି ଉପାୟ ନାହିଁ। କେମିତି ଜଣେଇବ ସୁରଞ୍ଜନଙ୍କୁ ଭାବି ଭାବି କହିଲା, ମଉସା ଆପଣ ମାଉସୀଙ୍କୁ ଏଠି ଆଡ଼ମିଟ କରିଦିଅନ୍ତୁ। ତାଙ୍କର ବ୍ରେନରେ ଟିକେ ପ୍ରୋବ୍ଲେମ ଅଛି। ଅପରେସନ ଦରକାର। କିଛି ଡରିବାର ନାହିଁ ମଉସା। ମାଉସୀ ଭଲ ହୋଇଯିବେ କିନ୍ତୁ ଗୁଡ଼ାଏ ଟଙ୍କା ଦରକାର ଏବେ।

ଅସହାୟ ହୋଇପଡ଼ିଲେ ସୁରଞ୍ଜନ। ପୁଅମାନଙ୍କ ପାଖକୁ ଖବର ଦିଆଗଲା। ପୁଅମାନେ ଆସି ସବୁ ଶୁଣିଲେ କିନ୍ତୁ ଏତେ ଟଙ୍କା ଆସିବ କେଉଁଠୁ ଏତେ କମ୍ ଦିନ ଭିତରେ! ବଡ଼ପୁଅ କହିଲା ଏ ଘରଟା ବିକ୍ରି କରିଦେଲେ ଠିକ୍ ହେବ। ଏ କୋଉ ପୁରୁଣା ଅମଳର ଦରଭଙ୍ଗା ଘର। ବହୁତ ଦିନରୁ ମରାମତି ହୋଇନି। କାନ୍ଥରୁ ଛାତରୁ ପଲସ୍ତରା ଛାଡ଼ି ଗଲାଣି। ଏ ଘର ମରାମତିରେ ଟଙ୍କା ଖର୍ଚ୍ଚ କରିବା ଅପେକ୍ଷା ଏଇଟାକୁ ବିକ୍ରି କରିଦେବା ଭଲ। ସେ ପଇସାରେ ବୋଉର ଚିକିତ୍ସା ହୋଇପାରିବ। ତା'ପରେ ବାପା ବୋଉ ବି ଆମ ପାଖରେ ସବୁବେଳେ ରହିପାରିବେ। ତାଙ୍କର ଆଉ ଏଠି ରହିବା ଦରକାର ନାହିଁ କି ଆମର ବି ଆଉ ଏଠିକି ହଇରାଣ ହୋଇ ଆସିବା ଦରକାର ନାହିଁ। ଅନ୍ୟମାନେ ବି ବଡ଼ଭାଇ କଥାରେ ସହମତ ହେଲେ।

ପିଲାମାନଙ୍କ ନିଷ୍ପତ୍ତି ଶୁଣି ମୁଣ୍ଡ ଉପରେ ଆକାଶ ଛିଣ୍ଡି ପଡ଼ିଲା ସୁରଞ୍ଜନଙ୍କର। ଚୌଧୁରୀ ବଂଶର ଏ ଭିଟାମାଟି ବିକ୍ରି ହେବ ଆଉ କାହାକୁ ? ତିନି ତିନିଟା ପୁଅ ଥାଉ

ଥାଉ ଏ ଡିହରେ ରାଜୁତି କରିବ ଆଉ କିଏ ? ନା..... ଅସମ୍ଭବ...। ଏ ଭିଟାମାଟିକୁ ବଞ୍ଚେଇବା ପାଇଁ ମୋ ବୋଉ ବାପାଙ୍କୁ ମଲାବେଳେ ବଚନ ଦେଇଥିଲା। ଏଇ ଭିଟାମାଟି ପାଇଁ ମୁଁ ଦ୍ୱିତୀୟ ବିବାହ କରିବାକୁ ରାଜି ହେଲି। ଏହାରି ପାଇଁ ଅନୁପମା ଘର ଛାଡ଼ି ଚାଲିଗଲା। ଏ ଘରର ସୁରକ୍ଷା ପାଇଁ ଦ୍ୱିତୀୟ ବିବାହ କରି ଯେଉଁମାନଙ୍କୁ ସଂସାରକୁ ଆଣିଲି ସେଇମାନେ ଏବେ କହୁଛନ୍ତି ଏ ଘରକୁ ବିକ୍ରି କରିବା ପାଇଁ!!

ପିଲାମାନଙ୍କର ଘୋର ବିରୋଧ କଲେ ସୁରଞ୍ଜନ। ବିରକ୍ତ ହୋଇ ଉଠିଲେ ପିଲାମାନେ ସୁରଞ୍ଜନଙ୍କ ପୁରୁଣାକାଳିଆ ଚିନ୍ତାଧାରାରେ।

- ତା'ହେଲେ ଠିକ୍ ଅଛି। ଆମ ପାଖରେ ଯେତିକି ଟଙ୍କା ଅଛି ଆମେ ସେତିକି ଦେଇ ଦଉଛୁ। ବାକିକଥା ତୁମେ ବୁଝ। କୋଉଠୁ ଟଙ୍କା ଯୋଗାଡ଼ କରିବ ସେ କଥା ତୁମେ ଜାଣିଥିବ। ପଛରେ ଆମକୁ ଆଉ ଦୋଷ ଦେବନି। ମଣିଷ ପଛେ ମରିବାକୁ ବସିଲାଣି ତୁମକୁ ଘରମୋହ ଛାଡୁନି। କର୍ପୁର ତ ଉଡ଼ିଗଲାଣି କୋଉକାଳରୁ ଖାଲି ଯାହା କନାଖଣ୍ଡେ ପଡ଼ିଛି। ସେ କନା ଖଣ୍ଡକୁ ଜାବୁଡ଼ି ଧରି ବସିଥାଅ ଏଇ ଭିଟାମାଟି ଉପରେ। ଆମେ ସବୁ ଚାଲି ଯାଉଛୁ କାଲି ସକାଳେ।

ଅଗତ୍ୟା ବାଧ୍ୟ ହୋଇ ସୁରଞ୍ଜନ ରାଜି ହେଲେ ନିଜର ଅନିଚ୍ଛା ସତ୍ତ୍ୱେ।

ଡାକ୍ତରଖାନାରେ ଚାରୁଲତାଙ୍କୁ ଆଡ଼ମିଟ କରିସାରି ବାହାରେ ଠିଆ ହୋଇଛନ୍ତି ସୁରଞ୍ଜନ। ଦୂରରେ ଥାଇ ଦେଖୁଛନ୍ତି ଅନୁପମା ସବୁଦିନ ପରି। ହଠାତ୍ ନଜର ପଡ଼ିଗଲା ସୁରଞ୍ଜନଙ୍କର ଅନୁପମାଙ୍କ ଉପରେ। ଚମକି ପଡ଼ି ମୁହଁ ବୁଲେଇ ନେଲେ ଅନୁପମା। ଆଶ୍ଚର୍ଯ୍ୟ ହୋଇଗଲେ ସୁରଞ୍ଜନ। ଅନୁପମା!!! ଏ କ'ଣ ଅନୁପମା!!! ନାଁ ତାଙ୍କ ଆଖି ଠିକ ଦେଖୁଛି। ଏ ହିଁ ଅନୁପମା। ବୟସାଧିକ୍ୟ ଯୋଗୁଁ ଚେହେରାରେ ପରିବର୍ତ୍ତନ ଆସିଛି ନିଶ୍ଚୟ କିନ୍ତୁ ସେଇ ଆଖି ସେଇ ମୁହଁ ସେଇ ନିରୀହ ଚାହାଣୀ। ମନେ ମନେ କେତେ ନ ଖୋଜିଛନ୍ତି ସେ ଅନୁପମାଙ୍କୁ! ଆଉ ଆଜି ଏଠି....

ଧୀରେ ଧୀରେ ପାଖକୁ ଗଲେ ସୁରଞ୍ଜନ। ପାଖରେ ଠିଆ ହୋଇ ଧୀର ସ୍ୱରରେ ଡାକିଲେ ଅନୁପମା....। ବୁଲି ଚାହିଁଲେ ଅନୁପମା ସୁରଞ୍ଜନଙ୍କୁ। ଦୀର୍ଘ କୋଡ଼ିଏ ବର୍ଷ ପରେ ହେଲା ଚାରି ଚକ୍ଷୁର ମିଳନ। କାହାରି ମୁହଁରେ ଭାଷା ନାହିଁ। ଖାଲି ବୋହି ଯାଉଛି ଧାର ଧାର ଅଶ୍ରୁ ବାଧାବନ୍ଧ ନ ମାନି।

ଶେଫାଳି ବିଷୟରେ ସବୁ ଶୁଣିଲେ ସୁରଞ୍ଜନ। ଖୁସିରେ ଗଦ୍ ଗଦ୍ ହୋଇ ଉଠିଲେ ଶେଫାଳି ତାଙ୍କ ଝିଅ ବୋଲି ଜାଣିଲା ପରେ। ଲଜ୍ଜିତ ହୋଇ ହାତ ଧରି କ୍ଷମା ମାଗିଲେ ଅନୁପମାଙ୍କୁ ନିଜର କୃତକର୍ମ ପାଇଁ। ଅନୁପମାଙ୍କ ଆଗରେ ଅପରେସନ ଆଉ ଘରବିକ୍ରି ସବୁ କଥା କହିଲେ ସୁରଞ୍ଜନ। କହିଲେ, "ବୁଝିଲ ଅନୁପମା, ଭଗବାନ

ମୋତେ ଠିକ୍ ଦଣ୍ଡ ଦେଇଛନ୍ତି। ଆହୁରି ବି ଦେବେ। ଯେଉଁ ଭିଟାମାଟିକୁ ବଞ୍ଚେଇବା ପାଇଁ ତୁମକୁ ମୁଁ ହତାଦର କରିଥିଲି ତାକୁ କିନ୍ତୁ ମୁଁ ସାଇତି ରଖି ପାରିଲିନି। କିଛିଦିନ ଭିତରେ ବିକ୍ରି ହେଇଯିବ ସେଇ ଘରଟା। ତୁମକୁ ରାସ୍ତା ଉପରେ ଠିଆ କରିଥିଲି ଆଜି ମୋତେ ଭଗବାନ ରାସ୍ତା ଉପରେ ଠିଆ କରିଦେଲେ।"

ଭଲରେ ଭଲରେ ଅପରେସନ ସରିଗଲା। ସୁସ୍ଥ ହୋଇ ଡାକ୍ତରଖାନାରୁ ଡିସଚାର୍ଜ ହେଲେ ଚାରୁଲତା। ଚାରୁଲତା ଆଉ ସୁରଞ୍ଜନଙ୍କୁ ଘରକୁ ଡାକିନେଲେ ଅନୁପମା। ନିଜ ହାତରେ ରାନ୍ଧି ଖୁଆଇଲେ ବହୁତ ଦିନ ପରେ। ଖାଇସାରି ଯିବାକୁ ବାହାରିଲେ ସୁରଞ୍ଜନ। ଗଲାବେଳକୁ ପାଦ ଛୁଇଁ ପ୍ରଣାମ କଲା ଶେଫାଳି। ପଚାରିଲା ବାପା, ଏବେ କୁଆଡ଼େ ଯିବ?? ସୁରଞ୍ଜନ କହିଲେ ଆଉ କୁଆଡ଼େ ଯିବିରେ ମା'। ତୋ ସାନ ମା'ର ଅପରେସନ ପାଇଁ ଘରଟା ବିକ୍ରି କରିଦେଲି। ଏବେ ଯାଉଛି ପୁଅମାନଙ୍କ ପାଖକୁ। ଆଉ ଗାଁରେ କୋଉଠି ରହିବି ମୁଁ?

ଶେଫାଳି ଆଣି ଧରେଇ ଦେଲା ଲଫାପାଟିଏ ସୁରଞ୍ଜନଙ୍କ ହାତରେ। କହିଲା, "ବାପା, ଏଇ ନିଅ ତୁମ ଘରର କାଗଜପତ୍ର। ଘରବିକ୍ରି ବିଷୟରେ ମା' ସବୁ କହିଛି ମୋ ଆଗରେ। ସେ ଘର ସେତେବେଳେ ବି ତୁମର ଥିଲା ଆଉ ଏବେ ବି ତୁମର ଅଛି। ଆଉ କାହାକୁ ବିକ୍ରି ହେବା ଆଗରୁ ସେ ଘରକୁ ମୁଁ କିଣିଦେଇଛି ବାପା।"

■

ମାଟି ମୋହ

"ଯେତେ ଭାଇ, ସେତେ ଘର" ନ୍ୟାୟରେ ଘର ସବୁ ତିନିଭାଗ ହୋଇ ବଣ୍ଟା ହୋଇଗଲା । ପାଞ୍ଚ ବଖରା ଘରକୁ ତିନିଭାଇ । ସମସ୍ତଙ୍କ ଭାଗକୁ ପଡ଼ିଲା ଦୁଇ ଦୁଇ ବଖରା ଘର । ଆଉ ନୀରବୋଉ ଭାଗକୁ ପଡ଼ିଲା ଗୋଟିଏ ବଖରା ଘର ସାଙ୍ଗକୁ ଢିଙ୍କିଶାଳଟି । ନୀରବୋଉ ବି ବେଶ ଖୁସିରେ ଆଦରି ନେଲା ଢିଙ୍କିଶାଳଟିକୁ । ଏଥିରେ ସମସ୍ତେ ବି ଖୁସ୍ । ଯାହା ହେଉ ଭାଗ ଛିଣ୍ଡିଗଲା ଭଲରେ ଭଲରେ ।

ବାହାଘର ପରେ ଏଇ ଢିଙ୍କିଶାଳେ କଟିଛି ତା'ର ଅଧାରୁ ଅଧିକ ସମୟ । ବଡ଼ ଲମ୍ବାଳିଆ ଆକାରର ଘର ବଖରେ । ଗୋଟିଏ ପଟକୁ ପଡ଼ିଛି ଢିଙ୍କି । ନିତି ଲିପାପୋଛା ହୋଇ ଏକଦମ ଚିକ୍କଣ । ଆରପାଖଟି ବସାଉଠା ପାଇଁ ବେଶ୍ ପ୍ରଶସ୍ତ । ମନେପଡୁଛି ନୀରବୋଉର.... ପ୍ରାୟ ସବୁଦିନେ କିଛି ନା କିଛି କୁଟାକୁଟି ଚାଲିଥାଏ ଏଠି । ଆଉ ପର୍ବପର୍ବାଣି ଥିଲେ ତ ରାତିଅଧ ହୋଇଯାଏ ଏଇ ଘରେ । ଧାନକୁଟା, ଚାଉଳ ଚୂନା, ବିରିକୁଟା ଚାଲିଥିବ ଯେ ଚାଲିଥିବ । ଖାଲି ସେତିକି ନୁହେଁ, ଘରର ସମସ୍ତେ ଖାଇ ସାରିଲା ପରେ ଖାଇ ବସନ୍ତି ତିନି ଯାଆ ଯାକ । ହସରୋଳ ଭିତରେ ଗୋଟାଏ ଥାଳିରେ ଖାଉଖାଉ ଜଣାପଡ଼େନି ସେମାନଙ୍କ ଭାତ ସାଙ୍ଗକୁ ତରକାରୀ ଶାଗ ଅଛି କି ନାହିଁ । ଖାଇସାରିଲା ପରେ ଆଡ୍ଡା ଜମେ ଏଇ ଢିଙ୍କିଶାଳରେ । ଢିଙ୍କିଶାଳର ଗୋଟାଏ କୋଣକୁ ଥୁଆ ହୋଇଥାଏ ପାନଡାଲାଟିଏ ଆଉ କାନ୍ଥକୁ ଡେରା ହୋଇଥାଏ କାଠି ସଉପ ଦି'ଖଣ୍ଡ । ପାନ ଖଣ୍ଡେ ଖଣ୍ଡେ କଳରେ ଜାକି, ତଳେ ସଉପ ପକେଇ ଦେଇ ଗଡ଼ି ପଡ଼ନ୍ତି ତିନି ଯାଆ ଯାକ । ଗପ କୁଆଡ଼ରୁ ଲମ୍ବେ କୁଆଡ଼କୁ ଯେ ତା'ର କିଛି ଠିକଣା ନ ଥାଏ । ବାପଘର ପାଖରୁ ଆରମ୍ଭ ହୋଇ ବେଳେବେଳେ ସରେ ଭାତହାଣ୍ଡି କି ରାତି ରୋଷେଇ ପାଖରେ । ବେଳେବେଳେ ତାସ କି ଲୁଡୁ ବି ଜମେ ବେଶ୍ । ଆଉ ଖରାଦିନେ ଏଠି ଶୋଇବାରେ କି ଆନନ୍ଦ ! ! କି ସୁଲୁସୁଲିଆ ଦକ୍ଷିଣା ପବନ... ଆହାଃ... ।

ଏବେ ଅଲଗା ଘର, ଅଲଗା ରୋଷେଇ ଆଉ ଅଲଗା ପଙ୍ଗତ। କାହା କଥା କ'ଣ କେଜାଣି କିନ୍ତୁ ନୀରବୋଉ ପେଟକୁ ଭାତ ଯାଏନି ଜମା। ବାହା ହୋଇ ଆସିଲା ଦିନରୁ ଏକୁଟିଆ ବସି ଖାଇବା କଥା କାଇଁ ମନେପଡୁନି ତା'ର। ନୂଆନୂଆ ବେଳେ ଶାଶୁଙ୍କ ସହ ଆଉ ପରେ ପରେ ତଳକୁ ତଳ ଦୁଇ ଯାଆ। ଏବେ ଏକୁଟିଆ ବସି ପଖାଳ କଂସାଟା ଭିତରେ ଖାଲି ହାତ ଘାଣ୍ଟିବାଟା ସାର ହୁଏ ସିନା କିନ୍ତୁ ପେଟ ପୁରେନା। ନୀର ଏଗୁଡ଼ା ଜାଣେନା କିଛି। ମର୍ଦ୍ଦ ପିଲା ସେ। ଖାଇବା ପିଇବାର ଠିକଣା ନ ଥାଏ ତା'ର ଘରେ।

ଦିନେଦିନେ ସମସ୍ତେ ଦେଖିଲା ପରି ପଖାଳ କଂସାଟା ଧରି ନୀରବୋଉ ବସେ ଅଗଣା ବାରଣ୍ଡାରେ। ମନରେ ଆଶା ଥାଏ... କାଳେ ଦି ଯାଆ ଭିତରୁ କେହି ଜଣେ ଆସି ବସି ପଡ଼ିବ କି ତା'ସହ। କେହି ନାହିଁ। ଯେଝା ସୁଖରେ ଯିଏ। ପଖାଳ ଭିତରେ ନିଜ ଲୁହକୁ ପଖାଳି ପଖାଳି ଶେଷକୁ ନେଇ ଢାଳିଦିଏ ଗୋରୁକୁଣ୍ଡରେ।

ଧୀରେ ଧୀରେ ଏକଲାପଣଟା ଦେହସୁହା ହୋଇଗଲାଣି ତା'ର। ଆଜିକାଲି ସିଏ କାମ ସାରିଦେଇ ଯାଇ ବସେ ଢିଙ୍କିଶାଳରେ ଏକା ଏକା। ନିର୍ଦ୍ଧୁମ ନିଛାଟିଆ ଖରାବେଳଟାରେ କାନ୍ଥକୁ ଆଉଜି ବସି ପଢ଼େ ଖୁଲଣା ସୁନ୍ଦରୀ ନ ହେଲେ କୋଇଲି କେଶବ ଚଉତିଶା। ବେଳେବେଳେ ମଶିଣା ଖଣ୍ଡକ ପକେଇ ଗଡ଼ି ପଡ଼େ ସେଇଠି। କୋଉ ନିଦ ହୁଏ ଯେ!! ଉଠି ପୁଣି ଏକା ଲୟରେ ଚାହିଁରହେ ଦୂର ଦିଗବଳୟକୁ ଝର୍କା ବାଟଦେଇ। ଉଡ଼ି ଯାଉଥାନ୍ତି ଦଳଦଳ ପକ୍ଷୀ। ହାଲ୍କା ପବନରେ ଝୁଲୁଥାଏ ତାଳଗଛ ଅଗରେ ଲଟକି ଥିବା ବାୟା ଚଢ଼େଇର ବସାଗଡ଼ିକ। ମୁଣ୍ଡ ହଲେଇ ଦୋଳି ଖେଳୁଥାନ୍ତି ସେ ରଞ୍ଜାକୁ ମଡ଼େଇ ଥିବା ପାଣିକଖାରୁ ଗଛର ଛନଛନ ପତ୍ରସବୁ। ଘଷି ଭାଡ଼ି ତଳୁ ମୁହଁ କାଢ଼ି ଚାରିଆଡ଼କୁ ଚଙ୍ଗଚଙ୍ଗ ହୋଇ ଚାହୁଁଥାଏ ନେଉଳ ଛୁଆଟି ଆଉ ପୁଣି ମୁହଁ ଲୁଚେଇ ପଶି ଯାଉଥାଏ ଭିତରେ।

ଯାଆମାନଙ୍କ ଘରୁ କୋଳାହଳ ଶୁଭେ ଏଥର। ଭାବନା ରାଜ୍ୟରୁ ଫେରି ଆସେ ନୀରବୋଉ। ବେଳ ବୁଡ଼ିବକୁ ବସିଲାଣି ପରା। ଆଖି କୋଣରେ ଜକେଇ ଆସିଥିବା ଲୁହକୁ ପୋଛି ଦେଇ ସେ ପୁଣି ମନଦିଏ ନିଜ ଘର କରଣାରେ।

ପୁଅ ବାହାଘର ପରେ ଆଜିକାଲି ଆଉ କେବଳ ଦିନରେ ନୁହେଁ ରାତିରେ ମଧ୍ୟ ସେ ଏଇଠି ଶୋଇପଡ଼େ.... ଏଇ ଢିଙ୍କିଶାଳରେ... ପୁରୁଣା ସ୍ମୃତି ସବୁକୁ ଜାବୁଡ଼ି ଧରି। କେବେ କେବେ ନିଦ ହୁଏ ପୁଣି କେବେକେବେ ରାତି ପାହିଯାଏ ଉଜାଗରରେ।

ନୀରବାପାର ଜମି ଖଣ୍ଡିଏ ଥିଲା ଗାଁର ଶେଷମୁଣ୍ଡଆଡ଼କୁ। ନୀର ଏବେ ସେଠି ନୂଆ ଘର ତିଆରି କରୁଛି। ସେଥିପାଇଁ ନିଜ କଷ୍ଟ ଅର୍ଜିତ ସଞ୍ଚିତ ଧନ ଖର୍ଚ୍ଚ କରି,

ବୋହୂର ଗହଣାରୁ କିଛି ବନ୍ଧା ପକେଇ, ଦୋଫସଲି ଚାଷ ଜମିରୁ ଖଣ୍ଡେ ବିକି, କିଛି ଲୋନ କରି ଏଇ ଘର ତିଆରି କରୁଛି ନୀର। ଦୋମହଲା ଛୋଟିଆ ଘରଟିଏ। ତଳଘର ଭଡା ନେଇଛନ୍ତି ସ୍ୱୟଂ ସହାୟକ ଗୋଷ୍ଠୀର ମାଆ ଭଉଣୀମାନେ। ବଡ଼ି ପାମ୍ପଡ଼ ତିଆରି ମେସିନ, ସିଲେଇ ମେସିନ ଆଦି ପକେଇଛନ୍ତି। ଅଳ୍ପ କିଛି ଭଡ଼ା ମଧ୍ୟ ଆସୁଛି ନୀର ହାତକୁ। ଉପର ମହଲାରେ ସ୍ତ୍ରୀ ଆଉ ମାଆକୁ ଧରି ରହୁଛି ନୀର।

ପୁଅ କଥା ମାନି ନୀରବୋଉ ସିନା ରହେ ସେଇଠି କିନ୍ତୁ ଝୁରିହୁଏ ସେଇ ପୁରୁଣା ଘରକୁ। ବେଳେବେଳେ କୁହେ, "ମୁଁ ସେଇ ପୁରୁଣା ଘରେ ରହିବି, ତୁମେମାନେ ସବୁ ରୁହ ଏଇଠି।" ନୀର ରାଗିକି ମୁହଁ ଫୁଲାଏ। କହେ... କାହିଁକି ବୋଉ ? ? ତୁ କାହିଁକି ସେ ଭଙ୍ଗାଘରେ ପଡ଼ିବୁ ସେଠି। ସେଠି କିଏ ଅଛି ତୋର। କାନ୍ଥରୁ ମାଟି ପଲସ୍ତରା ଖସି ପଡ଼ିଲାଣି। ଚାଳ କଣା ହୋଇଗଲାଣି, ଢିଙ୍କିଶାଳ ବି ମରାମତି ହୋଇନି ଗୁଡ଼ାଏ ଦିନ ହେବ। ଏତେ ଅରମା ହୋଇପଡ଼ିଛି ଯେ ସାପ ବିଛା ବାହାରୁଥିବେ କି କ'ଣ। ଯଦି ତୁ ଯିବୁ ସେଠିକି ତ ଏଠି ବି କେହି ରହିବା ଦରକାର ନାହିଁ। ଚାଲ ସମସ୍ତେ ସେଇଠିକୁ। ଚୁପ୍ ହୁଏ ସେ ପୁଅର ଅଭିମାନ ପାଖରେ।

ପ୍ରତିଦିନ ତା' ପୁରୁଣା ଘରଆଡୁ ଟିକେ ବୁଲିଆସେ ନୀରବୋଉ। କିଛିବର୍ଷ ବିତି ଗଲାଣି ଏ ଭିତରେ। କାନ୍ଥ, କବାଟ, ଝରକାରେ ଉଈ ଚରିଗଲେଣି ଧିରେ ଧିରେ। ଢିଙ୍କିଟା ଅବ୍ୟବହୃତ ହୋଇ ମଲା କୁମ୍ଭୀର ପରି ପଡ଼ିଛି ଗୋଟାଏ କୋଣକୁ। ଝର୍କା ଫାଙ୍କ ଦେଇ ଜଙ୍ଗଲୀ ଲଟା ପଶି ଆସିଲେଣି ଘର ଭିତରକୁ। ଘରସାରା ମୂଷା ଚୁଚୁନ୍ଦ୍ରା ଗାତ। ଅବ୍ୟବହୃତ ମେଲା ଘରଟା ବୋଲି ସାନ ଦିଅର ଯେତେସବୁ ଅଳିଆ ଆଣି ଭର୍ତ୍ତି କରିଛନ୍ତି ଏଇଠି। ଜାଳେଣି କାଠଠାରୁ ଆରମ୍ଭ କରି ଗୋରୁଙ୍କ କୁଣ୍ଡା ଚୋକଡ଼ ବସ୍ତା ଯାଏ। ପଚାରିଲେ ଦାନ୍ତକୁ ଦେଖେଇ କୁହନ୍ତି.... ତୁମର ଦରକାରବେଳେ କାଢ଼ି ନେବିନି କି ମୁଁ!! ବ୍ୟସ୍ତ ହୁଅନି। ଶୋଇବା ଘରର ଛପର ଉଡ଼ି ଗଲାଣି ଫାଳେ। କାନ୍ଥରୁ ଖସି ପଡ଼ିଲାଣି ମାଟି ପଲସ୍ତରା।

ଘରର ଅବସ୍ଥା ଦେଖି ଆଖି କୋଣରେ ଲୁହ ଜକେଇ ଆସେ ନୀରବୋଉର। ପୁଅକୁ କେତେ କରି କୁହେ, "କେତେବେଳେ କେମିତି ସୁବିଧା କରି ଆମର ସେ ପୁରୁଣା ଘରଗୁଡ଼ାକ ଟିକେ ସଜାଡ଼ି ଦିଅନ୍ତୁନି ନୀର। ଯାହା ହେଲେବି ସେଇଟା ଆମର ପୈତୃକ ଡିହ ପରା। କି ଅଣହେଲା ହୋଇପଡ଼ିଛି କହିଲୁ? ମୁଁ ବାହାହୋଇ ଆସି ସେଇ ଡିହରେ ପାଦ ଦେଇଥିଲି ଆଗ। ତୋ ଜନ୍ମ ସେଇଠି। ତୋ ବାପା ଆଖି ବୁଜିଥିଲେ ବି ସେଇଠି। କେତେ ସ୍ମୃତି ମୋର ସେଇ ଘରେ ଅଛି। ତାକୁ ଏମିତି

ଅବସ୍ଥାରେ ଦେଖି ମୋ ଦେହ ସହୁନିରେ...। ଶେଷଆଡ଼କୁ କଣ୍ଠ ନରମି ଆସେ ନୀରବୋଉର।

ହଁ ବୋଉ.... ସୁବିଧା ଦେଖି ସବୁ ବାଗେଇ ଦେବି। ତୁ ଜମା ବ୍ୟସ୍ତ ହୁଅନା କହି ମୁଣ୍ଡ ଟୁଙ୍ଗାରି ଦିଏ ନୀର। କିନ୍ତୁ ସେ ଦିଗକୁ ତାର ଧ୍ୟାନ ଯାଏନି ଏତେ। ପୁରୁଣା ଘରର ମାୟା ବାନ୍ଧି ପାରେନି ତାକୁ। "ଏ ନୂଆଘରେ ତ ଆରାମରେ ଅଛନ୍ତି ସେମାନେ। ସେ ପୁରୁଣା ମାଟିଘରକୁ ମରାମତି କରି କଣ ମିଳିବ ସେଠୁ? କିଏ ରହିବ ସେଠି?" ଏମିତି ଭାବେ ନୀର।

ଶେଷକୁ ନିଜ ମନକୁ ନିଜେ ବୁଝେଇ ଦେଲା ନୀରବୋଉ। ଯେଉଁଠି ଏତେ ଯତ୍ନ ଆଦର ପରେ ବି ସମ୍ପର୍କ ସବୁରେ ଉଇ ଚରିଗଲା, ସେଠି ଏ ଘର, କାନ୍ଥବାଡ଼ରେ ଉଇ ଚରିଯିବାଟା କୋଉ ଗୋଟେ ବଡ଼ କଥା ଯେ ତାକୁ ଏତେ ବାଧୁଛି!!

ଦୁଇଦିନ ହେବ ଶେଯରେ ପଡିଛି ନୀରବୋଉ। ଜର ଛାଡୁନି ଜମା। ଖାଇବା ପିଇବା କିଛି ନାହିଁ। ଜବରଦସ୍ତି ପାଟିରେ ପାଣିଟିକେ ଦେଲେ ଢୋକୁଛି ଯାହା। ପାଟିରୁ କଥା ବାହାରୁନି ଆଉ। ବାରମ୍ବାର ନୀରକୁ ଠାରିକି ଡାକୁଛି ପାଖକୁ, କିଛି କହିବ କହିବ ହେଉଛି କିନ୍ତୁ କହିପାରୁନି କିଛି।

ସମସ୍ତେ ଭାବିଲେ ଯେ ନୀରବୋଉର ଏଇଟା ଶେଷ ଅବସ୍ଥା ବୋଧେ। ସାଇପଡ଼ିଶା ଆସି ଦେଖି ଯାଉଛନ୍ତି ମଝିରେ ମଝିରେ। ଭାଗବଣ୍ଟା ପରେ ମୁହଁ ମୋଡ଼ି ଦେଇଥିବା ଯାଆ ଦିଅରମାନେ ବି ଏବେ ଦେଖି ଆସୁଛନ୍ତି ବେଳେବେଳେ। ଯନ୍ତ୍ରଣାରେ ଛଟପଟ ହେଉଛି ସେ। କିନ୍ତୁ ପ୍ରାଣ ଯାଉନି। କିଏ କହୁଛି କିଛି ଶେଷ ଆଶା ରହିଯାଇଛି ବୋଧେ ସେଥିପାଇଁ ଜୀବ ଯାଉନି। କିଏ କହୁଛି କିଛି ଗୁପ୍ତ ଧନ ରଖିଛି ବୋଧେ... ନୀରକୁ ଜଣେଇଲା ପରେ ମରିବ। କିଏ କହୁଛି ତୁଳସୀ ଜଳ ଟିକିଏ ପାଟିରେ ପଡ଼ିଲେ ମୋକ୍ଷ ପାଇଯାଆନ୍ତା ବିଚାରୀ। କିଏ କହୁଛି ନୀରରେ... ବୁଢ଼ୀ ନାଁରେ ବୈତରଣୀ ଦାନ ଦେଇ ଦେ। ମୁକ୍ତି ପାଉ ସେ। ଯାଆମାନେ ବି କିଛି ଗୋଟେ ଫୁସୁରୁ ଫାସୁରୁ ହେଉଛନ୍ତି।

କିନ୍ତୁ ସମସ୍ତଙ୍କ ଆଶଙ୍କାକୁ ଭୁଲ ପ୍ରମାଣିତ କରି ନୀରବୋଉ ସୁସ୍ଥ ହେଲା କିଛିକାଂଶରେ। ନୀରକୁ ଡାକିକି ଅସ୍ପଷ୍ଟ ସ୍ୱରରେ କହିଲା, "ମୋତେ ମୋ ପୁରୁଣା ଘରକୁ ନେଇ ଚାଲ ଟିକେ।" ସମସ୍ତେ ଆଶ୍ଚର୍ଯ୍ୟ। ଯାଆମାନେ ସନ୍ଦେହ କଲେ। ଶାଶୁଙ୍କ ଅମଳର ଗହଣାଗାଣ୍ଠି ବୋଧେ କିଛି ଲୁଚେଇ ରଖିଛନ୍ତି ସେଠି। ନାନା ତୁଣ୍ଡରେ ନାନା କଥା ଏବେ।

ମା'କୁ ନେଇ ନୀର ପହଞ୍ଚିଲା ପୁରୁଣା ଘରେ। ନୀରବୋଉ ପାଦ ଘୋଷାଡ଼ି

ଘୋଷାଡ଼ି ଆଗ ପହଞ୍ଚିଲା ତା' ଢ଼ିଙ୍କିଶାଳରେ। ଚାରିଆଡ୍କୁ ଆଖି ବୁଲେଇ ଆଣିଲା ଥରେ ସେ। ଅସନା ଅରମା ତଳେ ଆକ୍ରାମାକ୍ରା ହେଉଛନ୍ତି ପୁରୁଣା ସ୍ମୃତିସବୁ। ସେମିତି ଗୋଟାଏ କଡ଼କୁ ଡେରା ହୋଇ ରହିଛି ଉଈ ଚରିଯାଇଥିବା କାଠି ସଉପ ଖଣ୍ଡକ। କାନ୍ଥବାଡ଼ରେ ନିଜ ହାତକୁ ସଯତ୍ନେ ବୁଲେଇ ଆଣୁ ଆଣୁ ତା' ଓଠରେ ଫୁଟି ଉଠିଲା ଧାରେ ହସର ଝଲକ। ପରେ ପରେ ଆଖିରୁ ଝରି ପଡ଼ିଲା ଦୁଇ ଟୋପା ଲୁହ। ଧୀର ଆଉ ଅସ୍ପଷ୍ଟ ସ୍ୱରରେ କହିଲା ସେ.... ମୋ ଘର.... ମୋ... ମା'....ଟି.... ଆହାଃ.... କି ହୀନିମାନ ହୋଇ ପଡ଼ିଛି ସତେ!! ନୀର ରେ.... ମୋ ମୁଣ୍ଡଟା କାଇଁ ଝିମି ଝିମ ଲାଗୁଛି। ମୁଁ ଏଠି ଟିକେ ଶାନ୍ତିରେ ଶୋଇବି କହି ସଉପଆଡ଼କୁ ହାତ ବଢ଼ାଉ ବଢ଼ାଉ ଭୂସ୍ କିନା ତଳେ କଚାଡ଼ି ହୋଇପଡ଼ିଲା ନୀରବୋଉ।

■

ନୂଆ'ଉ

ଅମୂଲ୍ୟ ବସ୍ ଷ୍ଟାଣ୍ଡରେ ଓହ୍ଲେଇ ପଡ଼ିବାବେଳକୁ ଦିନ ସାଢ଼େ ଗୋଟାଏ ବାଜିଲାଣି। ଏଠୁ ଗାଁ ଗୋଟାଏ କିଲୋମିଟର। ଭୋକରେ ହଂସା ଉଡ଼ିଲାଣି ତା'ର। ଷ୍ଟାଣ୍ଡଠାରୁ ଅଳ୍ପ ଦୂରରେ ନିଳା ମାଉସୀ ଢାବା। ଆସିଲାବେଳେ ସୁଜାତା କହିଥିଲା, "ବସରୁ ଓହ୍ଲେଇ ଢାବାରେ ଖାଇଦେଇ ଯିବ। ତୁମେ ଯାଉଛ ବୋଲି ନୂଆବୋଉଙ୍କୁ ଆଗରୁ କହିବା କିଛି ଆବଶ୍ୟକ ନାହିଁ। ମୁଁ ଶୁଣିଥିଲି ଯେ ମଝିରେ ନୂଆବୋଉଙ୍କ ଦେହ ଟିକେ କ'ଣ ଖରାପ ଥିଲା। ଆଗ ପହଞ୍ଚି ତାଙ୍କ ଦେହପା' କଥା ପଚାରି ବୁଝିବ। ତାଙ୍କ ଦେହ ଭଲନାହିଁ ଶୁଣିକି ଆସିଛ ବୋଲି କହିବ। ଝିଅ ବାହାଘର ଠିକ୍ ହେବା କଥା ମୁଁ ତାଙ୍କୁ କହିଥିଲି ଫୋନ୍‌ରେ। ତଥାପି ତୁମେ ଆଉ ଟିକେ ଆଲୋଚନା କରିବ। ଆଉ ସୁବିଧା ସୁଯୋଗ ଦେଖି ଆମ୍ବତୋଟା ବିକ୍ରି କଥାଟା ଉଠେଇବ। କୋଠ ସମ୍ପତ୍ତି କିଛି ତ କାମରେ ଲାଗୁ ଆମର।" ସୁଜାତାର ଏତିକ କର୍ଣ୍ଣମନ୍ତ୍ରକୁ ସାଙ୍ଗରେ ଧରି ଗାଁକୁ ଆସିଥିଲା ଅମୂଲ୍ୟ ନିଜ ଇଚ୍ଛା ବିରୁଦ୍ଧରେ।

ଢାବା ପାଖରେ ଯାଇ ଠିଆ ହେଲା ଅମୂଲ୍ୟ। ବାହାରେ ହୋର୍ଡିଂ ଲଗା ହୋଇଛି "ନିଳା ମାଉସୀ ଢ଼ାବା।" ନିଳା ମାଉସୀ ଉପରକୁ ଯିବା ଗୁଡ଼ାଏ ବର୍ଷ ହୋଇଗଲାଣି। ତା' ପରେ ତା' ପୁଅ ବି ଚାଲି ଗଲାଣି ତିନିବର୍ଷ ହେବ ଏଇ କରୋନାରେ। ଏବେ ଏ ଢାବାର ମାଲିକ ହେଉଛି ନିଳା ମାଉସୀର ନାତି ଅନାଦି। ବାପା ଗଲାପରେ ଢାବାର ରଙ୍ଗରୂପକୁ ଟିକେ ବଦଳେଇ ଦେଇଛି ଅନାଦି। ମାଟି ପଲସ୍ତରା କାନ୍ଥକୁ ସିମେଣ୍ଟ କରିଛି। ଲମ୍ବା ଲମ୍ବା କାଠର ଡେସ୍କବେଞ୍ଚ ସବୁ ହଟେଇ ପ୍ଲାଷ୍ଟିକ୍ ଡାଇନିଂ ଦି ତିନି ସେଟ୍ ପକେଇଛି। ଆଗରୁ ଏଠି ଖାଲି ସକାଳ ଜଳଖିଆରେ କ୍ଷୀର ଚା' ଆଉ ନାଲି ଚା' ମିଳୁଥିଲା। ଜଳଖିଆରେ ପୁଣି ଖାଲି ବିରି ବରା, ଚକୁଳି ନ ହେଲେ ଇଡ଼ଲି ସାଙ୍ଗକୁ ପାଣିଆ ଘୁଗୁନି ଟିକେ। ଏବେ ଅନାଦି ତା' ମେନୁଚାର୍ଟ ବଦଳେଇ ସାରିଲାଣି।

ଜଳଖିଆରେ ଦୋସା, ଚାଓମିନ ବି ମିଳୁଛି ଏଠି। କ୍ଷୀର ଆଉ ନାଲି ଚା' ବ୍ୟତୀତ କଫି ଏବଂ ଲେମନ ଟି ସହ କିଛି ଥଣ୍ଡା ପାନୀୟ ମଧ୍ୟ ଉପଲବ୍ଧ। ଆଉ ଲଞ୍ଚ ବି ମିଳୁଛି କାଳେ ଆଜିକାଲି। ଭାତ, ଡାଲି, ଭଜା କି ତରକାରୀ ଟିକେ। ସବୁ ବଦଳି ଯାଇଛି ଢାବାର କିନ୍ତୁ ନାଁଟା ସେଇଆ ହିଁ ଅଛି। "ନିଳା ମାଉସୀ ଢାବା।"

ଢାବାରେ ଖାଇବାକୁ ଆଦୌ ଇଚ୍ଛା ନ ଥିଲା ଅମୂଲ୍ୟର। ଏ ଗରମ ଯୋଗୁଁ କେମିତି ଗୋଟେ ବାନ୍ତି ବାନ୍ତି ଲାଗୁଥିଲା ତାକୁ ବାହାର ଖାଦ୍ୟ ଖାଇବା ପାଇଁ। ଇଚ୍ଛା ହେଉଥିଲା ପଖାଳ ଗଣ୍ଡେ କିଏ ବାଢ଼ି ଦିଅନ୍ତା କି!! କିନ୍ତୁ ନ ଖାଇକି ଗଲେ ଖାଇବ ବି କେଉଁଠି ? ନୂଆ'ଉ ତ ଜାଣି ନାହାନ୍ତି ସେ ଆସୁଛି ବୋଲି। ଏବେ ଏ ଅବେଳଟାରେ ଯାଇ ଖାଇବା କଥା କହିଲେ ସେ ଅଯଥାରେ ହଇରାଣ ହେବେ ସିନା। ତାଙ୍କର ବି ବୟସ ଖସିଲାଣି, ଅଣ୍ଟା ନଇଁ ଆସିଲାଣି।

ଆଉ ଠିଆ ହେବାକୁ ଧୈର୍ଯ୍ୟ ନ ଥିଲା ଅମୂଲ୍ୟର। ଦୋକାନରୁ ବିସ୍କୁଟ ଦି' ଚାରିଖଣ୍ଡ ଖାଇ, ପାଣି ଟିକେ ପିଇ ଘରମୁହାଁ ହେଲା ସେ।

ଘରେ ପହଞ୍ଚି ଆଉ ନିଜ ଖଞ୍ଜାଆଡ଼କୁ ଯିବାକୁ ମନ ବଳିଲାନି ତା'ର। ସିଧା ଯାଇ ପହଞ୍ଚିଲା ନୂଆବୋଉଙ୍କ ପାଖରେ।

- ନୂଆ'ଉ....

- ଆରେ.... ଅମୁ କିରେ!! ଏତେଦିନ ପରେ ତୋର ତୋ ନୂଆ'ଉକୁ ଦେଖିବାକୁ ଇଚ୍ଛା ହେଲା ତେବେ। କାଲି ପରା ଫୋନ୍‌ରେ କଥା ହୋଇଥିଲୁ, କାହିଁ କହିଲୁନି ତ ଆଜି ଆସୁଛୁ ବୋଲି।

- ନାଇଁ ନୂଆ'ଉ.... କିଛି ଠିକ୍ ନ ଥିଲା। ଘନଠାରୁ ଶୁଣିଲି ଯେ ତୁମ ଦେହ ଭଲ ନାହିଁ ବୋଲି। ସେଥିପାଇଁ ହଠାତ୍ ପ୍ରୋଗ୍ରାମ କରି ଚାଲି ଆସିଲି।

- ମୋ ଦେହ କିଛି ହୋଇନି ତ!! ବୟସ ହେଲାଣି ଆସି... ଖାଦ୍ୟ ହଜମ ହେଉନି ଆଉ ବେଳେବେଳେ, ବଦହଜମି ଧରି ପକାଉଛି। ଘନର ସବୁକଥା ତିଳକୁ ତାଳ। ହଉ ଛାଡ଼.... ଗଲୁ ଗଲୁ ଟିକେ ଗୋଡ଼ ହାତ ଧୋଇ ପକେଇଲୁ, କ'ଣ ଟିକେ ଖାଇଦେବୁ। ଭୋକରେ କଳାକାଠ ପଡ଼ିଗଲାଣି ତୋ ମୁହଁ।

- ନାଇଁ ନୂଆ'ଉ... ମୁଁ ଖାଇକି ଏବେ ଆସିଲି ପରା। ଏଇ ନିଳା ମାଉସୀ ଢାବାରୁ। ଆଉ ମୋ ପେଟରେ ଟିକେ ବି ଜାଗା ନାହିଁ।

- ଏଁ.... ହଇରେ, ତୁ ମିଛ କହୁଛୁ!! ପୁଣି ମୋତେ!! ତୋ ମୁହଁ ତ କହୁଛି ଭୋକରେ ତୋ ପେଟ କାଁ କାଁ ଡାକୁଛି ବୋଲି। ଆ... ଆ... ପଖାଳ ଦି ଗୁଣ୍ଡା ଖାଇଦେ କହି ବାଡ଼ିପଟକୁ ଧାଇଁ ଗଲେ ନୂଆବୋଉ। ସଜନା ଶାଗ ତୋଳି ଆଣିଲେ କିଛି।

ଅଧଘଣ୍ଟା ଭିତରେ ଅମୂଲ୍ୟ ଆଗରେ ଥୁଆ ହୋଇଗଲା ଦହିପଖାଳ ସାଙ୍ଗକୁ ବଡ଼ିଚୁରା, ଶାଗ ଖରଡ଼ା ଆଉ ବାଇଗଣ ଭର୍ତ୍ତା।

ପେଟେ ଖାଇ ସାରି ଟିକେ ଗଡ଼ପଡ଼ ହେଲା ଅମୂଲ୍ୟ। ଓହୋ...ଆତ୍ମା ଶାନ୍ତି ହୋଇଗଲା। ଆଃ... ନୂଆ'ଉ.... ତୁମେ ମୋ ମନକୁ କେମିତି ଏମିତି ପଢ଼ିପାର ଯେ, ପୁଣି ଏତେ ନିଖୁଣ ଭାବରେ!!

ଗାଁରୁ ଫେରିବା ସମୟ ପାଖେଇ ଆସିଲାଣି। କିନ୍ତୁ ଜିଭ ଲେଉଟୁନି ଅମୂଲ୍ୟର ତୋଟା ବିକ୍ରି କଥାଟା ଉଠେଇବା ପାଇଁ। ଯେତେଥର ବି କହିବାକୁ ସେ ଛେପ ଢୋକୁଛି, ପୁରୁଣା ସ୍ମୃତି ସବୁ କଣ୍ଟା ପରି ଲାଖି ଯାଉଛନ୍ତି ଯେମିତି ତା' ତଣ୍ଟି ପାଖରେ। କଣ୍ଠରୋଧ ହେଉଛି ବାରମ୍ବାର ଶତ ଚେଷ୍ଟାସତ୍ତ୍ୱେ ବି।

ନୂଆ'ଉ.... କାହା ପାଇଁ କ'ଣ ହୋଇପାରେ ଏ ଶବ୍ଦର ଅର୍ଥ.... ଏ ସମ୍ପର୍କର ଅର୍ଥ। କିନ୍ତୁ ଅମୂଲ୍ୟ ପାଇଁ ଏହା ମା' ଶବ୍ଦର ଏକ ପ୍ରତିଶବ୍ଦ। ଏ ଶବ୍ଦ ଭିତରେ ତାକୁ ଦିଶେ ମାତୃତ୍ୱର ପ୍ରତିଛବି।

ନୂଆବୋଉଙ୍କ ସହ ତା'ର ସମ୍ପର୍କର ଖିଅ ଯେ କେତେ ଗଭୀର ଆଉ କେତେ ଆତ୍ମିକ... ସେ କଥା ସେ ଅନେକ ଥର କହିସାରିଛି ସୁଜାତାକୁ। ସୁଜାତା ସବୁ ଶୁଣେ, ବୁଝେ କିନ୍ତୁ ଅନୁଭବି ପାରେନି ସେ ଗଭୀରତାକୁ। କେମିତି ବି ଅନୁଭବ କରିବ? କେତୁଟା ଦିନ ସେ ଚଳିଛି ଯେ ନୂଆ'ଉ ପାଖରେ। ବାହାଘରଠାରୁ ଆଜିକୁ ପଚିଶି ବର୍ଷ ହେଲା ସେ ବାହାରେ।

ଅମୂଲ୍ୟ ଫେରି ଯାଉଥିଲେ ପଛକୁ ପଛକୁ। ଆଖି ଆଗରେ ଝାପ୍ସା ଦିଶୁଥିଲା ଦି ଖଞ୍ଜା ନୁଆଁଣିଆ ଚାଳ ଛପର ଘର। ମଝିରେ ଅଗଣା। ଅଗଣାରେ ଦୁଇଟି କାଠଚୁଲି। ଗୋଟିଏ ବୋଉର, ଆରଟି ବଡ଼ବୋଉର। ହେତୁ ହେଲାଦିନୁ ସେ ଦେଖିଛି ଦି ପରିବାର ଭିତରେ ଅଲଗା ରୋଷେଇ। ବାପ ଆଉ ବଡ଼ବାପା ରୁହନ୍ତି ଅଲଗା ଅଲଗା ଖଞ୍ଜାରେ। ଅନ୍ୟମାନଙ୍କଠାରୁ ସେ ଯେତିକି ଶୁଣିଛି...ଭାଇ ଭାଗ ବଣ୍ଟରା ଘରେ ନିତିନିତି କଳି ଝଗଡ଼ା କିନ୍ତୁ ତା' ଘରେ ସେମିତି କିଛି ଘଟେନି। ସବୁବେଳେ କେମିତି ଗୋଟେ ଗୁମୁସୁମ ପରିବେଶ। ପରସ୍ପର ଭିତରେ ଗୋଟେ ଶୀତଳ ଯୁଦ୍ଧ ଚାଲିଥାଏ ଯେମିତି ସବୁବେଳେ। ଦୁଇ ପରିବାରର ସଦସ୍ୟ ପରସ୍ପରକୁ ମୁହଁ ଆଡ଼େଇ ଚାଲିଯାଆନ୍ତି ମୁହାଁମୁହିଁ ପଡ଼ିଗଲେ। ଅମୂଲ୍ୟ କିନ୍ତୁ କଥା ହୁଏ ଧୀରଭାଇଙ୍କ ସହ ସବୁଦିନେ। କାହା ଦୃଷ୍ଟିରେ ନ ପଡ଼ିବା ପରି। ଧୀରଭାଇ ହେଉଛନ୍ତି ତା' ବଡ଼ବାପାଙ୍କ ପୁଅ। ତା'ଠାରୁ ବୟସରେ ଢେର୍ ବଡ଼। ପାଖାପାଖି ସତର କି ଅଠର ବର୍ଷ। କିନ୍ତୁ ଭାବଦୋସ୍ତିଟା ଭଲ ଜମେ ଲୁଚାଛପାରେ।

ଅମୂଲ୍ୟର ମନେଅଛି ଠିକ୍.... ସେ ଯେତେବେଳେ ପଞ୍ଚମରେ ପଢୁଥିଲା ଧୀରଭାଇଙ୍କର ବାହାଘର ହୋଇଗଲା। ନୂଆବୋଉ ଆସିଲେ ଘରକୁ ନୂଆବୋହୂ ସାଜି। ସାହିଟା ସାରା ଲୋକେ କଥା ହେଉଥିଲେ ତା' ନୂଆବୋଉ କୁଆଡ଼େ ଭାରି ସୁନ୍ଦର, ଭାରି ଗୁଣର ଆଉ ଭାରି ମିଶାଣିଆ ବି। ଅମୂଲ୍ୟର ଭାରି ଇଛା ହୁଏ, ସେପଟ ଖଞ୍ଜାକୁ ସେ ଟିକେ ଯାଇ ପାରନ୍ତାକି? ନୂଆବୋଉଙ୍କ ସହ ଟିକେ କଥା ହୁଅନ୍ତା। ନୂଆବୋଉ କୁଆଡ଼େ ଭାରି ବଢ଼ିଆ ରୋଷେଇ କରୁଛନ୍ତି। ତାଙ୍କ ହାତରନ୍ଧା ଟିକେ ଚାଖନ୍ତା। କିନ୍ତୁ ହୋଇପାରେନି କିଛି। ସେପଟ ବାରଣ୍ଡାରେ ଥାଇ ନୂଆବୋଉ ତାକୁ ଚାହିଁ ଟିକେ ହସି ଦିଅନ୍ତି ମଝିରେ ମଝିରେ। ହାତ ଠାରି ସେପାଖକୁ ଯିବାକୁ ଡାକନ୍ତି। କିନ୍ତୁ ଯାଇପାରେନି ଅମୂଲ୍ୟ। ବୋଉ ବି ମନାକରେ... କୁହେ ବାପା ଜାଣିଲେ ରାଗିବେ। ବଡ଼ବାପା ବି ଯେତେବେଳେ ଦେଖ ବାରଣ୍ଡାଟା ଉପରେ ଟଙ୍ଗଟଙ୍ଗ ହୋଇ ଟହଲ ମାରୁଥିବେ ସବୁବେଳେ।

ନୂଆବୋଉ ଆସିବାର ଛଅମାସ ହୋଇଛି କି ନାହିଁ ଅମୂଲ୍ୟର ବୋଉ ଚାଲିଗଲେ ହୃଦ୍‌ଘାତରେ। ଏ ଅକାଳ ଚଡ଼କ ସମ୍ଭାଳି ନ ପାରି କାନ୍ଦିକାନ୍ଦି ବେହୋସ ଅବସ୍ଥା ବାପାଙ୍କର। ବଡ଼ବାପା, ବଡ଼ବୋଉ ସ୍ତବ୍ଧ ଏ ଦାରୁଣ ଦୁଃଖରେ। ସେଦିନ ପ୍ରଥମ କରି ଦେଖିଲା ସେ ତା' ବଡ଼ବାପାଙ୍କୁ କାନ୍ଦିବାର ବାପାଙ୍କୁ କୁଣ୍ଢେଇ ଧରି। ଧୀରଭାଇ କାହାକୁ ସମ୍ଭାଳିବେ ଜାଣିପାରୁନାହାନ୍ତି। ସେଥିରେ ପୁଣି ଶେଷକୃତ୍ୟର ଆୟୋଜନ। ଦଶ ଏଗାର ବର୍ଷର ଅମୂଲ୍ୟ ନିଜର ଦୁଇ ଆଣ୍ଠୁ ମଝିରେ ମୁହଁଟାକୁ ଗୁଞ୍ଜି ଦେଇ କାନ୍ଦୁଛି ଧକେଇ ଧକେଇ ବାରଣ୍ଡାର ଗୋଟାଏ କୋଣରେ ବସି। ସେଇ ଯେ ନୂଆବୋଉ ଦୌଡ଼ି ଆସି କୋଳେଇ ନେଲେ ତାକୁ ଆଉ ପୋଛି ଆଣିଲେ ତାକୁ ନିଜ ପଣତରେ...ସେବେଠାରୁ ଆଉ ସେ ପଣତ ତଳୁ ବାହାରି ପାରିନି ଅମୂଲ୍ୟ।

ବୋଉ ମଲା ପରଠାରୁ ଅମୂଲ୍ୟ ଘରେ ଚୁଲି ଲାଗିବା ଆଉ କାହିଁ ମନେପଡୁନି ତା'ର। ସମସ୍ତଙ୍କ ପାଇଁ ନୂଆବୋଉ ହିଁ ରୋଷେଇ କରନ୍ତି ଏକାଠି। ତାକୁ ନିଜ ହାତରେ ଖୁଆଇ ପିଆଇ ସ୍କୁଲ ପଠେଇ ଦିଅନ୍ତି। ବ୍ୟାଗରେ ଟିଫିନ୍ ପାଣି ବୋତଲ ଭରି ଦିଅନ୍ତି। ସ୍କୁଲରୁ ଫେରିବା ବାଟକୁ ଚାହିଁ ରହିଥାନ୍ତି। ଆସୁ ଆସୁ କୁହନ୍ତି, ବହୁତ ଭୋକ ହେବଣି ନା ଅମୁ.... ଜଲ୍‌ଦି ଜଲ୍‌ଦି ଧୁଆଧୋଇ ହୋଇଯାଅ, କ'ଣ ଟିକେ ଖାଇଦେବ। ବଡ଼ବୋଉ ବି ଯତ୍ନରେ ଖାଇବା ବାଢ଼ି ଦିଅନ୍ତି ବାପାଙ୍କୁ। ବଳେଇ ବଳେଇ ପରଷି ଦିଅନ୍ତି। ଆଉ ବେଳେବେଳେ ଚୁପଚାପ୍ ବସି ଖୁବ୍ କାନ୍ଦନ୍ତି ବଡ଼ବୋଉ ଗୁମୁରି ଗୁମୁରି ବୋଉକୁ ମନେପକେଇ।

ଅନେକ ବର୍ଷରୁ ଦୁଇ ପରିବାର ଭିତରେ ଉଠିଥିବା ପାଚେରୀଟା ଧୀରେ

ଧୀରେ ଭାଙ୍ଗି ମାଟିରେ ମିଶୁଥିଲା। ରାଗ ଅଭିମାନ ସବୁ ମିଳେଇ ଯାଇଥିଲେ ପାଣି ଫୋଟକା ଭଳି। ଏକାଠି ରୋଷେଇ... ଏକାଠି ଖିଆପିଆ। ଆଜି ଏତେବର୍ଷ ପରେ ବି ବେଳେବେଳେ ଭାରି ଅଭିମାନରେ ଅମୂଲ୍ୟ ପଚାରେ ଠାକୁରଙ୍କୁ.... ପ୍ରଭୁ, ଏ ଦୁଇ ପରିବାର ଯୋଡ଼ି ହେବା ପାଇଁ ମୋ ବୋଉଟା ମରିବା କ'ଣ ନିହାତି ଦରକାର ଥିଲା ?

ବିତି ଯାଇଥିଲା ଏମିତିରେ ପାଞ୍ଚସାତ ବର୍ଷ। ନୂଆବୋଉଙ୍କ କୋଳ କିନ୍ତୁ ଖାଲି। ଧୀରେ ଧୀରେ ନିଜ ଅଜାଣତରେ ସେ ଶୂନ୍ୟକୋଳକୁ ଆବୋରି ବସିଲା ଅମୂଲ୍ୟ। ନୂଆବୋଉ ବି ଆପଣେଇ ନେଉଥିଲେ ତାକୁ ଠିକ୍ ଜନ୍ମ କଲା ଛୁଆଟେ ପରି।

ଆଜିକାଲି ଅମୂଲ୍ୟକୁ ମୁହଁ ଖୋଲି କିଛି ବି କହିବାକୁ ପଡ଼େନି ନୂଆବୋଉଙ୍କ ଆଗରେ। ମୁହଁ ଦେଖି ସବୁ ବୁଝିଯାଆନ୍ତି ସେ। ପେଟର ଭୋକଠାରୁ ଆରମ୍ଭ କରି ମନର ଦୁଃଖ ଆଉ ପକେଟର ଆବଶ୍ୟକତା ଯାଏ କିଛି ବି ଅଛପା ରହେନି ନୂଆବୋଉଙ୍କୁ। ଦେହ ଖରାପ ହେବାର ଦିନକ ଆଗରୁ ନୂଆବୋଉ ପଚାରି ବସନ୍ତି, "ଦେହ ଭଲ ଲାଗୁନି କି ଅମୁ, ମୁହଁଟା ଫଣଫଣିଆ ଦିଶୁଛି ଯେ!! ମନଦୁଃଖକୁ ଯେତେ ଛପେଇଲେ ବି କେମିତି ଜାଣିପକାନ୍ତି ନୂଆବୋଉ କେଜାଣି!! ପଚାରି ବସନ୍ତି.... କ'ଣ ହୋଇଛି ଅମୁ ? କାହା ସହ କଳି ଝଗଡ଼ା କରିଛୁ କି ?? କିଏ ଗାଳି କରିଛି କି ?? ଆଉ ପଇସାପତ୍ର ମାମଲାରେ ବାପାଙ୍କୁ ମୁହଁ ଖୋଲିବା ଆଗରୁ ହାତରେ ଟଙ୍କା ଗୁଞ୍ଜି ଦିଅନ୍ତି ନୂଆବୋଉ। ଚୁପଚୁପ୍ କୁହନ୍ତି, "ରଖିଥା" ଅମୁ...କ'ଣ ଖର୍ଚ୍ଚ କରିବୁ। ବେଳେବେଳେ ଆଶ୍ଚର୍ଯ୍ୟ ହୋଇ ନୂଆବୋଉଙ୍କ ମୁହଁକୁ ଚାହିଁରହେ ଅମୂଲ୍ୟ। ଆଉ ମନେ ମନେ ପଚାରେ.... ମୋତେ ତୁମେ କେମିତି ଏମିତି ପଢ଼ି ପକାଅ ନୂଆ'ଉ!!

ବୋଉ ତ ଯାଇଥିଲା ଆଗରୁ ଅମୂଲ୍ୟର। ବାପା, ବଡ଼ବାପା, ବଡ଼ବୋଉ ବି ଚାଲିଗଲେଣି ସବୁ କେବେଠୁଁ। ଧୀରଭାଇ ବି ନାହାନ୍ତି ଆଉ। କାଳର କରାଳ ଗତିରେ ଅନେକ ସମୟ ବହିଗଲାଣି ଯା ଭିତରେ। ରହିଯାଇଛି ଖାଲି ଯାହା କିଛି ସ୍ମୃତିଚିହ୍ନ। ଅମୂଲ୍ୟ ବି ପରିବାର ସହ ବାହାରେ। ଏକା ନୂଆବୋଉ ପଡ଼ି ରହିଛନ୍ତି ଗାଁରେ ସେ ସ୍ମୃତି ସବୁକୁ ସନ୍ତକ କରି ଛାତିରେ ଜାକି। ମାସରେ ଥରେ ଅଧେ ଅମୂଲ୍ୟ ଆସି ବୁଲିଯାଏ ଗାଁରୁ। ସେତିକିରେ ତା' କର୍ତ୍ତବ୍ୟ ଶେଷ। ବରଂ ସୁବିଧା ଅସୁବିଧାରେ ହଳିଆ ଟୋକା ଘନ ଆସି ପାଖରେ ଠିଆ ହୁଏ ନୂଆବୋଉଙ୍କର।

– ଅମୁ....

ନୂଆବୋଉଙ୍କ ଡାକରେ ଭାବନା ରାଜ୍ୟରୁ ଫେରି ଆସିଲା ଅମୂଲ୍ୟ।

- ହଁ ନୂଆ'ଉ...

- କ'ଣ ହେଇଛି କିରେ? ଆସିଲାବେଳୁ ଦେଖୁଛି କିଛି ଗୋଟେ ଚିନ୍ତାରେ ଅଛୁ ତୁ।

- ନାଇଁ ନୂଆ'ଉ.... କିଛି ନାହିଁ। ଝିଅ ବାହାଘରଟା ଆଉ ତିନିମାସ ରହିଲା। ପଇସା ପତ୍ର ଟିକେ ଯୋଗାଡ଼ିବାକୁ ପଡୁଛି। ଆଜିକାଲିର ଖର୍ଚ୍ଚ ତ ଜାଣିଛ ନୂଆ'ଉ। ପଚିଶି ତିରିଶ ଲକ୍ଷ ଖର୍ଚ୍ଚ ହୋଇଯିବ ନିହାତି। ଭାବୁଛି କୁଆଡୁ ଯୋଗାଡ଼ କରିବି?

- ଆରେ.... ଏତେ ଟଙ୍କା!! କୋଉଠୁ କିଛି ଯୋଗାଡ଼ କଲୁଣି?

- ନାଇଁ ନୂଆ'ଉ,... ଜିପିଏଫରୁ କିଛି ଉଠେଇବି ଆଉ ଭାବୁଛି କଟକ ଜାଗା ଖଣ୍ଡକ ବିକ୍ରି କରିଦେବି।

ଶେଷ ପର୍ଯ୍ୟନ୍ତ ଚେଷ୍ଟା କରିକି ବି ତୋଟା ବିକ୍ରି କଥାଟା କହିପାରିଲାନି ଅମୂଲ୍ୟ। ବିବେକ ଯେମିତି ବାଧା ଦେଉଥିଲା ତାକୁ ବାରମ୍ବାର।

ଘରକୁ ଫେରିବା ପରେ ସୁଜାତାଙ୍କୁ ଆଉ ସମ୍ଭାଳେ କିଏ?

- କହି ପାରିଲନି ଟି?? ମୁଁ ଜାଣିଥିଲି ଠିକ୍, ତୁମେ ତୋଟା ବିକ୍ରି କଥା କହିପାରିବନି ବୋଲି। ତୁମେ ତ ନୂଆବୋଉଙ୍କୁ ଦେଖି ଦୟା ଆଉ ପ୍ରେମରେ ଛଳଛଳ ହୋଇଯାଇଥିବ ଆଉ କହିବ କେମିତି! ବହୁତ ଆଗରୁ ତ ସବୁ ଭାଗବଣ୍ଟା ସରିଥିଲା। ବଣ୍ଟା ହୋଇ ପାରିଲାନି ବୋଲି ଏଇ ଯୋଡ଼ିଏ ଜିନିଷ ଏକାଠି କୋଠରେ ଥିଲା। ହୁଡ଼ାତଳ ମାଛ ପୋଖରୀଟା ଆଉ ଏଇ ଆମ୍ବ ତୋଟାଟି। ବଡ଼ବାପାଙ୍କ ଦେହ ଖରାପବେଳେ ଧୀରଭାଇ ବିକିଦେଲେ ପୋଖରୀଟାକୁ ଶାଗମାଛ ଦରରେ। ଭାଗ ଟଙ୍କା କେଇଟା ଧରେଇ ଦେଲେ ତୁମ ହାତରେ। ପାଟି ବି ଫିଟେଇଲନି ତୁମେ କି କେତେ ଟଙ୍କାରେ ବିକ୍ରି ହେଲା ବି ପଚାରିଲନି। ତାଙ୍କର ଦରକାରବେଳେ ସେମାନେ ତ ବିକିଦେଲେ। ତୁମେ ଚୁପଚାପ୍ ଦସ୍ତଖତ ମାରିଦେଲ ଆଉ ଆମର ଏବେ ଦରକାର ବେଳକୁ ତୁମ ପାଟି ଫିଟୁନି କାହିଁକି? ଝିଅ ବାହାଘର ପାଇଁ ସେ ତୋଟା ଅଲବତ ବିକ୍ରି ହେବ। ତୁମେ ନ କୁହ ମୁଁ କହିବି କାଲି ନୂଆବୋଉଙ୍କୁ। ଦେଖିବା ସେ କେମିତି ଦସ୍ତଖତ ଦେବେନି।

ସକାଳୁ ସକାଳୁ ଫୋନ୍ ଆସିଲା ନୂଆବୋଉଙ୍କର।

- ହ୍ୟାଲୋ... କିଏ? ସୁଜାତା କି?

- ହଁ ନୂଆବୋଉ... ପ୍ରଣାମ।

- ଅହ୍ୟ ସୁଲକ୍ଷଣୀ ହୋଇଥାଆ ମା'। ଅମୁ ନାହିଁକି?

- ସେ ବାଥରୁମରେ ନୂଆବୋଉ।

- ହଉ ହଉ... ତା'ସହ ଟିକେ କଥା ଥିଲା ତ.... ଅମୁ କାଲି ଆସିଥିଲା ଗାଁକୁ। ଝିଅ ବାହାଘର ପାଇଁ ଭାରି ଚିନ୍ତାରେ ଥିଲା। କହୁଥିଲା କ'ଣ କଟକ ଜାଗା ଖଣ୍ଡକ ବିକ୍ରି କରିଦେବ ବୋଲି। ମୁଁ କ'ଣ କହୁଥିଲି କି.... ସେ ଜାଗା ଖଣ୍ଡକ ନ ବିକିଲେ ହୁଅନ୍ତାନି ? ଭବିଷ୍ୟତରେ ଛୁଆ ପିଲାଙ୍କ କାମରେ ଲାଗନ୍ତା। ସେ ବରଂ ଏ ଆମ୍ବତୋଟା ଖଣ୍ଡକ ବିକ୍ରି କରିଦେଉ। ଭଲ ଦି ପଇସା ବି ମିଳିବ। ଏବେ ମୁଁ ଅଛି ବୋଲି ଯାହିତାହି ନଜର ଟିକେ ରଖିଛି। ମୋ ଅନ୍ତେ କିଏ ଜଗିବ ? ବରଂ ଏବେ ବିକ୍ରି କରିଦେଉ ଯେ କଥାଟା ସବୁଆଡ଼କୁ ପାଇବ। ତୁ ତାକୁ ଟିକେ ବୁଝାନ୍ତୁନି ସୁଜାତା...

ସୁଜାତା ନିର୍ବାକ୍.... ସତରେ କ'ଣ ନୂଆବୋଉ ପଢ଼ିପାରନ୍ତି ମନକୁ !!

- ତୁ କ'ଣ କହୁଛୁ ସୁଜାତା ??

- ହଁ ନୂଆବୋଉ....ମୁଁ ଆଲୋଚନା କରିବି ଏ ବିଷୟରେ ତାଙ୍କ ସାଙ୍ଗରେ।

XXX

ସୁଜାତା ଭାରି ଖୁସି ଏବେ। ଯାହାହେଉ କୋଠ ସମ୍ପତ୍ତି କିଛି କାମରେ ଆସିଲା ତ। ତୋଟା ବିକ୍ରି ହେବ ବାରଲକ୍ଷ ଟଙ୍କାରେ। ନିୟମ ଅନୁସାରେ ଅଧାଟଙ୍କା ଅମୂଲ୍ୟର ଆଉ ଅଧାଟଙ୍କା ନୂଆବୋଉଙ୍କର।

ନିର୍ଧାର୍ଯ୍ୟ ଦିନ ଅମୂଲ୍ୟ ସହ ସୁଜାତା ବି ବାହାରି ପଡ଼ିଲେ ଗାଁକୁ। ଯାଉ ଯାଉ ବାଟରେ କହିଲେ,

- ହେଇଟି ଶୁଣୁଛ.... ନୂଆବୋଉ ତ ତାଙ୍କ ଭାଗଟଙ୍କା ଛ' ଲକ୍ଷ ପାଇବେ ଏବେ। ଏଇ ମଉକାରେ ଆମେ ତାଙ୍କୁ ଚାରି ପାଞ୍ଚ ଲକ୍ଷ ଟଙ୍କା ଧାର ମାଗିଲେ ହୁଅନ୍ତାନି ? ସେ ତ ଏକୁଟିଆ ଲୋକ.... କୋଉ ପିଲା ନା ଛୁଆ। ଏତେ ଟଙ୍କା ସେ କରିବେ କଣ ??

- ଚୁପ୍ କର ସୁଜାତା.... ଅବିବେକିତାର ବି ଗୋଟାଏ ସୀମା ଥାଏ... ଛିଃ....।

ବିକ୍ରି ସରିଲା ପରେ ଟଙ୍କାଟା ନୂଆବୋଉଙ୍କ ହାତକୁ ବଢ଼େଇ ଦେଉ ଦେଉ ନୂଆବୋଉ ପଚାରିଲେ....

- ଏ କ'ଣ ଅମୁ ??

- ତୁମ ଭାଗ ଟଙ୍କା ନୂଆ'ଉ.... ପୁରା ଛ' ଲକ୍ଷ ଅଛି।

- ଭାଗ !! ମା' ପୁଅଙ୍କ ଭିତରେ ବି ଭାଗ ବସେ !! ତୁ ମୋତେ ସିନା ତୋ ବଡ଼ଭାଇର ସ୍ତ୍ରୀ ବୋଲି ଭାବି ଟଙ୍କା ଭାଗ କରି ବଢ଼େଇ ଦେଉଛୁ କିନ୍ତୁ ମୁଁ ତୋତେ ପୁଅ ଛଡ଼ା ଆଉ କିଛି ଭାବି ପାରୁନିରେ ଅମୁ....। କେମିତି ତୋ ସହ ଭାଗ ବସେଇବି କହ.... କହି କାନ୍ଦି ପକେଇଲେ ନୂଆବୋଉ।

- ନା ନା ନୂଆ'ଉ.... ମୋତେ ତୁମେ ସେମିତି କହି କଷ୍ଟ ଦିଅନି। ହଉ ଏବେ ହେଲା, ଏଇଟା ଭାଗ ଟଙ୍କା ନୁହେଁ। କିନ୍ତୁ ଟଙ୍କାଟା ତୁମ ପାଖରେ ଥାଉ। କହିବ ଯଦି ତୁମ ପାସବୁକରେ ରଖିଦେଇ ଯିବି। ତୁମର ପୁଣି ଦେହପା', ସୁବିଧା ଅସୁବିଧା ଅଛି ନା ନାହିଁ ଯେ?

- କିଛି ଦରକାର ନାହିଁ ମୋର। ଏ ଟଙ୍କାରେ ଆମ ଝିଅ ପାଇଁ ସୁନ୍ଦର ହାର ଗୋଟେ ଆଉ ଜ୍ୱାଇଁ ପାଇଁ ଚେନଟିଏ କରିଦେବୁ ମୋ ତରଫରୁ କହି ଟଙ୍କାଟା ସୁଜାତା ହାତରେ ଗୁଞ୍ଜିଦେଲେ ନୂଆବୋଉ।

...

- ହେଇଟି.... ଘନ କ'ଣ ଫୋନ୍ କରିଥିଲା ଗାଁରୁ। କହିଲା କ'ଣ ନୂଆବୋଉଙ୍କ ଦେହ ଭଲନାହିଁ। ହସ୍ପିଟାଲରେ ଆଡ଼ମିଟ ହୋଇଛନ୍ତି। ଆମକୁ ଯିବାକୁ କହିଛନ୍ତି।

ଏଁ.... ନୂଆ'ଉଙ୍କର କ'ଣ ହେଲା ପୁଣି? ସେ ତ ଭଲ ଥିଲେ। ଏଇ ଏବେ ପରା ଯାଇଥିଲି ଗାଁକୁ। ମାସେ ବି ହୋଇନି। ଦୁଇଦିନ ତଳେ କଥା ବି ତ ହୋଇଛି ଫୋନ୍‌ରେ। କ'ଣ ହୋଇଗଲା ଏମିତି?

- ହଁ ମ ବୟସ ହେଲାଣି। କ'ଣ ଟିକେ ହୋଇଥିବ। ଘନ ତ ଅଛି ପାଖରେ। ଆମେ ପରେ ଯିବା। ଝିଅ ବାହାଘର ଠିକ ଦୁଇମାସ ରହିଲା ଆଜିକୁ। ଛୁଞ୍ଚି ଠୁଁ ଛାଞ୍ଚୁଣି ଯାଏ ସବୁ ଯୋଗାଡ଼ିବାକୁ ପଡ଼ିବ। ଗୁଡ଼ାଏ ମାର୍କେଟିଂ ବାକି ରହିଲାଣି।

- ନା ସୁଜାତା.... ମୁଁ ନୂଆବୋଉଙ୍କ ପାଖକୁ ହିଁ ଯିବି। ତୁମ ଇଚ୍ଛା ହେଲେ ଆସ ନ ହେଲେ ନାହିଁ।

...

ନୂଆବୋଉଙ୍କ ବେଡ଼ ପାଖରେ କାନ୍ଥକୁ ଆଉଜି ଠିଆ ହୋଇଥିଲା ଘନ।

- କ'ଣ ହୋଇଛି ଘନ?

- ତୁମ ନୂଆ'ଉ ଆଉ ଭଲ ନାହାନ୍ତି ଅମୁଭାଇ। କ୍ୟାନ୍ସରର ଶେଷ ଅବସ୍ଥା। ଡାକ୍ତର କହିସାରିଲେଣି ଖୁବ୍ ବେଶୀରେ ଦୁଇମାସର କଥା।

ଚମକି ପଡିଲା ଅମୂଲ୍ୟ। ଛାତିରୁ ପୁଳାଏ ମାଉଁସ କିଏ ଓଟାରି ନେଲା କି ଆଉ!! ବିଶ୍ୱାସ କରି ହେଉନି ଘନର କଥାକୁ। ନୂଆ'ଉଙ୍କ ଭଳିଆ ଲୋକକୁ ବି ଭଗବାନ ଏମିତି ଦଣ୍ଡ ଦେଇପାରନ୍ତି?? ସତରେ ଠାକୁରେ ତୁମେ କ'ଣ ଏତେ ନିଷ୍ଠୁର...

ନୂଆ'ଉଙ୍କ ପାଦ ଦୁଇଟାକୁ ଧରି ଭୋ ଭୋ ହୋଇ କାନ୍ଦି ଉଠିଲା ଅମୂଲ୍ୟ।

"ହେଇଟି ଅମୁ ଭାଇ....ନୂଆବୋଉଙ୍କର ଛଅମାସ ହେବ ପେଟରେ ଯନ୍ତ୍ରଣା ହେଉଥିଲା ମଝିରେ ମଝିରେ। ଭାରି କଷ୍ଟ ପାଆନ୍ତି ସେ। ମଝିରେ ମଝିରେ ବାନ୍ତି ବି ହୋଇଯାଏ। ମୁଁ ଅନେକ ଥର କହିଛି ଡାକ୍ତର ଦେଖେଇବା କଥା। ଶୁଣନ୍ତିନି ଆଦୌ। ବାଁ'ରେଇ ଦେଇ କୁହନ୍ତି... ମଝିରେ ମଝିରେ ଟିକେ ଏସିଡ଼ିଟି ହୋଇଯାଉଛି ତ। ସେଥିପାଇଁ ଏମିତି ହେଉଛି। ଯାଉଛି ଜୁଆଣି ପାଣି ଟିକେ ପିଇଦେବି ଯେ ଭଲ ଲାଗିବ"...କହିଲା ଘନ।

ଛ'ମାସ ହେବ!! କେମିତି ଜାଣିପାରିଲିନି ମୁଁ?? ଏଇ ମାସେ ତଳେ ତ ଦେଖିଥିଲି ତୁମକୁ। ତା'ର କିଛିଦିନ ପୂର୍ବରୁ ବି ତ ଆସିଥିଲି ଗାଁକୁ। ମୋ ମୁହଁ ଦେଖି ତୁମେ ପଢ଼ି ନେଇଥିଲ ମୋ ପେଟର ଭୋକକୁ। ଦେହର କଷ୍ଟକୁ ଦେହରେ ମାରିଦେଇ ମୋତେ ବାଢ଼ି ଦେଇଥିଲ ଦହି ପଖାଳ ସାଙ୍ଗକୁ ଆହୁରି କେତେ କ'ଣ ସବୁ। ମୁଁ କେମିତି ଦେଖି ପାରିଲିନି ତୁମ ଦେହର ଯନ୍ତ୍ରଣାକୁ ନୂଆ'ଉ?? କାହିଁକି କିଛି କହିଲନି ମୋତେ?? କାହିଁକି ପର ଭାବିଲ ମୋତେ?? ଏବେ ମୁଁ ଆସିଗଲିଣି ନୂଆ'ଉ... ତୁମେ ଭଲ ହୋଇଯିବ ଏଥର। ଯେତେ ଟଙ୍କା ଦରକାର ମୁଁ ଖର୍ଚ୍ଚ କରିବି। ତୁମ ପାଖରେ ମୁଁ ଏଇଠି ଜଗିକି ରହିବି।

- ନାଇଁ ରେ ଅମୁ... ମୋ କଥା ଆଉ ନୁହେଁ। ଘନ କ'ଣ କହିଲା ଶୁଣିଲୁନି? ଆଉ ଦି'ମାସ ଭିତର କଥା ପରା। ଏବେ ତୁ ମୋ ପାଖରେ ରହ। କିନ୍ତୁ ସନ୍ଧ୍ୟାବେଳକୁ ତୁ ଘରକୁ ଫେରିଯିବୁ। ସେଣେ ବଢ଼ିଲା ଝିଅଟାକୁ ଧରି ସୁଜାତା ଘରେ ଏକୁଟିଆ ଅଛି। ମୋ ପାଖରେ ତ ଘନ ଅଛି। ଯଦି ହେବ କାଲି ଆସିବୁ।

...

ସବୁକଥା ଶୁଣି ଚମକି ପଡ଼ିଲା ସୁଜାତା। ହେ ପ୍ରଭୁ.... ଆଉ ଦୁଇମାସ!!.... ଆମ ଝିଅ ବାହାଘର ଆଉ ଠିକ୍ ଦୁଇମାସ ରହିଲା ଜାଣିଛ ତ?? ଯଦି ସେଇ ବାହାଘର ପାଖାପାଖି ସମୟକୁ ନୂଆବୋଉ ଚାଲି ଯାଆନ୍ତି!! ଯଦି ବାହାଘର ଦିନେ କି ଦୁଇଦିନ ଥାଇ କିମ୍ବା ସେଇ ବାହାଘର ଦିନ ନୂଆବୋଉ ଚାଲି ଯାଆନ୍ତି!! ତେବେ?? ହେ ଠାକୁରେ!! ମୁଁ କ'ଣ କରିବି ଏବେ? ଏତେ ଦକଦକ ଭିତରେ ମଣିଷ କେମିତି ଆଗେଇବ ଏ ମାଙ୍ଗଳିକ କାମରେ। ମୁହୂର୍ତ୍ତେ ମୁହୂର୍ତ୍ତେ ଯେଉଁଠି ଅଣଶୁଦ୍ଧିଆର ଭୟ... ଇସ୍.... ଗୋଟେ ଅଭାବିତ ଆଶଙ୍କାରେ ଆଖି ବୁଜି ହୋଇଗଲା ସୁଜାତାର।

- ଯେତେ ସବୁ ଖରାପ କଥା ତୁମରି ତୁଣ୍ଡରେ। ନୂଆ' ଉ ମରିବାକୁ ବସିଲେଣି, ସେଥିକୁ ସାମାନ୍ୟ ଦୁଃଖ ନାହିଁ ତୁମର.... ଓଲଟା ଝିଅ ବାହାଘର କଥା ଭାବି ଥେଇଥେଇ ହେଉଛ। ଛିଃ... ସ୍ୱାର୍ଥପରତାର ଚରମସୀମାରେ ତୁମେ।

ହଉ ହେଲା.... ମୁଁ ସ୍ୱାର୍ଥପର ତ.... ଠିକ୍ ଅଛି... ଯେତେବେଳେ ମୋ କଥା ସତ ଫଳିବ, ସେତେବେଳେ ଅଖା ଧୋଉଥିବ ଆଉ ଗୁଣ ଗାଉଥିବ ରୁହ...।

ରାତିଯାକ ଆଉ ଶୋଇପାରିଲାନି ଅମୂଲ୍ୟ। କେଉଁଠି ନା କେଉଁଠି ସୁଜାତାର କଥାଗୁଡ଼ାକ କେଞ୍ଚି ହେଉଥିଲା ତା' ଛାତିରେ। ସୁଜାତା କିଛି ଭୁଲ ତ କହୁନାହାନ୍ତି!! ତାଙ୍କ ମନର ଭୟ ତ ସ୍ୱାଭାବିକ। ସେ ଭାବପ୍ରବଣ ହୋଇ ଚିନ୍ତା କରୁଥିବାବେଳେ ସୁଜାତା ବାସ୍ତବ କଥା ତ କହୁଛନ୍ତି। ଯଦି ସେମିତି କିଛି ଘଟିଯାଏ!!! ନା ନା... ପ୍ରଭୁ ସବୁ ଭଲ ହେଉ। ନୂଆ'ଉଙ୍କୁ ମୋର ଭଲ କରିଦିଅ।

ପରଦିନ ଅମୂଲ୍ୟ ବସିଥାଏ ନୂଆବୋଉଙ୍କ ବେଡ଼ ପାଖରେ। ରାତିର ଚିନ୍ତା ଆହୁରି ଓହ୍ଲେଇନି ମୁଣ୍ଡରୁ। ନୂଆବୋଉ ପଚାରିଲେ.... କ'ଣ ଭାବୁଛୁ ଅମୁ?

- କିଛି ନାହିଁ ନୂଆ'ଉ... ଏମିତି ଖାଲି...

ନୂଆବୋଉ ନିରିଖେଇ ଚାହିଁଲେ ଅମୂଲ୍ୟର ମୁହଁକୁ। ଅମୂଲ୍ୟ ଡରିଗଲା ଟିକେ। ଯଥା ସମ୍ଭବ ଚେଷ୍ଟାକଲା ନିଜକୁ ସହଜ କରି ମନର ଭାବକୁ ଲୁଚେଇବା ପାଇଁ। କାଳେ ନୂଆ'ଉ ଜାଣିଯିବେ ସବୁ!!

ଏତେ ଯନ୍ତ୍ରଣା ଭିତରେ ବି ଅମୂଲ୍ୟ ମୁହଁକୁ ଚାହିଁ ଟିକେ ହସିଦେଲେ ନୂଆବୋଉ। ମରି ମରି ଆସୁଥିବା ମଉଳା ଗଛଟିରେ ଦିଶିଗଲା ଯେମିତି ସଜଫୁଟା ଫୁଲଟିଏ। ଅପ୍ରସ୍ତୁତ ହୋଇପଡ଼ିଲା ଅମୂଲ୍ୟ। ନୂଆ'ଉ ଆଉ ପଢ଼ି ନେଲେ କି ତାକୁ!!

- ଅମୁ....ତୁ ବ୍ୟସ୍ତ ହୁଅନା ଆଦୌ। ଦେଖିବୁ ଆମ ଝିଅ ବାହାଘରରେ କିଛି ଅସୁବିଧା ହେବନି। ସର୍ବ ଶୁଭରେ ସବୁ କାମ ହେବ। ଭାବୁଛୁ କି... ମୁଁ କାଳେ ମରିଯିବି ତୋତେ ଠିକ୍ ସମୟରେ ହଇରାଣ କରିଦେଇ। ତୋ ନୂଆ'ଉ ତୋର ଏତେ ଅମଙ୍ଗଳ କେବେ ଚାହିଁବନିରେ।

- ନାଇଁ, ନୂଆ'ଉ....ଏମିତି କୁହନି... ମୋ ନିଜ ପାଖରେ ମୁଁ ନିଜେ ଛୋଟ ହୋଇଯାଉଛି।

ଦିନଯାକ ନୂଆବୋଉଙ୍କ ପାଖରେ କଟେଇ ସନ୍ଧ୍ୟାବେଳକୁ ଘରକୁ ଫେରି ଆସିଲା ଅମୂଲ୍ୟ।

ତା' ପରଦିନ ସକାଳୁ ସକାଳୁ ନିଜ ଭାବି ସମୁଦୁଣୀ ସହ ଗପୁଥିଲେ ସୁଜାତା।

- ନାଇଁ ମ ସମୁଦୁଣୀ, କୋଉ କଥାରେ କ'ଣ ମନ ଲାଗୁଛି? ଯାଙ୍କ ନୂଆବୋଉ ଖଣ୍ଡକ ପରା ଝୁଲୁଛନ୍ତି ଏଇନେ ଆମ ମୁଣ୍ଡ ଉପରେ ଖଣ୍ଡା ଭଳିଆ। କିଛି କାମରେ ମନ ବଳୁନି ମୋର। ଶୁଣିଲା ବେଳଠୁଁ ମୋ ମନ ସବୁବେଳେ ଦକଦକ। ଗୋଟିଏ ବୋଲି ଝିଅ ମୋର। ମୁଁ କ'ଣ ଶାନ୍ତିରେ କିଛି ଆୟୋଜନ କରିପାରୁଛି!! ଏବେ ସେ

ନା ହଗୁଛନ୍ତି ନା ବାଟ ଛାଡୁଛନ୍ତି। କଷ୍ଟ ତ ପାଉଛନ୍ତି, ଚାଲିଯାଆନ୍ତେ ହେଲେ.... ଆମେ ତାଙ୍କ କାମକାର୍ଯ୍ୟ ସାରି ଟିକେ ନିଶ୍ଚିତ ହୋଇ ବାହାଘରରେ ମୁଣ୍ଡ ପୁରାନ୍ତୁ। ଠିକ୍ ସମୟକୁ କିଛି ଘଟିଗଲେ ଆମେ କି ହନ୍ତସନ୍ତ ହେବୁ କୁହନ୍ତୁ ତ ଦେଖି। ଏଠି ବାହାଘର କରିବୁ ନା ଅଣଶୁଦ୍ଧିଆ ହୋଇ ବସିବୁ ଆଡ଼େଇ ହୋଇ। ଏତକ କହିସାରି କିଛି ସମୟ ଚୁପ୍ ରହିଲେ ସୁଜାତା। ସେପଟୁ ସମୁଦୁଣୀ ବୋଧେ କିଛି ପରାମର୍ଶ ଦେଉଥିଲେ। ସମୁଦୁଣୀଙ୍କ କଥା ଶୁଣି ପୁଣି ଆରମ୍ଭ କଲେ ସୁଜାତା...

- ହଁ, ମ.... ସେ କୋଉ ଆମ ପୁରା ନିଜର ହୋଇଛନ୍ତି ଯେ ଆମେ ଛଅ ମାସ ଜଗିବୁ। ସେ କ'ଣ ଯାଙ୍କ ନିଜ ଭାଇର ସ୍ତ୍ରୀ ନା କ'ଣ ? ସେ ମୋ ଶ୍ୱଶୁରଙ୍କ ବଡ଼ ଭାଇର ପୁଅର ସ୍ତ୍ରୀ ନା। ଆମେ ଖାଲି କୁଟୁମ୍ବ ହିସାବରେ ଏଗାର ଦିନ ଯାଏ ଅଶୌଚ ରହିବୁ ଯାହା। ତା' ପରେ ସବୁ ଠିକ୍। ହଉ ଛାଡ଼ନ୍ତୁ... ଯାହା ମୋ କପାଳରେ ଲେଖା ଥିବ। ଜନମ ମରଣକୁ ବି କାହାର ହାତ ଅଛି ଯେ!!

- ସୁଜାତା... ବଡ଼ ଭଙ୍ଗା ଭଙ୍ଗା କରୁଣ ସ୍ୱରରେ ଡାକିଲା ଅମୂଲ୍ୟ।

- କ'ଣ ହେଲା ? ? ଫୋନ୍‌ରୁ ମୁହଁ କାଢ଼ି ପଚାରିଲା ସୁଜାତା।

- କାଲି ଶତଚେଷ୍ଟା କରି ବି ନିଜକୁ ମୁଁ ନୂଆ'ଉଙ୍କ ପାଖରେ ଲୁଚେଇ ପାରିଲିନି ସୁଜାତା। ମୋ ଅନ୍ତର ତଳର କଥାକୁ ପଢ଼ିନେଲେ ନୂଆ'ଉ।

- କ'ଣ ହେଇଛି ? ସିଧା ସିଧା କହୁନ କାହିଁକି ମ.... ଏତେ ରଙ୍ଗ ଦେଖିବାକୁ ମୋତେ ବେଳ ନାହିଁ।

- ଏଇ ଭୋର୍ ଭୋରରୁ ଚାଲିଗଲେ ନୂଆ'ଉ.... ଘନ ଫୋନ୍ କରିଥିଲା ଏବେ କହି ଭୋ ଭୋ ହୋଇ କାନ୍ଦି ଉଠିଲା ଅମୂଲ୍ୟ।

■

ପ୍ରବାସରୁ ଚିଠି ଖଣ୍ଡେ

ପିଲାଦିନରୁ ସୋମେନ୍ ଦେଖେ ତା' ବୋଉକୁ କମ୍ବଳ ଖଣ୍ଡେ ମୁଣ୍ଡ ତଳେ ଦେଇ ଶୋଇବାର। "କମ୍ବଳ କିଏ ମୁଣ୍ଡ ତଳେ ଦେଇ ଶୁଏ ଯେ... ସମସ୍ତେ ତ ତକିଆ ଦେଇ ଶୁଅନ୍ତି। ତୋର ଯେତେ ସବୁ ଅଦ୍ଭୁତ ବାଗ। ସେଥିପାଇଁ ବେଳେବେଳେ ତୋର କାନ୍ଧ ଦରଜ ହେଉଛି। ଆଜିଠାରୁ ତକିଆ ଦେଇ ଶୋଇବା ଅଭ୍ୟାସ କର ତୁ।" ସୋମେନର ଏ କଥାକୁ କିନ୍ତୁ ହସିକି ଉଡ଼େଇ ଦିଅନ୍ତି ସୋମେନର ବୋଉ ମାଳତୀ ଦେବୀ। ଆଉ କୁହନ୍ତି, "ତକିଆରେ ଭଲ ନିଦ ଆସୁନିରେ ମୋତେ... ଏ କମ୍ବଳଟିରେ କେତେ ଶାନ୍ତି!!"

କମ୍ବଳଟିର ଇତିହାସ କ'ଣ ତାହା ଜାଣିପାରେନି ସୋମେନ୍। ସେ ଦେଖେ ସକାଳୁ ଉଠିଲାମାତ୍ରେ ବୋଉ କମ୍ବଳଟିକୁ ଟିକେ ଝାଡ଼ିଆଣେ ହାତରେ। ଚାଦର ଖଣ୍ଡିଏ ଚଉତିକି ପକେଇ ଦିଏ ତା' ଉପରେ। ଆଉ ତା'ପରେ ଯାଏ ନିତ୍ୟକର୍ମ ସାରିବା ପାଇଁ। ରାତିରେ ଶୋଇଲାବେଳେ ଛୋଟ ଟାୱେଲ ଖଣ୍ଡିଏ କମ୍ବଳ ଉପରେ ପକେଇକି ଶୁଏ କାଳେ ତେଲ ଚିକିଟା ଲାଗି କମ୍ବଳଟା ଖରାପ ହେଇଯିବ ବୋଲି। ସେଇଟିକୁ କେବେ ବି ଖୋଲିକି ଦେହରେ ଘୋଡ଼େଇ ହେବା କେହି ଦେଖିନି ଆଜିଯାଏ।

ବେଳେବେଳେ ମାଳତୀ ଦେବୀ କମ୍ବଳଟିକୁ ନେଇ ଖରା ଦିଅନ୍ତି ଛାତ ଉପରେ। ବୋହୂ ସୁନୈନା ବାରମ୍ବାର ତାଗିଦ କରି କୁହେ, "ବୋଉ....କ'ଣ ପାଇଁ ଏତେଥର ତଳଉପର ହେଉଛନ୍ତି। ପୁଣି ଆଣ୍ଠୁବାତ ବାହାରିଯିବ ଯେ। ରଖନ୍ତୁ... ମୁଁ ନେଇ ଖରାରେ ପକେଇ ଦେବି।" କିନ୍ତୁ ନା... କାହାକୁ ବି ହାତ ମରେଇ ଦିଅନ୍ତିନି ମାଳତୀ ସେଥିରେ। ନିଜେ ନେଇ ଛାତ ଉପରେ ପକେଇ ସେମିତି ଏପଟ ସେପଟ ହେଉଥାନ୍ତି ସେଇଠି। କମ୍ବଳଟିକୁ ଓଲଟ ପାଲଟ କରି ଖରା ଦେଇସାରିଲା ପରେ ପୁଣି ତାକୁ ଯତ୍ନରେ ଭଙ୍ଗାଭଙ୍ଗି କରି ଖଟ ଉପରେ ଥୋଇ ଦିଅନ୍ତି। ଗୋଟେ ଦୁଇଦିନ ପାଇଁ ଯଦି କୁଆଡ଼େ ଯିବାକୁ

ପଡ଼େ ତା'ହେଲେ କମ୍ବଳଟିକୁ ବାକ୍ସ ଭିତରେ ପୁରେଇ ତାଲା ପକେଇ ଦେଇ ଯାଆନ୍ତି ମାଳତୀ।

ସାମାନ୍ୟ କମ୍ବଳ ପ୍ରତି ଏତେଟା ଆସକ୍ତି ବେଳେବେଳେ ସୁନୈନା ଦେହରେ ଯାଏନି। କେବେକେବେ କେହି ନ ଦେଖିଲା ପରି ମୁହଁ ମୋଡ଼ିଦେଇ କୁହେ, "ଓଃ....ଆଉ ଯଦି ଦାମିକିଆ କମ୍ବଳଟା ହୋଇଥାନ୍ତା....ଏ କମ୍ବଳ ଆଉ ଆଜି କାଲି କିଏ ରଖୁଛି ଘରେ। ଘୋଡ଼େଇ ହେଲେ ମୋଟା ଦରି ପକେଇଲା ପରି ଲାଗିବ ଦେହରେ। ଆଉ ଦେହ ହାତ ଫୋଡ଼ିଫୋଡ଼ି ହେଇ କୁଣ୍ଡେଇ ବି ହେବ। ଏବେ ତ କେଡ଼େ ସୁନ୍ଦର ସୁନ୍ଦର ଫୁଲ ପରି ନରମ ପୋଲାର ଫ୍ଲିସ ବ୍ଲାଙ୍କେଟ, ଭେଲଭେଟ କଭର ବ୍ଲାଙ୍କେଟ, ଫ୍ଲୋରଲ ଦୋହର, ଏସି କମ୍ଫୋର୍ଟର ଆଦି ସବୁ ମିଳୁଛି। କି ରସ ଲାଗିଛି କେଜାଣି ସେ ପୁରୁଣା କାଳିଆ କମ୍ବଳଟାରେ।"

ସ୍ୱାମୀ ଚାଲିଗଲା ପରେ ପୁରା ଘରଟା ଭିତରେ ଅନେକ ପ୍ରିୟ ଜିନିଷ ଭିତରୁ ମାଳତୀ ଦେବୀଙ୍କର ଅତିରୁ ଅତି ପ୍ରିୟ ଏହି ଦୁଇଟି ଜିନିଷ। ଗୋଟିଏ ହେଲା ଏକଦମ ଗାଢ଼ ଖଇରିଆ ରଙ୍ଗ ଉପରେ ବଡ଼ବଡ଼ ହଳଦିଆ ଗୋଲାପ ଫୁଲ ଫୁଟିଥିବା ଏହି କମ୍ବଳଟି। ଆଉ ଆରଟି ହେଲା ଗୋଟେ ପୁରୁଣା କାଳିଆ ଟିଣବାକ୍ସ।

ମାଳତୀ ଦେବୀଙ୍କ ରୁମ୍‌ର ଗୋଟେ କଡ଼କୁ ପୁରୁଣା କାଳିଆ ଟିଣବାକ୍ସଟିଏ ଥାଏ ସବୁବେଳେ ତାଲା ପଡ଼ି ଆଉ ତାଲାର ଚାବି ଝୁଲୁଥାଏ ସବୁବେଳେ ମାଳତୀ ଦେବୀଙ୍କ ଶାଢ଼ୀ କାନିରେ। ଯେତେବେଳେ ବି ମାଳତୀ ଦେବୀ ବାକ୍ସଟିକୁ ଖୋଲନ୍ତି ସୁନୈନା କିଛି ନା କିଛି ବାହାନାରେ ଚାଲିଆସେ ସେ ରୁମକୁ। ବାଆଁରେଇ ବାଆଁରେଇ ବାକ୍ସ ଭିତରକୁ ଉଣ୍ଡିକି ଚାହେଁ। ବାକ୍ସ ଭିତରେ ସାଇତା ହୋଇ ରହିଥାଏ ଶାଶୁଙ୍କର ବାହାଘର ବେଳର କାଞ୍ଜିବରମ ପାଟ ଖଣ୍ଡିଏ। କମଳା ରଙ୍ଗର ପାଟଶାଢ଼ୀ ଉପରେ ସବୁଜ ରଙ୍ଗର ଧଡ଼ି ଆଉ ତା' ଉପରେ ସୁନେଲି ସୁତାର କାରୁକାର୍ଯ୍ୟ। ଭାରି ସୁନ୍ଦର ଶାଢ଼ୀଟିଏ। ଶାଢ଼ୀ ତଳେ ଥାଏ ରୁପା ତାରକସି କାମର ସିନ୍ଦୁର ଫରୁଆ ଆଉ ଗୋଟିଏ ମେରୁନ କଲରର ଚୁଡ଼ିଡବା। ଆଉ ତା' ତଳେ ଥାଏ ଶ୍ୱଶୁରଙ୍କର ଠାକୁର ପୂଜା ମଠାଟିଏ। ବାକ୍ସ ଭିତରେ ପଡ଼ିଥାଏ କିଛି ଗନ୍ଧକର୍ପୁର ଆଉ କିଛି ଶୁଖିଲା ନିମ୍ବପତ୍ର।

ସୁନୈନାର ନଜରଟା ଥାଏ ସେ 'ଦୟାଲ ଜୁଏଲର୍ସ' ଲେଖାଥିବା ଚୁଡ଼ିଡବା ଉପରେ। ସୋମେନ୍‌ଠାରୁ ଥରେ ଶୁଣିଥିଲା ଶାଶୁଙ୍କର ସୁନ୍ଦର ମଗରମୁହାଁ ଖଡୁ ଦୁଇଟା ଅଛି ବୋଲି। ବୋଧେ ସେଇ ଡବା ଭିତରେ ରଖିଛନ୍ତି। ଖଡୁ ଦୁଇଟାର ଡିଜାଇନ ଦେଖିବା ପାଇଁ ବ୍ୟାକୁଳ ହୋଇଉଠେ ସୁନୈନା କିନ୍ତୁ ସେ ଡବା କେବେବି ଖୋଲା ହୁଏନି। ପରମୁହୂର୍ତ୍ତରେ ନିଜ ମନକୁ ନିଜେ ବୁଝେଇ ଦିଏ '...ହଁ...ମ...ରଖିଥାନ୍ତୁ

ଲୁଚେଇକି। ତାଙ୍କ ଅନ୍ତେ ସବୁ ତ ମୋର। ଆଉ କିଏ ଅଛି ଯେ ଭାଗ ବସେଇବ। କି ଲୋଭୀ ଲୋକ କେଜାଣି....ଆଜି ଯାଏ ନିଜେ ବି ଦିନେ ପିନ୍ଧିବା ଦେଖିନି ମୁଁ। ସତେ କି ସାଙ୍ଗରେ ନେଇକି ସ୍ୱର୍ଗକୁ ଯିବେ।"

ଏ ସଂସାରରେ କିଏ କ'ଣ ନେଇକି ସ୍ୱର୍ଗକୁ ଗଲାଣି ଯେ ମାଳତୀ ଦେବୀ ନେଇକି ଯାଇଥାନ୍ତେ। ସବୁ ଲୋଭ, ମୋହ, ମାୟା ତ ଶେଷ ନିଃଶ୍ୱାସ ଥିବା ଯାଏ। ତା'ପରେ ମଣିଷ ଛଅ ଖଣ୍ଡ କାଠ ଆଉ ଚାରିଟା କାନ୍ଧକୁ ଆଶ୍ରା କରି ଚାଲିଯାଏ ତା'ର ଗନ୍ତବ୍ୟ ସ୍ଥଳକୁ। ଆଉ ସବୁ ରହିଯାଏ ପଛରେ। ସେମିତି ଦିନେ ମାଳତୀ ଦେବୀ ଚାଲିଗଲେ ସବୁକୁ ପର କରି। ପଛରେ ଛାଡ଼ିଗଲେ ପୁଅ, ବୋହୂ, ବନ୍ଧୁପରିଜନ, ଅତି ପ୍ରିୟ ପୁରୁଣା ଟିଣବାକ୍ସ ଆଉ କମ୍ବଳ ଖଣ୍ଡିକ ବି।

ମା' ସ୍ନେହର ଅଭାବବୋଧ ଖୁବ୍ ଘାରେ ସୋମେନ୍‌କୁ। ମନ ଝୁରେ ସେଇ ସ୍ନେହବୋଳା ସ୍ପର୍ଶକୁ। ବୋଉର ଅନୁପସ୍ଥିତିରେ ତା' ଟିଣବାକ୍ସ ଭିତରେ ସାଇତା ତା'ର ପ୍ରିୟ ଜିନିଷଗୁଡ଼ାକ ଉପରେ ହାତ ବୁଲେଇ ସେଥିରେ ଲାଗିଥିବା ବୋଉର ସ୍ପର୍ଶକୁ ଅନୁଭବ କରିବାକୁ ଦିନେ ଖୁବ୍ ଇଚ୍ଛା ହେଲା ସୋମେନ୍‌ର। ବାକ୍ସ ଖୋଲି ହାତ ବୁଲେଇ ଆଣିଲା ସେ ବୋଉର କାଞ୍ଜିବରମ ପାଟ ଉପରେ। ପାଟ ତଳେ ସିନ୍ଦୁର ଫଗୁଆ ଆଉ ଚୁଡ଼ିଡବା। ତା' ତଳେ ବାପାଙ୍କର ମଠା। ମଠାଟିକୁ କାଢୁ କାଢୁ ତା' ଭିତରୁ ଖସି ପଡ଼ିଲା ଲଫାପାଟିଏ। ଲଫାପା ଭିତରେ ଚିଠି ଖଣ୍ଡିଏ। ଚିଠିଟିକୁ ଖୋଲିଲା ସୋମେନ୍। ଚିଠିର ଅକ୍ଷରଗୁଡ଼ାକ କିଛି ମାତ୍ରାରେ ଫିକା ପଡ଼ି ଆସିଲାଣି କାଳିର ରଙ୍ଗ ଉଡ଼ିଯାଇ। ସାତକାମୁଡ଼ା ପୋକର ଦୌରାତ୍ମ୍ୟର ଚିହ୍ନସ୍ୱରୂପ ଚିଠିଟିର ଛାତିରେ କୁନି କୁନି କେତୋଟି କଣା। କୌତୁହଳ ବଶତଃ ଚିଠିଟିକୁ ପଢ଼ି ବସିଲା ସୋମେନ୍।

ସୋମୁ ବୋଉ,

ମୋର ସ୍ନେହ ନେବ। ସୋମୁକୁ ମୋର ସ୍ନେହ ଜଣେଇ ଦବ। ଚିଠି ଲେଖିବାର କାରଣ ଏହିକି ଯେ, ମୁଁ ଏ ମାସରେ ଆଉ ଘରକୁ ଯାଇପାରିବି ନାହିଁ। ଯଦି ହେବ ଆରମାସରେ ସୁବିଧା କରି ଆଠଦିନ ପାଇଁ ଯିବି ବୋଲି ଭାବିଛି। ତୁମେ କାଳେ ଅପେକ୍ଷା କରି ବସିଥିବ ଆଉ କିଛି ଖବର ନ ପାଇ ବ୍ୟସ୍ତ ହେବ ସେଥିପାଇଁ ତୁମକୁ ଚିଠି ଲେଖିଲି ମୁଁ। ଡାକରେ ଚିଠି ସହ କିଛି ଟଙ୍କା ପଠେଇଛି। ଦେଖିଚାହିଁ ଘର ଚଳେଇ ନେବ। ମନଦୁଃଖ କରିବନି। ବାଂଲାଦେଶର ମୁଶିରାବାଦ ବଜାରରୁ ତୁମପାଇଁ ଚିନାମାଟିର ପଥରବସା ଚୁଡ଼ି ଚାରିପଟ ଆଉ ଗୋଟିଏ ସୁନ୍ଦର କମ୍ବଳଟିଏ କିଣିଛି ଏଥର। ତୁମେ ସେଦିନ ଅରୁଣା ଘରେ ଯେଉଁ ରଙ୍ଗର କମ୍ବଳଟି ଦେଖି ଲୋଭରେ

ଅନେଇ ରହିଥିଲ ଠିକ୍ ସେଇ ରଙ୍ଗର। ଏଥର ଗଲାବେଳେ ସାଙ୍ଗରେ ନେଇକି ଯିବି ତୁମପାଇଁ।

ଏଥର ଘରକୁ ଗଲେ ତୁମପାଇଁ ସୁନାର ଖଡ୍ଡୁ ଦୁଇଟା କିଣିଦେବି ବୋଲି ଭାବିଥିଲି। କିନ୍ତୁ ହୋଇପାରିଲାନି। କ'ଣ କରିବି ସୋମୁବୋଉ ଭାରି ମନଦୁଃଖ ଲାଗୁଛି ମୋର। ଏ ଜୀବନରେ କିଛି ଦେଇପାରିଲିନି ତୁମକୁ ମୁଁ। ଓଲଟା ତୁମ ପାଖରୁ ନେଇନେଇ ତୁମ ପାଖରେ ଋଣୀ ହୋଇ ରହିଗଲି ସବୁଦିନ ପାଇଁ। ସୁନିର ବାହାଘର ବେଳେ ତା' ପାଇଁ ହାରଟିଏ କରିପାରିଲିନି ବୋଲି ବହୁତ ମନଦୁଃଖରେ ଥିଲି ମୁଁ। ବାପା ମାଆ ଛେଉଣ୍ଡ ନଣନ୍ଦଟା ତୁମର ମା' ବାପାଙ୍କ ଅଭାବକୁ ଅନୁଭବ ନ କରୁ ସେଥିପାଇଁ ବାପଘରୁ ଆଣିଥିବା ହାରଟାକୁ ନିଜ ବେକରୁ ଖୋଲି ପିନ୍ଧେଇ ଦେଇଥିଲ ତୁମେ ସୁନି ବେକରେ ବାହାଘର ଦିନ। କୃତଜ୍ଞତାର ଅଶ୍ରୁରେ ଭାରି ହୋଇଯାଇଥିଲା ଆଖିପତା ମୋର। ସେଦିନ ମନେମନେ ଭାବିଥିଲି ଯୋଉଠୁ ଯେମିତି ବି ହେଉ କିଛି ଟଙ୍କା ସଞ୍ଚୟ କରି ଯେତେଶୀଘ୍ର ସମ୍ଭବ ତୁମ ପାଇଁ ହାରଟିଏ କିଣିଦେବି ବୋଲି। କିନ୍ତୁ ପାରିଲିନି। ଲମ୍ବ ପଣତ ସିନା ସବୁଆଡ଼କୁ ପାଏ କିନ୍ତୁ ଆମର ତ ଛୋଟ ପଣତ। ଗୋଟେ ପଟକୁ ଭିଡ଼ିଲେ ଆରପଟ ଫାଙ୍କା। ହାର ତ କିଣିପାରିଲିନି...ରୁପାର ସିନ୍ଦୁର ଫରୁଆଟିଏ ନେଇଥିଲି ତୁମ ପାଇଁ ଉପହାରସ୍ୱରୂପ। ବହୁତ ଖୁସି ଆଉ ଆଗ୍ରହ ସହକାରେ ଗ୍ରହଣ କରିଥିଲ ତୁମେ ଆଉ ମିଠା ମିଠା ଗାଳି ବି କରିଥିଲ ମୋତେ। କହିଥିଲ, "ଏତେ ପଇସା ଖର୍ଚ୍ଚ କରିବା କ'ଣ ଦରକାର ଥିଲା ଯେ.... ଦି ପଇସା ସଞ୍ଚିଲେ ଆମ ପୁଅର ପାଠପଢ଼ା କାମରେ ଲାଗନ୍ତା ନାହିଁ। ଏଣିକି ଦେଖିଚାହିଁ ଖର୍ଚ୍ଚ କର।"

ସୋମୁର କଲେଜ ଆଡ଼ମିଶନ ଆଉ ହଷ୍ଟେଲ ଖର୍ଚ୍ଚ ପାଇଁ ମୁଁ ଯେତେବେଳେ ବାରଦୁଆର ଶୁଣ୍ଢିପିଣ୍ଡା ହୋଇ ହତାଶ୍ ହୋଇପଡ଼ିଥିଲି ସେତେବେଳେ ତୁମେ ମୋ ହାତକୁ ବଢ଼େଇ ଦେଇଥିଲ ଟଙ୍କା ବିଡ଼ାଟିଏ। ମୁଁ ଆଶ୍ଚର୍ଯ୍ୟ ହୋଇ ଚାହିଁଲି ତୁମ ମୁହଁକୁ ଆଉ ତୁମେ ତଳକୁ ମୁହଁ ପୋତିଦେଇଥିଲ କିଛି ଭୁଲ କରିଦେଲା ପରି। ତୁମର ଶୂନ୍ୟ ହାତକୁ ଦେଖି ସବୁ ବୁଝିଯାଇଥିଲି ମୁଁ। ଚାରି ଚାରି ପଟ ପାଣିଚୁଡ଼ି ମଝିରେ ସବୁବେଳେ ପିନ୍ଧୁଥିବା ତୁମ ମଗରମୁହାଁ ଖଡ୍ଡୁ ଦୁଇଟା ନ ଥିଲା ତୁମ ହାତରେ। ବିକି ଦେଇଥିଲ ତୁମେ ଚନ୍ଦୁ ବଣିଆ ଦୋକାନରେ ପୁଅର ପାଠପଢ଼ା ପାଇଁ। ପୁଣିଥରେ ମୁଁ ଚାପି ହୋଇଗଲି ତୁମ ଋଣଭାର ତଳେ। ସେଦିନ ବି ଭାବିଥିଲି କେବେ ନା କେବେ ମଗରମୁହାଁ ଖଡ୍ଡୁ ଦୁଇଟା ତୁମ ପାଇଁ କରିଦେବି ବୋଲି କିନ୍ତୁ କ'ଣ କରିବି...ସୋମୁ ଖବର ଦେଲା ଟଙ୍କା ପଠେଇବା ପାଇଁ। ବାହାରେ ରହୁଛି ପିଲାଟା। ସୁବିଧା ଅସୁବିଧା ଥିବ ଭାବି ସବୁ ଟଙ୍କା ତାକୁ ପଠେଇଦେଲି। ମଗରମୁହାଁ ଖଡ୍ଡୁ ସିନା କିଣିପାରିଲିନି କିନ୍ତୁ ଏଥର ତୁମ

ପାଇଁ ଯେଉଁ ଚିନାମାଟିର ଚୁଡ଼ି ନେଇକି ଯିବି ଦେଖିବ ତୁମ ହାତକୁ ଭାରି ସୁନ୍ଦର ମାନିବ।

ତୁମ ଖାଲି ବେକ ଆଉ ହାତକୁ ଦେଖିଲେ ବେଳେବେଳେ ନିଜକୁ ଛୋଟ ଲାଗେ ବହୁତ। ବାହାହୋଇ ତୁମ ହାତ ଧରି ତୁମକୁ ମୋ ସଂସାରକୁ ଆଣିଲି ସତ କିନ୍ତୁ କିଛି ସୁଖ ଦେଇପାରିନି ମୁଁ। ଓଲଟା ମୋ ସଂସାରର ବୋଝକୁ ତୁମ ମୁଣ୍ଡରେ ଥୋଇଦେଇ ଏଠି ଆସି ବାଂଲାଦେଶରେ ପଡ଼ିରହିଲି ଜୀବିକା ଉପାର୍ଜ୍ଜନର ଦାୟରେ। ଛଅ ମାସରେ ଥରେ ଘରକୁ ଯାଏ କୁଣିଆଟିଏ ପରି ଦୁଇଚାରି ଦିନ ପାଇଁ। ବହୁତ ମନକଷ୍ଟ ହୁଏ କିନ୍ତୁ କହିପାରେନି କିଛି ତୁମକୁ। ଆଜି ଚିଠି ଲେଖିବାବେଳକୁ ମନକଥାଗୁଡ଼ାକ ବାହାରି ଯାଉଛି ସବୁ ଆପେଆପେ।

ମନଦୁଃଖ କରିବନି ସୋମୁବୋଉ। ଆର ମାସରେ ଗଲେ ଦେଖାହେବ।

ଇତି

ତୁମର ସ୍ୱାମୀ

ଚିଠିର ଶେଷଆଡ଼କୁ ସବୁ ଜାଲୁଜାଲୁଆ ଦିଶିଲା ସୋମେନ୍‌କୁ। ଅଜାଣତରେ ଆଖି ଭର୍ତ୍ତି ହୋଇ ଆସିଲାଣି ଲୁହରେ। ସେଇ ଜାଲୁଜାଲୁଆ ଦୃଷ୍ଟିରେ ସେ ଚେଷ୍ଟାକଲା ଚିଠି ଭିତରେ ତା' ବାପାଙ୍କ ମୁହଁ ଦେଖିବା ପାଇଁ। ଛୋଟପିଲା ପରି କଇଁକଇଁ ହୋଇ କାନ୍ଦି ପକେଇବ କି ଏବେ ସିଏ!! କିନ୍ତୁ କାହା କାନ୍ଧରେ ମୁଣ୍ଡ ରଖି କାନ୍ଦିବ? କାହା ପଣତରେ ଲୁହ ପୋଛିବ?? ଲୁହ ପୋଛୁପୋଛୁ କିଏ ଆଉ ତାକୁ ଛାତିରେ ଚାପି ଧରିବ???

ଏ ଭିତରେ ପହଞ୍ଚି ଯାଇଥିଲା ସୁନୈନା। କିଛି ନ ହେଲା ପରି ପୁଣିଥରେ ବାକ୍ସ ଭିତରେ ସବୁ ସଜେଇବାକୁ ଲାଗିଲା ସୋମେନ୍। ସୁନୈନା ଆସି ବାକ୍ସ ଭିତରକୁ ଝାଙ୍କିଲା ଆଉ ଝାମ୍ପି ନେଲା ଚୁଡ଼ିଡବାଟିକୁ। ଆହାଃ....କେତେଦିନରୁ ମନ ଖୋଜୁଥିଲା ଏ ମଗରମୁହାଁ ଖଡ୍ଡୁ ଦି'ପଟକୁ।

ଏ କ'ଣ!!! ଏଥିରେ ତ ଚିନାମାଟିର ଚୁଡ଼ି ଚାରିପଟ ଅଛି। ସେଥିରୁ ପୁଣି ଠାଏ ଠାଏ ପଥର ଖସି ପଡ଼ିଛି। ରାଗରେ ସର୍ବାଙ୍ଗ ଶରୀରରେ ନିଆଁ ଲାଗିଗଲା ଯେମିତି ସୁନୈନାର। ଚୁଡ଼ି ଚାରିପଟକୁ ବାକ୍ସ ଭିତରକୁ ଫିଙ୍ଗି ଦେଇ କହିଲା,

ଏଇ ସମ୍ପତ୍ତିକୁ ଆଜି ଯାଏ ତାଲା ଦେଇ ରଖିଥିଲେ ତୁମ ବୋଉ?? ଛିଃ...ଛିଃ... ମୁଁ ସମସ୍ତଙ୍କୁ ମୋ ବାପଘରେ କହିସାରିଛି ମଗରମୁହାଁ ଖଡ୍ଡୁ କଥା। ଏବେ କାହାକୁ ମୁହଁ ଦେଖେଇବି ମୁଁ?? ଗୋଟିଏ ବୋଲି ବୋହୂ ମୁଁ ଘରର ..ତୁମ ବୋଉ କ'ଣ ରଖିଯାଇଛନ୍ତି ମୋ ପାଇଁ?? ଫୋପାଡ଼ ଏ ଜିନିଷ ନେଇ ସବୁ ବାହାରେ। ବେକାର

ଜିନିଷ ରଖି ଘର ଅଳିଆ କରିବା କିଛି ଦରକାର ନାହିଁ। ଜଟିଆ ମା' କାଲି ମାଗୁଥିଲା ପୁରୁଣା ଚାଦର ଖଣ୍ଡେ। ତୁମ ବୋଉଙ୍କ କମ୍ବଳଟା ନେଇଯାଉଛି ତାକୁ ଦେଇଦେବି କହି କମ୍ବଳଟାକୁ ହାତରେ ଧରିଲା ସୁନୈନା।

ରଖ ସେ କମ୍ବଳ ଯେଉଁଠି ଥିଲା।

କ'ଣ କରିବ ଯାକୁ ରଖିକି। ଯୋଉ ତ କମ୍ବଳ....ସେଥିରୁ ପୁଣି ଫୁରୁକୁଟିଆ ଗନ୍ଧ ବାହାରୁଛି।

ରଖ ପରା କହିଲି ଯୋଉଠି ଥିଲା।

ନା....

ଚୁଉପ୍...ଏକଦମ ଚୁଉପ୍.... ଜୋରରେ ଚିଲ୍ଲେଇଲା ସୋମେନ୍।

ଚମକି ପଡ଼ି ଠିଆ ହୋଇଗଲା ସୁନୈନା। ସୁନୈନା ହାତକୁ ଚିଠିଖଣ୍ଡିକ ବଢ଼େଇ ଦେଇ ସେ ରୁମରୁ ବାହାରିଗଲା ସୋମେନ୍ କମ୍ବଳଟିକୁ ଛାତିରେ ଜାକିଧରି।

■

ଗୌତମୀ ଆଉ କାପାଳିକ

ଭାଲେରୀ ପାହାଡ଼ ଶିଖରରେ ପହଞ୍ଚି ସାରିଥିଲା ଗୌତମୀ। ସାଙ୍ଗରେ ଥିଲା ଗୁରୁବାରୀ। ଚାରିଆଡ଼େ ବିଛାଡ଼ି ହୋଇପଡ଼ିଥିଲା ଏକ ମଲ୍ଲିଫୁଲିଆ ଜହ୍ନରାତି। ପୂର୍ଣ୍ଣମୀର ଜ୍ୟୋସ୍ନା ବିଧୌତ ରାତି ସୃଷ୍ଟି କରୁଥିଲା ଏକ ପାହାନ୍ତି ସକାଳର ଭ୍ରମ। ପାହାଡ଼ ଶିଖରରେ ଧୂନି ଜାଳୁଥିଲା ବସି କାପାଳିକ। ଧୂସରିଆ ଭସ୍ମବୋଳା କୃଶ ଶରୀର। ଫୁଙ୍ଗୁଳା ଶରୀରରେ କୌପୀନ ଖଣ୍ଡେମାତ୍ର। କପାଳର ଦୁଇ ଭ୍ରୂଲତାକୁ ଛୁଇଁ ବଡ଼ ଏକ ସିନ୍ଦୁର ଟୋପା। ପିଠିଯାଏ ଲମ୍ବିଛି ବର ଓହଳ ପରି ଜଟ। ଗଞ୍ଜେଇ ନିଶାରେ ଲାଲ ଲାଲ ଆଖି। ପାଖରେ ପୋତା ହୋଇଛି ସିନ୍ଦୂର ବୋଳା ଏକ ବିରାଟ ତ୍ରିଶୂଳ। ଚମକି ପଡିଲା ଗୌତମୀ। ଭୟରେ ଫେରି ଆସୁଥିଲା ପଛକୁ। ଅଟକେଇ ଦେଲା ଗୁରୁବାରୀ। ଆଉ ଫିସ୍ ଫିସ୍ କରି କହିଲା... ମନରେ ଭରସା ରଖ, ନିଶ୍ଚୟ ମନସ୍କାମନା ପୂର୍ଣ୍ଣ ହେବ।

ଏହି କାପାଳିକ ବିଷୟରେ ଅନେକ କଥା ଶୁଣିବାକୁ ପାଏ ଗୌତମୀ। ଲୋକେ କୁହନ୍ତି କାପାଳିକ ଜଣଙ୍କ କୁଆଡ଼େ ଅଘୋରୀ ସାଧନା କରୁଛନ୍ତି। ପ୍ରତି ଅମାବାସ୍ୟା ତିଥିରେ ସେ ଓହ୍ଲେଇ ଆସନ୍ତି ପାହାଡ଼ ତଳ ମଶାଣି ପଦାକୁ ଆଉ ମୁଣ୍ଡମାଳ ପକେଇ କରନ୍ତି ତନ୍ତ୍ର ସାଧନା। ଆଉ କେହି ପୁଣି କହେ ଯେ ସେ କୁଆଡ଼େ ନିଜ ଆଖିରେ ଦେଖିଛି କାପାଳିକକୁ ମଶାଣିରୁ ଦରପୋଡ଼ା ମାଂସ ଗୋଟେଇ ଖାଉଥିବାର ଆଉ ମାଟିତଳୁ ପୋତା ହୋଇଥିବା ଶବକୁ ଖୋଳି ବାହାର କରି ତନ୍ତ୍ର ସାଧନା କରିବାର। ଏ ସବୁ ସତ୍ୟ କି କପୋଳକଳ୍ପିତ ତାହା ଜଣାନାହିଁ ଗୌତମୀକୁ। କିନ୍ତୁ ଗୁରୁବାରୀ କହେ କାପାଳିକ ଜଣଙ୍କ କୁଆଡ଼େ ଜଣେ ସିଦ୍ଧ ଯୋଗୀ। ଅସାଧ୍ୟକୁ ସାଧିବାର ଶକ୍ତି ଅଛି ତାଙ୍କ ପାଖରେ। ଖାଲି ବିଶ୍ୱାସ ରଖିଲେ ହେଲା।

ସେଦିନ ଗାଧୁଆ ତୁଠରେ ଗୁରୁବାରୀ ଚୁପ୍‌ଚୁପ କରି କହିଥିଲା ଗୌତମୀର କାନରେ...

-ତୋତେ ବିଶ୍ୱାସରେ କହୁଛି ଗୌତମୀ, କାହାଆଗେ କହିବୁ ନାହିଁ ଟି! ଏ

ଯେଉଁ ମୋର ପୁଅକୁ ଦେଖୁଛୁ ନା... ଏ ହେଉଛି ସେଇ ପାହାଡ଼ ଉପର କାପାଳିକଙ୍କର ମନ୍ତ୍ରପ୍ରସାଦ। ନହେଲେ ମୁଁ କ'ଣ ମା' ହୋଇପାରିଥାନ୍ତି!! ବାହାଘରର ଦଶ ବର୍ଷ ଯାଏ ବାଞ୍ଝ ହୋଇ ବସିଥିଲି ପରା। ଘରୁ ଲୁଚିକି ମନରେ ବିଶ୍ୱାସ ରଖିକି ଦୁଇଥର ମାତ୍ର ତାଙ୍କ ପାଖକୁ ଯାଇଛି ତ। ତାଙ୍କରି ମନ୍ତୁରା ପ୍ରସାଦ ପେଟରେ ପଡ଼ିଲା କ୍ଷଣି ମୋର ବାଞ୍ଝ ଦୋଷ କଟିଲା ଜାଣ।

ଗୁରୁବାରୀ କଥା ଶୁଣି ମନ ତଳର ସୁପ୍ତ ଆଶା ଜାଗି ଉଠିଲା ପୁଣିଥରେ ଗୌତମୀର। ସବୁଆଡୁ ତ ହାରିସାରିଛି ସେ। ବାହାଘରକୁ ଆଠବର୍ଷ ପୁରି ନଅ ବର୍ଷ ଚାଲିବ ଏଇ ବୈଶାଖକୁ। ତା' ପଛରେ ବାହା ହୋଇ ଆସିଥିବା ତା' ସାନ ଯାଆ ସୁମିତ୍ରା କୋଳରେ ତିନି ତିନିଟା ଛୁଆ। ଆଉ ସେ...। ସେଥିପାଇଁ ଗୌତମୀ ଦୁଇ ଆଖିରେ ଦେଖି ସହି ପାରେନି ସୁମିତ୍ରାର ଛୁଆମାନଙ୍କୁ। ଛୁଆମାନେ ଯେତେବେଳେ ମା' ମା' ବୋଲି ସୁମିତ୍ରା ପଛରେ ଗୋଡେଇ ଯାଆନ୍ତି ସେତେବେଳେ ଗୌତମୀକୁ ଲାଗେ ତା' ଶୂନ୍ୟ ଜଠରକୁ କେହି ଯେମିତି ଗୋଇଠା ମାରୁଛି। ସୁମିତ୍ରାର ସାନପୁଅ ବିଠୁ ଭାରି ଭଲପାଏ ଗୌତମୀକୁ। ବିଠୁ ଯେତେବେଳେ ବଡ଼ମା' ବଡ଼ମା' ବୋଲି ଡାକି ଗୌତମୀ ପଛରେ ଗୋଡ଼େଇ ଯାଏ ସେତେବେଳେ ଉପରେ କିଛି ନ କହିଲେ ବି ଭିତରେ ଭିତରେ ବିଷ ଉଗାଳେ ଗୌତମୀ। ମାତୃତ୍ୱ ତା'ର ହାହାକାର କରି ଉଠେ।

ଆଜି ତାକୁ ଗୁରୁବାରୀ ଜୋର କରି ନେଇ ଆସିଛି ଏଠାକୁ। ଆଉ ସେ ବି ବୁଡ଼ିଗଲା ଲୋକ କୁଟାଖିଅକୁ ଆଶ୍ରା କଲା ପରି ଚାଲିଆସିଛି ତା' ସହ।

ଯା ଭିତରେ ପାହାଡ଼ ଉପରୁ ପୂଜା ସାରି ଫେରିବାର ଚଉଦ ଦିନ ବିତିଗଲାଣି। ସେଦିନ ପୂଜା ସାରି ତା' ହାତରେ କିଛି ମନ୍ତୁରା ଅକ୍ଷତ ଧରେଇ ଦେଇଥିଲା କାପାଳିକ ଗୋଟାଏ ମାଟିଘଡ଼ା ଭିତରେ ପୁରେଇ। ଆଉ କହିଥିଲା...

-ଏ ହେଉଛି ମୋର ମନ୍ତ୍ରପ୍ରସାଦ ଆଉ ଭୋଳାବାବାଙ୍କର ଆଶୀର୍ବାଦ। ଯାକୁ ତୁ ଗୋଟାଏ ପକ୍ଷ ନିଜ ପାଖରେ ରଖି ପୂଜା କରିବୁ। ଆଉ ଆସନ୍ତା ଅମାବାସ୍ୟା ରାତ୍ରୀରେ ଏଥିରେ ଗୋଟିଏ ସୁସ୍ଥ ସବଳ ବାଳକର ତାଜା ରକ୍ତ କେଇବୁନ୍ଦା ପକେଇ ପୁଣି ନେଇକି ଆସିବୁ ମୋ ପାଖକୁ।

ଆଜି ଅମାବାସ୍ୟା। କିନ୍ତୁ ତାଜାରକ୍ତ କେଉଁଠୁ ପାଇବ ଗୌତମୀ! ସକାଳ ଯାଇ ସଞ୍ଜ ହେବ ହେବ ହେଲାଣି। ତାହେଲେ ତା ଆଶା କ'ଣ କେବେ ପୂରଣ ହେବନି!! ମାତୃତ୍ୱର ଆନନ୍ଦ ବୋଧେ ତା' ଭାଗ୍ୟରେ ଲେଖା ନାହିଁ। ହଠାତ୍ ସୁମିତ୍ରାର ସାନପୁଅ ଆସି ହଲେଇ ଦେଲା ଗୌତମୀକୁ।

- ବଡ଼ମା'.... ଚାଲ ନା ମୋତେ ଗଛରୁ ପାଚିଲା ବରକୋଳି ତୋଳିକି ଦେବ।

ଗୌତମୀର ଭାବନାରେ ପୂର୍ଣ୍ଣଛେଦ ପଡ଼ିଲା। କିଛି ପାଇଗଲା ପରି ଧଡ଼ପଡ଼ ହୋଇ ଉଠି ସେ ବିଠୁକୁ କାଖେଇକି ନେଇ ଚାଲିଗଲା ବାଡ଼ିପଟ ବରକୋଳି ଗଛ ମୂଳକୁ। ବରକୋଳି ତୋଳୁତୋଳୁ ଜାଣି ଜାଣି କଣ୍ଟାଟାଏ ଫୁଟେଇ ଦେଲା ସେ ବିଠୁର କଅଁଳ ହାତରେ। ଠପ୍ ଠପ୍ ହୋଇ ବୋହି ପଡିଲା କେଇବୁନ୍ଦା ଉଷୁମ ତାଜାରକ୍ତ। ଯନ୍ତ୍ରଣାରେ ଛଟପଟ ହୋଇଗଲା ବିଠୁ। ନିଜ ପାପୁଲି ଦେଖେଇ ସଂଗ୍ରହ କରିନେଲା କେଇ ବୁନ୍ଦା ରକ୍ତ ଗୌତମୀ। ଏଇ ରକ୍ତବୁନ୍ଦାରେ ଯେ ଅଛି ତାର ସୁଖ, ତା'ର ଭବିଷ୍ୟତ !!

"ଏଇଠି ଠିଆ ହୋଇଥା... କୁଆଡ଼େ ଯିବୁନି "କହି ଘର ଭିତରକୁ ଧାଇଁଲା ଗୌତମୀ। ମନ୍ତୁରା ଅକ୍ଷତରେ ଗୋଳେଇ ଦେଲା ରକ୍ତ। ଆଉ ତା'ପରେ ବିଠୁ ହାତରେ ଲଗେଇ ଦେଲା ଔଷଧ କିଛି ନ ଘଟିଲା ପରି।

ରାତି ବଢ଼ିବଢ଼ି ଚାଲିଛି। ବଢ଼ିବଢ଼ି ଚାଲିଛି ଗୌତମୀ ମନର ଭୟ, ଉତ୍କଣ୍ଠା ଆଉ ଆବେଗର ପ୍ରବାହ। ଧୀରେ ଉଠି ବସିଲା ସେ। ଶୋଇଗଲେଣି ସମସ୍ତେ ଘରେ। ଝର୍କା ଫାଙ୍କ ଦେଇ ସେ ଚାହିଁଲା ଭାଲେରୀ ପାହାଡ଼ର ଚୂଡ଼ାକୁ। ପାହାଡ଼ ଉପରେ ଦିକଦିକ ହୋଇ ଦିଶୁଥିଲା ଈଷତ୍ ଲାଲ ହଳଦୀ ରଙ୍ଗ ମିଶା ଅଗ୍ନିଶିଖା। ବୋଧହୁଏ କାପାଳିକ ଆରମ୍ଭ କରି ସାରିଥିଲା ତା'ର ତନ୍ତ୍ର ସାଧନା।

ଅମାବାସ୍ୟାର ଘନଘୋର ଅନ୍ଧାର ରାତିରେ ବାହାରି ପଡ଼ିଲା ଗୌତମୀ ମାଟିଘଡା ହାତରେ ଧରି। ମନ ଭିତରେ ବାରମ୍ବାର ଭୟର ଦଂଶନ। କାଳେ କିଏ ଉଠି ପଡ଼ିବ ! କାଳେ କେହି ଦେଖିନେବ ! ନା ତାକୁ ମନ ଦମ୍ଭ କରିବାକୁ ପଡିବ।

ଗୌତମୀକୁ ବସିବାକୁ ନିର୍ଦ୍ଦେଶ ଦେଇ ପୂଜା ଆରମ୍ଭ କଲା କାପାଳିକ। ପୂଜା ସାରି କହିଲା...

-ନେ... ଧର୍.... ଏ ମନ୍ତ୍ରପ୍ରସାଦରୁ କିଛି ସେବନ କର ଆଉ ବାକି ସବୁ ବିସର୍ଜନ ଦେ ଏ ଧୂନିରେ। ତା' ପରେ ଏଇ ତ୍ରିଶୁଳ ପାଖରେ ଭୋଳାବାବାଙ୍କୁ ପ୍ରଣାମ କରି ଏକାମୁହାଁ ହୋଇ ଚାଲି ଯା' ଘରକୁ। ଆଜି ଅମାବାସ୍ୟା। ଦେଖିବୁ ଆସନ୍ତା ଅମାବାସ୍ୟା ବେଳକୁ ତୋର ଗର୍ଭ ସଞ୍ଚାର ହୋଇ ସାରିଥିବ। କିନ୍ତୁ ମନେରଖ୍... ତୋ ଭିତରେ ଭ୍ରୁଣର ସଞ୍ଚାର ହେଲାମାତ୍ରେ ସେ ବାଳକର ଶରୀର ଧୀରେ ଧୀରେ ଶୁଖିବା ଆରମ୍ଭ କରିବ, ଯାହାର ରକ୍ତ ଏଥିରେ ତୁ ମିଶେଇଛୁ। ଖାଇବା ପିଇବା ଛାଡ଼ିଦେଇ ଧୀରେ ଧୀରେ ଶୁଖି କଣ୍ଟା ହୋଇଯିବ। ଆଉ ତୋର ସନ୍ତାନ ଜନ୍ମ ପୂର୍ବରୁ ହିଁ ତା'ର ଆତ୍ମା ଶରୀର ତ୍ୟାଗ କରିବ। ଏହା ମୋ ମନ୍ତ୍ରର ପ୍ରଭାବ। ନିଶ୍ଚୟ ଫଳିବ।

ଚମକି ପଡ଼ିଲା ଗୌତମୀ। ହଲଚଲ ହୋଇଗଲା ଗୌତମୀ ନାମକ ଖୋଳପା

ଭିତରର ନାରୀ ସତ୍ତାଟି । ଦୋହଲି ଗଲା ତା' ମମତ୍ୱ । କାନ ପାଖରେ ଯେମିତି କେହି ଡାକୁଛି.... ବଡ଼ ମା'... ବଡ଼ ମା'... । ଓଃ... ପାଷାଣୀର ଛାତି ଉପରେ ଏଇ ନିରୀହ ଡାକର କି ପ୍ରଚଣ୍ଡ କୁଠାରଘାତ !! ସହି ନ ପାରି ଆଖି ବୁଜିଦେଲା ଗୌତମୀ ।

ଯାଃ.... ଆଉ ଡେରି କାହିଁକି ?? ସମୟ ଗଡ଼ିଯାଉଛି ।

ଧୀରେ ଧୀରେ ଆଗକୁ ବଢ଼ିଲା ଗୌତମୀ । କାକୁସ୍ଥ ହୋଇ ଠିଆହେଲା ତ୍ରିଶୁଳ ଆଗରେ ।

ହେ ବାବା... ମୁଁ ଜାଣିନି ଏ କାପାଳିକ ସତ୍ୟ କି ମିଥ୍ୟା । ମୁଁ ଜାଣିନି ସେ ଠିକ୍ କି ଭୁଲ । କିନ୍ତୁ ପ୍ରଭୁ ତୁମେ ତ ଚିରନ୍ତନ ସତ୍ୟ । ତୁମେ ହିଁ ଦେଖେଇ ପାରିବ ମୋତେ ଠିକ୍ ରାସ୍ତା । କାହାରି କୋଳ ଶୂନ୍ୟ କରି ମୋତେ ମୋ କୋଳର ପୂର୍ଣ୍ଣତା ଦରକାର ନାହିଁ । କାହାରି ମାତୃତ୍ୱକୁ ନିଷ୍ଠୁର ଭାବରେ ହତ୍ୟାକରି ମୋତେ ମାତୃତ୍ୱର ଉପଲବ୍ଧି ଦରକାର ନାହିଁ । ଗୋଟିଏ ସନ୍ତାନକୁ ହତ୍ୟାକରି ଆଉ ଗୋଟିଏ ସନ୍ତାନକୁ ଗର୍ଭରେ ଧାରଣ କରିବାକୁ ଚାହେଁନି ମୁଁ । ଏମିତି ହେଲେ ହୁଏତ ଏ ସଂସାର ଆଗରେ ଗୋଟେ ବାଞ୍ଝରୁ ମୁଁ ମା' ପାଲଟି ଯାଇପାରେ କିନ୍ତୁ ନିଜ ଦୃଷ୍ଟିରେ ନିଜେ ସବୁଦିନ ପାଇଁ ପାଲଟିଯିବି ଗୋଟେ ରକ୍ତଖାଇ ଡାହାଣୀ । ପାଷାଣ ହୃଦୟ ଧରି ନାରୀଟିଏ କେବେ ମା' ହୋଇପାରେନା । ହେ ଆଦିଯୋଗୀ... କ୍ଷମା... କ୍ଷମା.... କ୍ଷମା...

ଲମ୍ବହୋଇ ଭୂଇଁରେ ଲୋଟି ପଡ଼ିଲା ଗୌତମୀ । ଭାଲେରୀ ପାହାଡ଼ର ଆର ପାଖରେ ବହିଯାଉଛି ଗଙ୍ଗଶିରୀ ନଈ । ଏବେ ଦମ୍ଭ ଭାବରେ ଠିଆ ହୋଇ ନଈଆଡ଼କୁ ଚାହିଁଲା ଗୌତମୀ । ଚାରିଆଡ଼େ ନେସି ହୋଇ ଯାଇଛି ଅମାବାସ୍ୟାର କାଳିମା । ଖାଲି ଶୁଭି ଯାଉଛି ନଦୀର କୁଳୁକୁଳୁ ଶବ୍ଦ । ନଦୀକୁ ଲକ୍ଷ୍ୟ କରି ମାଟିଘଡ଼ା ସହ ମନ୍ତୁରା ଅକ୍ଷତତକ ଛାଟିଦେଲା ଗୌତମୀ ଆଉ ଦ୍ରୁତ ପଦପାତରେ ହେଲା ଘରମୁହାଁ ।

ପଛପଟୁ ଶୁଭୁଥିଲା କାପାଳିକର ଅଭିଶାପ ମିଶ୍ରିତ ଭର୍ତ୍ସନା.... ତୁ ମୋ ମନ୍ତ୍ରପ୍ରସାଦର ଅବଜ୍ଞା କରିଛୁ । ତୁ ଭୋଳନାଥଙ୍କ କୃପାକୁ ଅପମାନ କରିଛୁ । ଭସ୍ମ ହେବୁ ତୁ । ଅମାବାସ୍ୟାର ଅନ୍ଧାର ଘୋଟିଯିବ ତୋ ସଂସାରରେ ।

କିନ୍ତୁ ଗୌତମୀ ଥିଲା ଅବିଚଳିତ । ନିର୍ବିକାର ଚିତ୍ତରେ ସେ ଚାଲିଥିଲା ଆଗକୁ ଆଗକୁ । ପାଖେଇ ଆସୁଥିଲା ଘର । ଅସ୍ପଷ୍ଟ ହୋଇ ଆସୁଥିଲା କାପାଳିକର ଅଭିଶାପ । ତା' ନିଜ ମନଟା ତାକୁ ଲାଗୁଥିଲା ଏବେ ପୂର୍ଣ୍ଣମୀର ଜହ୍ନ ପରି ତୋଫା ଆଉ ନିର୍ମଳ । ମନ ଭିତରେ ଲହଡ଼ି ଭାଙ୍ଗୁଥିଲା ମାତୃତ୍ୱର ଆନନ୍ଦ ।

■

ଆମ୍ବ ବଉଳର ବାସ୍ନା

ସକାଳ ପହରୁ ଆମ୍ବ ଗଛରେ କାଉଟିଏ ବସି ରହି ରହି ରାବି ଚାଲିଥିଲା ନିଳିମାଙ୍କ ଘରଆଡ଼କୁ ମୁହଁକରି। ନିଳିମା ବାଲକୋନିରେ ଠିଆ ହୋଇ ଗୋଟେ ଉଦାସିଆ ଆଖିରେ ଚାହିଁଲେ ତାଙ୍କ ବନ୍ଦ ଗେଟ୍‌ଆଡ଼କୁ। ମନେ ମନେ କହିଲେ...କିଏ ଆସିବ କି ? ? ନାଃ, କେହି ନାହିଁ.... କେହି ଆସିବାର ବି ନାହିଁ। କାହିଁକି ମନରେ ମିଛ ଆଶା ଦଉଛୁରେ କାଉ...। କାଉ କିନ୍ତୁ ରାବି ଚାଲିଥିଲା ସେଇଠି ସେଇ ଆମ୍ବ ଗଛର ପତ୍ର ଗହଳ ଭିତରେ ବସି। ମଝିରେ ମଝିରେ ନିଜ ଡେଣାକୁ ସାମାନ୍ୟ ଟେକି ଡେଇଁ ପଡୁଥିଲା ଏ ଡାଳରୁ ସେ ଡାଳକୁ।

ଆମ୍ବ ଗଛରେ ଲଦି ହୋଇ ପଡ଼ିଛି ବଉଳ ଏବର୍ଷ। ଆଗରୁ ସବୁବର୍ଷ ଏଇ ସମୟରେ ନିଳିମାଙ୍କ ଘରଦ୍ୱାର ଅଗଣା ସବୁ ଆମ୍ବ ବଉଳର ବାସ୍ନାରେ ବାସୁଥିଲା ମହମହ ହୋଇ। ସେ ବାସ୍ନାରେ ବିଭୋର ହେଉଥିଲେ ନିଳିମା। କିନ୍ତୁ ଏବେ ଆଉ ସେ ବାସ୍ନା ବିଭୋର କରୁନି ତାଙ୍କୁ ବରଂ ବିଷର୍ଣ୍ଣ କରି ଦେଉଛି ତାଙ୍କ ପୁରୁଣା କ୍ଷତକୁ ନିର୍ମମ ଭାବରେ କୋରିଦେଇ। ହଠାତ ନିଳିମାଙ୍କର ମନେପଡ଼ିଗଲା ଯେ ଆଜି ବଉଳ ଅମାବାସ୍ୟା। ଦିନ ଥିଲା ଏଇ ବଉଳ ଅମାବାସ୍ୟା ଆସିଲେ ନିଳିମାଙ୍କ ଘର ଅଗଣାରେ ଆମ୍ବ ବଉଳର ବାସ୍ନା ସହ ଲୁଚକାଳି ଖେଳୁଥିଲା ସିଝାମଣ୍ଡା ଆଉ କ୍ଷୀରିର ବାସ୍ନା। ପୁଅ ନୀରଜକୁ ଭାରି ପସନ୍ଦ ଏଇ ସିଝାମଣ୍ଡା। ସେଥିପାଇଁ ମଣ୍ଡା ତିଆରି ସରିଲା ପରେ ଭୋଗ ଲଗେଇବା ଅପେକ୍ଷା ପୁଅକୁ ପରଶି ଦେବାର ଆଗ୍ରହଟା ବେଶୀ ବଳି ପଡ଼େ ତାଙ୍କର। ବଳେଇ ବଳେଇ ପୁଅକୁ ଖୁଆଇବାବେଳେ ଆତ୍ମତୃପ୍ତି ଝଲସି ଉଠେ ତାଙ୍କ ମୁହଁରେ। ଆଃ.... ଏ ସମୟ ଏଇଠି ଅଟକି ଯାଆନ୍ତା କି ! ! କିନ୍ତୁ ସମୟକୁ କ'ଣ ହାତ ମୁଠାରେ ମୁଠେଇ ହୁଏ ! ! ଯେତେ ଚେଷ୍ଟାକଲେ ବି ସେ ନଈବାଲି ପରି କେତେବେଳେ ଚୁଟ୍ କରି ଖସିଯାଇଥାଏ ହାତରୁ।

ନୀରଜର ଏୟାରଫୋର୍ସରେ ପୋଷ୍ଟିଂ ହେବା ପରଠାରୁ, ବଉଳ ଅମାବାସ୍ୟାରେ ପୁଅ ରହିପାରେନି ବୋଲି ପୁଅ ଯେତେବେଳେ ବି ଛୁଟିରେ ଘରକୁ ଆସେ ସେତେବେଳେ ନିଳିମାଙ୍କ ଘରଟା ମଣ୍ଡାପିଠାର ବାସ୍ନାରେ ପୁରିଉଠେ। କିନ୍ତୁ ଏ ଥରକୁ ମିଶେଇଲେ ବାରବର୍ଷ ହୋଇଯିବ ତାଙ୍କ ଘରେ ମଣ୍ଡାପିଠା ତିଆରି ବନ୍ଦ ହୋଇଯିବା। ଆଉ ଏଇତ.... ଚାହୁଁ ଚାହୁଁ ବି ବାରବର୍ଷ ପୁରି ଗଲାଣି ତାଙ୍କ ପୁଅ ନୀରଜ ଶହୀଦ ଘୋଷିତ ହେବାର। ପୁଅ ସହ ତାଙ୍କ ଅଗଣାର ଆମ୍ବ ବଉଳର ବାସ୍ନା ଯେମିତି ନିଶ୍ଚିହ୍ନ ହୋଇଗଲା କୁଆଡ଼େ। ଛାଡ଼ିଗଲା ତ କେବଳ ସ୍ମୃତି କିଛି।

ଦୁନିଆ ଆଗରେ ସିନା ତାଙ୍କ ପୁଅ ଶହୀଦ କିନ୍ତୁ ନିଳିମା ଆଜିଯାଏ ଅନ୍ତରରୁ ଗ୍ରହଣ କରିପାରିନାହାନ୍ତି ଏ କଥାକୁ। ତାଙ୍କର ଦୃଢ଼ ବିଶ୍ୱାସ ଯେ ତାଙ୍କ ପୁଅ ନିଖୋଜ। ସେ ଦିନେ ନା ଦିନେ ନିଶ୍ଚୟ ଫେରିବ। ସେନାବାହିନୀ ତରଫରୁ ନୀରଜର ବ୍ୟବହୃତ ସାମଗ୍ରୀ ଓ ବସ୍ତ୍ର କିଛି ଫେରି ପାଇବା ପରେ ମଧ୍ୟ ନିଳିମାଙ୍କର ସେଇ ଏକା ଜିଦ୍... ମୋ ପୁଅ ଫେରିବ ନିଶ୍ଚୟ। ସ୍ୱାମୀ ସୁଧାକର ବୁଝେଇ ବୁଝେଇ ହାରିଗଲେ କିନ୍ତୁ ବୁଝିଲେନି ନିଳିମା। ଦିନ ପରେ ଦିନ, ରାତି ପରେ ରାତି କଟି ଯାଇଛି ନିଳିମାଙ୍କର କେବଳ ଆକୁଳ ପ୍ରତୀକ୍ଷାରେ। ଝୁରି ଝୁରି କାନ୍ଦିକାନ୍ଦି ଆଖିରୁ ଲୁହ ସରିଯାଇଛି ସିନା କିନ୍ତୁ ପ୍ରତୀକ୍ଷାର ଘଟିନାହିଁ ଅନ୍ତ। ନିଜ ମନକୁ ସାନ୍ତ୍ୱନା ଦେବା ପାଇଁ ସେ କେବେକେବେ ପୁଅର ପୁରୁଣା ବହିଖାତା ଆଦି ବ୍ୟବହୃତ ସାମଗ୍ରୀ ଭିତରେ ନିଜକୁ ହଜେଇ ଦିଅନ୍ତି ତ ପୁଣି କେତେବେଳେ ପୁରୁଣା ଆଲବମର ପୃଷ୍ଠା ଓଲଟେଇ ସେଥିରେ ବୁଡ଼ି ରହନ୍ତି ଘଣ୍ଟା ଘଣ୍ଟା ଧରି।

ପୁଅ ଯିବା ପରଠାରୁ ବଉଳ ଅମାବାସ୍ୟା ଆସିଲେ ଖାଲି କ୍ଷୀରି ଟିକେରେ କାମ ଚଳେଇ ଦିଅନ୍ତି ନିଳିମା। ପିଠା ଟିକେ କରିବାକୁ ତାଙ୍କ ହାତ ଯାଏନି କି ଆତ୍ମା ଡାକେନି। ଓଲଟା ପାଖପଡ଼ିଶାରୁ ଯଦି କାହା ଘରୁ ମଣ୍ଡାପିଠାର ବାସ୍ନା ଆସି ନାକରେ ବାଜେ ତ ଆକ୍ରାମାକ୍ରା ହୋଇଉଠନ୍ତି ସେ। ପୁରୁଣା ଘାଆକୁ କଣ୍ଟା ପୁରେଇ ପୁଣି ଉଖାରି ଦିଏ ଯେମିତି କେହି।

ସବୁ ମା'ଙ୍କ ପରି ସେ ବି ଦିନେ ସେଇ ସମାନ ସ୍ୱପ୍ନ ଦେଖିଥିଲେ ପୁଅକୁ ନେଇ। ମନେ ମନେ ବୁଣିଥିଲେ କଳ୍ପନାର ବଢ଼ିଆଣୀ ଜାଲ। ପୁଅକୁ ବାହା କରିବେ, ଘରକୁ ଲକ୍ଷ୍ମୀପ୍ରତିମା ବୋହୁଟିଏ ଆଣିବେ, କୁନି କୁନି ଉତ୍ତରାଧିକାରୀମାନେ ତାଙ୍କ ଘର ଅଗଣାକୁ ମୁଖରିତ କରିବେ.... କିନ୍ତୁ ତାଙ୍କ ସ୍ୱପ୍ନ ଏତେ ନିଷ୍ଠୁର ଭାବରେ ଭାଙ୍ଗିଗଲା କେମିତି !! ମନେପଡ଼େ ନିଳିମାଙ୍କର....ଶେଷଥର ପାଇଁ ଯେବେ ନୀରଜ ଆସିଥିଲା ଘରକୁ ତାକୁ ବହୁତ ବାଧ୍ୟ କରିଥିଲେ ନିଳିମା ବାହାଘର ବିଷୟକୁ ନେଇ। ସବୁବେଳେ

ନାହିଁ ନାହିଁ କରୁଥିବା ପୁଅ ତାଙ୍କର କିନ୍ତୁ ସେଦିନ ତାକୁ ଫୋଟୋଟିଏ କାଢ଼ି ଦେଖେଇଥିଲା। ଆଉ କହିଥିଲା....

-ବୋଉ', ଏ ହେଉଛି ଯାମିନୀ। ତୋ ବୋହୂ। ଛଅମାସ ତଳୁ ଆମର ବାହାଘର ସରିଯାଇଛି। ପରିସ୍ଥିତି କିଛି ସେମିତି ଥିଲା ବୋଉ ଆଉ ମୁଁ ବି କହିବି କହିବି ହୋଇ ଫୋନ୍‌ରେ କହିପାରୁନଥିଲି। ଭାବିଥିଲି ଏଇଥର ଘରକୁ ଆସିଲେ ନିଶ୍ଚୟ ଜଣେଇବି ତୋତେ।

ପାଦତଳୁ ମାଟି ଖସିଗଲା ନିଳିମାଙ୍କର। ଚମକି ପଡ଼ି ସେ କହିଲେ, "ତୁ ବାହା ହୋଇସାରିଛୁ!! ତୋ ବାପା ଜାଣିଲେ କଣ ହେବ ଏବେ??" ତୋ ବାପାଙ୍କୁ କ'ଣ ଜାଣିନୁ ତୁ?? ପାନରୁ ଚୂନ ଖସିଲେ ତାଙ୍କର ପ୍ରଳୟ। ତାଙ୍କ ସାମ୍ନାରେ ଏକଥା ଏବେ ଉଠେଇବ କିଏ!

-ନା ବୋଉ, ଥାଉ। ବାପାଙ୍କୁ କିଛି କହନି ଏବେ। ବହୁତ ଅସୁସ୍ଥ ସେ। ସେ ଭଲ ହୋଇଯାଆନ୍ତୁ ଟିକେ, ତାଙ୍କୁ ଜଣେଇବୁ। ମୁଁ ଆଉଥରେ ଆସିଲାବେଳକୁ ଯାମିନୀକୁ ସାଙ୍ଗରେ ନେଇ ଆସିବି। ଦେଖିବୁ ବାପା ମୋତେ ନିଶ୍ଚୟ ଆଶୀର୍ବାଦ କରିବେ। ସେ ନିଶ୍ଚୟ କ୍ଷମା କରିଦେବେ ତାଙ୍କ ପୁଅକୁ। ତୁ ବି ମୋତେ କ୍ଷମା କରିଦେବୁ ବୋଉ। ତୋ ପସନ୍ଦର ବୋହୂଟେ ଆଣି ପାରିଲିନି ମୁଁ ଘରକୁ। କିନ୍ତୁ କଥା ଦେଉଛି ମୁଁ। ଯାମିନୀ ତୋତେ କେଉଁଥିରେ କେବେ ବି ନିରାଶ କରିବନି। ବାପାଙ୍କୁ ବୁଝେଇ ଦେବୁ ଟିକେ ମୋ ତରଫରୁ ମୁଁ ପୁଣି ଫେରିବା ଆଗରୁ କହି ଯାମିନୀର ଫୋଟୋଟି ନିଳିମାଙ୍କ ହାତରେ ଧରେଇ ଦେଇଥିଲା ନୀରଜ।

ଫୋଟୋଟି ଉପରେ ଆଖି ବୁଲେଇ ଆଣି ଚୁପ୍ ହୋଇଗଲେ ନିଳିମା। ପାନ ପତୁରିଆ ମୁହଁଟି ଉପରେ ଭସା ଭସା ନିରୀହ ଆଖି ଦିଓଟି, ତୀକ୍ଷ୍ଣ ନାସା, ଚିବୁକରେ ମୁହଁକୁ ମାନିଲା ଭଳି କଳାଯାଇଟିଏ, ତା' ସାଙ୍ଗକୁ ଘଞ୍ଚ କଳାରଙ୍ଗର ଗୋଛାଏ କୁଞ୍ଚିତ କେଶରେ ଖୁବ୍ ସୁନ୍ଦର ଦିଶୁଥିଲା ଯାମିନୀ। କ'ଣ କରିବେ ଏବେ ସେ। କେମିତି ବୁଝେଇବେ ସ୍ୱାମୀଙ୍କୁ? କିନ୍ତୁ ବୁଝେଇବା ଦରକାର ପଡ଼ିଲାନି କିଛି। ନୀରଜ ଫେରିଯିବାର ସପ୍ତାହେ ଭିତରେ ଏୟାରକ୍ରାସ୍.... ଦୁର୍ଘଟଣା... ଟିଭିରେ ଶହୀଦମାନଙ୍କ ନାମ ଘୋଷଣା ଇତ୍ୟାଦି ଇତ୍ୟାଦି। ଆଉ କ'ଣ ଦରକାର ଥିଲା ଯାମିନୀ ବିଷୟରେ ସ୍ୱାମୀଙ୍କୁ ଜଣେଇବା? ବରଂ ଏଇ ଅଧ୍ୟାୟ ଏଇଠି ବନ୍ଦ ହୋଇକି ରହୁ। କିନ୍ତୁ ପାଟିରେ କହିଦେଲେ କ'ଣ ମନର ଅତଳ ଗହ୍ୱର ଭିତରେ ଥିବା ଅଧ୍ୟାୟ ସବୁ ବନ୍ଦ ହୋଇଯାଏ!! ନା.... ଆଦୌ ନୁହେଁ। ଯେତେ ବନ୍ଦ କରି ରଖିଲେ ବି ପୁରୁଣା ସ୍ମୃତି

ସବୁ ଉଙ୍କିମାରେ ସେଇ ବନ୍ଦ ଦରଜାର ଫାଙ୍କ ଦେଇ। ଉପରକୁ ଜଣା ନ ପଡ଼ିଲେ ବି ଭିତରେ ଭିତରେ ଭିଡ଼ିମୋଡ଼ି ହୋଇ କଡ଼ ଲେଉଟାଉ ଥାଏ ସେ ବାରମ୍ବାର।

ବେଳେବେଳେ ଯାମିନୀ ପାଇଁ ବି ମନଟା ବ୍ୟାକୁଳ ହୋଇଉଠେ ତାଙ୍କର। ତାକୁ ସେ ପ୍ରତ୍ୟକ୍ଷ ଭାବରେ ଦେଖିନାହାନ୍ତି କିମ୍ବା ଚିହ୍ନିନାହାନ୍ତି ସତ କିନ୍ତୁ ଗୋଟିଏ ମା'ର ମନ ନେଇ ସେ ଯେତେବେଳେ ଚିନ୍ତା କରନ୍ତି ଛାତି ଭିତରଟା ବିଦାରି ହୋଇଯାଏ ତାଙ୍କର। କ'ଣ କରୁଥିବ ଝିଅଟା କେଜାଣି!! କି ଅସହାୟ ଅବସ୍ଥାରେ ଥିବ ସେ?? ତା'ର ଘର ପରିବାର ଅଛି କି ନାହିଁ? ସ୍ୱାମୀ ଗଲା ପରେ ଏବେ ସେ କେଉଁଠି, କାହା ପାଖରେ, କି ଅବସ୍ଥାରେ ରହୁଛି? ଏମିତି ଅନେକ ପ୍ରଶ୍ନର ବୁଢ଼ିଆଣୀ ଜାଲ ଭିତରେ ଛନ୍ଦି ହୋଇପଡ଼ନ୍ତି ନିଳିମା।କିନ୍ତୁ ସେ ନାଚାର। କ'ଣ ବା କରିପାରିଥାନ୍ତେ ସେ। ନା ତାଙ୍କ ପାଖରେ ଥିଲା ସେ ଝିଅର କିଛି ଠିକଣା, ନା ଯୋଗାଯୋଗର କୌଣସି ବି ମାଧ୍ୟମ। କେବଳ ଫୋଟୋଟି ଧରେଇ ଦେଇ ଯାଇଥିଲା ଯାହା ପୁଅ। କିଏ ଜାଣିଥିଲା ଏମିତି ସବୁ ଘଟିଯିବ ବୋଲି!!

ଆଜି କାହିଁକି କେଜାଣି ବାରବର୍ଷ ତଳକୁ ପୁଣି ଟିକେ ଫେରି ଯିବାକୁ ଇଚ୍ଛା ହେଲା ନିଳିମାଙ୍କର। ଇଚ୍ଛା ହେଲା ସିଝାମଣ୍ଡା ଟିକେ କରି ଆମ୍ବଗଛ ମୂଳେ ଭୋଗ ବାଢ଼ିବାକୁ।ଆଶ୍ଚର୍ଯ୍ୟ ହେଲେ ଦିବାକର ବାବୁ।

-କଥା କ'ଣ!! ଆଜି କ'ଣ ଘରେ ମଣ୍ଡାପିଠା?? କ'ଣ ହୋଇଛି ନିଳିମା...!!!

-କିଛି ନାହିଁ.... କାହିଁକି କେଜାଣି, ମନଟା ଡାକିଲା ଆଜି।

ପିଠା କରିସାରି ଦାଣ୍ଡ ଅଗଣାକୁ ବାହାରି ଆସିଲେ ସେ କଦଳୀପତ୍ରରେ ଯୋଡ଼ିଏ ମଣ୍ଡାପିଠା ହାତରେ ଧରି। ଗଛମୂଳରେ ପିଠା ଥୋଇ ପାଣି ଟିକେ ଛଡ଼େଇ ଦେଲେ ସେ ଆଉ ମନେ ମନେ କାମନା କଲେ ଯେ ଅବେଳରେ ବଉଳ କିମ୍ବା ଆମ୍ବଚଣାଗୁଡ଼ିକ ଝଡ଼ି ନ ଯାଉ। ଗଛଟି ଫଳରେ ଭର୍ତ୍ତି ହୋଇଯାଉ ଏବର୍ଷ। ପୂଜା ସାରି ଚାରିଆଡ଼ୁ ଟିକେ ତାଙ୍କର ଖୋଜିଲା ଆଖିକୁ ବୁଲେଇ ଆଣିଲେ ସେ। କାଉଟା କିନ୍ତୁ ଆଉ ଦିଶୁ ନ ଥିଲା ଗଛ ଡାଳରେ। ଉଡ଼ ଯାଇଥିଲା ବୋଧେ।

ହଠାତ ପଛରୁ ଡାକ ଶୁଭିଲା....

ଜେଜେ ମା'....

ଚମକି ବୁଲି ଚାହିଁଲେ ନିଳିମା। ଏଗାର ବାର ବର୍ଷର ଛୁଆଟିଏ ଗେଟ ଖୋଲି ଧାଇଁ ଆସୁଛି ତାଙ୍କରିଆଡ଼କୁ ଜେଜେମା' ଜେଜେମା' ଡାକି। ପିଲାଟିକୁ ଚାହିଁଦେଇ ଘଡ଼ିଏ ଥମ୍ ହୋଇଗଲେ ନିଳିମା। ନୀରଜ...!!! ତାଙ୍କର ସେଇ ପୁରୁଣା ଫୋଟୋ

ଆଲବମ ଭିତରୁ ଦଶ ବାର ବର୍ଷର ନୀରଜ ବାହାରି ଆସିଲା କି ଆଉ ତାଙ୍କ ସାମ୍ନାକୁ!! ସେଇ ଆଖି, ସେଇ ଓଠ, ସେମିତି ଉଚ୍ଚକପାଳ, ସେଇ ଗୋଲ ଗାଲିଆ ଚେହେରା। ପୁଅଟି ସହ ଆସିଥିବା ତାର ମା'କୁ ଚିହ୍ନିବାକୁ କିନ୍ତୁ ବେଶୀ ସମୟ ଲାଗିଲାନି ନିଳିମାଙ୍କୁ। ଏ ଯେ ଯାମିନୀ!! ଫଟୋର ସେ ଚେହେରା ଆଉ ଏ ଚେହେରା ଭିତରେ ବେଶୀ କିଛି ବଦଳିନି। ଖାଲି ମୁହଁଟି ଝାଉଁଳି ପଡ଼ିଛି ଯାହା। ଦୁଃଖ, ଯନ୍ତ୍ରଣା, ଚିନ୍ତା, ସଂଘର୍ଷର ଛାପ ସ୍ପଷ୍ଟ ଦିଶୁଛି ମୁହଁ ଭିତରୁ। ଶୂନ୍ୟ ସିନ୍ଥି ଆଉ କପାଳରେ ଛୋଟିଆ ମେରୁନ ରଙ୍ଗର ବିନ୍ଦିଟିଏ...

ଜେଜେମା'... ଜେଜେମା'... ଦେଖିଲ ତ ମୁଁ କେମିତି ତୁମକୁ ଗୋଟାଏ ଥରରେ ଚିହ୍ନିଦେଲି। ମୁଁ ପରା ତୁମର ଆଉ ଜେଜେବାପାଙ୍କର ଫୋଟୋ ସବୁଦିନେ ଦେଖେ। ଆଉ ମାମାକୁ ବି କୁହେ ମୋତେ ତୁମ ପାଖକୁ ନେଇ ଆସିବା ପାଇଁ। କିନ୍ତୁ ସେ ଜମା ଶୁଣେନି ମୋ କଥା। କୁହେ ଜେଜେମା' କାଳେ ରାଗିବେ ଆମକୁ ଦେଖିଲେ। ମୁଁ କୁହେ... ଜେଜେମା' କାହିଁକି ରାଗିବେ ମୋ ଉପରେ?? ମୁଁ ତ ଜମା ବି ଦୁଷ୍ଟପୁଅ ନୁହେଁ। ମୋତେ ଟିକିଏ ଖାଲି ନେଇଚାଲ ତାଙ୍କ ପାଖକୁ। ମୁଁ ଥରେ ଖାଲି ଦେଖିଦେଇ ତାଙ୍କୁ ପଳେଇ ଆସିବି। ତୁମେ କ'ଣ ମୋ ଉପରେ ରାଗିବ ଜେଜେମା'??

ନିଳିମାଙ୍କ ଆଖିରେ ଲୁହ ଟଳମଳ। ଓଠରୁ ଭାଷା ସ୍ଫୁରୁନି ଆଉକିଛି ଯଦିଓ ଛାତି ଭିତରେ ଅନେକ ଅକୁହା କଥା ଚାପି ହୋଇ ରହିଛି ଦୀର୍ଘ ଦିନରୁ। ଏ ଯେ ତାଙ୍କ ନୀରଜର ଶେଷ ସନ୍ତକ!! ତାଙ୍କ ବଂଶର ଉତ୍ତରଦାୟାଦ.... କୁଳପ୍ରଦୀପ।

– ଆଚ୍ଛା ଜେଜେମା'.... ମାମା କହୁଥିଲା ତୁମେ କୁଆଡ଼େ ବଢ଼ିଆ ରୋଷେଇ କର ଆଉ ବଢ଼ିଆ ମଣ୍ଡାପିଠା ବନାଅ। ସତରେ ବନାଅ!! ସେଇ ଯେଉଁ ଧଳା ଧଳା ରଙ୍ଗର ମଣ୍ଡାପିଠା, ସେଗୁଡ଼ା ମୋର ଭାରି ପ୍ରିୟ। ମୋ ପାଇଁ ବି ବନେଇଦେବ ଜେଜେମା'??

କଇଁ କଇଁ ହୋଇ କାନ୍ଦି ଉଠିଲେ ନିଳିମା। ପିଲାଟି ଆଗରେ ଆଣ୍ଠୁମାଡ଼ି ବସିପଡ଼ି ନିଜ ଛାତିରେ ଜୋର୍‌ରେ ଜାକି ଧରିଲେ ନିଜ ଗଣ୍ଠିଧନକୁ ଯେମିତି ପୁଣିଥରେ ହଜିନଯାଏ ସେ କେବେ କେଉଁଠି ବି। ଆଉ ନିଜ ପଣତକୁ ବେଢ଼େଇ ଆଣିଲେ ତା' ଚାରିପଟେ ଯେମିତି ବହୁତ ଦିନପରେ ତାଙ୍କ ଅଗଣାରେ ପୁଣି ଧରା ଦେଇଥିବା ଆମ୍ବ ବଉଳର ବାସ୍ନାକୁ ସେ ସାଇତି ନେଉଛନ୍ତି ତାଙ୍କ ପଣତ କାନିରେ।

■

ନୀଡ଼ ଫେରନ୍ତା

ହିମାଚଳ ପ୍ରଦେଶର ଏକ ଜରାଶ୍ରମ। ଜରାଶ୍ରମର ଅନ୍ତେବାସୀମାନଙ୍କ ହାତକୁ ଚାଦର ଖଣ୍ଡିଏ ଲେଖା ବଢ଼େଇ ଦେଉ ଦେଉ ହଠାତ୍ ସାର୍ଥକ ଅଟକିଗଲା ଜଣେ ବୃଦ୍ଧାଙ୍କ ନିକଟରେ। ଲୋଳିତ ଚର୍ମ, ପକ୍ୱକେଶ, ଶୂନ୍ୟ ଚାହାଣୀ, ଡାହାଣହାତ ଉପର ପାପୁଲିରେ ଗୋଟେ ବଡ଼ ପୋଡ଼ାଚିହ୍ନ। ସାର୍ଥକ ହାତରୁ ଚାଦର ନେଲାବେଳେ ବୃଦ୍ଧା ଚାହିଁଲେ ସାର୍ଥକକୁ। ସାର୍ଥକ ବି ମୁହଁ ଉଠେଇ ଚାହିଁଲା ଟିକେ ବୃଦ୍ଧାଙ୍କୁ। କେମିତି ଗୋଟେ ନିରୀହ ନିରୀହ ଚାହାଣୀ। କି ସମ୍ମୋହନ ସେ ଚାହାଣୀରେ ଥିଲା କେଜାଣି...ସାର୍ଥକର ସମଗ୍ର ସତ୍ତା ଯେମିତି ମୋହାଚ୍ଛନ୍ନ ହୋଇ ଉଠିଲା। କିଛିକ୍ଷଣର ନୀରବତା.... ନୀରବତା ଭାଙ୍ଗି ସାର୍ଥକ ପଚାରିଲା, "କ୍ୟା ଆପ୍ ମୁଝେ ଜାନତେ ହୋ ?" ସାର୍ଥକର ପ୍ରଶ୍ନରେ ହସିଦେଲେ ଟିକେ ବୃଦ୍ଧା ଜଣକ ଆଉ ଚାଲିଗଲେ ସାମ୍ନାରୁ। ଆଉ ସାର୍ଥକକୁ ଲାଗିଲା ଯେମିତି ଗୋଟେ ଚିହ୍ନା ଚିହ୍ନା ବାସ୍ନା ତା' ଦେହରେ ବୋଳି ହୋଇ ପୁଣି ପବନରେ ମିଳେଇଗଲା। ଜଣେ ଅନ୍ତେବାସୀ କହିଲେ, "ବେଟା...ୱୋ ତୋ ଗୁଙ୍ଗି ହୈ....ବୋଲ ନେହିଁ ସକତି।" ସାର୍ଥକ ସିଆଡୁ ମନ ହଟେଇ ଚାଦର ବାଣ୍ଟିସାରି ସାଙ୍ଗମାନଙ୍କ ସହ ଫେରି ଆସିଲା ହୋଟେଲ। ବୁଲାବୁଲି ସରିଲା ତା'ର। କାଲି ତାକୁ ଓଡ଼ିଶା ଫେରିଯିବାର ଅଛି।

ସାର୍ଥକକୁ ଚବିଶ ପୂରି ପଚିଶ ଚାଲିଲା ଏ ଫେବୃଆରୀରେ। ପ୍ରତିବର୍ଷ ତା'ର ଜନ୍ମଦିନ ପାଳନ ହୁଏ କୌଣସି ଜରାଶ୍ରମରେ ନ ହେଲେ ଅନାଥାଶ୍ରମରେ। ବାପା, ମା', ଆଉ ଜେଜେବାପାଙ୍କ ସହ ଯାଇ ସେଠାରେ କିଛି ସମୟ ବିତାଏ ସାର୍ଥକ। ଅନ୍ତେବାସୀମାନଙ୍କ ପାଇଁ ଖାଇବା ପିଇବାର ବ୍ୟବସ୍ଥା ହୋଇଥାଏ ଆଉ ମା' କିଛି ଦାନଧର୍ମ ବି କରନ୍ତି ସେଠାରେ। ଏ ବର୍ଷ କିନ୍ତୁ ସାର୍ଥକ ଜିଦ୍ ଧରିଥିଲା ଘରେ ଯେ ତା' ସାଙ୍ଗମାନେ ସବୁ ଯାଉଛନ୍ତି ହିମାଚଳ ପ୍ରଦେଶ ଆଉ ଏଥର ଜନ୍ମଦିନ ସେ ସେଠି

ମନେଇବ। ଜେଜେବାପା ତ ଜମା ବି ରାଜି ହେଲେନି। ତାଙ୍କର ଏକା ଜିଦ୍ ସାର୍ଥକ ସେ ଜାଗାକୁ ଯାଇପାରିବନାହିଁ। ସାର୍ଥକ ତାଙ୍କର ଗୋଟିଏ ବୋଲି ନାତି। ତାଙ୍କ ଜୀବନ। ସାର୍ଥକ ବି ଭାରି ଭଲପାଏ ତା' ଜେଜେବାପାଙ୍କୁ। ଜେଜେମା'ଙ୍କୁ ଦେଖିନି ସେ ପିଲାଦିନରୁ। ଶୁଣିଛି ଖାଲି ଜେଜେମା' ଗୋଟେ ଆକ୍ସିଡେଣ୍ଟରେ ମରିଯାଇଛନ୍ତି ବୋଲି। ପିଲାଦିନରୁ ବୋର୍ଡ଼ିଂସ୍କୁଲରେ ରହି ପାଠପଢ଼ିଛି ସେ। ଜେଜେମା'ଙ୍କ ବିଷୟରେ ବେଶୀ କିଛି ଜାଣିବାର ସୁଯୋଗ ପାଇନି ସେ ସେଥିପାଇଁ। ଜେଜେମା'ଙ୍କ ବିଷୟରେ ପଚାରିଲେ ଜେଜେ ଗପୁଗପୁ ଏମିତି ପ୍ରଗଳ୍ଭ ହୋଇ ଉଠନ୍ତି ଯେ ବେଳେବେଳେ ପାଗଳଙ୍କ ପରି ପ୍ରଳାପ କରନ୍ତି। ସେଥିପାଇଁ ଘରେ ସାର୍ଥକକୁ ବାରଣ କରାଯାଇଛି ଜେଜେଙ୍କୁ ଏ ବିଷୟରେ କିଛି ପଚାରିବା ପାଇଁ। ଘରେ ବି ଜେଜେମା'ଙ୍କର ସେମିତି କିଛି ସ୍ମୃତି ନାହିଁ ଯାହାକୁ ଦେଖି ସେ ତାଙ୍କୁ ମନେପକେଇ ପାରିବ।

ପାଠପଢ଼ା ସାରି ବର୍ଷେ ହେବ ଦିଲ୍ଲୀର ଏକ ମଲଟିନ୍ୟାସନାଲ କମ୍ପାନୀରେ ଯୋଗ ଦେଇଛି ସାର୍ଥକ। ମଝିରେ ମଝିରେ ସୁବିଧା କରି କିଛିଦିନ ଛୁଟି ନେଇ ଘରକୁ ଧାଇଁ ଆସେ ସେ... ଖାସ୍ ଜେଜେଙ୍କ ସହ କିଛି ସମୟ କାଟିବା ପାଇଁ। ଜେଜେ ବି ଅନେଇ ବସିଥାନ୍ତି ତା' ବାଟକୁ। ଜେଜେନାତିଙ୍କ ଥଟ୍ଟାମଜ୍ଜା ଆଉ ମଉଜମସ୍ତିରେ ଦିନଗୁଡ଼ାକ କେମିତି ସରିଯାଏ ଜଣାପଡେନି। ଦେଖିଲେ ଲାଗେ ଯେମିତି ଦୁଇଜଣଯାକ ସ୍କୁଲ ବେଳର ପୁରୁଣା ବନ୍ଧୁ। ଯେତେବେଳେ ଛୁଟି ସରିଯାଏ ଆଉ ସାର୍ଥକ ଘରୁ ବିଦାୟ ନିଏ ସେତେବେଳେ ବାପା ମା'ଙ୍କ ଅପେକ୍ଷା ବେଶୀ ଦୁଃଖୀ ହୋଇପଡ଼ନ୍ତି ତା' ଜେଜେ। ଏଥର ଛୁଟିଟା ସାର୍ଥକ ଘରେ ନ ରହି ହିମାଚଳ ପ୍ରଦେଶ ଯିବ ଶୁଣି ଜେଜେଙ୍କ ମନଟା ଭାଙ୍ଗିଗଲା। ଜମା ରାଜି ହେଲେନି ସେ ସାର୍ଥକକୁ ଛାଡ଼ିବା ପାଇଁ। ଜେଜେଙ୍କୁ କୌଣସି ମତେ ବୁଝାବୁଝି କରି ସାର୍ଥକ ବାହାରିପଡ଼ିଲା ସାଙ୍ଗମାନଙ୍କ ସହ। ଗଲାବେଳେ ମା' କହିଥିଲେ, "ନେ ଏ ଟଙ୍କା ରଖିଥା'। ଆସନ୍ତା ଶୁକ୍ରବାର ତୋ ଜନ୍ମଦିନ। ପାଖରେ ଯଦି କିଛି ଅନାଥାଶ୍ରମ କି ଜରାଶ୍ରମ ଥିବ ସେଠି କିଛି ଦାନଧର୍ମ କରିଦେବୁ। ସୁବିଧା ହେଲେ ମନ୍ଦିର ଯାଇ ଠାକୁର ଦର୍ଶନ ବି କରିଦେବୁ। ସେଠି ଏବେ ପ୍ରବଳ ଥଣ୍ଡା ପଡୁଥିବ ଟିକେ ଦେଖିକି ଚଳିବୁ।" ସେଥିପାଇଁ ସେଦିନ ମା' ଦେଇଥିବା ଟଙ୍କାରେ କିଛି ଚାଦର କିଣି ସାଙ୍ଗମାନଙ୍କ ସହ ଜରାଶ୍ରମ ଯାଇଥିଲା ସାର୍ଥକ। ଆଉ ସେଇ ଅବସରରେ ବୃଦ୍ଧାଙ୍କ ସହ ତା'ର ଦେଖା।

XXX

ଘରେ ପହଞ୍ଚି ଆଗ ଜେଜେଙ୍କୁ କୁଣ୍ଢେଇ ପକେଇଲା ସାର୍ଥକ। ଅଭିମାନରେ ମୁହଁ ବୁଲେଇନେଲେ ଜେଜେ। କହିଲେ, "ଛାଡ଼ ମୋତେ....ଠକ

କୋଉଠିକାର...ହଇରେ ତୁ ପରା ମୋତେ କହିଥିଲୁ ଏଥର ଜନ୍ମଦିନରେ ମୋତେ ମୋ ନାତୁଣୀ ବୋହୁ ସାଙ୍ଗେ ଭେଟ କରେଇଦେବୁ ବୋଲି। ଆଉ ଜନ୍ମଦିନ ଆସିଲାବେଳକୁ ଚାଲିଗଲୁ ସାଙ୍ଗମାନଙ୍କ ସହ ମଉଜ କରିବାକୁ। "ସାର୍ଥକ ଜେଜେଙ୍କୁ ସେମିତି କୁଣ୍ଢେଇ ଧରି କହିଲା, ଓଃ ହୋ ଜେଜେ... କେତେ ଅଭିମାନ କରୁଛ... ବୁଢ଼ା ହେଲଣି ପରା...ଟିକେ ବୟସର ଖିଆଲ କର।" ତା' ପରେ ଜେଜେଙ୍କ କାନ ପାଖରେ ପାଟି ଲଗେଇ ଫୁସ୍‌ଫୁସ କରି କହିଲା, "ଜନ୍ମଦିନ ପଳେଇଲା ତ କ'ଣ ହେଲା ଜେଜେ....ଭାଲେଣ୍ଟାଇନ ଡେ' ଆସୁଛି ନା। ସେଦିନ ମୁଁ ତୁମକୁ ତୁମ ନାତୁଣୀବୋହୁ ସହ ନିଶ୍ଚୟ ଭେଟ କରେଇଦେବି.... ପକ୍କା...। କିନ୍ତୁ ମା' ବାବାଙ୍କୁ ରାଜି କରେଇବା ଦାୟିତ୍ୱ ତୁମର। ଏବେ ମୁଁ ଟିକେ ଯାଇ ଫ୍ରେଶ୍ ହୋଇଯାଏ... ତା ପରେ ଆମେ ମିଶିକି ଲଞ୍ଚ କରିବା।"

ଏମିତି କଥା ପ୍ରସଙ୍ଗରେ ସେଦିନ ରାତିରେ ସାର୍ଥକ ପଚାରିଲା,

-ଜେଜେ... ମୁଁ ପିଲାଦିନୁ ଦେଖୁଛି ତୁମେ ଏଇ ମୁଦିଟା ପିନ୍ଧୁଛ। କେବେବି ବାହାର କରୁନ ହାତରୁ। ବହୁତ ପୁରୁଣା ହୋଇଗଲାଣି ମୁଦିଟା। ବଦଳେଇ ଦେଇ ଆଉ ଗୋଟିଏ ନୂଆ ଆଣି ପିନ୍ଧିଲେ ହୁଅନ୍ତାନି।

-ଏ ମୁଦି ଭିତରେ ମୋର କେତେ ଯେ ସ୍ମୃତି ଲୁଚି ରହିଛି ସେ କଥା ତୁ କେମିତି ଜାଣିବୁ?? ଏଇଟା ମୋ ନିର୍ବନ୍ଧ ମୁଦି। ତୋ ଜେଜେମା'ର ଆଉ ମୋର ଯେତେବେଳେ ବାହାଘର ପକ୍କା ହୋଇଗଲା, ସେତେବେଳେ ମୋ ବାପା କହିଥିଲେ, 'ବାଃ... କି ସୁନ୍ଦର ଯୋଡ଼ି!! ମୋ ପୁଅ ଦାମୋଦରକୁ ବୋହୁ ରାଧାରାଣୀ। ସତରେ... ରାଧାକୃଷ୍ଣ ଯୋଡି।' ତା' ପରେ ନିର୍ବନ୍ଧ ବେଳକୁ ଦି' ସମୁଦି ମିଶିକି ଯାଇ ଗୋଟିଏ ବଣିଆ ଦୋକାନରୁ ଏମିତି ଏକା ଭଳିଆ ଦୁଇଟି ରାଧାକୃଷ୍ଣ ଖୋଦେଇ ମୁଦି ବରାଦ ଦେଇ ତିଆରି କରି ଆଣିଥିଲେ। ଗୋଟିଏ ମୋର ଆଉ ଗୋଟିଏ ତୋ ଜେଜେମା'ର। ସେଦିନଠାରୁ ଏ ମୁଦି ମୋ ହାତରେ ସେମିତି ରହିଛି।

-ଆଉ ଜେଜେମା '....???

-ସେ ବି ପିନ୍ଧିଥିଲା ବଞ୍ଚିଥିବା ଯାଏ। ଥରେ ରୋଷେଇ କରୁ କରୁ ତାତିଲା ତେଲ ଢାଳିଯାଇ ତୋ ଜେଜେମା'ର ଡାହାଣହାତ ଉପର ପାପୁଲିରେ ବଡ଼ବଡ଼ ଫୋଟକାମାନ ବାହାରି ପଡ଼ିଲା। ଫୋଟକା ଫାଟିଲା ପରେ ଚମଡ଼ା ପରସ୍ତେ ଉଠି ଆସିଲା ସେ ହାତ ପାପୁଲିରୁ। କେତେ ଡାକ୍ତର, କେତେ ଇଞ୍ଜେକ୍ସନ, କେତେ ଔଷଧ ମଲମରେ ସେ ପୋଡ଼ା ଘା' ଶୁଖିଲା। ବହୁତ କଷ୍ଟ ପାଇଥିଲା ସେ ସେତେବେଳେ। କିନ୍ତୁ ଏତେ ଭିତରେ ବି ସେ ମୁଦି ତା' ହାତରେ ଥିଲା। ଯିଏ ଯେତେ କହିଲେ ବି

ବାହାର କଲାନି ଜମା। ମୁଁ ବି ବହୁତ ବୁଝେଇଲି... 'କିଛିଦିନ ଡାହାଣ ହାତରୁ ବାହାର କରି ବାଁ ହାତରେ ପିନ୍ଧି ଥା'... ଅନ୍ତତଃ ସେ ପୋଡ଼ା ଘା'ଗୁଡ଼ାକ ଶୁଖିବା ଯାଏ'। କିନ୍ତୁ ସେ ମୋ କଥା ବି ଶୁଣିନଥିଲା।

ଶେଷଆଡ଼କୁ ବାଷ୍ପରୁଦ୍ଧ ହୋଇ ଆସିଲା ଜେଜେଙ୍କ କଣ୍ଠ। ଟିକେ ଡରିଗଲା ସାର୍ଥକ। ଜେଜେ ଏବେ ପୁଣି ପାଗଳ ପରି ହେବେନି ତ?? ଯଦି ସେମିତି ହୁଏ ତାହେଲେ ମା'ଠାରୁ ଏବେ ତାକୁ ବହୁତ ଗାଳି ଶୁଣିବାକୁ ପଡ଼ିବ। କିନ୍ତୁ ନା....ଜେଜେ ପୁରା ଚୁପ୍ ରହିଗଲେ ଆଉ ସାର୍ଥକ ବି। କିଛି ସମୟ ବିତିଗଲା ଏମିତି ନୀରବରେ। ସେଇ ନୀରବ ମୁହୂର୍ତ୍ତରେ ଜେଜେ ମାପୁଥିଲେ ସାର୍ଥକ ଭିତରେ ତା' ଜେଜେମା'ଙ୍କୁ ନେଇ ଥିବା ଅଦମ୍ୟ ଜିଜ୍ଞାସାକୁ ଆଉ ସାର୍ଥକ ମାପୁଥିଲା ତା' ଜେଜେଙ୍କ ଛାତି ଭିତରେ ଜେଜେମା'ଙ୍କ ପାଇଁ ଚାପି ହୋଇ ରହିଥିବା ସାଗରବ୍ୟାପୀ ଅସୀମ ଭଲପାଇବାକୁ।

ଡରିଡରି ସାହସ ଜୁଟେଇ ସାର୍ଥକ ପଚାରିଲା, ଜେଜେ.... ଜେଜେମା'ର ଆକ୍ସିଡେଣ୍ଟ କେମିତି ହେଲା??

-ସେଇ ହିମାଚଳ ପ୍ରଦେଶରେ...ତୁ ବହୁତ ଛୋଟଟିଏ ହୋଇଥିଲୁ। ବର୍ଷେ କି ଦୁଇବର୍ଷର ବୋଧେ। ଆମର ଅଫିସ ଷ୍ଟାଫ୍‌ମାନେ ମିଶିକି ବାହାରିଲେ ହିମାଚଳ ପ୍ରଦେଶ ବୁଲିବା ପାଇଁ। ମୁଁ ବି ଯାଇଥିଲି ସେମାନଙ୍କ ସହ ତୋ ଜେଜେମା'ଙ୍କୁ ନେଇକି। ପାହାଡ଼ ଘାଟିରୁ ବସ୍ ଖସିପଡ଼ିଲା ତଳକୁ। ତା'ପରେ କ'ଣ କ'ଣ ସବୁ ହେଇଗଲା ମୁଁ କିଛି ବି ଜାଣିନି। ମୋର ଚେତା ଫେରିଲା ଛଅଦିନ ପରେ। ତୋ ଜେଜେମା'ଙ୍କୁ ବହୁତ ଖୋଜିଛୁ ଆମେ। ତୋ ବାପା ହିମାଚଳ ପ୍ରଦେଶର ସବୁ ହସ୍ପିଟାଲରେ ବୁଲିବୁଲି ଖୋଜିଛି ତା' ମା' କୁ। ମୁଁ ମୋର ତିନିଜଣ ସାଙ୍ଗଙ୍କୁ ବି ହରେଇଛି ସେ ଦୁର୍ଘଟଣାରେ। କିନ୍ତୁ ତୋ ଜେଜେମା'ଙ୍କୁ ପୃଥିବୀ ଖାଇଗଲା କି ଆକାଶ ଗିଳିଦେଲା କେଜାଣି...ତା'ର ଆଉ ଚିହ୍ନବର୍ଣ୍ଣ ବି ମିଳିଲାନି। ସେଥିପାଇଁ ମୁଁ ରାଜି ହେଉନଥିଲି ତୋତେ ସେଠିକି ଛାଡିବା ପାଇଁ।"

ସେଇ ଆଲୋଚନା ଭିତରେ ଜେଜେଙ୍କର କେତୋଟି କଥା ସାର୍ଥକକୁ ଶୋଇବାକୁ ଦଉନି ରାତିରେ। ତା' ଚେତନା ଭିତରେ ବାରମ୍ବାର ଧସେଇ ପଶୁଛନ୍ତି ଜରାଶ୍ରମର ସେ ବୃଦ୍ଧା ଜଣଙ୍କ। ମନେପଡୁଛି ସେ ଚିହ୍ନା ଚିହ୍ନା ବାସ୍ନା ଆଉ ହାତ ପାପୁଲିର ସେ ପୋଡ଼ା ଚିହ୍ନ। ସେ କ'ଣ ଜେଜେମା'!! ରାତି ପାହିଗଲା ଏମିତି ଅନେକ ପ୍ରହେଳିକା ଆଉ ଦ୍ୱନ୍ଦ୍ୱ ଭିତରେ।

XXX

ଆରେ.....ସାର୍ଥକ....କାଲି ତ ଆସି ପହଞ୍ଚିଲୁ ଘରେ....ପୁଣି କୁଆଡ଼େ ବାହାରିଲୁ ବ୍ୟାଗପତ୍ର ଧରି !!

-ମା'.... ଗୋଟେ ଏମରଜେନ୍ସି ପଡ଼ିଗଲା । ମୋତେ ଯାହା ବି ହେଲେ ଯିବାକୁ ପଡ଼ିବ । ତୁମେ କିଛି ବ୍ୟସ୍ତ ହୁଅନି ମା'....ମୁଁ ଦୁଇ ଚାରି ଦିନ ଭିତରେ କାମ ସାରି ଫେରି ଆସିବି କହି ଝଡ଼ ବେଗରେ ଘରୁ ବାହାରିଗଲା ସାର୍ଥକ ।

ହିମାଚଳ ପ୍ରଦେଶର ସେଇ ଜରାଶ୍ରମରେ ପହଞ୍ଚି ସାର୍ଥକ ଦେଖାକଲା ଜରାଶ୍ରମର ଅଥରିଟିଙ୍କୁ । ବୃଦ୍ଧାଙ୍କ ବିଷୟରେ ପଚାରି ଜାଣିଲା ଯେ ସେ ଏଠି ରହିବା ତେଇଶି ବର୍ଷ ହୋଇଗଲାଣି । ଗୋଟେ ସ୍ୱେଚ୍ଛାସେବୀ ସଙ୍ଗଠନ ତାଙ୍କୁ ପାହାଡ଼ ଘାଟିର ଗୋଟିଏ ଦୁର୍ଘଟଣା ସ୍ଥଳରୁ ଉଦ୍ଧାର କରିଥିଲେ । ଦୁର୍ଘଟଣାରେ ସେ ତାଙ୍କ ବାକ୍‌ଶକ୍ତି ହରେଇଛନ୍ତି । ସବୁ ଶୁଣିସାରି ସାର୍ଥକ ଚାହିଁଲା ବୃଦ୍ଧାଙ୍କୁ ଟିକେ ଦେଖା କରିବାପାଇଁ । ଅନୁମତି ପାଇ ସାର୍ଥକ ପହଞ୍ଚିଲା ବୃଦ୍ଧାଙ୍କ ପାଖରେ । ନଜର ବୁଲେଇ ଆଣିଲା ଡାହାଣହାତର ପୋଡ଼ା ଚିହ୍ନ ଉପରେ । ସେଇ ହାତର ତର୍ଜନୀ ଆଙ୍ଗୁଳିରେ ସୁନାମୁଦିଟିଏ । ଖୋଦେଇ ହେଇଛି ରାଧାକୃଷ୍ଣଙ୍କର ଯୁଗଳ ମୂର୍ତ୍ତି । ଗୋଟେ ବିଦ୍ୟୁତ୍ ତରଙ୍ଗ ଖେଳିଗଲା ସାର୍ଥକ ଦେହରେ । ପାଖରେ ବସିପଡ଼ି ପଚାରିଲା, "ତୁମ ନାଁ ରାଧାରାଣୀ ?" ବହୁତ ବର୍ଷ ପରେ କାହା ପାଟିରୁ ନିଜ ନାଁ ଶୁଣି ବୃଦ୍ଧାଙ୍କ ମୁହଁରେ କେମିତି ଗୋଟାଏ ଚମକ ଖେଳିଗଲା । ବହୁତ ଦିନପରେ ଓଡ଼ିଆ ଭାଷାର କେତୋଟି ଶବ୍ଦ ଶୁଣି ସେ ଆଶ୍ଚର୍ଯ୍ୟ ହୋଇ ଚାହିଁଲେ ସାର୍ଥକକୁ ? ସାର୍ଥକ ପର୍ସରୁ କାଢ଼ି ଦେଖାଇଲା ଜେଜେଙ୍କର ପାସପୋର୍ଟ ସାଇଜ୍ ଫୋଟୋଟିଏ । ଫୋଟୋଟିକୁ ଦେଖି ବିସ୍ମୟର ସୀମା ରହିଲାନି ବୃଦ୍ଧାଙ୍କର । ସାର୍ଥକ ହାତରୁ ଫଟୋଟିକୁ ଟାଣିଆଣି ଛାତିରେ ଚାପିଧରି କଇଁ କଇଁ କାନ୍ଦି ଉଠିଲେ ବୃଦ୍ଧା । ବର୍ଷ ବର୍ଷର ଲୁହରେ ଭିଜିଗଲା ଫଟୋଟି ।

ସତରେ କ'ଣ ରକ୍ତ ରକ୍ତକୁ ଏମିତି ହଜାର ହଜାର ମାଇଲ ଦୂରରୁ ଟାଣି ଆଣି ପାରେ !! ସତରେ କ'ଣ ନିଜ ଅଦେଖା ଆତ୍ମୀୟଟିର ଚିହ୍ନା ଚିହ୍ନା ବାସ୍ନା ଏମିତି ଦେହମନକୁ ମୋହାଚ୍ଛନ୍ନ କରିପାରେ !! ସତରେ କ'ଣ ଜଣଙ୍କର ହୃଦୟର ଡାକ ଆଉ ଜଣଙ୍କର ଷଷ୍ଠେନ୍ଦ୍ରିୟକୁ ଏମିତି ଜାଗ୍ରତ କରିପାରେ !!!

ବୃଦ୍ଧାଙ୍କୁ କୋଳେଇ ନେଇ ସାର୍ଥକ କହିଲା ମୁଁ ତୁମକୁ ଘରକୁ ଫେରେଇ ନେବାକୁ ଆସିଛି ଜେଜେମା' ।

ବୃଦ୍ଧା ବଞ୍ଚିଥିବା ଯାଏ ତାଙ୍କର ସମସ୍ତ ଦାୟିତ୍ୱ ସେ ବହନ କରିବା ପାଇଁ ଚାହେଁ ବୋଲି ଜରାଶ୍ରମର ଅଫିସରେ ଆବେଦନ କଲା ସାର୍ଥକ । ସମସ୍ତ ଆବଶ୍ୟକୀୟ କାଗଜପତ୍ର କାମସାରି ବୃଦ୍ଧାଙ୍କୁ ଧରି ସାର୍ଥକ ବାହାରି ପଡ଼ିଲା ଓଡ଼ିଶା ଅଭିମୁଖେ ।

ଘରେ ପହଞ୍ଚି ଜେଜେଙ୍କୁ କହିଲା, "ଜେଜେ... ତୁମ ପାଇଁ ଗୋଟେ ସାରପ୍ରାଇଜ୍ ଆଣିଛି ମୁଁ।"

-ମୋ ପାଇଁ କି ସରପ୍ରାଇଜ୍‌ରେ... ତୁ ତ କହିଥିଲୁ ଭାଲେଣ୍ଟାଇନ ଡେ'ରେ ମୋ ନାତୁଣୀବୋହୂ ସହ ମୋତେ ଭେଟ କରେଇଦେବୁ ବୋଲି। ମୁଁ ତ ସେଦିନଠାରୁ ଚଉଦ ତାରିଖଟାକୁ କ୍ୟାଲେଣ୍ଡରରେ ଚିହ୍ନ ମାରି ବସିଛି। ଆଜି ତ ଚଉଦ ତାରିଖ। ନାତୁଣୀବୋହୂକୁ ମୋର ଉଠେଇ ଆଣିଛୁ ନା କ'ଣ!!!

-ଯାଉନ ଦେଖିବ...ବାହାରେ ଟାଙ୍କି ଭିତରେ ମୋ ଜିନିଷପତ୍ର ସାଙ୍ଗରେ ଥୁଆ ହେଇଛି ତୁମ ସରପ୍ରାଇଜ୍।

ଟାଙ୍କି ଭିତରେ ରାଧାରାଣୀଙ୍କୁ ଦେଖି ଚମକି ପଡ଼ିଲେ ସାର୍ଥକର ଜେଜେ। ସେ ସ୍ୱପ୍ନ ଦେଖୁ ନାହାଁନ୍ତି ତ!! ଏହା କେମିତି ସମ୍ଭବ?? ଏ ଭିତରେ ତେଇଶି ବର୍ଷ ବିତିଗଲାଣି... ମୋ ରାଧାରାଣୀ କ'ଣ ବଞ୍ଚିଥିଲା??

-ହଉ ଜେଜେ... ସେତିକି ଦେଖ ତୁମ ସରପ୍ରାଇଜ୍‌କୁ। ତୁମକୁ ସରପ୍ରାଇଜ୍ ଦେବା ଚକ୍କରରେ ମୋର ଭାଲେଣ୍ଟାଇନ୍ ଡେ'ଟା ଆଜି ପୂରା ବିଗିଡ଼ି ଗଲା। ଯାହା ହେଲା ପରେ ଶୁଣିବ। ଏବେ ତ ଜେଜେମାଙ୍କୁ ହାପି ଭାଲେଣ୍ଟାଇନ ଡେ' ଉଇସ୍ କର ଥରେ...।

■

BLACK EAGLE BOOKS

www.blackeaglebooks.org
info@blackeaglebooks.org

Black Eagle Books, an independent publisher, was founded as
a nonprofit organization in April, 2019. It is our mission to
connect and engage the Indian diaspora and the world at large
with the best of works of world literature published on a
collaborative platform, with special emphasis on
foregrounding Contemporary Classics and New Writing.